配套近16小时全方位教学视频

U0105943

中文版 **Photoshop CS4** 普及版
从入门到精通

思维数码 编著

○ **海量的内容**
上千个Photoshop知识点，上百个注意、提示与技巧，为您的学习铺就一条快速路

○ **创新的目录**
目录中含有版本标注，使您通过浏览目录即可获悉新知

○ **体贴的标注**
学习层级被明确标注在目录中，使您能够选择不同层级，灵活安排学习进度与深度

○ **丰富的示例**
上百个有详细操作步骤的示例，涵盖图像创意、视觉表现、商业设计、数码照片处理等多个应用领域

○ **8GB双DVD超大容量**
免去您图片、资源文件搜索收集之苦

○ **400个文件**
包括第2章至第14章各种知识点及综合示例的素材及PSD格式最终效果文件

○ **数千个PS实用资源**
包括130个画笔文件、350个动作文件、8个形状文件及50个样式文件，其中每个文件都包括不同数量的PS实用资源

○ **附赠近2小时示例教学视频**
针对综合示例及难点进行讲解，助您轻松跨越学习疑难点

○ **附赠近14小时基础教学视频**
大幅度提高您的学习效率

○ **附赠近650张背景图片素材**
包括粗糙纹理、石材、随机纹理和锈腐纸质等四类

○ **附赠近120张精美矢量花纹边框背景素材**
包括花纹背景、精美画框、漂亮圆纹和矢量人物等四类

○ **附赠近130张异形边缘素材**
为制作特殊的边缘效果创造更广阔的想象空间

○ **附赠近120张墨迹喷溅与线条素材**
为您的作品增添动感效果，以丰富整体画面

○ **附赠近450张PS设计超酷炫光素材**
制作各种特效图像，在视觉上具有更强的冲击力

○ **附赠近70张PSD模板文件**
三种不同风格的PSD设计模板，包括现代风格、后现代风格及边框等

科学出版社
www.sciencep.com

北京希望电子出版社
Beijing Hope Electronic Press
www.bhp.com.cn

内 容 简 介

本书是《从入门到精通》丛书中的一本，通过全新的写作手法和写作思路，使读者在阅读、学习本书之后，真正成为使用 Photoshop 的行家里手。

本书较为全面地讲解了中文版 Photoshop CS4 软件功能的使用方法，其中包括图层、通道、路径、颜色模式、滤镜、文字、动作等知识点，内容含量丰富，步骤讲解详细，示例效果精美，读者通过学习本书能够真正解决在实际工作和学习中遇到的难题。

本书随书所附光盘包括书中部分示例的素材文件、最终效果文件及教学视频等，并附赠作者精心收集的大量实用文件，确保读者学起来轻松，用起来方便，从而达到事半功倍的学习目的。

本书适合于广大 Photoshop 初、中级用户学习，也适合于广告设计和图形图像处理等相关行业的从业人员自学使用，还可以作为电脑培训班及电脑学校的教学用书。

需要本书或技术支持的读者，请与北京清河 6 号信箱（邮编：100085）发行部联系，电话：010-62978181（总机）转发行部、010-82702675（邮购），传真：010-82702698，E-mail：tbd@bhp.com.cn。

图书在版编目（CIP）数据

中文版 Photoshop CS4 从入门到精通：普及版/思维数码编著. —北京：科学出版社，2009
ISBN 978-7-03- 024050-7

Ⅰ.中 … Ⅱ.思 … Ⅲ.图 形 软 件， Photoshop CS4
Ⅳ.TP391.41

中国版本图书馆 CIP 数据核字（2009）第 021063 号

责任编辑：李小楠 /责任校对：高 雅
责任印刷：广 益 /封面设计：刘荣慧

科 学 出 版 社 出版
北京东黄城根北街 16 号
邮政编码：100717
http://www.sciencep.com
北京广益印刷有限公司印刷
科学出版社发行 各地新华书店经销

＊

2009 年 6 月第 1 版 开本：787mm×1092mm 1/16
2009 年 6 月第 1 次印刷 印张：32.5（14 面彩插）
印数：1-5 000 册 字数：729 千字

定价：55.00 元（配 2 张 DVD 光盘 含视频教学）

名称：人物特效视觉表现
位置：第9章 / 9.10.3节

名称：蘑菇房
位置：第10章 / 10.14.2节

名称：玉手镯
位置：第9章 / 9.10.2节

名称：山地别墅房产广告
位置：第10章 / 10.14.4节

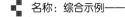

名称：综合示例——
模拟散落的晶莹
气泡
位置：第6章 / 6.6节

名称：爱心活动宣传海报
位置：第9章 / 9.10.1节

名称：叶子
位置：第7章 / 7.7.1节

名称：制作个性化艺术
文字效果
位置：第11章 / 11.11节

名称：制作梦幻色彩照片
位置：第5章 / 5.8节

名称：制作矢量视觉作品
位置：第4章 / 4.9.1节

2

示例欣赏

名称：制作梦幻剪影效果
位置：第4章 / 4.9.2节

 名称：选区概述
位置：第4章 / 4.1节

 名称：综合示例——打造
经典美女
位置：第8章 / 8.5节

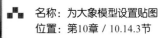 名称：为大象模型设置贴图
位置：第10章 / 10.14.3节

ROBCO
SOLUTIONS INC.

名称：LOGO
位置：第7章 / 7.7.2节

3

名称：修改图像的饱和度
位置：第5章 / 5.3.3节

名称：加亮图像
位置：第5章 / 5.3.1节

名称：制作不规则形状选区——
套索 / 多边形套索工具
位置：第4章 / 4.2.4节

名称：运动鞋广告创意设计
位置：第10章 / 10.14.1节

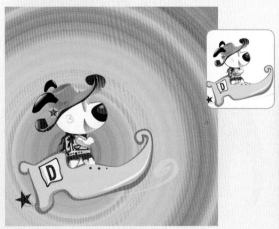

名称：自定义杂色渐变
位置：第7章 / 7.3.4节

名称：制作滤色镜效果
位置：第5章 / 5.5.11节

名称：去除图像的颜色
位置：第5章 / 5.4.1节

名称：均化图像的色调
位置：第5章 / 5.4.3节

名称：分离图像的色调
位置：第5章 / 5.4.6节

名称：加亮图像
位置：第5章 / 5.3.1节

名称：羽化选区
位置：第4章 / 4.6.4节

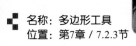
名称：多边形工具
位置：第7章 / 7.2.3节

5

名称：填充
位置：第7章／7.6.1节

名称：调整图像的色阶层次
位置：第5章／5.5.4节

名称：了解图层蒙版
位置：第10章／10.6.1节

名称：创建剪贴蒙版
位置：第10章／10.5.1节

名称：制作双色调图像效果
位置：第3章／3.7.2节

名称：变形图像
位置：第8章／8.4.9节

名称：在图像之间匹配
颜色
位置：第5章 / 5.5.10节

名称：掌握【画笔】面板
位置：第6章 / 6.4.3节

名称：精确调整图像
的色调
位置：第5章 / 5.5.5节

名称：调整图像的
色阶层次
位置：第5章 / 5.5.4节

名称：自定义透明渐变
位置：第7章 / 7.3.3节

名称：加暗图像
位置：第5章 / 5.3.2节

名称：修改画布的尺寸
位置：第2章 / 2.8.1节

名称：制作网点图像效果
位置：第3章 / 3.7.1节

名称：自定义图案
位置：第7章 / 7.5节

名称：调整图像的色相
或者饱和度
位置：第5章 / 5.5.7节

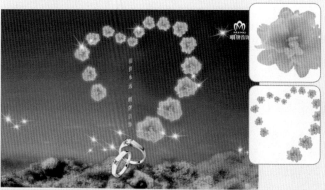

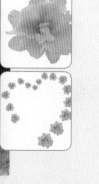

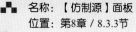

名称：【仿制源】面板
位置：第8章 / 8.3.3节

名称：将路径转换为选区
位置：第4章 / 4.8.4节

■■ 名称：使用【历史记录画笔工具】恢复图像内容
位置：第8章 / 8.2.2节

■■ 名称：使用【历史记录艺术画笔工具】制作艺术效果
位置：第8章 / 8.2.3节

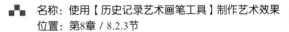

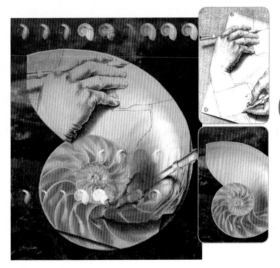

■■ 名称：了解混合模式
位置：第10章 / 10.7.1节

■■ 名称：液化
位置：第13章 / 13.2.3节

■■ 名称：创建文字型选区
位置：第11章 / 11.3.5节

名称：平衡图像的色彩
位置：第5章 / 5.5.6节

名称：再次变换
位置：第8章 / 8.4.8节

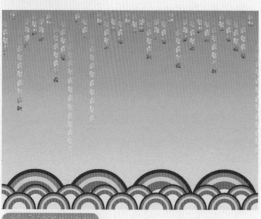

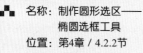
名称：制作圆形选区——
　　　椭圆选框工具
位置：第4章 / 4.2.2节

名称：键入水平排列的
　　　文字
位置：第11章 / 11.3.1节

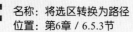
名称：将选区转换为路径
位置：第6章 / 6.5.3节

名称：Alpha通道
位置：第12章 / 12.2.2节

名称：替换图像的局部颜色

位置：第5章 / 5.5.9节

名称：键入大量辅助说明型的段落文本

位置：第11章 / 11.3.7节

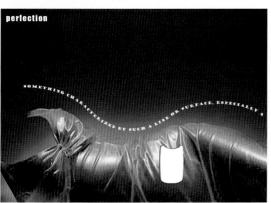

名称：制作沿路径绕排文字的效果

位置：第11章 / 11.9.2节

名称：透视图像

位置：第8章 / 8.4.6节

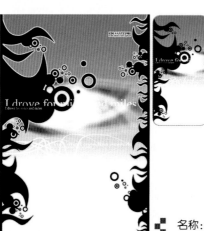

名称：描边

位置：第7章 / 7.6.2节

名称：综合示例——使用【裁剪工具】校正透视变形的照片

位置：第2章 / 2.10节

11

名称：拼接出宽幅全景图像
位置：第14章 / 14.4.2节

名称：自动对齐图层和
　　　自动混合图层
位置：第14章 / 14.4.3节

名称：使用【裁剪】命令
　　　裁剪图像
位置：第2章 / 2.7.1节

名称：使用【裁剪工具】裁剪图像
位置：第2章 / 2.7.2节

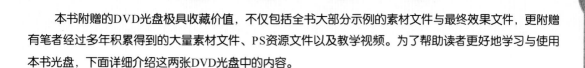

本书附赠的DVD光盘极具收藏价值，不仅包括全书大部分示例的素材文件与最终效果文件，更附赠有笔者经过多年积累得到的大量素材文件、PS资源文件以及教学视频。为了帮助读者更好地学习与使用本书光盘，下面详细介绍这两张DVD光盘中的内容。

DVD1

本DVD光盘包括全书上百个示例的部分素材文件以及PSD格式最终效果文件；四种实用PS资源，包括动作文件、画笔文件、形状文件及样式文件等；九个示例教学视频；四类背景图片素材，包括粗糙纹理、石材、随机纹理及锈腐纸质等；四类精美矢量花纹边框背景素材，包括花纹背景、精美画框、漂亮圆纹及矢量人物等；一百多张异形边缘素材；一百多张墨迹喷溅与线条素材；四百多张PS设计超酷炫光素材；十多张后现代风格设计PSD模板；十多张现代风格设计PSD模板；三十多张边框PSD模板。

源文件

第2章至第14章部分知识点及示例的素材及PSD格式最终效果文件。

本书部分章节使用的素材文件以及PSD格式最终效果文件（如图1～图3所示），使读者在学习理论知识的同时能够亲自动手参与实际操作。

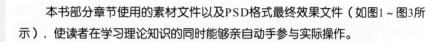

| 图1 第4章文件 | 图2 第6章文件 | 图3 第7章文件 |

PS实用资源

PS实用资源包括画笔文件、动作文件、形状文件及样式文件等，每个文件又都包括不同数量的具体内容。

画笔文件是Photoshop艺术家战斗的必备武器，是其强大战斗力的可靠保证；动作文件的内容涵盖了视觉特效、图像边框等大量实用效果的制作；每个形状文件都包含数十个形状；使用样式文件能够快速得到阴影、内发光、外发光或者立体浮雕等效果。画笔、动作、形状及样式文件示例如图4～图7所示。

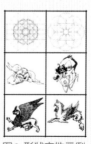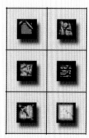

图4 画笔文件示例　　图5 动作文件示例　　图6 形状文件示例　　图7 样式文件示例

示例教学视频

示例教学视频录制了书中具有一定难度且比较重要的示例的制作过程。

通过学习这些示例教学视频，读者可以充分掌握与之相关的重要技术，并在以后的工作中从容设计同类作品，而无需再感到无从下手。示例教学视频缩览图如图8所示。

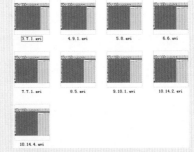

图8 示例教学视频缩览图

素材

共1400多张超大分辨率素材图片，丰富读者每幅作品的细节。

素材是设计中不可缺少的重要组成部分。本盘提供的素材包括背景图片素材、精美矢量花纹边框背景素材、异形边缘素材、墨迹喷溅与线条素材以及PS设计超酷炫光素材等。素材文件夹缩览图如图9所示。

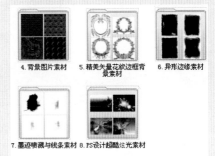

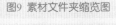

图9 素材文件夹缩览图

模板

三种不同风格的PSD设计模板。

本书附送的PSD设计模板，以现代与后现代为主要风格。此外，思维数码边框模板提供的是一系列比较另类、富有个性的图像边框。设计模板缩览图如图10所示。

图10 设计模板缩览图

DVD2

基础教学视频

49个基础教学视频（共14小时），能够帮助读者掌握基础知识。

本DVD光盘包括Photoshop CS4基础教学视频，希望各位读者在学习这些视频之后，对Photoshop中的各项功能可以运用自如。

Photoshop CS4基础教学视频内容包括软件基础、选区、图层基础、修饰与变换、润色、位图绘画、矢量绘画、文字、蒙版、图层高级操作及通道等，可以帮助读者提高工作效率并解决在工作中遇到的各种问题。基础教学视频缩览图如图11所示。

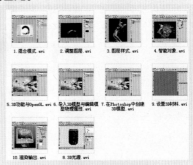

图11 基础教学视频缩览图

前　言

本书的前言解答了许多图书购买者都有可能提出的问题。

使用 Photoshop 还是研究 Photoshop

问：使用 Photoshop 与研究 Photoshop 有什么区别？

答：从学习角度来看，使用 Photoshop 与研究 Photoshop 属于不同的学习范畴。使用 Photoshop 在学习方面注重实用的技术与学习重点，研究 Photoshop 则注重 Photoshop 知识的广度与深度。

问：什么样的人研究 Photoshop？

答：这些人通常是教授 Photoshop 的老师、设计公司的技术支持或从事 Photoshop 类图书写作的人员，还有纯粹的 Photoshop 技术爱好者。

问：使用 Photoshop 的人与研究 Photoshop 的人如何选择合适的图书？

答：使用 Photoshop 的人在选择图书时应该注重内容的实用性而不是全面性与深入性，图书市场中的教程类图书足以满足其需要，而那些冠以"全面"、"完全"等名称的图书则较适合于研究 Photoshop 的人选用（假设图书的内容如其名称一样真正达到了"全面"、"完全"的程度）。研究 Photoshop 的人在图书选择方面的余地也较大，除了各类完全手册、宝典型图书外，还有一些针对 Photoshop 功能进行讲解的专业型图书可供选择，例如专门讲解图层、通道、动作、画笔等的图书。

问：本书定位于 Photoshop 使用者还是 Photoshop 研究者？

答：本书不是一本写给 Photoshop 研究者的图书，因为本书的主要内容是完全围绕着 Photoshop 最常用的功能与最好用的功能来展现的，并没有过于深入的理论分析与讲解。

Photoshop 的学习历程是怎样的

问：大多数人在学习 Photoshop 时的历程是怎样的？

答：绝大多数人在学习 Photoshop 时都经历了入门→练习→应用这样一个过程，即先通过学习图书或参加培训班掌握 Photoshop 的基础入门类知识与技能，然后通过练习大量实例掌握软件功能的使用技巧并加深对软件的理解。

问：从学到用需要购买哪些 Photoshop 图书？

答：由 Photoshop 的学习历程而定，许多人都会先购买一本基础入门类图书，然后再购买一本实例讲解类图书，最后购买与自己的 Photoshop 应用领域相关的图书。因此，从开始学习到最后在实际工作中运用 Photoshop，一个学习者应该购买至少三本相关的图书。

问：选择本书能够省略几次购买行为？

答：本书综合考虑了大多数 Photoshop 使用者的学习历程及购买行为，打造出了一站式的学习方案，在一本书中融汇了基础入门理论、实用练习示例、数码照片处理技能等内容，从而使 Photoshop 使用者获得了一本能够看了又看的图书。因此，选择本书最少能够省略两次购书行为。

学习本书是否能够从"入门"直至"精通"

问：本书会不会博而不精？

答："博而不精"是指知识庞杂而没有重点，本书的知识体系虽然庞大，但在编写之初就考虑到了重点需要突出的问题，并且在编写时充分照顾到了本书的实用性特点，从而基本符合了常用的知识点详细讲解，少用的知识点简单了解，基本不用的知识点完全不讲的编写宗旨。

问：是否有后续服务？

答：为了帮助各位读者加快学习进度，笔者承诺所有发送至图书答疑信箱 Lbuser@126.com 中关于本书的学习问题，将在两个工作日内进行答复。另外，也欢迎各位读者提出本书讲解范围以外的 Photoshop 问题，以及 Illustrator、InDesign、PageMaker 等软件的使用问题，笔者将在三至五个工作日内尽全力给出准确答复。

其他声明

限于水平与时间，本书在操作步骤、效果及表述方面定然存在不少不尽如人意之处，希望各位读者来信指正，笔者的邮箱是 Lbuser@126.com。如果希望知悉关于本书的更多信息，请浏览我们的网站 www.dzwh.com.cn。

本书是集体劳动的结晶，参与本书编写的有以下人员：雷剑、吴腾飞、雷波、左福、范玉婵、刘志伟、李美、邓冰峰、詹曼雪、黄正、孙美娜、刑海杰、刘小松、陈红艳、徐克沛、吴晴、李洪泽、漠然、李亚洲、佟晓旭、江海艳、董文杰、张来勤、刘星龙、边艳蕊、马俊南、姜玉双、李敏、邰琳琳、李亚洲、卢金凤、李静、肖辉、寿鹏程、管亮、马牧阳、杨冲、张奇、陈志新、刘星龙、马俊南、孙雅丽、孟祥印、李倪、潘陈锡、姚天亮等。

编者

目　录

CHAPTER

准备知识

1.1 Photoshop 应用领域概述

这一节的目的很明确，就是希望各位读者在阅读学习之后，不仅了解了 Photoshop 的应用领域，而且能够从这些应用领域中找到自己感兴趣的学习方向进行深入学习。

1.1.1 平面广告设计

平面广告的范围非常广，包括户外广告、宣传单广告、电影海报以及杂志报刊上的各类广告等。

虽然在制作大多数平面广告的过程中，设计者并非单纯依赖于 Photoshop，还需要使用类似 Illustrator、CorelDRAW 等平面软件，但毫无疑问，Photoshop 是使用最为广泛的软件。

如图 1.1 所示为几款优秀的平面广告设计作品。

图 1.1

1.1.2 包装与封面设计

在早期的设计中，包装与封面的主要作用是保护产品不受损害。时至今日，它们更多地承载了突出产品特征及装饰美化的作用，从而可以达到宣传促销的目的。在包装与封面设计领域，Photoshop 是当之无愧的主角。

如图 1.2 所示为几款优秀的封面设计作品。如图 1.3 所示为几款优秀的包装设计作品。

图 1.2（a）

图 1.2（b）

图 1.3

1.1.3 效果图后期处理

效果图后期处理也是较多应用 Photoshop 的领域，其中较常见的应用是对建筑效果图进行后期加工，如调整颜色、添加照明、混合场景等，从而实现三维软件无法实现或者难以实现的效果。

如图 1.4 所示为使用 Photoshop 进行后期处理前后的室内效果图。

进行后期处理前　　　　　　　　　　　进行后期处理后

图 1.4

如图 1.5 所示为使用 Photoshop 进行后期处理前后的室外效果图。

进行后期处理前 进行后期处理后

图 1.5

1.1.4 影视包装设计

Photoshop 被广泛地应用于影视包装中，如用于设计电视栏目的关键帧或者落版效果等。
如图 1.6 所示分别为两个电视节目的落版设计。

图 1.6

1.1.5 概念设计

概念设计区别于其他领域的最大特点就在于创意超出常规，其应用领域非常广泛，包括常见的生活用品及电子产品等，甚至在许多电影及游戏中都需要对角色或者道具等进行概念设计。目前，概念设计师已经成为炙手可热的职业之一。

如图 1.7 所示为自行车的概念设计稿。如图 1.8 所示为汽车的概念设计稿。

图 1.7 图 1.8

1.1.6　游戏美工设计

　　游戏美工设计是当前社会中最热门的职业之一。游戏美工设计人员需要使用各种软件对游戏中的场景、角色、道具、武器等进行设计，在这些工作中使用最多的还是 Photoshop。

　　图 1.9 展示了游戏美工设计人员使用 Photoshop 进行角色与装备设计的成果。

图 1.9

　　这些工作与三维创作结合紧密，因此从事此类工作的人员最好还要具有三维创作基础。

1.1.7　照片修饰与艺术设计

　　Photoshop 和数码相机的融合，使照片变遗憾为惊喜成为可能，这也充分印证了"一切皆有可能"的含义。Photoshop 可以在最短时间内让普通人的照片变得像杂志封面照片一样漂亮。

　　人们不仅可以使用 Photoshop 对数码照片进行修复以弥补照片本身的不足，还可以利用其强大的合成功能，将两幅或者多幅照片合成为一幅极具创意的照片。

　　如图 1.10 所示为原数码照片效果。如图 1.11 所示是使用 Photoshop 对人物面部进行修饰后的照片效果。

图 1.10　　　　　　　　　　　　　　图 1.11

除了对普通的数码照片进行修饰处理外，使用 Photoshop 还可以对商业领域中的婚纱数码照片及儿童数码照片进行设计与制作。

如图 1.12 所示为使用 Photoshop 制作的婚纱及个人写真照片效果。

图 1.12

1.1.8　网页效果图设计

网页设计与制作领域是一个已经为人们所熟知的行业。互联网中每天诞生上百万个网页，这些网页打破了原有的静态表现形式，使页面动、静结合。这些网页中的大多数都使用 Photoshop 进行页面设计，然后使用 Dreamweaver 进行页面生成。

如图 1.13 所示为一些使用 Photoshop 设计的比较优秀的网页作品。

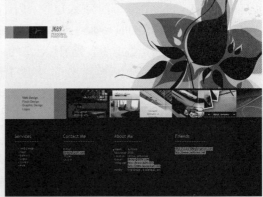

图 1.13

1.1.9　插画绘制

电脑绘画已经越来越多地出现在人们的生活中。从杂志到海报，从包装到影视，电脑绘画随处可见。在日本与韩国，电脑绘画已经被证明在动漫产业具有无限发展的可能与潜力。

图 1.14 展示了几幅优秀的电脑插画作品。

第 2 章

第 3 章

第 4 章

第 5 章

第 6 章

第 7 章

图 1.14

1.1.10　界面设计

　　计算机的普及化和个性化，使得人们对界面的审美要求不断提高，界面也逐渐成为个人风格和商业形象的一个重要展示部分。一个网页、一个应用软件或者一款游戏的界面设计得优秀与否，已经成为人们对其进行衡量的标准之一。在界面设计领域，Photoshop 也扮演着非常重要的角色。目前，90%以上的界面设计师正在使用此软件进行设计。

　　如图 1.15 所示为几款优秀的界面设计作品。

图 1.15

1.2　学习 Photoshop 前的三个问题

　　Photoshop 已经成为一个大众性的软件，人们对它的认知程度颇高。大多数应用计算机软件的用户都会或多或少地学习 Photoshop，但不少初学者心中还是有这样或那样的疑惑，例如，自己是不是特别需要学习这一庞大的软件？如何才可以更快、更好地学习 Photoshop？自己没有美术基础能学习 Photoshop 吗？下面将解答类似的问题。

1.2.1　什么样的人应该学习 Photoshop

Photoshop 的功能决定了希望在以下领域工作的人都应该认真学习此软件。

平面设计、网页设计、三维效果图制作、后期合成、婚纱摄影、商业插画设计、数码摄影、出片打样和界面设计等。

另外，如果从事的是文秘、文案撰写、商业策划类的工作，通过学习并应用此软件能够使工作成果锦上添花，使工作质量更上一层楼。当然，在掌握软件的深度方面，无需像上面所提到的几个领域那样深入、彻底。

通过以上分类可以看出，并非所有人都应该学习 Photoshop，即使学习也有专业学习与非专业学习的区别。例如，从事平面设计、网页设计等工作的人员应该较为深入全面地学习此软件；如果从事的是文秘、文案撰写、商业策划等工作，则应该重点学习图像处理与修饰方面的软件功能与技能，没必要进行全面学习。

因此，在考虑是否需要学习此软件之前，应该对自己的学习及正在从事或者日后将从事的工作有一个准确的定位，而不是盲目从众。

1.2.2　如何学习 Photoshop

许多人在学习 Photoshop 后，即使完全掌握了所有工具及命令的使用方法，却仍然发现自己无法制作出完整的作品。究其原因，往往是学习方法的问题。

所有软件都只是工具。因此，对于 Photoshop 这样一个非常强调创意的软件而言，要想掌握好并将其灵活地运用于各个领域，不仅需要具有扎实的基本操作功底，更应该具有优秀的创意。

笔者作为从教多年的教师，认为学习 Photoshop 可以按下面讲解的几个步骤进行。

1. 打下扎实的功底

对于 Photoshop 而言，扎实的功底即娴熟的操作技术与技巧。它是实现创意的基石。空有好的创意却无法完全表达，那就等于没有。

因此，学习的第一阶段是认真学习基础知识，打下坚实的基础，为以后的深入学习做准备。

2. 模仿

这一过程是任何类别的学习都必然经过的，正如人类必然要经过蹒跚学步的阶段才能阔步向前一样。

如果将学习 Photoshop 类比为学习书法，模仿的过程就是"描红"，在这个阶段需要进行大量练习。通过这些练习，不仅能够熟悉并掌握软件功能及命令的使用方法，而且还能够掌握许多通过练习才能掌握的操作技巧。

3. 培养"感觉"

许多从事设计的人员非常重视"感觉"的培养。虽然"感觉"听上去虚无缥缈，却仍然有一些具体的培养措施，即通过欣赏以下几类成功作品来提高审美的能力。

（1）影视片头和广告：虽然影视片头与广告都是动态的，但说到底也是由一幅幅静止的画面组成的。因此，如果将影视片头与广告当成静止的画面来欣赏，并学习其表现手法及配色，也能够积累许多知识。

（2）Photoshop 作品：欣赏成功的 Photoshop 作品非常重要。通过欣赏这些作品，不仅可以汲取创意与表现方面的知识，而且可以启发对软件灵活运用的思考。

（3）海报与招贴：许多海报与招贴是直接使用 Photoshop 制作而成的。因此，欣赏这些作品有助于学习如何利用 Photoshop 制作这些作品并掌握其创意思路。

（4）网页作品：在 Photoshop 除平面设计外的其他应用领域中，应用最为广泛的莫过于网页设计。实际上，可以将静态网页看成是平面作品在网络中的延伸。互联网作为网页最大的载体，无疑提供了无穷无尽的资源。

通过欣赏这些作品，在仔细观察的基础上分析其美感的来源，并注意总结、积累及灵活地运用，就能够在较短的时间内提高自己的审美能力。当然，读者也可以去各种美术辅导班学习，从而得到更多收益。

4. 实践并进行创意

有了前面三个阶段的积累与沉淀，再去进行创意会相对容易一些，但这仍然会是一个痛苦与彷徨并存的思索过程。然而，正是在这些痛苦与彷徨中，个人的风格才会逐渐形成，个人的创意也会得到极大的锤炼。

以上所讲述的学习 Photoshop 的方法对于需要全面、深入学习 Photoshop 的学习者有着很好的参考意义，如果学习目的只是希望了解并掌握此软件的初级功能，则可以选择自己感兴趣的部分来学习，而不必完全依照以上所讲述的学习方法与步骤。

1.2.3　学习 Photoshop 是否需要美术基础

学习 Photoshop 是否需要正规的美术基础，这是一个最常被初学者问到的问题。从目前学习 Photoshop 的人群来看，其中绝大部分还是属于没有美术基础的一族，所以，对这个问题的解答对这些学习者而言就显得非常重要了。

要想对这个问题有清晰的认识，需要准确分析美术基础与 Photoshop 用途这两个概念。

美术基础是一个很宽泛的词。究竟学习美术到什么样的程度与深度可以算是有美术基础？美术基础与设计基础是否具有同样的内涵与外延？两者间的关系如何？这些问题如果不搞清楚，则很难回答本节提出的问题。在笔者看来，这个问题可以简单化处理，将有美术基础的人定义为有传统绘画（如素描、水彩、油画等）基础的人，而将具有设计基础的人定义为掌握了三大构成理论的人。

从绝大多数艺术设计类学校人才培养的规律来看，一年级都在进行绘画及三大构成理论的学习及相关技能的培养，以后的学期则有针对性地进行设计创作的学习与锻炼。

可以说，如果使用 Photoshop 进行的是设计创作（如平面广告、包装、书封等），最好同时具有美术基础与设计基础；如果进行的是绘画创作（如插画绘制等），最好具有美术基础。唯一对两种基础要求比较低的应该是对数码照片进行修饰类的 Photoshop 应用。

1.3 软件界面的基本操作

界面类似于一个产品的外包装，首先需要对它进行解读以了解产品的信息。虽然这个比喻不足以完全表明了解 Photoshop 界面对于掌握 Photoshop 的重要性，但也能够从一定程度上让各位读者感受到了解 Photoshop 界面所带来的好处。

运行 Photoshop 程序并打开一个图像文件后，将显示类似图 1.16 所示的完整操作界面。

图 1.16

通过图 1.16 可以看出，完整的操作界面由视图控制栏、菜单栏、工具选项栏、工具箱、面板栏、操作文件与文件窗口组成。如果打开了多个图像文件，可以通过单击选项卡式文件窗口右上方的展开按钮 >>，在弹出的文件名称选择列表中选择要操作的文件，如图 1.17 所示。

图 1.17

准备知识

第 1 章

第 2 章

第 3 章

第 4 章

第 5 章

第 6 章

第 7 章

技 巧

按 Ctrl+Tab 键，可以在当前打开的所有图像文件中，从左向右依次进行切换；如果按 Ctrl+Shift+Tab 键，可以逆向切换这些图像文件。

使用选项卡式文件窗口管理图像文件，可以对图像文件进行如下各类操作，以更加快捷、方便地对图像文件进行管理。

（1）改变图像文件的顺序：点按某图像文件的选项卡不放，将其拖动至一个新的位置处再释放，可以改变该图像文件在选项卡中的顺序。

（2）取消／恢复图像文件的叠放状态：点按某图像文件的选项卡不放，将其从选项卡中拖出来，如图 1.18 所示，可以取消该图像文件的叠放状态，使其成为一个独立的窗口，如图 1.19 所示。再次点按图像文件的名称标题，将其拖回选项卡组，可以使其重回叠放状态。

图 1.18　　　　　　　　　　　　　　　　　　图 1.19

1.3.1　掌握工具箱的基本使用方法 CS4

在 Photoshop 版本的不断升级中，工具的种类与数量也不断增加。它变得更加人性化，且操作过程更加方便、快捷。本节主要讲解工具箱中绝大多数工具的使用方法，其中某些重要而且常用的工具将在本书其他章节进行深入讲解。Photoshop CS4 的工具箱如图 1.20 所示。

工具箱中的工具名称及其对应的图标对它们的使用有很好的指导作用。例如，✐【画笔工具】的图标是画笔，由此可以想象到它就相当于生活中的画笔，是用来绘制不同的不规则形状的。生活中有毛笔、铅笔等不同类型的笔，并且粗细、软硬不等，毛笔根据墨汁的浓淡和用力的不同其绘画效果又有所不同，所谓"墨分五色"，因此，✐【画笔工具】的设置同样有类型、不透明度和流量之分。

这样借助于与生活中的工作进行联想的方法，可以快速了解不同的工具，并更好地掌握各种工具的用途。

工具箱中大多数工具的使用频率非常高，因此正确掌握工具箱中工具的使用方法有助于加快操作速度。

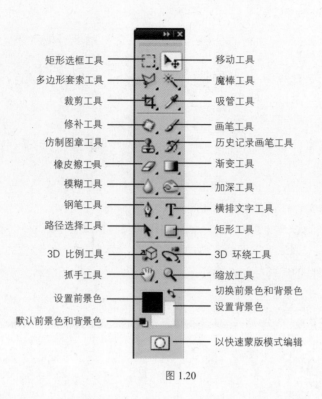

矩形选框工具 —— 移动工具

多边形套索工具 —— 魔棒工具

裁剪工具 —— 吸管工具

修补工具 —— 画笔工具

仿制图章工具 —— 历史记录画笔工具

橡皮擦工具 —— 渐变工具

模糊工具 —— 加深工具

钢笔工具 —— 横排文字工具

路径选择工具 —— 矩形工具

3D 比例工具 —— 3D 环绕工具

抓手工具 —— 缩放工具

设置前景色 —— 切换前景色和背景色

—— 设置背景色

默认前景色和背景色 ——

—— 以快速蒙版模式编辑

图 1.20

1. 伸缩工具箱

通过将 Photoshop CS4 工具箱设计为能够进行灵活伸缩的状态，可以使操作界面更加人性化、便捷化。读者可以根据操作需要将工具箱改变为单栏或者双栏显示。

位于工具箱最上面的区域被称为"伸缩栏"，其左侧的两个小三角形可以对工具箱的伸缩性功能进行控制，如图 1.21 所示。

当工具箱显示为双栏时，两个小三角形的显示方向为向左，如图 1.22 所示，单击顶部的伸缩栏，即可将工具箱转换为单栏显示状态，如图 1.23 所示。

伸缩栏

图 1.21

图 1.22

图 1.23

准备知识 ●

第1章

第2章

第3章

第4章

第5章

第6章

第7章

工具箱的单、双栏显示各有其优点。单栏显示状态可以节省工作区空间，有利于进行图像处理；双栏显示状态能够使工具箱中的工具集中显示，方便使用。读者可根据自己的工作需要进行设置，其切换同样简单快捷，体现了软件的人性化设置。

2. 激活工具

工具箱中的每一种工具都有两种激活方法，即在工具箱中直接单击工具或者按要选择的工具的快捷键。

大多数工具的快捷键就是当完全显示工具时工具名称右侧的字母。例如，[ ]【矩形选框工具】右侧的字母是"M"，如图 1.24 所示，表示按 M 键可以激活此工具。如果不同的工具有同样一个快捷键，则表明这些工具属于同一工具组，按快捷键的同时加按 Shift 键就可以在这些工具之间进行切换了。

3. 显示隐藏的工具

如果工具图标的右下角显示出一个黑色三角形，就表明还有隐藏工具。要显示隐藏工具，可以在带有隐藏工具的图标上单击鼠标右键，如图 1.25 所示为套索工具组中所显示出来的隐藏工具。

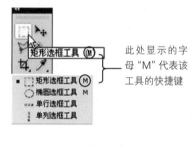

图 1.24

图 1.25

1.3.2 掌握面板的基本使用方法 精 CS4

Photoshop CS4 的面板有 20 多种。由于在工作中不可能同时使用所有面板，这些面板之间就存在隐藏一些面板而显示另一些面板的问题。

这一功能一方面便于在众多的面板中快速找到所需要的面板，另一方面也能够最大化图像的显示区域，使操作的图像文件不至于被面板遮挡。在众多面板中最为常用的是【图层】、【路径】、【通道】、【历史记录】和【动作】面板等。

1. 显示和隐藏面板

要显示面板，在【窗口】菜单中选择相对应的命令，再次选择此命令可以隐藏该面板。

> **注 意**
>
> 按 Tab 键可以隐藏工具箱及所有显示的面板，再次按 Tab 键可全部显示。如果仅需要隐藏所有显示的面板，可以按 Shift+Tab 键，再次按 Shift+Tab 键即可全部显示。

2. 面板弹出菜单

在大多数面板的右上角都有一个 ▼■ 按钮。单击该按钮即可显示此面板的命令菜单。在操作中，这些面板弹出菜单中的命令也会被经常使用。

3. 伸缩面板

与工具箱相似，面板也可以进行伸缩。对面板的伸缩性功能进行控制的，同样是位于面板上方左侧的两个小三角形。单击其顶部的伸缩栏，可以使面板在图标显示状态或者展开显示状态之间进行切换。如图 1.26 所示为将面板收缩为图标显示时的状态。如图 1.27 所示为将面板展开显示时的状态。

图 1.26   图 1.27

除此以外，还可以通过直接单击面板的选项卡名称来对面板进行切换，或者通过双击面板的选项卡名称来对某个已经显示出来的面板进行隐藏。

在展开所有面板后，这些面板将被有规则地分为两栏并罗列在软件的右侧，这是 Photoshop 默认情况下的面板栏数量。

4. 组合及拆分面板

可以根据不同的操作习惯，将 Photoshop CS4 的面板任意组合、拆分，将两个或者三个面板组合在一个面板中成为选项卡，也可以将一个面板中的所有选项卡拆分成单独的面板。

例如，单击面板中的【图层】选项卡，将其向外拖动出该面板外框，如图 1.28 所示，释放鼠标左键，则该选项卡将独立为一个面板，如图 1.29 所示。

图 1.28   图 1.29

与拆分操作类似，要将某个面板组合至另一面板中以成为其选项卡，只需将其拖动至另一面板中即可，此操作示例如图 1.30 所示。

拖动前 　　　　　　　　　　　　　　　　　　　　拖动后

图 1.30

5. 创建新的面板栏

在 Photoshop CS4 中，读者可以根据工作需要增加更多面板栏。增加面板栏的操作方法非常简单，可以使用鼠标拖动需要增加的面板至面板栏的最左侧边缘位置，当其边缘出现如图 1.31 所示的高亮显示条时释放鼠标，即可创建得到一个新的面板栏，如图 1.32 所示。

图 1.31 　　　　　　　　　　　　　　　　　　　　图 1.32

1.3.3　掌握菜单的基本使用方法

Photoshop CS4 的菜单包括【文件】、【编辑】、【图像】、【图层】、【选择】、【滤镜】、【分析】、【3D】、【视图】、【窗口】和【帮助】等，相当于资料箱，储备了可以用到的操作命令。虽然在每个菜单中又包含有数十个子菜单和命令，使整个菜单过于复杂庞大，看起来令人眼花缭乱，但实际上经常用到的只是其中的几类。只需要对这些命令进行特别关注，并认真学习本书所有示例，对命令的使用就能够得心应手了。

1.3.4 自定义菜单命令

1. 显示 / 隐藏菜单命令

Photoshop 有显示 / 隐藏菜单命令的功能，可以根据自己的操作习惯显示 / 隐藏不常用的应用程序菜单或者面板菜单中的命令。

执行【编辑】|【菜单】命令或者按 Alt+Shift+Ctrl+M 键，弹出【键盘快捷键和菜单】对话框，如图 1.33 所示。

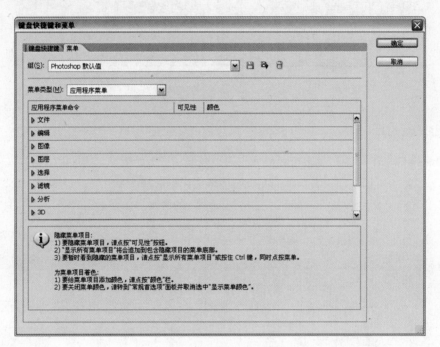

图 1.33

显示 / 隐藏菜单的具体操作步骤如下所述。

① 执行【编辑】|【菜单】命令，弹出【键盘快捷键和菜单】对话框。

② 单击【组】右侧的 ✓ 按钮，在弹出的下拉菜单中选择一种工作类型。例如，如果在此选择【CS4 新增功能】选项，则可以在其基础上再对菜单命令进行显示或者隐藏方面的设置操作。

③ 在【菜单类型】下拉菜单中，可以选择要显示或者隐藏的菜单命令所在的菜单类型。可以选择【应用程序菜单】选项，对应用程序菜单中的命令进行显示或者隐藏操作；也可以选择【面板菜单】选项，对面板菜单中的命令进行显示或者隐藏操作。在此选择【应用程序菜单】选项。

④ 单击【应用程序菜单命令】栏下方命令左侧的 ▷ 按钮，展开显示菜单命令，如图 1.34 所示。

图 1.34

⑤ 单击【可见性】栏下方的 👁 图标，即可显示或者隐藏该菜单命令。在此笔者按照图 1.35
所示隐藏了若干个命令，隐藏命令前后的菜单显示如图 1.36 所示。

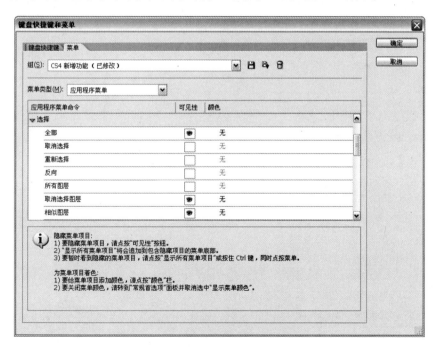

图 1.35

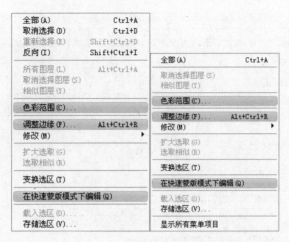

图 1.36

可以看出，使用此功能可以大大简化菜单命令，使菜单按照自己的工作喜好进行显示。

2. 突出显示菜单命令

突出显示菜单命令也是 Photoshop 的优秀功能之一。使用此功能，能够指定菜单命令的显示颜色，以方便辨认不同的菜单命令，这对初学者（即不熟悉菜单内容的用户）是一个非常实用的功能。

突出显示菜单命令的操作与显示 / 隐藏菜单命令的操作基本相同，只是在执行步骤 5 的操作时，需要在【键盘快捷键和菜单】对话框中要突出显示的命令右侧单击【无】或者颜色名称，在颜色下拉菜单中选择需要的颜色。

如图 1.37 所示为突出显示菜单命令时的对话框设置。如图 1.38 所示为按此设置突出显示的菜单命令。

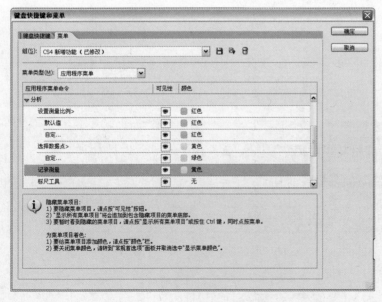

图 1.37

图 1.38

1.3.5　自定义工作界面

　　Photoshop 提供了保存工作界面的功能。利用此功能，不同用户可以按照自己的偏好布置工作界面并将其保存为自定义的工作界面。在工作一段时间后，如果工作界面变得很零乱，可以选择调用自定义工作界面的命令，将工作界面恢复至自定义后的状态。

1. 保存自定义工作界面

　　用户按照自己的爱好布置好工作界面后，如果需要保存自定义的工作界面，可以执行【窗口】|【工作区】|【存储工作区】命令，在弹出的对话框中键入自定义的名称，如图 1.39 所示，然后单击【存储】按钮。

2. 调用自定义工作界面

　　要调用自定义的工作界面，执行【窗口】|【工作区】子菜单中的自定义工作界面的名称即可，如图 1.40 所示。

　　　　　　图 1.39　　　　　　　　　　　　　　　图 1.40

3. 恢复至系统默认的工作界面

　　如果要将工作界面恢复至系统默认的工作界面，可以执行【窗口】|【工作区】|【基本功能（默认）】命令。

第 2 章

第 3 章

第 4 章

第 5 章

第 6 章

第 7 章

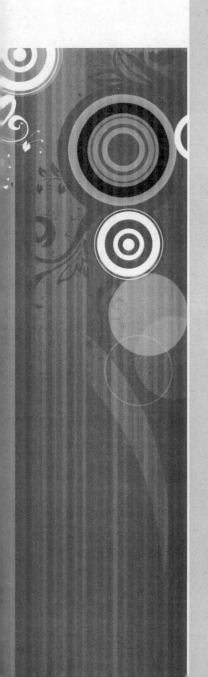

读书笔记

CHAPTER **2**

图像和文件

2.1 基础知识概述

本章所讲解的知识并没有逻辑上的联系，但这些知识基本上都是基础支撑性知识。只有掌握了这些知识，才能够进行更深层次上的学习。下面对最为重要的几种概念分别进行讲解。

在 Photoshop 中进行的操作都基于图像文件，因此掌握有关图像文件的各类操作无疑具有非常重要的意义。应用本章所讲解的知识，以预设文件尺寸来创建图像文件，能够提高创建图像文件的工作效率，而对于那些从事与视频制作相关工作的人员而言，本章所讲解的关于创建用于视频的图像文件的知识显然非常重要。

分辨率是任何一个从事视觉艺术创作的人员都无法绕开与回避的概念。如果不能够正确理解与掌握分辨率的相关操作，则无法恰当地从事与视觉艺术创作有关的工作。

本章不仅对分辨率这个概念有清晰的阐述，而且还分析了常见的分辨率种类，将这些知识应用在创作中可以保证得到实用的效果。

2.2 位图、矢量图概述及其关系

计算机图形图像的主要形式分为位图和矢量图这两种，但两者之间有着本质的差别。由于 Photoshop 是一个位图处理软件，同时又能够导入矢量图文件，对于学习 Photoshop 的读者而言，理解并掌握这两种形式的区别就显得非常重要了。

2.2.1 位图的基本概念

位图使用像素来表现图像，因此也被称为栅格图像。将这一类图像放大到一定程度时，则表现出明显的点块化像素效果，这被称为"栅格化现象"。如图 2.1 所示为原图像及放大显示后的局部图像效果。可以看出，当位图在 Photoshop 中被拉伸放大至超出原尺寸 100% 的比例时，就会显示出明显的锯齿现象。

原图像效果

放大显示后的局部图像效果

图 2.1

● 图像和文件 ●

第 1 章

第 2 章

第 3 章

第 4 章

第 5 章

第 6 章

第 7 章

位图的优点是很适合表现细节丰富、细腻的画面。位图的缺点是，每一幅图像都包含固定的像素信息，因此无法通过处理得到更多细节，而且要得到的图像品质越高则文件也越大。对于一个有数十个图层的复合图像作品而言，文件的大小高达上百兆是一件很平常的事，这也对机器的配置提出了更高的要求。

2.2.2　位图文件的常见格式

位图文件的常见格式很多，下面简单介绍几种。

1．PSD 格式

PSD 格式不仅是 Photoshop 默认的文件格式，而且是一种支持所有图像模式（包括位图、灰度、双色调、索引颜色、RGB、CMYK、Lab 和多通道等）的文件格式。

PSD 格式的图像文件可以保存图像中的参考线、Alpha 通道和图层，从而为再次调整、修改图像提供了可能性。

2．JPEG 格式

JPEG 格式是互联网中最为常用的图像文件格式之一。JPEG 格式支持 CMYK、RGB 和灰度颜色模式，也可以保存图像中的路径，但无法保存 Alpha 通道。

该文件格式的最大优点是能够大幅度降低图像文件的大小，但降低图像文件大小的途径是通过有选择地删除图像数据，因此图像质量会有一定的损失。在将图像文件保存为 JPEG 格式时，可以选择压缩的级别，级别越高则得到的图像品质越低，但文件也越小。

3．TIFF 格式

TIFF 格式用于在不同的应用程序和计算机平台之间交换图像文件。换言之，就是使用该文件格式保存的图像文件可以在 PC、MAC 等不同的操作平台上打开，而且不会存在差异。

除此之外，TIFF 格式是一种通用的位图文件格式，几乎所有图像编辑和页面设计应用程序均支持此文件格式。TIFF 格式支持具有 Alpha 通道的 CMYK、RGB、Lab、索引颜色和灰度图像以及无 Alpha 通道的位图模式图像。

TIFF 文件格式能够保存通道、图层、路径等。从这一点来看，该文件格式似乎与 PSD 格式没有什么区别。但实际上如果在其他应用程序（如 PageMaker 等）中打开该文件格式所保存的图像时，则所有图层将被拼合。也就是说，只有使用 Photoshop 打开此类文件格式，才能修改其中的图层。

4．GIF 格式

GIF 格式是使用 8 位颜色并在保留图像细节（如艺术线条、徽标或者带文字的插图等）的同时有效地压缩图像实色区域的一种文件格式。由于 GIF 文件只有 256 种颜色，因此将原 24 位图像优化成为 8 位的 GIF 文件时会导致颜色信息的丢失。

该文件格式的最大特点是能够创建具有动画效果的图像。在 Flash 尚未出现之前，GIF 格式是互联网上动画文件的标准文件格式，所有动画文件均保存为 GIF 格式。此外，GIF 格式支持透明背景，如果需要在设置网页时使图像较好地与背景融合，则需要将图像保存为 GIF 格式。

2.2.3 矢量图的基本概念

矢量图以数学公式的方式记录信息，可以对其任意放大或者缩小而不会出现模糊和锯齿现象，并且对应的文件尺寸较小。如图 2.2 左图所示为 100% 显示状态下的矢量图。如图 2.2 右图所示为放大至 1 000% 时的局部效果。可以看出，构成图形的线条仍然非常光滑。

图 2.2

矢量图的优点是可以根据需要任意进行缩小或者放大，而不用考虑分辨率和尺寸的变化会影响图像的品质。因此，矢量图特别适合于表现具有大面积色块的卡通、文字或者公司 LOGO，如图 2.3 所示。

虽然 Photoshop 是一个位图软件，但在 Photoshop 中使用 【钢笔工具】、矢量绘图类工具绘制的路径以及使用文字类工具键入的文字都属于矢量图的范畴。

图 2.3

2.2.4 矢量图文件的常见格式

在平面设计中经常接触到的矢量图文件格式有以下两种。

1. EPS 格式

EPS 格式可以同时包含矢量图和位图，并且几乎所有的图形、图表和页面设计程序都支持

图像和文件

第1章

第2章

第3章

第4章

第5章

第6章

第7章

该文件格式。EPS 格式用于在应用程序之间传递 PostScript 语言所编译的图片，当在 Photoshop 中打开包含矢量图的 EPS 文件时，Photoshop 将矢量图转换为位图。

EPS 格式支持 Lab、CMYK、RGB、索引颜色、双色调、灰度和位图颜色模式，但无法保存 Alpha 通道。

2．AI 格式

AI 格式是 Illustrator 软件默认的文件格式，是一种标准的矢量图文件格式，用于保存使用 Illustrator 软件绘制的矢量路径信息。

在 Photoshop 中打开使用 AI 格式保存的文件时，Photoshop 可以将其转换为智能对象，以避免矢量图文件中的矢量信息被栅格化。

> **提 示**
>
> 关于智能对象的讲解，请参阅本书相关章节。

2.2.5 位图与矢量图之间的关系

矢量图与位图虽然在概念上完全不同，但在软件使用过程中并没有严格的界限。目前使用的软件基本都扮演着一专多能的角色，即图像处理软件也包含了一定的图形绘制功能，而矢量绘图软件也包含了一定的图像处理功能。

例如，使用矢量绘图软件同样可以制作出逼真、细腻的具有位图效果的作品。如图 2.4 所示为国外艺术家使用 Illustrator 软件绘制的作品。如图 2.5 所示为此作品在矢量线条显示状态下的效果。可以看出，该作品表现出了只有位图才适合表现的逼真质感与丰富的细节。

图 2.4   图 2.5

同样，使用位图绘图软件也可以绘制出具有矢量感觉的图像，在 Photoshop 中使用 ◊.【钢笔工具】和 ◊.【自定形状工具】就可以轻松做到这一点。如图 2.6 所示的作品均为使用 Photoshop 绘制的矢量效果作品。

图 2.6

2.3 图像文件的基础操作

2.3.1 新建图像文件

执行【文件】|【新建】命令，弹出如图 2.7 所示的对话框。在此对话框中，可以设置新建文件的【名称】、【宽度】、【高度】、【分辨率】、【颜色模式】和【背景内容】等参数。

在对话框的【预设】下拉菜单中已经预设好了创建文件的常用类型，从而可以方便操作。【预设】下拉菜单中的选项如图 2.8 所示。

图 2.7

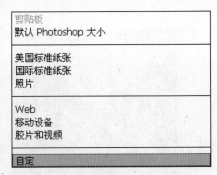

图 2.8

在【预设】下拉菜单中选择某一类型后，可以在【大小】下拉菜单中选择相对应类型的预设尺寸。

例如，在【预设】下拉菜单中选择【Web】选项后，【大小】下拉菜单中的选项如图 2.9 所示；而选择【胶片和视频】选项后，【大小】下拉菜单中的选项如图 2.10 所示。

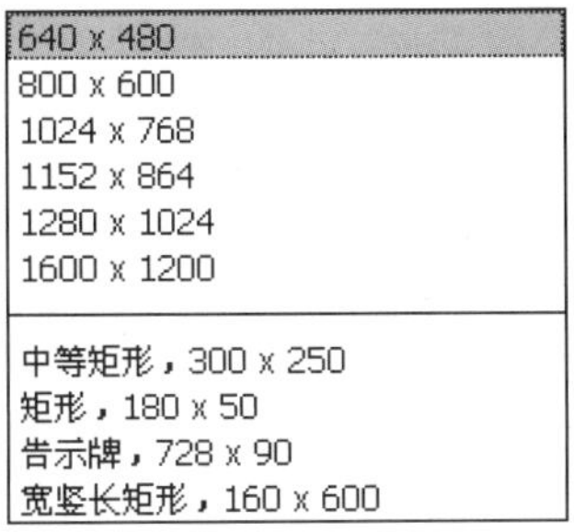

```
640 x 480
800 x 600
1024 x 768
1152 x 864
1280 x 1024
1600 x 1200

中等矩形，300 x 250
矩形，180 x 50
告示牌，728 x 90
宽竖长矩形，160 x 600
```

图 2.9

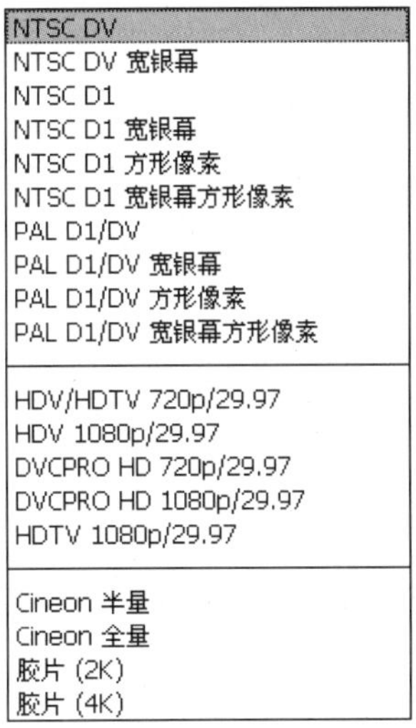

```
NTSC DV
NTSC DV 宽银幕
NTSC D1
NTSC D1 宽银幕
NTSC D1 方形像素
NTSC D1 宽银幕方形像素
PAL D1/DV
PAL D1/DV 宽银幕
PAL D1/DV 方形像素
PAL D1/DV 宽银幕方形像素

HDV/HDTV 720p/29.97
HDV 1080p/29.97
DVCPRO HD 720p/29.97
DVCPRO HD 1080p/29.97
HDTV 1080p/29.97

Cineon 半量
Cineon 全量
胶片 (2K)
胶片 (4K)
```

图 2.10

技 巧

如果在新建文件之前曾执行复制操作，则对话框中的【宽度】及【高度】数值自动匹配所复制图像的高度与宽度的尺寸。如果执行复制操作而又不希望此对话框自动匹配所复制图像的高度与宽度的尺寸，则可以在执行【文件】|【新建】命令时按住 Alt 键（执行【新建】命令后按住鼠标左键不放再按 Alt 键，然后松开鼠标以及 Alt 键），此时 Photoshop 将自动使用上一次创建新图像文件时使用的图像文件尺寸。

在工作中，有几种常用的平面设计制作尺寸，列举如下。

（1）名片类：横版方角为 90mm×55mm，横版圆角为 85mm×54mm，竖版方角为 50mm×90mm，竖版圆角为 54mm×85mm，方版为 90mm×90mm、90mm×95mm。

（2）IC 卡：标准尺寸 85mm×54mm。

（3）三折页广告和普通宣传册：标准尺寸为(A4)210mm × 285mm。

（4）招贴画：标准尺寸为 540mm × 380mm。

（5）手提袋：标准尺寸为 400mm × 285mm × 80mm。

（6）信纸：标准尺寸为 185mm × 260mm、210mm × 285mm。

（7）文件封套：标准尺寸为 220mm × 305mm。

（8）挂旗：标准尺寸 8 开为 376mm × 265mm，4 开为 540mm × 380mm。

（9）CD 碟面：外圈为 118 mm、内圈为 36 mm 或是 25mm。

2.3.2 存储文件预设[精]

如果希望在创建新图像时不再一次次设置图像的尺寸，可以使用【新建】对话框的存储预设功能，其操作步骤如下。

① 在【新建】对话框中，根据需要设置所要创建的图像的尺寸或者分辨率。

② 单击【存储预设】按钮，在弹出的如图 2.11 所示的对话框中进行设置。

③ 单击【确定】按钮退出对话框，则可以在【新建】对话框中的【预设】下拉菜单中选择所定义的图像预设，如图 2.12 所示。

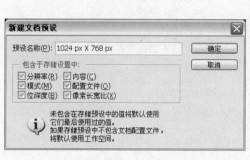

图 2.11　　　　　　　　　　　　　　　　　图 2.12

2.3.3　依据打开的图像文件的尺寸新建文件

在新建图像文件时，可以让要创建的新图像文件的大小与已打开的图像文件相匹配，使两者具有相同的尺寸、分辨率，其操作方法非常简单，步骤如下所述。

① 打开图像文件（在此笔者已经打开了三个图像文件），如图 2.13 所示。

② 执行【文件】|【新建】命令，在【新建】对话框中【预设】下拉菜单的最下方选择要匹配的已打开的图像文件，如图 2.14 所示，然后直接单击【确定】按钮退出对话框。

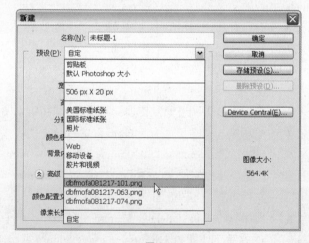

图 2.13　　　　　　　　　　　　　　　　　图 2.14

2.3.4　创建用于视频的图像文件

在默认情况下，按上面所讲解的操作方法创建的图像文件所包含的像素都是正方形的，这是因为计算机屏幕中显示的像素是正方形的。

但在电视机或者摄像机屏幕中显示的像素并不是正方形的，通常是矩形的。因此，当将一张在计算机屏幕中显示正常的图像（如图 2.15 所示）输出到视频设备上时，该图像就会变形，如图 2.16 所示。

图 2.15

图 2.16

如果要在 Photoshop 中创建能够输出到视频设备上并且正常显示的图像，就应该在创建图像文件时确定像素的长宽比，其方法是在【新建】对话框中单击其下方的【高级】按钮，显示【像素长宽比】参数，如图 2.17 所示，在其下拉菜单中选择合适的长宽比。

如图 2.18 所示为笔者按图 2.19 所示的对话框设置所创建的一个为国际标准纸张"A6"的新文件。

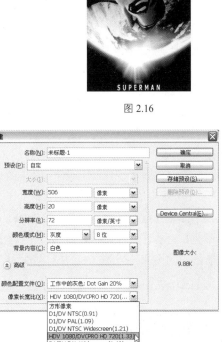

图 2.17

图 2.18

图 2.19

2.3.5　设定文件的像素长宽比[精]

设定像素长宽比操作与上一节所讲解的创建用于视频的图像文件的操作紧密相关。

大多数情况下，在创建用于视频输出的新图像文件时，可以选择【新建】对话框中【预设】下拉菜单中的【胶片和视频】选项，然后在【大小】下拉菜单中选择不同的大小尺寸选项，如图 2.20 所示。

使用这些选项创建图像文件时，能够得到辅助的安全显示区域参考线。其中，最外面的一圈参考线标定的是图像的安全显示区域，而最里面的一圈参考线则标定了标题文字的安全显示区域。

由于大多数电视机屏幕会裁切掉视频图像的部分边缘，因此在进行设计工作时必须将操作限定在安全显示区域内。

在指定了像素长宽比的图像中进行工作，所绘制的正方形与圆形能够保持在视觉上的正常比例（如图 2.21 所示），便于在工作中能够以正常的观察角度来工作。

NTSC DV
NTSC DV 宽银幕
NTSC D1
NTSC D1 宽银幕
NTSC D1 方形像素
NTSC D1 宽银幕方形像素
PAL D1/DV
PAL D1/DV 宽银幕
PAL D1/DV 方形像素
PAL D1/DV 宽银幕方形像素
HDV/HDTV 720p/29.97
HDV 1080p/29.97
DVCPRO HD 720p/29.97
DVCPRO HD 1080p/29.97
HDTV 1080p/29.97
Cineon 半量
Cineon 全量
胶片 (2K)
胶片 (4K)

图 2.20

但实际上，在指定了像素长宽比的图像中所绘制的正方形与圆形在正常显示状态下是矩形与椭圆形。要查看这一效果，可以执行【视图】|【像素长宽比】|【方形】命令，以正方形像素来显示所绘制的图像，以图 2.21 中的图像为例，此时的图像效果将如图 2.22 所示。

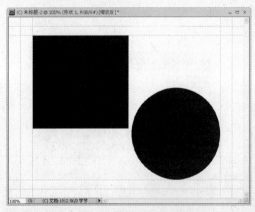

图 2.21

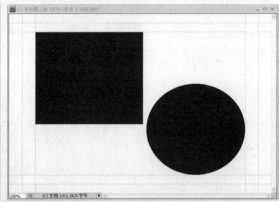

图 2.22

2.3.6　打开文件[精]

【打开为】命令与【打开】命令是有区别的。例如，某些下载的图像文件在保存时如果以错误的格式保存，使用【打开】命令有可能无法打开，尝试使用【打开为】命令或许就可以了。因此，【打开为】命令可以打开一些使用【打开】命令无法辨认的文件。

图像和文件

第1章

第2章

第3章

第4章

第5章

第6章

第7章

2.3.7 保存文件

执行【文件】|【存储】命令，可以保存当前操作的文件，此命令对话框如图 2.23 左图所示。

> **提 示**
>
> 只有当前操作的文件具有 Alpha 通道、图层、专色等，并且在【格式】下拉菜单中选择支持保存这些信息的文件格式时，对话框中的【Alpha 通道】、【图层】、【专色】等选项才会被激活，如图 2.23 右图所示。这些选项被激活后，可以根据需要选择是否保存这些信息。

图 2.23

2.4 分辨率概述

所谓"分辨率"，指的是单位长度中所表达或者采取的像素数目，通常用 dpi（像素／英寸）来表示。

高分辨率的图像比相同打印尺寸的低分辨率图像包含的像素要多，因而图像显得较细腻。图 2.24 显示了物理尺寸相同，但分辨率分别为 72 dpi（左图）和 300 dpi（右图）的同一幅图像。比较可以看出，分辨率为 300 dpi 的图像更细腻，基本看不到分辨率为 72 dpi 的图像所显示出来的锯齿与虚边。

对于图像工作者而言，理解分辨率的概念非常重要。不同的工作种类需要使用大小不同的分辨率，因此在工作中必须适当把握分辨率的大小。在输出图像时使用过小的分辨率会导致图像显示出粗糙的像素效果，而使用太大的分辨率会增加文件的大小，并降低图像的输出速度。

72dpi

300dpi

图 2.24

要确定图像的分辨率，首先必须考虑图像的最终用途。例如，对于只在屏幕上观看的图像，只需要满足屏幕显示的分辨率即可，通常是 72dpi 或者 96dpi。

2.5　常见的分辨率种类

分辨率并不是 Photoshop 独有的概念，常见的分辨率还包括打印机分辨率、印刷分辨率、屏幕分辨率、扫描仪分辨率、数码相机分辨率等，下面逐一进行讲解。

2.5.1　图像分辨率与打印机分辨率

图像分辨率不会影响屏幕显示的质量，但会影响打印出来的图像品质。在制作过程中，它的大小可以通过 PhotoImpact、Photoshop、Illustrator 等图像处理软件来改变。

例如，有一幅图像的分辨率为 100dpi、大小为 1 800 ×1 000 pixels，这表示打印时每英寸（inch）图像要用 100 个点（dot）来表现，所以打印出来的图像尺寸大约是 18"×10"大小。

如果通过图像处理软件把它的分辨率提高到 200dpi，但物理尺寸不变，这时打印图像，每英寸（inch）图像用 200 个点（dot）来表现，所以打印出来的图像物理尺寸只有 9"×5"大小，是原来尺寸的 1/4，但由于打印时单位面积的墨点数目提高了，打印出来的图像也更加细腻了。

从打印设备的角度而言，图像的分辨率越高，打印出来的图像也就越细致。

有时会听到这样的说法，图像的分辨率越高，表示它的成像品质越好，这样说是很片面的。图像的品质主要取决于输入阶段，而打印的分辨率不能起到改变图像本身品质的作用。严格地说，提高图像分辨率，影响的是打印的品质及输出大小，关于这一点在下面一节中将会有更加详细的讲解。

2.5.2　印刷分辨率 精

在印刷时往往使用线屏（lpi）而不是分辨率来定义印刷的精度，在数量上线屏是分辨率的两倍。了解这一点有助于在知道图像的最终用途后，确定图像在扫描或者制作时的分辨率数值。

第1章

第2章

第3章

第4章

第5章

第6章

第7章

例如，如果一个出版物以线屏 175 进行印刷，则意味着出版物中的图像分辨率应该是 350dpi。换言之，在扫描或者制作图像时应该将分辨率定为 350dpi 或者更高一些。

下面列举了一些常见的印刷品中的图像应该使用的分辨率。

（1）报纸印刷所用线屏为 85 lpi，因此报纸印刷采用的图像分辨率就应该是 125～170dpi。

（2）杂志／宣传品通常以 133 lpi 或者 150 lpi 线屏进行印刷，因此杂志／宣传品印刷采用的图像分辨率为 300dpi。

（3）大多数精美的书籍在印刷时用 175～200 lpi 线屏印刷，因此高品质书籍印刷采用的图像分辨率为 350～400dpi。

（4）对于远观的大幅面图像（如海报等），由于观看的距离非常远，可以采用较低的图像分辨率（如 72～100dpi 等）。

2.5.3 屏幕分辨率

屏幕分辨率就是 Windows 桌面的大小，常见的设定有 640×480 pixels、800×600 pixels、1024×768 pixels 等。以 17"的屏幕为例，如果图像呈现在屏幕上的尺寸是 800×600 pixels，由于特定屏幕的显示尺寸是固定的，当将屏幕的分辨率由 800×600 pixels 调整成 1280×1024 pixels 后，17"的屏幕中单位面积的像素点增加了，原先的图像看起来细腻了很多，但尺寸则缩小为不到桌面的 40%。

2.5.4 扫描仪分辨率 精

扫描仪分辨率标定了扫描仪辨识图像细节的能力，1 200dpi 分辨率的扫描仪可以在每英寸内清楚地分辨出 1 200 个像素。

扫描仪的分辨率有光学分辨率和软件分辨率之分。其中，软件分辨率使用的是数学上的外插运算法以放大既有的扫描影像，实际上对提升图像品质的影响并不大。

光学分辨率才是扫描仪真正的扫描能力，扫描仪的分辨率根据扫描文件的不同可以有所调整。例如，扫描印刷品时可以设定为 600dpi，然后再进行去网点、缩小尺寸等处理；扫描照片时可以设定为 300dpi，然后再进行调整、缩小尺寸等处理。

扫描正片时，如果光学分辨率足够高，可以将其设置在 1 200dpi 以上。

扫描时原稿的质量也是影响图像清晰度的一个很重要的因素。如果原稿的品质很高，扫描仪的光学分辨率也较高，则可以得到较好的图像效果。

相反，使用粗糙模糊的原稿，即使提高扫描分辨率也不会得到很满意的效果。

2.5.5 数码相机分辨率

数码相机有两个分辨率数值，一个是感光组件的分辨率，另一个是未经插值时成像的分辨率。未经插值时成像的分辨率决定了最终得到的数码图像的清晰度与打印尺寸。

例如，如果一个相机未经插值时成像的分辨率是 2 000×1 600 pixels，那么其总的像素量是 2 000×1 600＝320 万像素。如果是以 100dpi 的分辨率打印图像，则可以打印出 20"×16"的成品；如果是以 200dpi 的分辨率打印，则可以打印出 10"×8"的成品。

其计算方法很简单。

宽：2 000 pixels /200dpi=10"。

高：1 600 pixels /200dpi=8"。

2.5.6　平面设计中无需设定分辨率的情况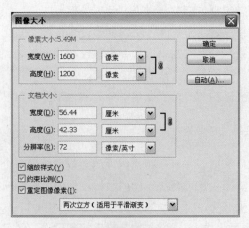

许多初学者有这样的疑惑，即为什么在 Photoshop 中处理的图像要根据其用途来设定分辨率，而使用 PageMaker 等排版软件在创建新文件时无需设定分辨率。

实际上，这个问题已经能够在本章前面的内容中找到答案了。这是由于排版软件对文字、图形的表现是通过数字公式来完成的。这些对象在输出时与分辨率无关，只与输出的设备有关，理论上能够达到输出设备的最高分辨率，因此输出设备的分辨率高，则制作页面的输出效果就好，反之则较差。

> **提　示**
>
> 排版软件中使用的图像，由于输出时要读取原图的像素点阵信息，因此，其输出与原图的分辨率有关。

2.6　修改图像的尺寸

2.6.1　根据像素总量来修改图像的尺寸

在工作中调整图像尺寸的情况较为常见。执行【图像】|【图像大小】命令可以改变图像的尺寸，其命令对话框如图 2.25 所示。

在修改图像的尺寸时有两种选择。第一种是在保持图像像素总量不变的情况下，通过缩小图像的物理尺寸来提高图像的分辨率，或者通过降低图像的分辨率来增大图像的物理尺寸；第二种是在图像的像素总量发生变化的情况下，改变图像的分辨率或者物理尺寸。

图 2.25

图像和文件●

第1章

第2章

第3章

第4章

第5章

第6章

第7章

下面分别讲解在上述两种情况下改变图像物理尺寸的具体操作。

1. 在像素总量不变的情况下改变图像的物理尺寸

在像素总量不变的情况下改变图像物理尺寸的操作方法如下所述。

① 在【图像大小】对话框中取消选择【重定图像像素】选项，此时对话框如图2.26所示。

② 在对话框的【宽度】、【高度】数值框右侧选择合适的单位。

③ 分别在对话框的【宽度】、【高度】两个数值框中键入小于原值的数值，用以降低图像的尺寸，此时图像的分辨率将提高；反之，如果键入了大于原值的数值，则图像的分辨率将降低。这两种操作都不会影响图像的像素总量，因此，对话框上方的【像素大小】数值不会发生变化。

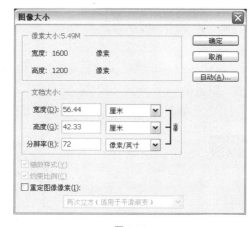

图 2.26

2. 在像素总量变化的情况下改变图像的物理尺寸

在像素总量变化的情况下改变图像物理尺寸的操作方法如下所述。

① 保持【图像大小】对话框中的【重定图像像素】选项处于选中状态。

② 在【宽度】、【高度】数值框右侧选择合适的单位，并在对话框的【宽度】、【高度】两个数值框中键入不同的数值，如图2.27所示。

③ 也可以在【分辨率】数值框中键入一个新的分辨率数值，用以修改当前图像的分辨率。如果键入的数值大于原分辨率数值，则 Photoshop 将增加图像的像素总量，反之，Photoshop 将减少图像的像素总量。

④ 如果改变图像尺寸时需要保持图像的长宽比，则选择【约束比例】选项，否则，取消其选中状态。

> **注 意**
>
> 此时对话框上方的【像素大小】区将显示两个数值，前一数值为以当前键入的数值进行运算时图像的大小，后一数值为原图像的大小。如果前一数值大于后一数值，表明经过插值运算，图像的像素总量增多了；如果前一数值小于后一数值，表明图像的像素总量减少了。

图 2.27

因为 Photoshop 无法找回损失的图像细节，所以如果在像素总量发生变化的情况下将图像的尺寸变小，然后以同样的方法将图像的尺寸放大，损失的图像细节不会再次出现。

如图 2.28 所示为原图像。如图 2.29 所示为在像素总量发生变化的情况下，将图像的尺寸变为原尺寸大小 40%后的效果。如图 2.30 所示为以同样的方法将尺寸恢复为原尺寸大小后的效果。比较缩放前后的图像，可以看出恢复为原来大小的图像没有原图像清晰。

图 2.28

图 2.29

图 2.30

2.6.2　了解插值方法 精

如果在 2 与 4 之间取一个数，很可能选择 3；如果混合红色与蓝色，就得到了紫色，这种在两种事物之间进行估算的数学方法就是插值。在需要对图像的像素进行重新分布或者改变像素数量的情况下，Photoshop 使用插值的方法对像素进行重新安排。

例如，如果要在黑色和白色之间确定一个中间值，Photoshop 可能选择灰色，它可能是 50%的灰色，也可能是其他的灰色。

如图 2.31 所示为一个宽度与高度只有 2 pixels 的图像文件，如果将此图像文件的宽度与高度数值提高至 6 pixels 大小，Photoshop 将重新分布图像的像素并通过插值得到新的像素，其效果如图 2.32 所示。可以看出，在黑与白之间出现了第三种颜色的像素（即灰色），这充分证明了插值的作用。

Photoshop 提供了五种插值运算方法，可以在【图像大小】对话框中的【重定图像像素】下拉菜单中进行选择，如图 2.33 所示。

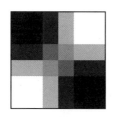

图 2.31　　　　　　　　图 2.32　　　　　　　　图 2.33

各运算方法释义如下。

➤ 【邻近（保留硬边缘）】：此插值运算方法适用于有矢量特征的位图。

➤ 【两次线性】：对于要求速度且不太注重运算后质量的图像，可以使用此方法。

➤ 【两次立方（适用于平滑渐变）】：最通用的一种运算方法，在对其他方法不够了解的情况下，最好选择此运算方法。

➤ 【两次立方较平滑（适用于扩大）】：适用于放大图像时使用的一种插值运算方法。

➤ 【两次立方较锐利（适用于缩小）】：适用于缩小图像时使用的一种插值运算方法，但有时可能会使缩小后的图像过于锐利。

2.6.3　数码洗印与图像大小

目前，数码相机进入了越来越多的家庭。许多数码摄影爱好者在拍摄照片后，都要使用 Photoshop 对照片进行调整，但对于数码照片的尺寸与最后洗印出的照片的尺寸之间的关系却较少了解。表 2-1 列举了要洗印成为常规尺寸的照片所需要的数码照片大小。

各位读者可以通过在 Photoshop 中使用【图像大小】命令来查看并修改照片图像文件的大小，使该数码照片图像文件能够洗印出令自己满意的尺寸规格。

表 2-1　常规照片尺寸规格对照表

照片规格	inch（英寸）	cm（厘米）	pixels（像素）	数码相机像素量
1 寸		2.5×3.5	413×295	
身份证（大头照）		3.3×2.2	390×260	
2 寸		3.5×5.3	626×413	
小 2 寸（护照）		4.8×3.3	567×390	
5 寸	5×3.5	12.7×8.9	1 200×840	100 万
6 寸	6×4	15.2×10.2	1 440×960	130 万
7 寸	7×5	17.8×12.7	1 680×1 200	200 万
8 寸	8×6	20.3×15.2	1 920×1 440	300 万
10 寸	10×8	25.4×20.3	2 400×1 920	400 万
12 寸	12×10	30.5×20.3	2 500×2 000	500 万
15 寸	15×10	38.1×25.4	3 000×2 000	600 万

例如，在使用常见的 300 万像素的相机拍摄照片时，如果将拍摄照片的尺寸设置为 1 200 × 840 pixels，则可以在相机中多存储一些照片文件，但这样就不能够将照片洗印成为大于 6 寸的照片了。当然，通过运用前面所学习的知识，在 Photoshop 中使用【图像大小】命令提高照片图像文件的尺寸时，可以将其尺寸通过增加像素的插值运算提高到 1 920 × 1 440 pixels，但当照片被洗印成为 8 寸照片时会不清晰。

2.6.4 分辨率与图像清晰度之间的关系

通过插值理论可以看出，当提高图像的分辨率时，Photoshop 是通过插值的方法得到更多的像素的。这些像素由于出自原有的像素，因此并不能够提高图像的清晰度。

如图 2.34 所示为一幅分辨率为 150dpi 的图像，通过提高分辨率的方法将其分辨率提高到 300dpi 时，其效果如图 2.35 所示。

图 2.34

图 2.35

通过对比可以看出，300dpi 的图像并不比 150dpi 的图像更清晰，从而证明了提高分辨率并不能够提高图像清晰度的理论。

而对于一幅原本清晰的图像，如果通过插值的方法提高其分辨率，反而可能使其效果更加模糊。如图 2.36 所示为笔者所截取的一个屏幕显示的对话框（其分辨率为 72dpi）及放大 500% 后的局部效果。

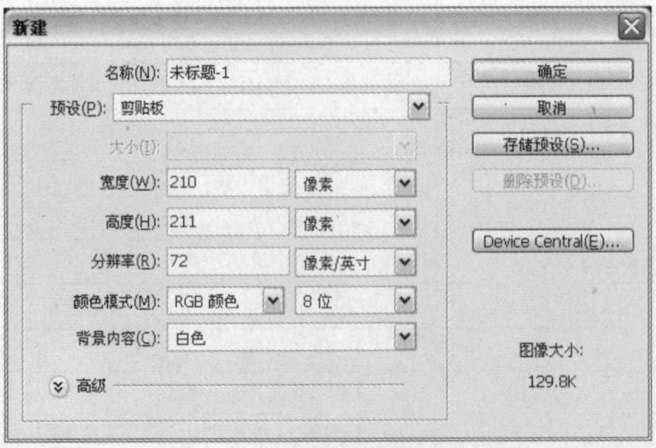

分辨率为 72dpi 的对话框 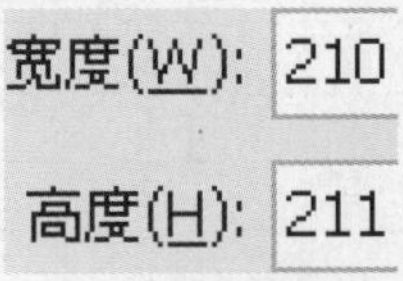　　　　　　　　　　放大显示的局部效果

图 2.36

当通过提高分辨率的方法将其分辨率提高到 150dpi 后，其效果及放大 500%后的局部效果如图 2.37 所示。可以看出，图像的清晰度反而降低了。

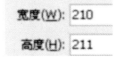

分辨率为 150dpi 时的对话框　　　　　　　　　　　放大显示的局部效果

图 2.37

2.6.5　分辨率与印刷

许多初学者心中都会有这样一个疑虑，即如果提高分辨率不能够提高图像的清晰度，有时还可能导致图像更加模糊，那么是不是在任何情况下都不再需要提高图像的分辨率了呢？结论当然是否定的。

虽然通过提高分辨率的方法无法提高图像的清晰度，但却可以通过提高分辨率使打印或者印刷出来的图像看上去细腻一些，下面仍然通过图示的方法来解释这一点。

如图 2.38 所示为一幅分辨率为 30dpi 的图像，从图像中可以看出非常清晰的块状痕迹。如图 2.39 所示为保持图像尺寸不变的情况下，将图像的分辨率提高到 300dpi 时的效果。可以看出，图像虽然仍然是模糊的，但细腻了不少。

图 2.38　　　　　　　　　　　　　　图 2.39

出现这种情况的原因是当图像的分辨率低于输出设备的分辨率时，输出设备（如显示器屏幕、打印机、喷绘机等）将使用较多的点来描绘低分辨率图像的色块，因此观看最终得到的效果时会发现很明显的色块或者锯齿。

而对于高分辨率的图像而言，由于图像的分辨率足够高，换言之，在每一个测量单位上像素点足够多，则色块被 Photoshop 插值后生成的过渡像素所取代，从而得到较为细腻的效果，但细腻并不等于清晰，由于图像的原始质量很低，因此最终得到的图像仍然是不清晰的。

2.7 裁剪图像

数码相机的普及使拍摄照片的过程变得快捷、轻松、充满乐趣。但摄影爱好者经常会由于摄影构图的原因拍摄出主体不突出或者主体占画面比例过小的照片，这时就需要对其进行裁剪操作。

在 Photoshop 中可以使用下面两种方法进行裁剪操作。

2.7.1 使用【裁剪】命令裁剪图像

选择类工具配合【裁剪】命令是一种对图像进行裁剪的简单方法，具体操作步骤如下。

① 打开随书所附光盘中的文件（光盘文件路径为"第 2 章\2.7.1-素材.psd"）。

② 在工具箱中选择███【矩形选框工具】。

③ 围绕图像中需要保留或者突出的部分制作选区，效果如图 2.40 所示。

④ 执行【图像】|【裁剪】命令即可完成裁剪操作，按 Ctrl+D 键取消选区，得到如图 2.41 所示的效果。

图 2.40

图 2.41

提 示

本例最终效果文件见随书所附光盘 (光盘文件路径为"第 2 章\2.7.1.psd")。

注 意

使用任何一种工具制作连续或者不连续的选区，都可以使用上述操作对图像进行裁剪。

2.7.2 使用【裁剪工具】裁剪图像

使用 ⌗【裁剪工具】对图像进行裁剪也是一种直观的方法。下面通过一个示例进行讲解。

① 打开随书所附光盘中的文件(光盘文件路径为 "第 2 章\2.7.2-1-素材.jpg"),效果如图
2.42 所示。可以看出,图像中的主体不够突出,构图也不是很好,需要进行一定的裁
剪操作以突出重点。

图 2.42

② 选择 ⌗【裁剪工具】,在图像中需要突出的部分拖动出如图 2.43 所示的裁剪框,拖动
裁剪框四周的控制手柄以调整所选区域的大小,按 Enter 键确认操作,得到如图 2.44
所示的效果。

图 2.43

图 2.44

> **提　示**
>
> 本例最终效果文件见随书所附光盘（光盘文件路径为 "第 2 章\2.7.2-1.psd"）。

在拍摄建筑物或者有明显水平标志物的对象时,常常会由于无法端平相机而拍摄出略带倾
斜角度的照片,这时可以使用 ⌗【裁剪工具】进行校正。下面通过示例,讲解如何使用 Photoshop
对这样的照片进行校正。

① 打开随书所附光盘中的文件（光盘文件路径为"第 2 章\2.7.2-2-素材.tif"），效果如图 2.45 所示。

② 在工具箱中选择 ⛏【裁剪工具】，选择其工具选项栏中的【透视】选项。

③ 在画布中拖动 ⛏【裁剪工具】，得到如图 2.46 所示的裁剪框，拖动裁剪框四周的控制手柄，沿着建筑物倾斜的角度进行调整（要保证裁剪框的边线与建筑物的垂直线平行），效果如图 2.47 所示。

④ 按 Enter 键确认操作，得到如图 2.48 所示的最终效果。

图 2.45

图 2.46

图 2.47

图 2.48

2.7.3 使用【裁切】命令裁剪图像

执行【图像】|【裁切】命令，也可以进行快速裁剪操作。选择此命令后，弹出如图 2.49 所示的对话框。

➤ 【基于】:在此选项区中选择裁剪图像所基于的准则。如果当前图像的图层为透明，则单击【透明像素】单选按钮。

➤ 【裁切掉】：在此选项区中选择裁切的方位。

图 2.49

2.8 修改画布的属性

2.8.1 修改画布的尺寸

如果需要扩展图像的画布，可以执行【图像】|【画布大小】命令。

如果在如图 2.50 所示的【画布大小】对话框中键入的数值大于原数值，可以扩展画面；反之，则裁剪画面。

图 2.50

如图 2.51 所示是使用此命令扩展画布前后的对比效果，新的画布将以背景色填充扩展得到的区域。

操作前 操作后

图 2.51

在此对话框中的【定位】参数非常重要，它决定了新画布和原来图像的相对位置。如图 2.52 所示为使用不同定位选项得到的不同效果。

图 2.52

如果需要在改变画布尺寸时参考原画布的尺寸数值，可以选择对话框中的【相对】选项。例如，在此选项被选中的情况下，在两个数值框中键入数值 2，则可以分别在宽度与高度方向上扩展两个单位；键入-2，则可以分别在宽度与高度方向上收缩两个单位。

由于在操作时可以精确像素级别，如果需要在当前图像周围添加一个黑色的边框，则可以先将背景色设置为黑色，然后在数值框中键入适当的数值。如图 2.53 所示为原图像及按此方法操作为图像添加边框后的效果。

原图像

操作后的效果

图 2.53

2.8.2 修改画布的方向

在需要旋转图像的时候，可以执行【图像】|【图像旋转】命令，此命令下的子菜单命令如图 2.54 所示。

打开随书所附光盘中的文件（光盘文件路径为 "第 2 章 \2.8.2-素材.jpg"），原图像效果如图 2.55 所示。

➢ 【180 度】：将图像旋转 180°，效果如图 2.56 所示。

| 180 度(1) |
| 90 度(顺时针)(9) |
| 90 度(逆时针)(0) |
| 任意角度(A)... |
| 水平翻转画布 |
| 垂直翻转画布 |

图 2.54

图 2.55

图 2.56

➢ 【90 度（顺时针）】：将图像顺时针旋转 90°，效果如图 2.57 所示。
➢ 【90 度（逆时针）】：将图像逆时针旋转 90°，效果如图 2.58 所示。

图像和文件●

第1章

第2章

第3章

第4章

第5章

第6章

第7章

图 2.57　　　　　　　　　　　　　　　　图 2.58

➢【任意角度】：按指定方向和角度旋转图像，选择该命令后将弹出【旋转画布】对话框，如图 2.59 所示。

➢【水平翻转画布】：将图像在水平方向上进行镜像翻转，效果如图 2.60 所示。

➢【垂直翻转画布】：将图像在垂直方向上镜像翻转，效果如图 2.61 所示。

图 2.59

图 2.60　　　　　　　　　　　　　　　　图 2.61

注　意

上述命令对整幅图像进行操作，包括图层、通道、路径等。

2.9　Photoshop 辅助功能概述

在绘画时经常会用到三角板、直尺、圆规等辅助工具，同样，在 Photoshop 中进行操作时，辅助类工具的使用也必不可少，如使用标尺进行测量或者使用参考线进行对齐操作等。下面逐一介绍经常会使用到的标尺、参考线和网格等。

2.9.1　标尺

Photoshop 可以在工作区的左侧及上方显示标尺以帮助用户对操作对象进行测量。利用标尺不仅可以测量对象的大小，还可以从标尺上拖出参考线，以帮助捕获图像的边缘。

1．显示或者隐藏标尺

执行【视图】|【标尺】命令，可以在工作的任何时候显示或者隐藏标尺，也可以按 Ctrl+R 键快速显示标尺。

2．改变标尺的单位

在需要的情况下可以执行【编辑】|【首选项】|【单位与标尺】命令，在弹出的对话框中进行单位设定。

> **提　示**
>
> 除上述方法外，改变当前操作文件度量单位最为快捷的操作方法是在文件标尺上单击鼠标右键，在弹出的如图 2.62 所示的快捷菜单中，选择所需要的单位以改变标尺的单位。

图 2.62

3．改变标尺的原点

在 Photoshop 中水平与垂直标尺的相交点被称为"原点"。在默认情况下标尺原点的位置在工作页面的左上角，但根据需要可以改变标尺原点的位置。

将鼠标指针放置在两个标尺的交界处即左上角处，此处有一个虚线构成的"+"字。在此处单击鼠标指针，在工作页面中进行拖动可显示一个"+"字相交线。

将"+"字相交线拖动至想要设置为标尺新原点的位置释放鼠标左键，即可重新定义原点的位置。打开随书所附光盘中的文件（光盘文件路径为"第 2 章\2.9.1-素材.tif"）并进行操作，效果如图 2.63 所示（左图为原来的原点位置；中图为在标尺交界处拖动出相交线；右图为释放鼠标左键后定义的原点位置）。

> **提　示**
>
> 双击标尺交界处的左上角，可以将标尺原点重新设置于默认位置处。

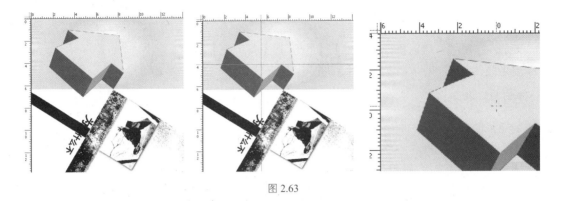

图 2.63

2.9.2 参考线

参考线就像生活中用到的标尺一样，它能够帮助用户对齐并准确放置对象，根据需要可以在屏幕上放置任意多条参考线。参考线是不可以被打印的。

如果需要在画布中加入参考线，首先需要显示页面标尺，然后将鼠标指针放在水平或者垂直标尺上，按住鼠标左键不放，向画布内部拖动，即可分别从水平或者垂直标尺上拖动出水平或者垂直的参考线，效果如图 2.64 所示。

显示标尺 　　　　　　　拖动出垂直参考线 　　　　　　再拖动出水平参考线

图 2.64

1. 锁定与解锁参考线

为防止在操作时无意中移动参考线的位置，可以将参考线锁定起来。

执行【视图】|【锁定参考线】命令，则当前工作页面中的所有参考线被锁定。

要解锁参考线，再次执行【视图】|【锁定参考线】命令，参考线被解除锁定状态。

2. 清除参考线

要清除一条或者几条参考线，首先需要取消参考线的锁定状态，然后使用 【移动工具】将其拖回标尺上，释放鼠标左键即可。如果要一次性全部清除画布中的参考线，可以执行【视图】|【清除参考线】命令。

3. 显示与隐藏参考线

要显示参考线，可以执行【视图】|【显示】|【参考线】命令。

要隐藏参考线，可以再次执行【视图】|【显示】|【参考线】命令。

4. 使用智能参考线

智能参考线不同于上面所讲解的参考线，智能参考线能够根据需要自动决定显示或者隐藏的状态。当在进行对齐、移动、制作选区等操作时，如果不希望在图像中显示过多的参考线，可以选择显示智能参考线。要显示智能参考线，可以执行【视图】|【显示】|【智能参考线】命令。

如图 2.65 所示为笔者移动"无限好"三个字所在的图层时，智能参考线所显示的状态。可以看出，当"无限好"三个字所在图层中的文字与"夕阳"文字产生某种对齐（如水平居中对齐、顶对齐、底对齐、左对齐等）时，智能参考线就会自动显示出来。如果满足几种对齐状态，则可能会同时显示出几条智能参考线。

图 2.65

2.9.3 网格

网格可以比参考线更有助于用户精确地对齐与放置对象，而且网格也是不可被打印的。如图 2.66 所示为原图像及显示网格后的效果。

原图像效果   显示网格后的效果

图 2.66

1．显示与隐藏网格

执行【视图】|【显示】|【网格】命令，将按系统默认的设置显示网格；再次执行此命令，可以隐藏网格。

2．对齐网格

如果用户习惯于使用网格使自己的绘图更加规范、有效，可以执行【视图】|【对齐到】|【网格】命令。默认情况下该命令处于被激活的状态，这样在绘制或者移动对象时，选区或者被移动的路径、正在绘制的路径的锚点会自动捕捉其周围最近的一个网格点并与之对齐，此选项对于操作非常有帮助。

2.10 综合示例——使用【裁剪工具】校正透视变形的照片

在日常生活中，常常会拍摄到透视变形的照片。本例将讲解如何使用 ⛏【裁剪工具】调整图像角度，从而得到更加完美的图像效果。

① 执行【文件】|【打开】命令，在弹出的对话框中选择随书所附光盘中的文件（光盘文件路径为"第 2 章\2.10-素材.jpg"），单击【打开】按钮退出对话框，效果如图 2.67 所示，将其作为背景图层。

② 选择 ⛏【裁剪工具】，在当前画布中沿着图像的边缘拖动出裁剪框，效果如图 2.68 所示，在 ⛏【裁剪工具】的工具选项栏中选择【透视】选项，其他参数设置如 ▢屏蔽 颜色(C)：▮ 不透明度：75% ▸ ☑透视 所示，将鼠标指针放置在裁剪框右上角的控制手柄上，待鼠标指针显示为如图 2.69 所示的状态时，按住 Shift 键向下拖动控制手柄，并将右下角的控制手柄向上拖动，直至得到如图 2.70 所示的效果。

提 示

在 ⛏【裁剪工具】的工具选项栏中选择【透视】选项后，可以对图像进行透视的调整操作。按住 Shift 键拖动控制手柄，可以沿水平或者垂直方向移动图像。

图 2.67

图 2.68

图 2.69

图 2.70

(3) 在裁剪框内双击鼠标左键，得到如图 2.71 所示的效果。至此，透视变形的照片得到了校正。

图 2.71

提　示

本例最终效果文件见随书所附光盘（光盘文件路径为"第 2 章\2.10.jpg"）。

CHAPTER 3

颜色模式和
颜色管理

3.1 颜色与设计

颜色构成是平面设计三大构成中必不可少的一个，由此不难看出颜色对于视觉艺术的重要性。相对于物体其他特征，颜色是最容易被人的视觉所感知的，因此颜色不仅在绘画中被称为第一视觉语言，在现代设计和数码照片制作中也是最重要的构成元素之一。

不同颜色所表达的情感是截然不同的，并能够激发不同的联想与感受。图 3.1 展示了同一作品使用不同的颜色所带来的不同视觉感受。

图 3.1

如果希望简单地将颜色与视觉艺术的关系讲解清楚，那么"颜色会影响人的心理感受，进一步影响人对于视觉作品的欣赏角度、方式与态度"是最为贴切的语句之一。很显然，人们的审美都是基于心理活动的，因此人们对于视觉作品的欣赏实际上就是心理活动的外在表露。

从这一点来看，要掌握关于颜色的各类理论知识，最直接的方法是从颜色对于人们心理的影响入手，这也是本章在讲解有关颜色理论时的主线，下面简单列举颜色在设计中的应用。

（1）利用颜色产生基本心理感受：红色使人激奋，蓝色使人沉静，绿色使人感受到生机，黑色使人感受到肃穆、沉稳，这些颜色的基本属性能够使人产生基本的心理感受。

（2）利用颜色产生冷暖感：红色、黄色等颜色能够产生温暖的感觉，而蓝色、青色会产生冰冷的感觉，这在许多设计中很常见。

（3）利用颜色产生轻重感：饱和度大的深色在视觉上比饱和度小的浅色看上去更重一些，反之亦然。

已经有许多大部头著作深入探讨了颜色与视觉艺术创作的关系，在此笔者仅以有限的文字与篇幅来讲解一些作为初学者应该了解的知识。另外，本书是一本黑白印刷的图书，在色彩表现方面存在很大的障碍，无法插入许多彩色图示，因此如果各位读者希望深入学习有关颜色理论方面的知识，可以参考相关专著。

3.2 颜色初探

3.2.1 了解颜色

从物理角度上讲，颜色是由三个实体——即光线、观察者及被观察的对象所组成的。光线照射到被观察的对象上，该对象吸收一定的光线并反射另一部分光线，这一部分被反射的光线

颜色模式和颜色管理

第1章

第2章

第3章

第4章

第5章

第6章

第7章

进入人眼后便在人脑中产生了有颜色的物体的映像。

例如，一个黄色的香蕉之所以被人们认为是黄色的，是因为香蕉本身吸收了很多紫色、蓝色而反射了黄色，因此当黄色光线进入人眼后，便形成了黄色的印象。由于不同对象反射不同的光线，因此人们看到的世界是五彩缤纷的。

3.2.2 构成颜色的三要素

颜色主要是由色相、明度、色度这三个要素构成的，下面简单讲解这三个要素。

（1）色相（Hue）：简写 H，表示色的特质，是区别颜色的必要元素，也决定了颜色的命名法则，如红、橙、黄、绿、青、蓝、紫等，从而表现出颜色外观的差异。

（2）明度（Value）：简写 V，表示颜色的强度，不同的颜色反射的光量不一样，因而会产生不同程度的明暗。例如，人们经常说蓝色、浅蓝色、深蓝色，就是源于它们的明暗程度不同。明度对比程度的不同，赋予视觉体验的情感影响也有所不同。高明度基调给人以明亮、清爽、纯净、唯美等感受；中明度基调给人以朴素、稳重、平凡、亲和等感受；低明度基调给人以压抑、沉重、浑厚、神秘等感受。

（3）色度（Chroma）：简写 C，表示颜色的纯度，也称为"饱和度"。具体来说，就是表明一种颜色中是否含有白色或者黑色的成分。如果某种颜色不含白色或者黑色的成分，即"纯色"色度最高；含有较多白色或者黑色成分，它的色度便会逐步下降。与明度相同，色度的不同也会带来不同的心理感受。高色度颜色给人以积极、冲动、热烈、膨胀、外向、活泼等感受；低色度颜色给人以消极、无力、陈旧、安静、无争等感受；中色度颜色给人以中庸、可靠、温润等感受。

无论是在传统绘画还是在现代电脑艺术设计中，颜色的调配与使用都可以从这三个方面出发加以考虑。

3.2.3 色彩意象

当看到颜色时，除了会感受到其物理方面的影响，心里也会立即产生某种感觉，这种感觉被称为"色彩意象"。下面简单讲解几种常见、常用颜色的色彩意象。

（1）红色：是一种热情奔放、活力四射的暖色。它象征着欢乐、祥和、幸福，如表示喜庆的灯笼、喜字、彩带等，同时也象征着革命与危险，容易使人产生焦虑和不安，如各类警示牌的颜色、消防车的颜色等。

（2）黄色：也是一种暖色，在其色系中金黄色象征着财富与辉煌，是历代帝王的专用颜色，也象征着权力和地位。黄色是各种颜色中最容易改变的一种颜色，在黄色中少量混入其他任何一种颜色，都会使其色相发生较大程度的变化。

（3）橙色：可见度相当高，因此在工业安全用色中，橙色常被用于警戒色，如火车头、登山服装、背包、救生衣等。

（4）蓝色：是最容易使人安静下来的冷色，在商业领域中强调科技、效率的商品或者企业形象大多选用蓝色作为标准色，如电脑、汽车、影印机、摄影器材等。在情感上蓝色有一种忧郁的感觉，因此蓝色也常被运用在感性诉求的商业设计中。

（5）绿色：是一种最接近自然的颜色，象征着生命、成长与和平，是农、林、畜牧业的象征颜色。在商业设计中绿色传达出清爽、希望、生长的意象，因此符合服务业、卫生保健业的形象诉求，常被应用在这些领域的商业设计中。

（6）紫色：很容易产生高贵、典雅、神秘的心理感受，具有强烈的女性化特征，较受女士们的喜爱，因为紫色系的颜色能更好地衬托出她们的迷人和娇艳。

（7）白色：给人以寒冷、严峻的感觉，纯白色的使用情况不太多，通常在使用白色时都会掺杂一些其他的颜色，如常见的象牙白、米白、乳白、苹果白等，都或多或少地掺杂了别的颜色。白色是一种较容易搭配的颜色，是永远流行的主色之一，可以与其他任何颜色搭配使用。

（8）黑色：给人以高贵、稳重的感觉，生活用品和服饰设计大多利用黑色来塑造高贵的形象。黑色也是一种永远流行的主色，适合与其他任何颜色搭配使用。

（9）灰色：具有柔和、高雅的感觉，属于典型的中性色，男女老少都很容易接受，因此灰色也是流行色之一。在使用灰色时也应该与其他颜色一起搭配使用，这样才不会在颜色方面显得单调。

3.2.4　颜色的冷暖感

人们对颜色的冷暖感受不是先天形成的，而是后天的经验积累。例如，每当看到火红的太阳与橙红色的火焰时都能够感受到其自身发出的热量，每当身处皑皑的白雪中与蓝色的大海边都会感受到凉爽等，这些感受经过一段时间的积累后就形成后天的条件反射，从而使人们在看到红色、橙色、黄色时从心里感觉到温暖，同样，当人们看到青色、蓝色、绿色、白色时会感觉到凉意。

如果要深究为什么这些颜色会使人感受到冷暖，可以从人的生理这个角度进行分析。当人们看到红色、橙色、黄色时，血压会升高，心跳也会加快，因此会产生热的心理感受；当人们看到蓝色、绿色、白色时，血压会降低，心跳也会变慢，因此会产生冷的心理感受。

3.2.5　颜色的进退与缩胀感

从色相方面来看，暖色给人以前进、膨胀的感觉，而冷色则给人以后退、收缩的感觉。
从明度方面来看，明度高给人以前进、膨胀的感觉，而明度低则给人以后退、收缩的感觉。
从纯度方面来看，纯度高给人以前进、膨胀的感觉，而纯度低则给人以后退、收缩的感觉。

3.2.6　颜色的轻重与软硬感

决定颜色轻重感觉的主要因素是明度。明度高的颜色感觉轻，明度低的颜色感觉重。纯度也能够影响颜色的轻重感觉，纯度高给人感觉轻，而纯度低则给人感觉重。

同样，不同的颜色还能够给人以不同的软硬感。一般情况下，轻的颜色给人感觉较为软，而重的颜色给人感觉较为硬。

3.2.7　颜色的华丽与朴素感

从色相方面来看，暖色给人以华丽的感觉，而冷色则给人以朴素的感觉。

从明度方面来看，明度高给人以华丽的感觉，而明度低则给人以朴素的感觉。

从纯度方面来看，纯度高给人以华丽的感觉，而纯度低则给人以朴素的感觉。

3.2.8　使用颜色表现味觉

在平面设计中，如果设计作品的内容是食品，则客户通常会要求设计师在设计时充分考虑到颜色对表现食品味觉方面的影响。

简单总结起来，在使用颜色表现味觉时具有以下一些规律。

（1）红色的水果通常给人以甜美的味觉回忆，因此红色用在设计中能够传递甘甜的感觉。

（2）中国传统节日的主要用色为喜庆的红色，因此在食品、烟、酒上使用红色，能够表现喜庆、热烈的感觉。

（3）火辣辣是人们通常形容食品过于辣的词汇，因此在表现辣味时也通常使用红色，到超市中经常可以看到红色包装设计的辣椒酱。

（4）刚烘焙出炉散发着诱人香味的糕点通常为黄色，因此表现烘焙类食品的香味时多用黄色。

（5）橙黄色能够传递甜而略酸的味觉，让人联想到橙子。

（6）如果希望表现嫩、脆、酸等味觉，一般可以使用绿色系列。

（7）深棕色（俗称咖啡色）是咖啡、巧克力一类食品的专用色。

3.3　颜色的搭配🈳

在设计的过程中除需要考虑色彩意象外，还要掌握颜色的搭配技巧。只有综合使用不同色相、明度、色度的颜色，才能够表达出各种丰富的视觉感受。下面就几种常见的颜色搭配进行讲解。

1. 红色与其他颜色的常见搭配

在红色中加入少量的黄色，会使其表现的暖色感觉升级，产生浮躁、不安的心理感受。

在红色中加入少量的蓝色，会使其表现的暖色感觉降低，产生静雅、温和的心理感受。

在红色中加入少量的白色，会使其明度提高，产生柔和、含蓄、羞涩、娇嫩的心理感受。

在红色中加入少量的黑色，会使其明度与纯度同时降低，产生沉重、质朴、结实的心理感受。

2. 黄色与其他颜色的常见搭配

在黄色中加入少量的红色，会使其倾向于橙色，产生活泼、甜美、敏感的心理感受。

在黄色中加入少量的蓝色，会使其倾向于一种稚嫩的绿色，产生娇嫩、润滑的心理感受。

在黄色中加入少量的白色，会使其明度降低，产生轻松、柔软的心理感受。

3. 绿色与其他颜色的常见搭配

在绿色中加入少量的黑色，可以产生稳重、老练、成熟的心理感受。

在绿色中加入少量的白色，可以产生洁净、清爽、娇嫩的心理感受。

4．紫色与其他颜色的常见搭配

在紫色中红色的成分较多时，会使其压抑感与华丽感并存，不同的表现手法与搭配技巧产生的效果也有所不同。

在紫色中加入少量的黑色，会使其感觉趋于沉闷、悲伤和恐怖。

在紫色中加入白色，会明显提高其明度，使其产生风雅、别致、娴静的心理感受，是一种明显的女性颜色。

5．白色与其他颜色的常见搭配

在白色中加入少量的红色则成为淡粉色，给人以浪漫、轻柔的心理感受。

在白色中加入少量的黄色则成为乳黄色，给人以香甜、细腻的心理感受。

在白色中加入少量的蓝色，给人以凉爽、舒缓的心理感受。

可以看出，细微的颜色变化可以使人产生无数联想，加上组合搭配就会使其传达的信息更加丰富、微妙。如果想得到更好的画面效果，就要依赖于个人的艺术修养、自我感觉以及经验与想象力，希望读者在制作中细心体会。

3.4　计算机颜色理论

3.4.1　用计算机表现颜色

用计算机表现颜色存在着客观的数理基础。例如，如果只有两种颜色，即黑色、白色，可以分别用"0"和"1"来代表它们。如果一个图像的某一点是白色，将它记录为"1"并存储起来；反之，如果是黑色则记录为"0"。当需要重现这幅图像时，计算机根据此点的代号"1"或者"0"，将其显示为白色或者黑色。

虽然这里所举的例子较为简单，但用计算机表现两种颜色与表现千万种颜色的基本原理是一样的。从这一点可以看出，用计算机表现颜色存在着客观的数理基础。

3.4.2　颜色位数

需要在使用计算机的过程中了解什么是颜色位数，这有助于判断颜色的显示数量。

正如所知，计算机对数据的处理是二进制的，"0"和"1"是二进制中所使用的数字。要表示两种颜色，最少可以用 1 位来实现，一种对应"0"，另一种对应"1"；如果希望表示四种颜色，至少需要 2 位来表示，这是因为 $2^2=4$，依此类推。要显示 256 种颜色则需要 8 位，而以 24 位来显示颜色，则可以得到通常意义上的千万层级"真彩色"。因为 24 位色已经能够如实反映颜色世界的真实状况，虽然自然界中的颜色远远不止 24 位色所包括的颜色，但是人眼所能分辨出的颜色仅限于此范围之内，所以从观察的角度来看更多的颜色没有实际意义。

了解了这一点，有助于在设置屏幕显示质量时选择正确的选项。在桌面上单击鼠标右键，在弹出的菜单中选择【属性】命令，弹出【显示 属性】对话框，在此对话框中单击【设置】选项卡，则该对话框显示如图 3.2 所示。很明显，如果希望获得最好的显示质量，应该在【颜色质量】下拉菜单中选择【最高（32 位）】选项，用以获得最好的图像显示质量。

图 3.2

3.4.3 屏幕分辨率和显卡显存

通过对颜色位数及屏幕分辨率的了解，进一步理解屏幕分辨率、颜色数目和显卡显存之间的关系就相对容易了很多。屏幕分辨率实际上是由屏幕上像素点的数目来确定的。要使像素正确显示颜色，则必须占用一定的显存空间。因此，显卡显存的数目由屏幕上的像素数与每个像素占用字节数的乘积所决定。

对于 24 位色，每个基色用 8 位（即 1 个字节）来表示。换言之，一种颜色是由 3 个字节确定的。因此，所需显存的数目可以通过屏幕像素数目和 3 的乘积来确定。

一般来说，显卡的显存以 MB（兆字节）为单位，因此，要在 800×600 pixels 的屏幕上显示真彩色，需要 2MB 显存；要在 1 024×768 pixels 的屏幕上显示真彩色，则需要 3MB 显存。在购买显卡时可以根据此原理估算显卡的显存是否能够满足需要。

3.5 颜色模式

颜色模式不仅能够影响在图像中显示的颜色数量，还影响着图像文件的大小，因此必须了解并掌握 Photoshop 中的颜色模式。正确的颜色模式可以提供一种将颜色转换成数字数据的有效方法，从而使颜色在多种操作平台或者媒介中得到一致的描述。

每个人的经历与审美趣味都不同，自然对颜色的感觉也不尽相同。比如，对于一个有红绿色盲的人来说，他无法区分红色和绿色；而当提到墨绿色时，由于不同人具有对此颜色的不同感受，在表现此颜色时也各不相同。所以，如果要在不同人中协同工作，必须将每一种颜色量化，从而使这种颜色在任何时间、任何情况下都显示相同的颜色。

以墨绿色为例，如果以（R34、G112、B11）来定义此颜色，则即使使用不同平台且由不同人操作，也可以得到一致的颜色。只是由于不同的人所使用的软件或者显示器不同，这种颜色看上去可能会不太相同，但如果排除这些客观因素，这种由数据定义颜色的方法保证了不同的人有可能得到相同的颜色。

在 Photoshop 中要准确地定义一种颜色，必须通过颜色模式来实现。选择不同的颜色模式决定了在表现图像时采取什么样的定义方法。

例如，HSB 颜色模式以色相、饱和度、亮度等数值来定义颜色；RGB 颜色模式以红、绿、蓝等三种颜色的颜色数值来定义颜色；CMYK 颜色模式以印刷时所使用的青、洋红、黄、黑等墨量来定义颜色。不同的定义方法适用于不同的工作领域，因此掌握下面讲解的各种颜色模式理论，就能够在工作中准确定义颜色。

3.5.1 HSB 模式 精

HSB 模式是基于人类对颜色的感觉来确立的（其原理如图 3.3 所示），它描述了颜色的三个基本特征。这三个基本特征分别是色相、饱和度和亮度。

（1）色相：是从物体反射或者透过物体传播的颜色。在 0°～360° 的标准色轮上，色相是按位置度量的，如图 3.3 中的 B 所示。在通常的使用中，色相是由颜色名称标记的，如红、橙、绿等。

（2）饱和度：有时也称"彩度"，是指颜色的强度或者纯度。饱和度表示色相中灰成分所占的比例，用 0%（灰色）～100%（完全饱和）的百分比来度量。在标准色轮上，饱和度是从中心向边缘递增的，如图 3.3 中的 A 所示。

（3）亮度：是颜色的相对明暗程度，通常用 0%（黑）～100%（白）的百分比来度量，如图 3.3 中的 C 所示。

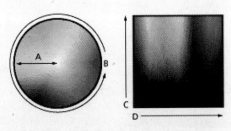

A. 饱和度　B. 色相　C. 亮度　D. 所有色相

图 3.3

3.5.2 RGB 模式

可以用丰富的计算机语言来表达自然界多彩的颜色变化。正如人们所知，基本色光是由红、绿、蓝构成，计算机也正是通过调和这三种颜色来表现其他成千上万种颜色的。计算机屏幕上的最小单位是像素点，每个像素点的颜色都由这三种基色来决定。通过改变每个像素点上每个基色的亮度，就可以产生不同的颜色。

例如，将三种基色的亮度都调整为最大，就形成了白色；将三种基色的亮度都调整为最小，就形成了黑色；如果将某一种基色的亮度调整到最大而其他两种基色的亮度调整到最小，则可以得到亮度最大的基色本身；而如果这些基色的亮度不是最大也不是最小，就可以调和出其他成千上万种颜色。从某种角度上说，计算机可以处理并再现任何颜色。

这种基于三种基本色光的颜色模式被称为 RGB 模式。"R"、"G"、"B" 分别是红色、绿色和蓝色等三种颜色的英文首字母缩写。

由于 R、G、B 三种颜色合成起来可以产生白色，因此 RGB 模式也被称为"加色模式"。绝大部分的可见光谱都可以用红、绿、蓝三色光按照不同比例和强度的混合来表示，其原理如图 3.4 所示。

图 3.4

> **注 意**
>
> 如果所制作的图像用于激光数码写真，则一定要使用 RGB 模式的图像。

3.5.3 CMYK 模式

CMYK 模式以打印在纸张上油墨的光线吸收特性为基础，当白光照射到半透明的油墨上时，部分光谱被吸收，部分被反射回眼睛。

理论上，纯青色、洋红和黄色色素能够合成吸收所有颜色并产生黑色。基于此原因，CMYK 模式也被称为"减色模式"。

因为所有打印油墨都会包含一些杂质，这三种油墨实际上产生的是一种土灰色，必须与黑色油墨相混合才能产生真正的黑色，因此将这些油墨混合起来进行印刷被称为"四色印刷"。

减色（CMYK）和加色（RGB）是互补色，每对减色产生一种加色，反之亦然，其原理如图 3.5 所示。

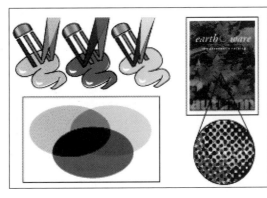

图 3.5

在 Photoshop CS4 的 CMYK 模式中，每个像素的每种印刷油墨都会被分配一个百分比值。较亮（高光）颜色分配较低的印刷油墨颜色百分比值，较暗（阴影）颜色分配较高的印刷油墨颜色百分比值。例如，在 CMYK 图像中要表现白色，四种颜色的颜色值都会是 0%。

> **注 意**
>
> 如果所制作的图像用于写真和喷绘，要使用 CMYK 模式的图像。

3.5.4　Lab 模式

Lab 模式是在 1931 年国际照明委员会（CIE）制定的颜色度量国际标准的基础上建立的。1976 年这种模式被重新修订并命名为"CIELab"，如图 3.6 所示是 Lab 模式的原理。

Lab 模式由亮度或者光亮度分量（L）和两个色度分量组成，这两个分量即 a 分量（从绿到红）和 b 分量（从蓝到黄）。

在 Photoshop CS4 的 Lab 模式中，光亮度分量（L）范围可以为 0～100，a 分量（从绿到红）和 b 分量（从蓝到黄）的范围均为+120～–120。

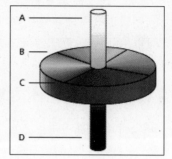

A.白（光度=100）　　　　B.绿到红分量
C.蓝到黄分量　　D. 黑（光度=0）到红分量
图 3.6

Lab 颜色设置与设备无关，因此不管使用什么设备（如显示器、打印机、计算机或者扫描仪等）创建或者输出图像，这种颜色模式产生的颜色都能够保持一致。

因为 Lab 颜色与设备无关，所以它是 Photoshop 在不同颜色模式之间转换时使用的内部颜色模式。

3.5.5　位图模式[精]

位图模式的图像也称为"黑白图像"或者"1 位图像"，因为其位深度为 1。由于位图图像由 1 位像素的颜色（黑或者白）组成，所以所要求的磁盘空间最少。

3.5.6　双色调模式[精]

双色调模式使用二至四种彩色油墨创建双色调（两种颜色）、三色调（三种颜色）和四色调（四种颜色）灰度图像。这些图像是 8BPP（位/像素）的灰度、单通道图像。

3.5.7　索引模式

索引模式是单通道图像模式，使用 256 种颜色来表现图像，在这种模式中只能应用有限的编辑。当将一幅其他颜色模式的图像转换为索引模式时，Photoshop 会构建一个颜色表（CLUT），它存放并索引图像中的颜色。如果原图像中的某种颜色没有出现在颜色表中，Photoshop 会选取已有颜色中最相近的颜色或者使用已有颜色模拟该颜色。

要得到索引模式的图像，可以按下面的步骤操作。

颜色模式和颜色管理

第1章

第2章

第3章

第4章

第5章

第6章

第7章

① 执行【图像】|【模式】|【灰度】命令，在弹出的提示对话框中单击【确定】按钮。

② 执行【图像】|【模式】|【索引颜色】命令，将图像转换成为索引模式。

③ 执行【图像】|【模式】|【颜色表】命令，弹出如图 3.7 所示的对话框，在其中选择不同的索引颜色表，用来定义生成的索引模式的图像效果。

图 3.7

通过限制调色板中颜色的数量，可以减小索引模式图像文件的大小，同时保持视觉上图像的品质基本不变，因此索引模式的图像常用于网页。

如图 3.8 所示的效果有助于读者理解索引模式。

图 3.8

3.5.8　灰度模式 精

灰度模式的图像由 8BPP 的信息组成，并使用 256 级的灰色来模拟颜色的层次。图像的每个像素都有一个 0～255 之间的亮度值。

将彩色图像转换成灰度图像，Photoshop CS4 会删除原图像中的所有颜色信息，被转换的像素用灰度级表示原像素的亮度。

3.6 使用与转换颜色模式

3.6.1 选择合适的颜色模式

在进行图像设计时所选择的颜色模式需要根据设计的目的而定。

（1）如果设计的图像要在纸上打印或者印刷，最好用 CMYK 模式，这样在屏幕上所看见的颜色与输出打印颜色或者印刷颜色比较接近。

（2）如果设计的图像用于屏幕显示（如网页、电脑投影、录像等），图像的颜色模式最好用 RGB 模式，因为 RGB 模式的颜色更鲜艳、丰富，且图像只有三个通道，数据量比较小。

（3）如果图像是灰色的，则用灰度模式较好，因为即使是用 RGB 或者 CMYK 模式制作图像，虽然在视觉上图像是灰色的，但很可能在印刷时会由于灰平衡使灰色图像产生色偏。

3.6.2 转换颜色模式

在工作中通常要不断地转换颜色模式，因为不同的颜色模式具有不同的色域及表现特点，一般会选择与需要的图像及其输出途径最为匹配的颜色模式。

> **注　意**
>
> 　将图像从一种模式转换为另一种模式，可能会永久性地损失图像中的某些颜色值。例如，将 RGB 模式的图像转换为 CMYK 模式的图像时，CMYK 色域之外的 RGB 颜色值会经调整落入 CMYK 色域之内，换言之，其对应的 RGB 颜色信息可能丢失。

在转换图像前，应该执行以下操作，以阻止转换颜色模式所引起的不必要的损失。

（1）在图像原来的模式下，进行尽可能多的编辑工作，然后再进行转换。

（2）在转换之前保存一个备份。

（3）在转换之前拼合图层，因为当颜色模式更改时，图层间的混合模式相互影响的效果可能会发生改变。

当前图像不可使用的颜色模式，在菜单中以灰色显示不可激活。

3.6.3 RGB 模式与 CMYK 模式的转换

当图像由 RGB 模式转换到 CMYK 模式时，肉眼就能够在屏幕中观察到图像中某些局部的颜色产生了明显的变化，通常是一些鲜艳的颜色会变成较暗淡的颜色。

这是因为有些在 RGB 模式下能够表示的颜色在转换为 CMYK 模式后，就超出了 CMYK 所能表达的颜色范围，于是 Photoshop 将这些颜色用相近的颜色进行替代，从而使这些颜色所在的区域发生了较为明显的变化。

实际上，如果希望在 RGB 模式下查看是否有颜色超出了用于印刷的 CMYK 色域，可以执行【视图】|【色域警告】命令，此时如果图像的颜色超出色域，则会显示为灰色，如图 3.9 所示。

图 3.9

3.7 综合示例

3.7.1 制作网点图像效果

网点图像效果在视觉上别有一番趣味。本例详细讲解了如何制作网点图像效果的过程，其操作步骤如下。

① 打开随书所附光盘中的文件（光盘文件路径为"第 3 章\3.7.1-素材.tif"），效果如图 3.10 所示。

② 执行【图像】|【模式】|【灰度】命令，在弹出的提示对话框中单击【确定】按钮，将图像转换为灰度模式。

③ 执行【滤镜】|【模糊】|【高斯模糊】命令，然后在弹出的对话框中设置【半径】数值为 2，单击【确定】按钮退出对话框。

提 示

使用【高斯模糊】命令模糊图像后，可以使转换为位图后的图像变得较为平滑。

④ 执行【图像】|【模式】|【位图】命令，在弹出的对话框中设置参数，如图 3.11 所示，单击【确定】按钮退出对话框。

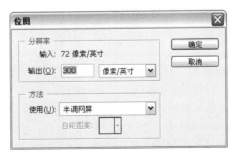

图 3.10　　　　　　　　　　　　　图 3.11

提 示

在【输出】数值框中的数值通常应该被设置为【输入】右侧数值的 3~4 倍。

⑤ 在弹出的【半调网屏】对话框中设置参数，如图 3.12 所示，单击【确定】按钮退出对话框，得到如图 3.13 所示的效果。

图 3.12

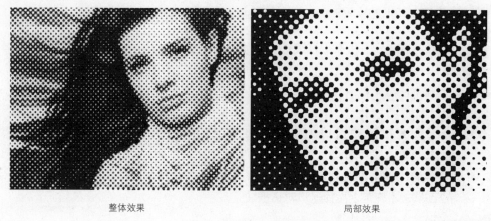

整体效果   局部效果

图 3.13

提 示

最终得到的网点的大小与【频率】数值框中的数值有很直接的关系。读者可以自己尝试键入不同的数值，以观察得到的不同效果。

⑥ 执行【图像】|【模式】|【灰度】命令，在弹出的对话框中设置【大小比例】为 4。

提 示

这样操作的另外一个目的，是使位图模式生成的网点变得更加平滑。

各位读者也可以尝试在图 3.14 所示对话框的【形状】下拉菜单中选择其他选项，以观察得到的效果。图 3.15~图 3.19 展示了依次设置为【菱形】选项、【椭圆】选项、【直线】选项、【方形】和【十字线】选项后得到的不同效果。

第1章

第2章

第3章

第4章

第5章

第6章

第7章

提 示

为了方便读者清晰观看图像的效果，给出的效果图都是局部放大效果。

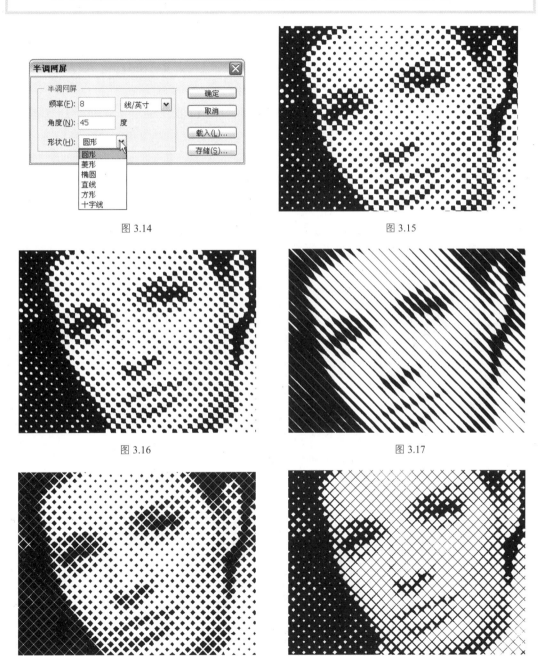

图 3.14

图 3.15

图 3.16

图 3.17

图 3.18

图 3.19

提 示

本例最终效果文件见随书所附光盘（光盘文件路径为"第 3 章\3.7.1.psd"）。

3.7.2　制作双色调图像效果

制作双色调效果是在处理图像时经常使用的一种手法。本例详细讲解了制作双色调图像效果的过程。

① 打开随书所附光盘中的文件（光盘文件路径为"第 3 章\3.7.2-素材.jpg"），在弹出的对话框中直接单击【确定】按钮退出，效果如图 3.20 所示。

② 执行【图像】|【模式】|【灰度】命令，在弹出的提示对话框中单击【扔掉】按钮，从而将当前图像转换为灰度模式。

③ 执行【图像】|【模式】|【双色调】命令，在弹出的【双色调选项】对话框中设置参数，如图 3.21 所示。

提　示

在【双色调选项】对话框中，【油墨 1】的颜色为黑色，【油墨 2】的颜色值为 # ffd76d。这两种油墨的颜色也可以根据个人的喜好设置为不同的颜色。

图 3.20　　　　　　　　　　　　　　　　　图 3.21

④ 确认调整完毕后，单击【确定】按钮退出对话框，得到如图 3.22 所示的最终效果。

图 3.22

下面来查看添加油墨曲线变化时对图像的影响。如图 3.23 所示为双击【油墨 1】曲线框，

颜色模式和颜色管理●

第1章

第2章

第3章

第4章

第5章

第6章

第7章

在弹出的对话框中所进行的设置，单击【确定】按钮退出对话框，得到如图 3.24 所示的效果。如图 3.25 所示为双击【油墨 2】曲线框，在弹出的对话框中所进行的设置，单击【确定】按钮退出对话框，得到如图 3.26 所示的效果，此时的【双色调选项】对话框如图 3.27 所示。

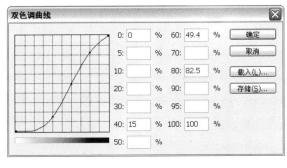

图 3.23

图 3.24

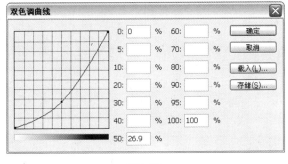

图 3.25

图 3.26

图 3.27

提 示

本例最终效果文件见随书所附光盘（光盘文件路径为"第 3 章\3.7.2.psd"）。

读书笔记

CHAPTER **4**

选 择

4.1　选区概述

有不少图书与网上评论将 Photoshop 的精髓总结成"选择的艺术"。很显然，这样的称谓是建立在某一个特定的角度上的，并的确能够在一定程度上反映出"选择"对于该软件的重要性，因为 Photoshop 的任何操作都是建立在一定选区的基础上的。

下面简单讲解选区的作用。

使用选区的优点在于能够限制绘图区域或者图像的编辑区域，从而得到精确的效果，因此与选区联系最为紧密的关键词就是"限制"。例如，对于如图 4.1 所示的原图像，在没有任何选区的情况下，填充白色后的效果如图 4.2 所示。

图 4.1　　　　　　　　　　　　　　　　图 4.2

仍以图 4.1 中的图像为例，如图 4.3 所示为结合【色彩范围】及【羽化】命令创建具有圆滑选区后的状态，如图 4.4 所示是为选区填充白色后的效果。

图 4.3　　　　　　　　　　　　　　　　图 4.4

除了填充操作，使用 ▦【渐变工具】、✎【画笔工具】、滤镜命令、调整命令等进行操作时也都需要精确的选区，这样才能够得到准确的效果，在定义画笔、图案时同样需要精确的选区。

当制作选区的目的是为了限制时，应该关注的重点就变为如何更加准确、更加有效率地取得选区了，与此同时，还要考虑所取得的选区是否具有保存的价值，是否能够在其基础上制作出其他选区，因此关键就在于制作选区的过程与所使用的技术。

有时制作选区并不是为了得到选区内部定义的区域，而是要根据选区的轮廓进行描边绘图操作。如图 4.5 所示的描边效果就是建立在如图 4.6 所示的选区的基础上的。

除了直接为选区进行描边操作，也可以将选区转换为路径然后再进行描边操作，其效果如图 4.7 所示。

图 4.5　　　　　　　　　图 4.6　　　　　　　　　图 4.7

在这样的操作过程中，选区本身的形态影响着工作质量与效果，因此这里关注的重点是选区本身是否光滑以及是否具有羽化效果等。

4.2　制作基本形态的选区

Photoshop 制作选区的工具与命令非常丰富，下面介绍各选框工具的使用方法。

4.2.1　制作矩形选区——矩形选框工具

使用 【矩形选框工具】可以制作矩形选区，其操作非常简单，用鼠标拖过要选择的区域即可。学习此工具的重点是掌握如图 4.8 所示的工具选项栏中的参数。

图 4.8

分别选择【样式】下拉菜单中的三个选项，可以用三种方式进行选区的制作。

> 【正常】：选择此选项，可以自由制作任何宽高比例、任何大小的矩形选区。
> 【固定比例】：选择此选项，其右侧的【宽度】和【高度】数值框被激活，在其中键入数值可以设置选区高度与宽度的比例。
> 【固定大小】：选择此选项，其右侧的【宽度】和【高度】数值框被激活，在此数值框中键入数值，可以确定新选区高度与宽度的精确数值，从而制作大小确定、尺寸精确的

选区。

打开随书所附光盘中的文件（光盘文件路径为"第 4 章\4.2.1-素材.tif"），如图 4.9 所示为原图像及此时的选区状态，如图 4.10 所示是为选区填充颜色并添加了文字后得到的图像效果。

图 4.9 　　　　　　　　　　　　　　　　图 4.10

4.2.2　制作圆形选区——椭圆选框工具

要制作圆形选区，可以使用 ◯【椭圆选框工具】。由于此工具的使用方法与 ▢【矩形选框工具】的使用方法相同，其工具选项栏具体参数设置请参阅 ▢【矩形选框工具】。

如图 4.11 所示为在原图像的左下角制作椭圆形选区并填充颜色后的效果。如图 4.12 所示为在此基础上继续向内制作选区并填充颜色后的效果。

图 4.11 　　　　　　　　　　　　　　　　图 4.12

如图 4.13 所示为在图 4.12 中图像的基础上，结合复制功能制作得到的两种效果，读者可以尝试制作。

> **注　意**
>
> 使用此工具制作选区时，一定要选中其工具选项栏中的【消除锯齿】选项，否则无法得到平滑、细腻的选区。

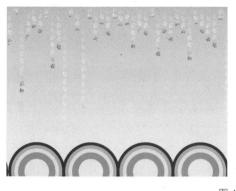
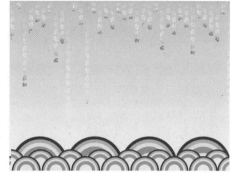

图 4.13

4.2.3　制作单行/列选区——单行/列选框工具

　　【单行选框工具】或者　【单列选框工具】可以将选框定义为一个像素宽的行或者列，从而得到单行或者单列选区，这是两个不常用的制作选区的工具。

4.2.4　制作不规则形状选区——套索/多边形套索工具

　　虽然不规则形状选区的定义非常广，但也并非无规律可循。可以将不规则形状选区简单归纳为两类，第一类是具有曲线边缘的不规则形状选区，第二类是具有直线边缘的不规则形状选区。在 Photoshop 中制作第一类不规则形状选区，可以使用　【套索工具】；制作第二类不规则形状选区，可以使用　【多边形套索工具】。

　　使用　【套索工具】的操作指导如下所述。

① 打开随书所附光盘中的文件（光盘文件路径为"第 4 章\4.2.4-1-素材.tif"）。

② 选择　【套索工具】，在其工具选项栏中设置适当的参数。

③ 按住鼠标左键绕需要选择的图像拖动鼠标指针，如图 4.14 所示，当需要闭合选区时释放鼠标左键即可。

　　如图 4.15 所示为一个使用此方法制作的不规则形状选区。如图 4.16 所示为在此选区的基础上结合【羽化】命令制作得到的柔化边缘效果。

图 4.14　　　　　　　　　　　图 4.15　　　　　　　　　　　图 4.16

要制作多边形的不规则形状选区，需要使用 ☑【多边形套索工具】，其操作指导如下所述。

① 选择 ☑【多边形套索工具】，在其工具选项栏中设置适当的参数。

② 在图像中单击以设置选区的起始点。

③ 围绕需要选择的图像，不断单击鼠标左键以确定锚点，锚点与锚点之间将自动连接成为选择线。

④ 如果在操作时出现误操作，按 Delete 键可删除最近确定的锚点。

⑤ 要闭合选区，将鼠标指针放置在起始点上，此时鼠标指针附近会出现一个闭合的圆圈，单击鼠标左键即可。如果鼠标指针被放置在非起始点的其他位置，双击鼠标左键也可以闭合选区。

> **提 示**
>
> 本例最终效果文件见随书所附光盘（光盘文件路径为"第 4 章\4.2.4-1.psd"）。

如图 4.17 所示为一个使用此方法制作的不规则形状选区。如图 4.18 所示为将选区中的图像复制出来再进行调亮处理后得到的效果。

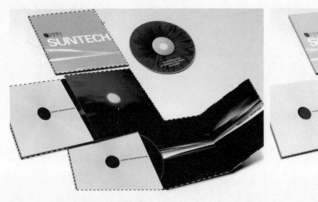

图 4.17

图 4.18

4.3　选区的运算模式

选区的运算模式为更灵活地制作选区提供了可能，从而可以在已存在的选区的基础上执行加、减、交等操作以得到不同的选区。

在工具箱中选择任意一种选择类工具，工具选项栏都将显示 □□□□ 四个选区运算模式按钮。下面分别讲解四个按钮的作用。

4.3.1　新选区

单击 □【新选区】按钮在图像中进行操作，可以制作新选区，此时原选区被取消。

4.3.2　添加到选区

单击 🔲【添加到选区】按钮，每一次在图像中进行的制作选区操作都将被累积，因此在此模式下可以制作多个选区。换言之，单击此按钮，可以在保留原选区的情况下制作新的选区。如图 4.19 所示为原选区。如图 4.20 所示为在此选区模式下制作选区时得到的新选区。

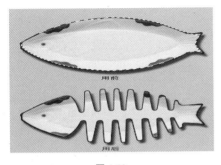
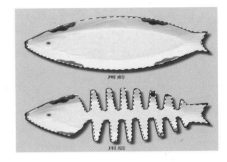

图 4.19　　　　　　　　　　　　　　　　　图 4.20

> **提　示**
>
> 本例素材文件为随书所附光盘中的文件（光盘文件路径为"第 4 章\4.3.2-素材.tif"）。

4.3.3　从选区减去

单击 🔲【从选区减去】按钮，在图像中进行制作选区的操作，可以从已存在的选区中减去当前制作的选区与原选区重合的部分。下面通过一个示例展示此运算模式。

① 打开随书所附光盘中的文件（光盘文件路径为"第 4 章\4.3.3-素材.tif"），效果如图 4.21 所示。使用 🔲【套索工具】制作一个如图 4.22 所示的选区。

② 在工具选项栏中单击 🔲【添加到选区】按钮，再使用 🔲【套索工具】制作一个如图 4.23 所示的选区。

③ 使用 🔲【矩形选框工具】，在其工具选项栏中单击 🔲【从选区减去】按钮，此时的鼠标指针变为如图 4.24 所示的状态，在画布中制作一个如图 4.25 所示的选区，如图 4.26 所示为相减后的选区。

图 4.21　　　　　　　　　　　　　　　　　图 4.22

图 4.23

图 4.24

图 4.25

图 4.26

4.3.4　与选区交叉

单击 【与选区交叉】按钮，在图像中进行操作，可以得到新选区与已有的选区相交叉（重合）的部分，此模式类似于数学中的交集概念。下面通过一个示例展示此运算模式。

① 打开随书所附光盘中的文件（光盘文件路径为"第 4 章\4.3.4-素材.jpg"），使用 【椭圆选框工具】制作一个如图 4.27 所示的选区，在其工具选项栏中单击 【与选区交叉】按钮，此时的鼠标指针变为如图 4.28 所示的状态。

② 再次使用 【椭圆选框工具】，制作一个如图 4.29 所示的椭圆形选区，得到如图 4.30 所示的选区交叉效果。

图 4.27

图 4.28

图 4.29

图 4.30

除此以外，制作选区还可以使用以下快捷键。

（1）要添加到选区或者再选择图像中的另外一个区域，按住 Shift 键后再制作需要添加的选区，此时鼠标指针为 + 形。

（2）要从一个已存在的选区中减去一个正在制作的选区，按住 Alt 键的同时再制作要减去的选区，此时鼠标指针为 + 形。

（3）要制作正方形或者正圆形选区，在拖动 【矩形选框工具】或者 【椭圆选框工具】的同时按住 Shift 键。

（4）要从当前的单击点处开始以向外发散的方式制作选区，在拖动 【矩形选框工具】或者 【椭圆选框工具】的同时按住 Alt 键。

（5）在拖动 【矩形选框工具】或者 【椭圆选框工具】的同时按住 Alt+Shift 键，可以从当前的单击点处出发，制作正方形及正圆形选区。

（6）要得到与已存在的选区交叉的部分，按住 Alt+Shift 键的同时制作新的选区，此时鼠标指针为 + 形。

4.4 选区的基础操作

有一些选区的操作虽然非常简单但很实用，下面分别讲解这些简单的选区操作。

4.4.1 选择所有像素

执行【选择】|【全部】命令或者按 Ctrl+A 键，可以将图像中的所有像素（包括透明像素）选中，在此情况下图像的四周显示浮动的虚线，如图 4.31 所示。

4.4.2 取消选区

执行【选择】|【取消选择】命令或者按 Ctrl+D 键，可以取消当前存在的选区。

图 4.31

4.4.3 再次选择选区

执行【选择】|【重新选择】命令，可以使 Photoshop 重新载入最后一次所取消的选区。

4.4.4 移动选区

移动选区的操作十分简单，使用任何一种选择类工具，将鼠标指针放置在选区内，此时鼠标指针变为 形状，表示可以移动。

直接拖动选区，即可将其移动至图像的另一处，如图 4.32 所示为移动前后的对比效果。

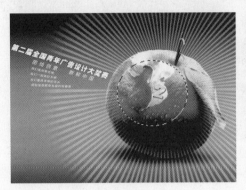

原选区   移动后的选区

图 4.32

技 巧

如果当前打开了两个图像文件，可以并排这两个图像文件，通过直接将选区从一个图像文件中拖动至另一个图像文件中的操作，将一个选区复制到另一个图像文件中，其操作中的状态如图 4.33 所示。

在制作过程中，许多初学者容易混淆移动选区与移动图像这两种操作之间的差别。实际上，如果要移动图像，应该选择工具箱中的 【移动工具】，然后拖动选区。如图 4.34 所示为移动图像后的效果。可以看出，选区内的像素被移动，并显示出图像的背景色（在此为黑色）。

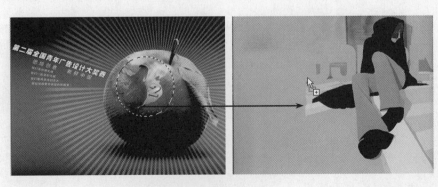

图 4.33

图 4.34

4.4.5　反向选区

执行【选择】|【反向】命令，可以在图像中颠倒选区与非选区，使选区成为非选区，而非选区则成为选区，如图 4.35 所示。

反向选区前　　　　　　　　　　　反向选区后

图 4.35

4.4.6　显示和隐藏选区的边缘

在制作比较复杂、精细的图像时，闪烁的选区边缘会影响图像的观察效果，这时可以隐藏选区的边缘。

要隐藏选区的边缘，可以执行【视图】|【显示】|【选区边缘】命令或者按 Ctrl+H 键；再次选择此命令或者按 Ctrl+H 键，可以显示选区的边缘。

4.5　制作选区的高级技法

4.5.1　依据图像边缘对比度制作选区——磁性套索工具

【磁性套索工具】可以根据图像的对比度自动跟踪图像的边缘，并沿图像的边缘生成选区。此工具特别适合选择背景较复杂而要选择的区域与背景有较高对比度的图像。

如图 4.36 所示的图像由于具有很高的对比度，因此使用 【磁性套索工具】制作选区是比较理想的方法。如图 4.37 所示为最终制作的选区。

图 4.36

图 4.37

选择 【磁性套索工具】，其工具选项栏参数如图 4.38 所示。

| ⫰ · | □□□□□ | 羽化: 0 px | ☑消除锯齿 | 宽度: 10 px | 对比度: 10% | 频率: 57 | ✐ | 调整边缘... |

图 4.38

【磁性套索工具】工具选项栏中的重要参数如下所述。

➢ 【宽度】：如果要设置 【磁性套索工具】探索图像的宽度范围，在【宽度】数值框中键入数值。对于对比度较好的图像，此数值可以大一些，反之则应该设置得尽量小一些。

➢ 【对比度】：如果要设置边缘的对比度，在此数值框中键入数值。数值越大， 【磁性套索工具】对颜色对比反差的敏感程度越低。

➢ 【频率】：如果要设置 【磁性套索工具】在定义选择边界线时插入锚点的数量，在此数值框中键入数值。数值越大，插入的定位锚点越多，得到的选区也越精确。

【磁性套索工具】的操作指导如下所述。

① 使用此工具在图像中单击以设置开始点的位置，然后释放鼠标左键并围绕需要选择的图像的边缘移动鼠标指针。

注　意

使用此工具进行工作时，Photoshop 会自动插入定位锚点。如果希望手动插入定位锚点，也可以单击鼠标左键。

② 一直拖动鼠标指针沿需要跟踪的图像边缘移动，此时 Photoshop 将自动贴紧图像中对比最强烈的边缘，并根据需要不断插入定位锚点。

③ 如果出现误操作，可以按 Delete 键删除最近绘制的不需要的选择边缘线段或者定位锚点，当需要闭合选区时双击鼠标左键。

> **提 示**
>
> 在使用 🖊【磁性套索工具】时，可以暂时切换为其他套索工具。如果要切换为 🖊【多边形套索工具】，可以按住 Alt 键，然后在图像中单击；如果要切换为 🔎【套索工具】，可以先切换为 🖊【多边形套索工具】，然后再按住 Alt 键按 🔎【套索工具】的工作方式制作选区。

4.5.2　依据图像边缘对比度制作选区——魔棒工具

使用 ✨【魔棒工具】可以依据图像中不同的色域制作选区。此工具的工具选项栏如图 4.39 所示，其中的重要参数如下所述。

图 4.39

> ➤ 【容差】：在此数值框中可以键入 0～255 之间的数值。如果在此数值框中键入较小的数值，可以选择与单击处像素非常相似的颜色；键入较大的数值，则可以获得较大的颜色范围，从而扩大选择范围。如图 4.40 所示为素材图像。如图 4.41 所示为设置【容差】数值为 20 时的效果。如图 4.42 所示为设置【容差】数值为 60 时的效果。

图 4.40　　　　　　　　　　图 4.41　　　　　　　　　　图 4.42

> **提 示**
>
> 本例用到的素材文件为随书所附光盘中的文件（光盘文件路径为"第 4 章\4.5.2-1-素材.jpg"）。

> ➤ 【消除锯齿】：选择此选项，可以得到平滑的选区边缘。
> ➤ 【对所有图层取样】：如果要选择所有可见图层中的颜色，选择此选项，否则 ✨【魔棒工具】仅从当前图层中选择颜色。
> ➤ 【连续】：如果希望以连续的方式进行选择，选择此选项，否则取消其选择状态。如图 4.43 所示为在选择此选项的情况下，单击字母"S"所得到的选区。如图 4.44 所示为

未选择此选项时，单击同一位置所得到的选区。可以看到，在容差范围内不相邻的颜色也会被选中。

图 4.43   图 4.44

提 示

调整 ✎【魔棒工具】的【容差】数值并配合 ▢▣▣▢ 选区运算模式按钮，对于灵活使用 ✎【魔棒工具】非常重要，这样能够较好地将需要选择的区域从整个图像中选择出来。本例用到的素材文件为随书所附光盘中的文件（光盘文件路径为"第 4 章\4.5.2-2-素材.jpg"）。

4.5.3　依据图像边缘对比度制作选区——【色彩范围】命令 精 CS4

执行【选择】|【色彩范围】命令，弹出如图 4.45 所示的对话框。使用此命令，可以创建得到边缘较为柔和的选区。

图 4.45

利用【色彩范围】命令制作选区的操作指导如下。

① 打开随书所附光盘中的文件（光盘文件路径为"第 4 章\4.5.3-素材.jpg"），效果如图 4.46 所示。执行【选择】|【色彩范围】命令，弹出【色彩范围】对话框。

② 确定需要选择的图像区域，如果要选择图像中的红色，则在【选择】下拉菜单中选择【红色】选项。在大多数情况下需要自定义要选择的颜色，这时应该在【选择】下拉菜单中选择【取样颜色】选项。

③ 单击【选择范围】单选按钮，使对话框预览窗口中显示当前选择的图像范围，如图 4.47 所示。

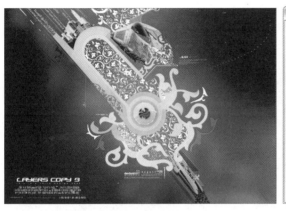
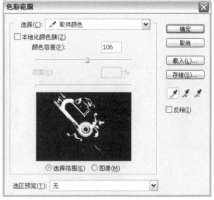

图 4.46   图 4.47

④ 使用✐工具在需要选择的图像区域单击，观察对话框预览窗口中图像的选择情况。白色区域代表已被选择的部分，白色区域越大，表明选择的图像范围越大。

提 示

按住 Shift 键可以将✐工具切换为✐工具以增加颜色；按住 Alt 键可以将✐工具切换为✐工具以减去颜色；可以从对话框预览窗口中或图像文件中拾取颜色。

⑤ 拖动【颜色容差】滑块，直至所有需要选择的区域都在预览窗口中显示为白色（即处于被选中的状态）。如图 4.48 所示为设置【颜色容差】数值较小时的选择范围。如图 4.49 所示为设置【颜色容差】数值较大时的选择范围。

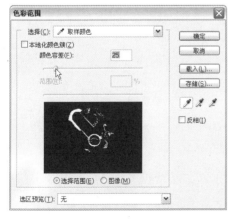

图 4.48   图 4.49

⑥ 如果需要添加其他颜色的选择范围，在对话框中选择 工具，并用其在图像中要添加的颜色区域单击；如果要减少某种颜色的选择范围，在对话框中选择 工具，在图像中要减去的颜色区域单击。

⑦ 如果要保存当前的设置，单击【存储】按钮，将其保存为 *.axt 文件。

⑧ 如果希望精确控制选区的大小，选择【本地化颜色簇】选项。此选项被选中的情况下，【范围】滑块将被激活。

⑨ 在对话框的预览窗口中单击，确定选区的中心位置。如图 4.50 所示的预览状态表明选区位于图像的下方。如图 4.51 所示的预览状态表明选区位于图像的上方。

图 4.50   图 4.51

⑩ 拖动【范围】滑块可以改变对话框预览窗口中的光点范围。光点越大，表明选区越大。如图 4.52 所示为设置适当的【范围】数值时的光点大小以及对应的选区。

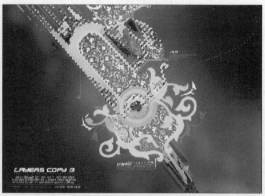

光点大小   得到的选区

图 4.52

4.5.4　使用快速蒙版制作任意形状的选区![精]

快速蒙版是一种在操作方面非常灵活且功能非常强大的选区制作工具，常用于制作边缘比较复杂的选区。虽然快速蒙版与 Alpha 通道在原理上非常相似，但在操作方法上却更加简单、易懂。

下面讲解如何使用快速蒙版制作选区。

① 打开随书所附光盘中的文件（光盘文件路径为"第 4 章\4.5.4-素材.tif"），效果如图 4.53
所示。使用 ☑【套索工具】随意制作一个选区，效果如图 4.54 所示。

图 4.53 　　　　　　　　　　　　　　　　　　　　　图 4.54

② 在工具箱底部单击 ☑【以快速蒙版模式编
辑】按钮，进入快速蒙版模式编辑状态。双
击 ☑【以快速蒙版模式编辑】按钮，在弹出
的【快速蒙版选项】对话框中设置参数（如
图 4.55 所示），以自定义其颜色和透明度。
为了和卡通人物的颜色形成对比，将其设置
为青色，如图 4.56 所示。可以看到，在此模
式下除当前选区外的其他区域被淡淡的青
色所覆盖。

图 4.55

③ 设置前景色为白色，选择 ☑【画笔工具】，在其工具选项栏中设置适当的【主直径】
数值，在卡通人物上涂抹，以消除其他区域所覆盖的青色，此操作的目的在于通过消
除青色增大选区，效果如图 4.57 所示。

图 4.56 　　　　　　　　　　　　　　　　　　　　　图 4.57

④ 选择 ☑【画笔工具】，在其工具选项栏中设置较小的【主直径】数值，沿卡通人物的
边缘进行涂抹，从而去除涂抹处的青色。在需要的情况下应该放大图像进行绘制，其

局部效果如图 4.58 所示。

⑤ 如果在涂抹过程中消除了不应该去除的青色，可以设置前景色为黑色，在不需要显示
出来的多余位置进行涂抹，从而再次以青色覆盖这些区域。

⑥ 继续进行涂抹，直到卡通人物所有区域（包括卡通人物边缘的细节）的青色都被去除，
效果如图 4.59 所示。

图 4.58   图 4.59

⑦ 在工具箱中单击 【以标准模式编辑】按钮，退出快速蒙版模式编辑状态，得到精确
的选区，如图 4.60 所示。

> **注 意**
>
> 　　在快速蒙版模式下，几乎可以使用任何绘图手段进行操作，但其原则是要增加选区
> 则使用白色作为前景色进行涂抹，要减小选区则使用黑色作为前景色进行涂抹。另外，
> 如果使用介于黑色与白色之间的任何一种具有不同灰度的颜色进行涂抹，可以得到具有
> 不同不透明度值的选区。使用 【画笔工具】在要选择的对象的边缘处进行涂抹时，可
> 以得到具有羽化效果的选区。

精确的选区   局部放大的效果

图 4.60

　　在本例中笔者仅使用 【画笔工具】进行操作，各位读者也可以尝试使用其他工具与命令
（如 【套索工具】、【填充】命令等，甚至可以尝试使用滤镜命令）。

4.6 编辑选区的形态

在制作规则形状的选区（如环形选区等）时，需要对选区进行精确的放大或者缩小调整，此时可以使用选区调整命令来对选区进行扩大、缩小、平滑等操作，从而快捷、准确地得到所需要的选区。

4.6.1 扩大和缩小选区【精】

执行【选择】|【修改】|【扩展】或者【选择】|【修改】|【收缩】命令，在两个命令的对话框中键入数值，分别定义选区的扩展量及收缩量，从而可以扩大或者缩小选区。

如图 4.61 所示为原选区。如图 4.62 所示为扩大选区后的效果。如图 4.63 所示为缩小选区后的效果。

图 4.61   图 4.62   图 4.63

可以看出，通过执行扩大选区的操作，可以用选区的形状向外扩展，从而将原来不属于选区内的图像选择进来；而通过执行缩小选区的操作，可以用选区的形状排除原属于选区内的图像。

> **提　示**
>
> 本例用到的素材文件为随书所附光盘中的文件（光盘文件路径为"第 4 章\4.6.1-素材.tif"）。

4.6.2 扩展选区【精】

在操作时经常会遇到这样一类图像，相同的颜色区域间断地分布在图像的不同位置，而且边缘复杂难选。下面讲解的两个命令，可以解决在此类图像中进行选择时所遇到的问题。

执行【选择】|【扩大选取】命令，可以依据当前已有选区的图像颜色值，扩大当前的选区。选区扩大的程度与在【魔棒工具】工具选项栏中指定的【容差】数值有关。如图 4.64 所示为原选区。如图 4.65 所示为将【魔棒工具】的【容差】数值设置为 30 时，执行【选择】|【扩大选取】命令得到的选区。当【容差】数值被设置为 100 时，按照同样的方法进行制作，则可以得到如图 4.66 所示的选区。可以看出，数值越大，操作后得到的选区的范围也越大。

执行【选择】|【选取相似】命令，可以将整个图像中容差范围内的像素而不仅仅是相邻像素加入到当前存在的选区中。仍以图 4.64 为例，如果执行【选择】|【选取相似】命令，可以得到如图 4.67 所示的选区。

> **提　示**
>
> 本例用到的素材文件为随书所附光盘中的文件（光盘文件路径为"第 4 章\4.6.2-素材.tif"）。

图 4.64　　　　　　　　　　　　　　　　图 4.65

图 4.66　　　　　　　　　　　　　　　　图 4.67

4.6.3　平滑选区

在使用 【魔棒工具】选择图像后，如果得到的选区边缘较为破碎或者具有较明显的锯齿效果，可以执行【选择】|【修改】|【平滑】命令对选区进行平滑操作。

4.6.4　羽化选区 CS4

在 Photoshop 中实现羽化效果，一般可以采取两种方法。其中，一种方法为在使用 【矩形选框工具】、 【椭圆选框工具】、 【套索工具】、 【多边形套索工具】等工具时，在工具选项栏中的【羽化】数值框中设置不为 0 的羽化值；另一种方法为在已经存在一个选区的情况下，执行【选择】|【修改】|【羽化】命令，在弹出的对话框中键入数值，使当前选区具有羽化效果。

下面的示例展示了使用【羽化】命令制作选区的效果。

① 打开随书所附光盘中的文件（光盘文件路径为"第 4 章\4.6.4-素材.tif"），效果如图 4.68 所示。

② 选择 ☑【套索工具】，在人物及花状裙摆的边缘制作选区，将其大致轮廓选择出来，效果如图 4.69 所示。

③ 按 Shift+Ctrl+I 键执行【反向】命令，得到反向的选区状态。

图 4.68   图 4.69

④ 按 Shift+F6 键或者执行【选择】|【修改】|【羽化】命令，在弹出的对话框中设置【羽化半径】数值，如图 4.70 所示。

⑤ 单击【确定】按钮退出对话框，则选区变得平滑，效果如图 4.71 所示。

图 4.70   图 4.71

⑥ 按 Ctrl+C 键执行【拷贝】命令，打开另外一幅背景图像，然后按 Ctrl+V 键执行【粘贴】命令，摆放图像位置后得到如图 4.72 所示的效果，如图 4.73 所示为对图像进行适当调整后得到的效果。

提　示

本例最终效果文件见随书所附光盘（光盘文件路径为"第 4 章\4.6.4.psd"）。

图 4.72　　　　　　　　　　　　　　　图 4.73

4.6.5　边界化选区 精

执行【选择】|【修改】|【边界】命令，在弹出的对话框中键入数值，可以将当前选区边界化。如图 4.74 所示为原选区。如图 4.75 所示为执行此命令后得到的选区。如图 4.76 所示为对选区填充黄色后的效果。

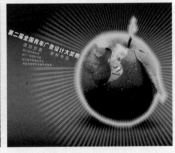

图 4.74　　　　　　　　　　图 4.75　　　　　　　　　　图 4.76

> **提　示**
>
> 本例用到的素材文件见随书所附光盘（光盘文件路径为"第 4 章\4.6.5-素材.tif"）。

4.6.6　调整边缘 精

执行【调整边缘】命令同样能够对现有的选区进行修改。不仅如此，使用【调整边缘】命令所能够进行的修改更加精确、更加深入，有助于得到更为精确的选区。执行【选择】|【调整边缘】命令，弹出其对话框，如图 4.77 所示。

几乎在所有选择类工具的工具选项栏中，都增加了 调整边缘... 按钮，包括选框工具组、套索工具组、 【魔棒工具】，以及新添加的 【快速选择工具】。当使用任意一种选择类工具制作选区后，都可以通过单击此按钮调出【调整边缘】对话框，用以对当前选区进行编辑。

图 4.77

●选择●

第 1 章

第 2 章

第 3 章

第 4 章

第 5 章

第 6 章

第 7 章

【调整边缘】对话框中的参数释义如下。

➤ 【半径】：设置此参数，可以微调选区与图像边缘之间的距离。数值越大，则选区越靠近图像边缘。

➤ 【对比度】：设置此参数，可以调整边缘的虚化程度。数值越大，则边缘越锐化，通常可以帮助制作比较精确的选区。

➤ 【平滑】：当制作的选区边缘非常生硬甚至有明显的锯齿时，使用此参数来进行柔化处理。

➤ 【羽化】：此参数与【羽化】命令的功能基本相同，都是用来柔化选区边缘的。

➤ 【收缩／扩展】：该参数与【收缩】和【扩展】命令的功能基本相同。向左侧拖动滑块，可以收缩选区；向右侧拖动滑块，可以扩展选区。

➤ 【预览方式】：此命令具有五种不同的选区预览方式，操作者可根据不同的需要选择预览方式。如图 4.78 所示为按照从左至右的顺序，分别选择不同预览方式后的效果。

图 4.78

➤ 【说明】：单击 按钮，对话框向下扩展出一定区域，用于显示说明文字。当鼠标指针被放置在不同的参数上时，此区域将显示不同的提示信息，以帮助操作者进行具体操作。

4.7 变换选区

如果希望在不影响原图像的基础上改变已经得到的选区，可以采取对选区进行变换的方法。下面是变换选区的常规操作。

① 打开随书所附光盘中的文件（光盘文件路径为"第 4 章\4.7-素材.psd"），执行【选择】|【变换选区】命令。

② 选区周围出现变换控制手柄，如图 4.79 所示。

图 4.79

③ 拖动控制手柄即可完成调整选区的操作，也可以执行【编辑】|【变换】子菜单下的各变换命令。

如果要精确控制选区，可以在控制手柄存在的情况下，在如图 4.80 所示的工具选项栏中设置参数。

图 4.80

工具选项栏中的各参数如下所述。

➢ ⠿：用工具选项栏中的 ⠿ 可以确定操作参考点，能够确定的位置包括左上、左下、右上、右下等在内的九个位置。例如，要以选区的左上角点为参考点，单击 ⠿ 使其显示为 ⠿ 即可。

➢ 【X】、【Y】：要精确改变选区的位置，可以分别在【X】、【Y】数值框中键入数值。

➢ △：要使键入的数值为相对于原选区所在位置移动的一个增量，单击 △ 按钮，使其处于被按下的状态。

➢ 【W】、【H】：要精确改变选区的宽度与高度，可以分别在【W】、【H】数值框中键入数值。

➢ ⑧：要保持选区的宽高比，可以单击 ⑧ 按钮，使其处于被按下的状态。

➢ ⊿：要精确改变选区的角度，可以在 ⊿ 数值框中键入数值。

➢ 【H】、【V】：要改变选区水平及垂直方向上的斜切变形度，可以分别在【H】、【V】数值框中键入数值。

➢ ✓、⊘：在工具选项栏中完成参数设置后，可以单击 ✓ 按钮确认；如果要取消操作，可以单击 ⊘ 按钮。

4.8   绘制与编辑路径

在 Photoshop 中，路径有两个作用，即制作选区与绘图。本节将针对路径的第一个作用进行详细讲解。关于路径的绘图功能，可以查看本书后面的章节。

使用路径制作选区具有以下优点。

（1）路径以矢量形式存在，因此不受图像分辨率的影响。

（2）路径具有很灵活的可调性，更容易被调整与编辑。

（3）使用路径能够制作出很精确的选区。

4.8.1　了解路径的基本组成

路径是基于贝赛尔曲线建立的矢量图形，所有使用矢量绘图软件或者矢量绘图工具制作的线条，原则上都可以被称为"路径"。

路径可以是一个点、一条直线或者一条曲线，除了点外的其他路径均由锚点、锚点间的线段构成。如果锚点间的线段曲率不为 0，锚点的两侧还有控制手柄。锚点与锚点之间的相对位置关系决定了这两个锚点之间路径线的位置，锚点两侧的控制手柄控制该锚点两侧路径线之间的曲率。

如图 4.81 所示是使用 🖋【钢笔工具】描绘的一条路径，路径线、锚点和控制手柄是其基本组成元素。

在路径中通常有三类锚点存在，即直角型锚点、光滑型锚点和拐角型锚点。

> **提　示**
>
> 本例用到的素材文件为随书所附光盘中的文件（光盘文件路径为"第 4 章\4.8.1-1-素材.tif、4.8.1-4-素材.tif"）。

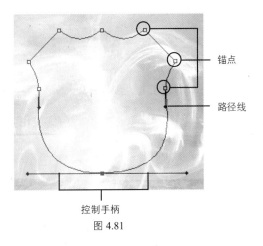

锚点

路径线

控制手柄

图 4.81

（1）直角型锚点：如果一个锚点的两侧为直线路径线且没有控制手柄，则此锚点为直角型锚点。移动此类锚点时，其两侧的路径线将同时发生移动。如图 4.82 所示为直角型锚点的调整示例。

（2）光滑型锚点：如果一个锚点的两侧均有平滑的曲线形路径线，则该锚点为光滑型锚点。拖动此类锚点两侧的控制手柄中的一个时，另外一个会随之向相反的方向移动，路径线同时发生相应的变化。如图 4.83 所示为光滑型锚点的调整示例。

图 4.82

图 4.83

（3）拐角型锚点：此类锚点的两侧也有两个控制手柄，但两个控制手柄不在一条直线上，而且拖动其中一个控制手柄时，另一个不会随之一起移动。如图 4.84 所示是拐角型锚点的调整示例（右图均为局部放大效果）。

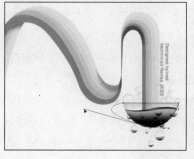

图 4.84

4.8.2 绘制简单路径

要绘制路径，应该使用以下两种工具，即 【钢笔工具】和 ❷【自由钢笔工具】。选择两种工具中的任意一种，都需要在其工具选项栏中选择适当的绘图方式。以 ❷【钢笔工具】为例，其工具选项栏如图 4.85 所示，其中有两种方式可选。

图 4.85

> ▢【形状图层】按钮：可以绘制形状。
> ▣【路径】按钮：可以绘制路径。

> **注 意**
>
> 也可以使用矢量绘图类工具绘制简单规则形状的路径。关于这一点，请参考本书相关章节。

选择 ❷【钢笔工具】，在其工具选项栏中单击 ▾【几何选项】按钮，弹出如图 4.86 所示的【钢笔选项】面板，在此可以选择【橡皮带】选项。在【橡皮带】选项被选中的情况下，绘制路径时可以依据锚点与钢笔光标间的线段，判断下一段路径线的走向。

（1）如果需要绘制一条开放型路径，可以在绘制至路径结束点处时按 Esc 键，退出路径的绘制状态。

（2）如果需要绘制一条闭合型路径，必须使路径的终点与起点重合，即在路径绘制结束时将钢笔光标放置在路径起点处，此时在钢笔光标的右下角处将显示一个小圆圈，单击该处即可使路径闭合，如图 4.87 所示。

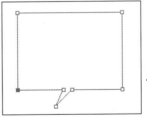

图 4.86

图 4.87

> **注 意**
>
> 本例用到的素材文件为随书所附光盘中的文件（光盘文件路径为 "第 4 章\4.8.2-1-素材.tif"）。

（3）在绘制曲线型路径时，将钢笔光标的笔尖放在要绘制的路径的起点位置，单击以定义第一个点作为起始锚点。当单击确定第二个锚点时，按住鼠标左键不放并向某方向进行拖动，直到曲线出现合适的曲率。在绘制第二个锚点时控制手柄的拖动方向及长度决定了曲线段的方向及曲率，图 4.88 展示了曲线型路径的绘制过程。

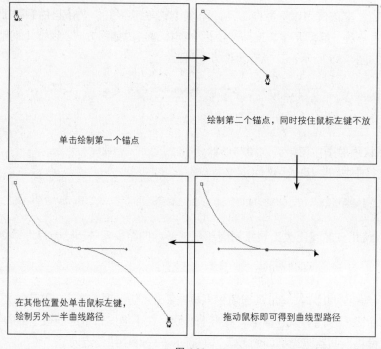

单击绘制第一个锚点

绘制第二个锚点，同时按住鼠标左键不放

在其他位置处单击鼠标左键，
绘制另外一半曲线路径

拖动鼠标即可得到曲线型路径

图 4.88

注　意

确定第二个锚点时按住 Shift 键，可以绘制出水平、垂直或呈 45° 角的直线型路径。

1. 选择路径

要对当前路径进行编辑、描边、填充等操作，首先需要选择路径。要选择整条路径，在工具箱中选择 ▶ 【路径选择工具】，直接单击需要选择的路径即可将其选中。当整条路径处于选中状态时，路径线呈黑色显示，如图 4.89 所示。

如果要选择路径中的某一个路径线段，可以在工具箱中选择 ▶ 【直接选择工具】，然后单击需要选择的路径线段。

注　意

在使用上述方法选择曲线段时，曲线段两侧的锚点会显示出控制手柄，效果如图 4.90 所示。

要选择锚点，可以使用 ▶ 【直接选择工具】单击该锚点。如果需要选择的锚点不止一个，可以用拖动框选的方法进行选择，所选锚点显示为实心正方形，未选择的锚点显示为空心正方形，如图 4.91 所示。

选择

第1章

第2章

第3章

第4章

第5章

第6章

第7章

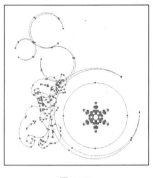
图 4.89

图 4.90

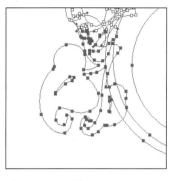
图 4.91

2．调整路径

如果要移动直线型路径，可以先选择 【直接选择工具】，然后点按需要移动的直线线段并进行拖动，如图 4.92 所示为此操作示意图。

> **提 示**
>
> 本例用到的素材文件为随书所附光盘中的文件（光盘文件路径为"第 4 章\4.8.2-2-素材.tif"）。

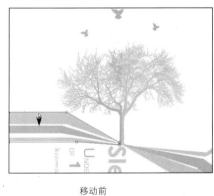

移动前　　　　　　　　　　　　　　移动后

图 4.92

如果要移动锚点，同样选择 【直接选择工具】，然后点按并拖动需要移动的锚点，如图 4.93 所示为此操作示意图。

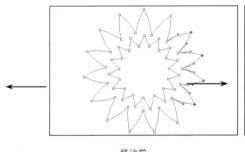

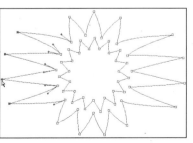

移动前　　　　　　　　　　　　　　移动后

图 4.93

如果要调整曲线型路径，先在工具箱中选择 ![] 【直接选择工具】，使用此工具点按需要调整的曲线线段并进行拖动，也可以拖动曲线线段上锚点的控制手柄，两种操作方法的示意图分别如图 4.94、图 4.95 所示。

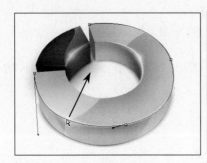 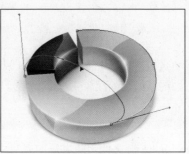

拖动曲线线段进行移动前　　　　　　　　　　拖动曲线线段进行移动后

图 4.94

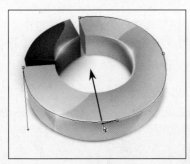 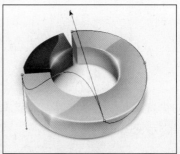

拖动控制手柄进行移动前　　　　　　　　　　拖动控制手柄进行移动后

图 4.95

3. 添加、删除和转换锚点

使用 ![] 【添加锚点工具】和 ![] 【删除锚点工具】，可以从路径中添加或者删除锚点。

（1）如果要添加锚点，选择 ![] 【添加锚点工具】，将鼠标指针放置在要添加锚点的路径上单击。

（2）如果要删除锚点，选择 ![] 【删除锚点工具】，将鼠标指针放置在要删除的锚点上单击。

利用 ﹀【转换点工具】，可以将直角型锚点、光滑型锚点、拐角型锚点进行互相转换。

将光滑型锚点转换为直角型锚点时，利用 ﹀【转换点工具】单击此锚点；将直角型锚点转换为光滑型锚点时，利用 ﹀【转换点工具】单击并拖动此锚点。

利用 ﹀【转换点工具】单击并拖动锚点，即可在锚点两侧得到控制手柄，从而将直角型锚点转换为光滑型锚点。

4. 变换路径

变换路径与变换图像、变换选区的操作没有本质上的不同。如图 4.96 所示为原路径。如图 4.97 所示为旋转路径的操作示例。

图 4.96   图 4.97

（1）要对路径进行自由变换操作，只需在路径被选中的情况下按 Ctrl+T 键或者执行【编辑】|【变换路径】命令，然后拖动路径变换控制框的控制手柄即可。

（2）要进行精确操作，可以在路径变换控制框显示的情况下，在如图 4.98 所示的工具选项栏相应的数值框中键入数值。

图 4.98

> **注 意**
>
> 如果要对路径中的部分锚点执行变换操作，可以使用 ▸【直接选择工具】选中需要变换的锚点，然后执行【编辑】|【变换路径】命令下的各子菜单命令。如果按住 Alt 键的同时执行【编辑】|【变换路径】命令下的各子菜单命令，可以复制当前操作路径，并对复制对象执行变换操作。

4.8.3 了解【路径】面板

【路径】面板是绘制路径时使用频率最高的面板，不仅因为路径被保存于【路径】面板，还因为将路径转换为选区或将选区转换为路径、填充或描边选区等操作都需要使用【路径】面板的相关功能。如图 4.99 所示为【路径】面板。

图 4.99

【路径】面板的基本使用方法如下所述。

（1）要新建路径，在【路径】面板底部单击 ▣ 【创建新路径】按钮。

（2）要删除【路径】面板中的某一路径，将其选中后在【路径】面板底部单击 🗑 【删除当前路径】按钮。

（3）要复制路径，可以将其拖动至【路径】面板底部的 ▣ 【创建新路径】按钮上。

（4）要重命名路径，在【路径】面板中双击此路径名称，然后在弹出的对话框中直接键入路径名称。

4.8.4 将路径转换为选区

对于需要转换为选区的路径，可以按下述方法操作。

（1）在【路径】面板中选择需要转换为选区的路径，然后单击【路径】面板底部的 ◎ 【将路径作为选区载入】按钮，即可将当前选择的路径转换为选区。

（2）按 Ctrl+Enter 键。

（3）按住 Ctrl 键的同时，单击【路径】面板中的路径。

如图 4.100 所示为原路径。如图 4.101 所示为将其转换为选区后的状态。如图 4.102 所示为在选区中填充渐变后的效果。

提 示

本例用到的素材文件为随书所附光盘中的文件（光盘文件路径为"第 4 章\4.8.4-素材.tif"）。

图 4.100

图 4.101

图 4.102

4.9 综合示例

4.9.1 制作矢量视觉作品

本例运用 🔗 【套索工具】、 ✎ 【钢笔工具】、 ◯ 【椭圆工具】等制作选区，并结合【羽化】、【变换选区】、【描边】等命令来制作矢量作品。

选择 ●

第 1 章

第 2 章

第 3 章

第 4 章

第 5 章

第 6 章

第 7 章

① 打开随书所附光盘中的文件（光盘文件路径为"第 4 章\4.9.1-素材 1.psd"），效果如图 4.103 所示。选择 【套索工具】，在图像的顶部制作如图 4.104 所示的选区。

② 按 Shift+F6 键调出【羽化选区】对话框，设置【羽化半径】数值为 200，单击【确定】按钮退出对话框。设置前景色的颜色值为#0a2561，按 Alt+Delete 键用前景色填充选区，按 Ctrl+D 键取消选区，得到如图 4.105 所示的效果。

图 4.103

图 4.104

图 4.105

③ 选择 【套索工具】，在图像的底部制作如图 4.106 所示的选区。设置前景色为黑色，按 Alt+Delete 键用前景色填充选区，按 Ctrl+D 键取消选区，得到如图 4.107 所示的效果。

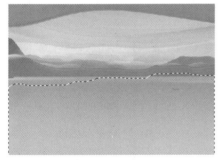

图 4.106

图 4.107

④ 打开随书所附光盘中的文件（光盘文件路径为"第 4 章\4.9.1-素材 2.tif"），效果如图 4.108 所示。选择 【钢笔工具】，沿人物的边缘绘制如图 4.109 所示的路径，按 Ctrl+Enter 键将路径转换成选区。

图 4.108

图 4.109

⑤ 选择 ⬭【套索工具】，将鼠标指针移动到上一步得到的选区中，此时鼠标指针显示为 ⬭
形，将选区移动到本例步骤 1 打开的素材文件中。执行【选择】|【变换选区】命令，
按住 Shift 键将其缩小并移动到如图 4.110 所示的位置，按 Enter 键确认变换操作。

⑥ 设置前景色为黑色，按 Alt+Delete 键用前景色填充选区，按 Ctrl+D 键取消选区，得到
如图 4.111 所示的效果。

⑦ 选择 ⬭【椭圆工具】，在其工具选项栏中单击 ⬭【路径】按钮，按住 Shift 键以画布左
上角为圆心，绘制如图 4.112 所示的正圆形路径，按 Ctrl+Enter 键将路径转换为选区。

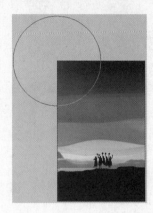

图 4.110　　　　　　　图 4.111　　　　　　　图 4.112

⑧ 设置前景色的颜色值为#99b5f3，执行【编辑】|【描边】命令，在弹出的【描边】对话
框中设置相关参数，如图 4.113 所示，单击【确定】按钮退出对话框，按 Ctrl+D 键取
消选区，得到如图 4.114 所示的效果。

⑨ 选择 ⬭【椭圆选框工具】，按住 Shift 键，在刚才描边圆形的右下方制作如图 4.115 所
示的正圆形选区。执行【编辑】|【描边】命令，在弹出的【描边】对话框中设置参数，
如图 4.116 所示，单击【确定】按钮退出对话框，按 Ctrl+D 键取消选区，得到如图 4.117
所示的效果。

图 4.113　　　　　　　图 4.114　　　　　　　图 4.115

⑩ 按照同样的方法，制作出如图 4.118 所示的效果。

图 4.116

图 4.117

图 4.118

⑪ 打开随书所附光盘中的文件（光盘文件路径为"第 4 章\4.9.1-素材 3.psd"），效果如图 4.119 所示。使用 ⊕【移动工具】将其中的图像拖动至本例步骤 1 打开的素材文件中，并将其放置在画布的底部，得到如图 4.120 所示的最终效果。

图 4.119

图 4.120

提 示

本例最终效果文件见随书所附光盘（光盘文件路径为"第 4 章\4.9.1.psd"）。

4.9.2 制作梦幻剪影效果

本例使用 ◯【套索工具】、▭【矩形选框工具】、【色彩范围】命令和【变换选区】命令等来制作"飘浮的树"的效果。

① 打开随书所附光盘中的文件（光盘文件路径为"第 4 章\4.9.2-素材 1.tif、4.9.2-素材 2.tif"），效果如图 4.121、图 4.122 所示。使用 ◯【套索工具】在树的外围制作如图 4.123 所示的选区。

图 4.121

图 4.122

 按 Shift+Ctrl+I 键执行【反向】命令，设置前景色为白色，按 Alt+Delete 键用前景色填充选区，按 Ctrl+D 键取消选区，得到如图 4.124 所示的效果。

图 4.123

图 4.124

③ 执行【选择】|【色彩范围】命令，在弹出的对话框中使用 ✐ 工具单击图像文件中的树，此时的【色彩范围】对话框显示如图 4.125 所示，单击【确定】按钮退出对话框，得到如图 4.126 所示的选区。

④ 选择 ✐【套索工具】，将鼠标指针移动到上一步得到的选区中，此时的鼠标指针显示为 🖐 形，将选区移动到文件 "4.9.2-素材 1.tif" 中如图 4.127 所示的位置。设置前景色为黑色，按 Alt+Delete 键用前景色填充选区。

图 4.125

图 4.126

⑤ 执行【选择】|【变换选区】命令以调出选区变换控制框，在该控制框内单击鼠标右键，在弹出的菜单中选择【垂直翻转】命令，然后将其控制框拖动至如图 4.128 所示的位置，按 Enter 键确认变换操作。

图 4.127

图 4.128

⑥ 选择□【矩形选框工具】，单击其工具选项栏中的⬚【从选区减去】按钮，按照图 4.129 所示减去选区，得到如图 4.130 所示的选区。设置前景色为黑色，按 Alt+Delete 键用前景色填充选区。

⑦ 选择♀【套索工具】，制作如图 4.131 所示的选区，按 Alt+Delete 键用前景色填充选区，得到如图 4.132 所示的最终效果。

图 4.129

图 4.130

图 4.131

图 4.132

提　示

本例最终效果文件见随书所附光盘（光盘文件路径为 "第 4 章\4.9.2.psd"）。

读书笔记

CHAPTER

调 色

5.1　调色概述

在调整颜色方面，Photoshop 提供了种类丰富、功能强大的命令。这些命令不仅使图像在修饰与处理方面获得了长足发展，而且也为设计师开拓了更为广阔的设计空间，使设计师的创意与设计思维无需为颜色所羁绊。

下面就从调整对象、调整类型两个方面进行讲解，从而全面认识调色操作。

5.1.1　调整对象

从本质上讲，素材图像与数码照片都可以归为"图像"这样一个大的概念中，两者之间没有明显的界限。在此之所以分别列举这两种对象，是建立在笔者自己定义的界限的基础上。

很显然，在应用 Photoshop 进行调色方面，普通消费者、非设计领域专业人员、数码照相馆修图人员更多的是对自己或者消费者所拍摄的数码照片进行调色操作。由于对于调整效果的要求普遍不是很高，所使用的调色技术与手段也不会特别复杂。

大多数数码照片具有同样的问题（如曝光过度、曝光不足、层次不清、色彩不饱和等），如图 5.1 所示。在调整这些数码照片时，几乎能够总结出模式化的技术手段与处理步骤。

曝光不足　　　　　　　　　　　　　曝光过度

图 5.1

从这一点来看，如果目的是调整数码照片，在学习本章时注意不同类型的图像在调整时的模式化步骤与注意事项就可以了。

而对于设计领域专业人员而言，更多情况下面临的是调整从专业图库找到的或者自己拍摄的素材图像。这些图像大多数是用于专业的商业设计作品，其调整的效果需要接受商业伙伴的考量与消费者的认可，因此调整的过程需要更加专业化，在调整技术与手段方面的要求也相对高出许多。

在如图 5.2 所示的几个广告作品中，所有素材图像都必须经过调色处理才能够与其他素材图像相互匹配，从而使整体效果看上去天衣无缝，这对设计人员提出了很高的要求。

●调色●

第1章

第2章

第3章

第4章

第5章

第6章

第7章

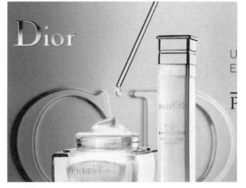

图 5.2

在进行这样的调色操作时，设计人员不仅要考虑所有素材图像的整体配合问题，还需要考虑作品最终展示的方式，是屏幕显示还是纸媒体，是大幅写真喷绘还是丝网印刷，不同的展示方式会或多或少地影响到调色的手段与技术。

因此，如果目的是对素材图像进行专业调整，在学习本章时不仅要掌握调色命令的使用方法与技巧，还必须知其然并知其所以然，这样才能以不变应万变。

5.1.2　调整类型

可以简单地将调色操作分为调整颜色的色阶、色相、饱和度这三种不同类型的操作。换言之，可以分别调整一个图像中某一区域的色阶、色相，以及这一区域全部颜色或者某一种颜色的饱和度。

了解调色类型，有助于将学习数十个调色命令的复杂过程简化为学习分辨色阶、色相、饱和度这三种对象的简单过程。

由于 Photoshop 提供了大量调色命令，而这些命令在功能上有不少重合之处，许多初学者在学习这些命令后，如果遇到了多种调色命令都能够应对的调色任务，往往在选择调色命令时会感到茫然，有时还会盲目地选择调色命令，这无疑加大了完成调色任务的难度。

因此，在学习时不仅应该掌握每一类调色命令的调整步骤，还应该了解这一命令适合于调整色阶、色相、饱和度中的哪一种类型，从而使自己在执行调色操作时有的放矢。

5.2　评估图像——【直方图】面板

Photoshop 的调色功能就像颜色魔法棒，让图像的颜色变化超乎人们的想象，给人们带来无限的惊喜。使用 Photoshop 对数码照片进行调色，可以概括为以下两大目的。

（1）使数码照片的颜色更加真实：生活中拍摄的数码照片经常会出现偏色、曝光不足等问题，掌握本章内容后，可以轻易使照片的颜色看上去更加真实。

（2）使原有的数码照片艺术化：利用夸张的颜色搭配与颜色融合，展现其与众不同的一面，精心处理后的生活数码照片有时丝毫不比杂志封面照片逊色。

如果想要在最短的时间内获得最好的效果，就必须对 Photoshop 的调色命令进行深入了解，

从而达到熟练操作的程度，并在实际工作中能够针对不同图像的色调使用不同的调色命令与方法。要了解图像的色调类型，可以在图像处于打开的状态时，执行【窗口】|【直方图】命令，显示如图 5.3 所示的面板。

　　【直方图】面板以 256 条垂直线来显示图像的色调范围，这些垂直线从左到右分别代表从最暗到最亮的每一个色调，每条线的高度指示图像中该色调有多少像素。

　　通过观察图像的直方图，可以了解图像每个亮度色阶处像素的数量，以及各种像素在图像中的分布情况，从而识别图像的色调类型并确定调整图像时的方式及方法。当前图像中像素亮度值的统计信息出现在面板的下方，各参数值的意义如下所述。

图 5.3

> 【平均值】：表示平均亮度值。

> 【标准偏差】：表示亮度值的变化范围。

> 【中间值】：表示亮度值范围内的中间值。

> 【像素】：表示用于计算直方图的像素总数。

> 【色阶】：表示鼠标指针指示的区域的亮度级别。

> 【数量】：表示相当于鼠标指针指示亮度级别的像素总数。

> 【百分位】：表示鼠标指针指示的级别或者该级别以下的像素累计数。该数值表示为图像中所有像素的百分数，从最左侧的 0% 到最右侧的 100%。

> 【高速缓存级别】：显示高速缓存的设置。

对于暗色调图像，直方图将显示有过多像素集中在阴影处（即水平轴的左侧），如图 5.4 所示，而且其中间值偏低，对于此类图像应该视其整体效果重点调整暗部。

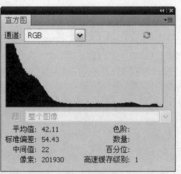

图 5.4

　　对于亮色调图像，直方图将显示有过多像素集中在高光处（即水平轴的右侧），如图 5.5 所示，对于此类图像应该视其整体效果重点调整亮部。

图 5.5

对于色调均匀且连续的图像，直方图将像素均匀地显示在图像的中间调处（即水平轴的中央位置），如图 5.6 所示，此类图像基本无需调整。

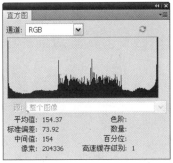

图 5.6

对于色调不连续的图像，在直方图中将显示像素在分布时有跳跃现象（即出现断点），如图 5.7 所示，此类图像有细节丢失。

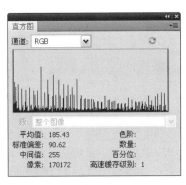

图 5.7

以上所述的各种图像类型及调整方法并非绝对，因为在某些情况下由于构图（夜景或者雪地等）原因，图像中存在大面积暗调或亮调，同样会导致直方图的像素在水平轴的一侧大量聚集，但这样的图像可能无需调整，所以对这样的图像需要特别注意。

如图 5.8 所示为暗调图像，但其原因是图像本身希望营造一种神秘的氛围。如图 5.9 所示为亮调图像，但其原因是由于图像中的主体内容是雪景。

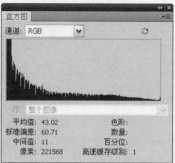

图 5.8

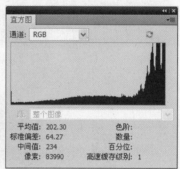

图 5.9

5.3　使用工具简单调整图像

5.3.1　加亮图像 CS4

使用 【减淡工具】可以加亮图像中较暗的部分，其工具选项栏如图 5.10 所示。

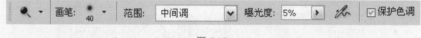

图 5.10

使用此工具调整图像的操作步骤如下所述。

① 在工具箱中选择 【减淡工具】，在其工具选项栏中设置合适的画笔大小。

② 在工具选项栏中选择要调整的【范围】选项。

③ 在工具选项栏中确定【曝光度】数值，定义使用此工具操作时的亮化程度。此数值越大，加亮的效果越明显。

④ 如果希望在操作后图像的色调不发生变化，选择【保护色调】选项，然后使用此工具在图像中需要调亮的区域拖动即可。

如图 5.11 所示为使用此工具操作前后的图像对比效果。

操作前　　　　　　　　　　　　　　　　　　操作后

图 5.11

如果需要处理的是具有反光效果的物体，可以通过使用此工具增强反光效果，使反光的透明物体（如玻璃、水晶等）看上去更加晶莹剔透，使反光的不透明物体（如汽车车身、不锈钢等）看上去更加光亮。

如图 5.12 所示为原图像。可以看出，珍珠整体显得不够光亮。

如图 5.13 所示为使用 【减淡工具】对其中间调及高光区域进行涂抹后得到的效果。可以看出，处理后的效果要更加完美一些。

图 5.12　　　　　　　　　　　　　　　　　　图 5.13

5.3.2　加暗图像

使用 【加深工具】，可以使图像中被操作的区域变暗，其工具选项栏如图 5.14 所示。

图 5.14

此工具选项栏的参数设置与 【减淡工具】类似，在此不再赘述。如图 5.15 所示为使用此工具操作前后的图像对比效果。

操作前　　　　　　　　　　　　　　　操作后

图 5.15

在电脑绘画中常综合使用【减淡工具】与【加深工具】，使被绘制的对象呈现出立体感。图 5.16 展示了一个绘画的流程图，在此流程图中使用频率最高的就是上述两个工具。

图 5.16

5.3.3　修改图像的饱和度 CS4

使用【海绵工具】可以修改图像局部的颜色饱和度，其工具选项栏如图 5.17 所示。

图 5.17

此工具的使用方法与【减淡工具】基本相同，不同之处在于需要在【模式】下拉菜单中进行选择。其中，选择【饱和】选项，可以增加操作区域的颜色饱和度；选择【降低饱和度】选项，可以去除操作区域的颜色饱和度。

图 5.18 和图 5.19 是选择不同选项对同一幅图像进行处理后的结果。

选择【饱和】选项

图 5.18

选择【降低饱和度】选项

图 5.19

　　通过上面的示例可以看出，如果需要使图像中的景物更加鲜艳，可以选择【饱和】选项，然后，使用此工具在需要增加鲜艳度的区域进行涂抹；如果需要制作低饱和度图像效果，则可以选择【降低饱和度】选项。

　　另外，在 Photoshop CS4 中新增了【自然饱和度】选项。选择此选项后，可以在提高／降低饱和度的同时，针对图像的亮度进行适当的调整，从而使调整的结果更为自然。读者可以自行尝试涂抹并对比使用该选项前后的效果。

5.4　对图像进行简单调整

5.4.1　去除图像的颜色

　　执行【图像】|【调整】|【去色】命令，可以去除彩色图像中的所有颜色，将其转换为相同颜色模式的灰度图像，其操作非常简单，但如果要取得更好的效果，应按下面的步骤操作。

① 打开随书所附光盘中的文件（光盘文件路径为 "第 5 章\5.4.1-素材.tif"），选择要保留的颜色区域。

② 按 Shift+Ctrl+I 键执行【反向】命令，执行【图像】|【调整】|【去色】命令即可完成操作。如图 5.20 所示为将人物照片背景去色前后的对比效果。

去色前

去色后

图 5.20

这样操作的原因是，人们在欣赏视觉作品时都会遵循一定的欣赏规律。首先大体观看图像全貌，然后视线便会停留在画面中的某一点，也就是画面的"视觉中心"，在仔细欣赏"视觉中心"处的图像后，视线才会移动至整体画面。

之所以有这种现象，是因为人类眼球的生理构造导致只能产生一个视焦，视线不可能同时停留在两处以上的位置，可以说，欣赏作品的过程就是视焦移动的过程。明白这个道理后，就可以采用上面所讲述的去色方法，使图像中去色的位置或者未被去色的位置成为"视觉中心"。

> **注　意**
>
> 本例最终效果文件见随书所附光盘（光盘文件路径为"第 5 章\5.4.1.psd"）。

5.4.2　反相图像

"反相"，顾名思义是将原有图像的颜色反转。【反相】命令在实际工作中常被用于制作底片效果。如图 5.21 所示为执行【图像】|【调整】|【反相】命令前后的对比效果。

反相前　　　　　　　　　　　　　　　　　反相后

图 5.21

同样，如果使用此命令对数码照片的局部进行操作，也可以取得比较不错的效果。

5.4.3　均化图像的色调 精

【色调均化】命令能够平均图像的亮度。使用此命令时，Photoshop 先查找图像中最亮及最暗处像素的颜色值，然后将最暗处的像素重新映射为黑色，最亮处的像素重新映射为白色。接下来，Photoshop 对整幅图像进行色调均化，即重新分布处于最暗处与最亮处颜色值中间的像素。如图 5.22 所示为原图像效果。如图 5.23 所示为使用此命令后的效果。

> **注　意**
>
> 如果在执行此命令前存在一个选区，选择此命令后弹出如图 5.24 所示的对话框。

●调色●

第1章

第2章

第3章

第4章

第5章

第6章

第7章

图 5.22

图 5.23

图 5.24

> 【仅色调均化所选区域】: 仅均匀分布所选区域的像素。

> 【基于所选区域色调均化整个图像】: Photoshop 基于选区中的像素均匀分布图像中的所有像素。如图 5.25 所示为一个包含选区的图像。如图 5.26 所示为对此选区执行【色调均化】命令后得到的效果。

图 5.25

图 5.26

对于较暗的图像使用此命令进行操作后,往往会使图像的亮部过亮。在此情况下,可以执行【编辑】|【渐隐色调均化】命令,其对话框如图 5.27 所示。如图 5.28 所示为对图像进行色调均化处理,并执行【编辑】|【渐隐色调均化】命令渐隐 50%后的效果。

图 5.27　　　　　　　　　　　　　　　　　　图 5.28

5.4.4　制作黑白图像

执行【图像】|【调整】|【阈值】命令，可以根据图像的明暗度，将其转换为黑白效果。在这个过程中，图像中的细节将被忽略。此命令允许使用者指定阈值色阶，在转换过程中所有比此阈值色阶高的像素将会被转换为白色，所有比此阈值色阶低的像素将会被转换为黑色。此命令的操作步骤如下所述。

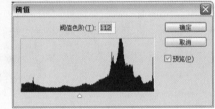

① 打开随书所附光盘中的文件（光盘文件路径为"第 5 章\5.4.4-素材.tif"），执行【图像】|【调整】|【阈值】命令，弹出如图 5.29 所示的【阈值】对话框。

② 拖动对话框中的三角形滑块，直至得到所需要的效果。

图 5.29

如图 5.30 所示为原图像效果。如图 5.31 所示为操作后的效果。此命令有点儿类似于将灰度模式的图像转换为位图模式的图像，不同的是它更加灵活、实用。

图 5.30　　　　　　　　　　　　　　　　　　图 5.31

在彩色印刷物大面积流行的今天，使用此命令对图像进行处理的原因多是为了使图像呈现出与众不同的感觉。在平面设计工作中，使用这一命令能够使图像显得比较"酷"。

调色

第1章

第2章

第3章

第4章

第5章

第6章

第7章

注 意

本例最终效果文件见随书所附光盘（光盘文件路径为"第 5 章\5.4.4.psd"）。

5.4.5　制作完美黑白图像

使用【阈值】命令将图像转换为黑白效果时，会发现此命令由于提供的参数较少，往往无法得到黑白分布均匀、效果令人满意的黑白图像。

例如，对于图 5.32 所示的照片，如果直接使用此命令，则只能得到类似图 5.33 所示的效果或者类似图 5.34 所示的效果。

图 5.32

图 5.33

图 5.34

前一种效果中黑色细节明显偏少，后一种效果中白色细节明显偏少，因此效果都不能够令人满意。要想得到完美的黑白图像效果，可以考虑使用下面所讲解的技巧。

① 打开随书所附光盘中的文件（光盘文件路径为"第 5 章\5.4.5-素材.tif"），按 F7 键弹出【图层】面板。

② 单击【图层】面板底部的 【创建新的填充或调整图层】按钮，在弹出的菜单中执行【阈值】命令，在弹出的面板中设置【阈值色阶】数值为 128，得到的图像效果如图 5.35 所示，此时的【图层】面板如图 5.36 所示。

图 5.35

图 5.36

③ 在工具箱中选择 ⊜【减淡工具】，设置其工具选项栏参数如图 5.37 所示。在【图层】面板中选择图层"背景"，在画布中黑色较多的区域进行涂抹，同时观察黑白图像的变化，笔者在左侧比较黑的区域进行操作后，得到如图 5.38 所示的效果，如图 5.39 所示为操作前后的局部对比效果。

图 5.37

④ 在工具箱中选择 ⊜【加深工具】，设置其工具选项栏参数如图 5.40 所示。在画布中白色较多的区域进行涂抹，同时观察黑白图像的变化，笔者在前景位置进行操作后，得到如图 5.41 所示的效果。

图 5.38   操作前   操作后   图 5.39

图 5.40

⑤ 重复步骤 3、步骤 4 的操作后，即可得到令人满意的黑白图像，效果如图 5.42 所示。

注 意

本例最终效果文件见随书所附光盘（光盘文件路径为"第 5 章\5.4.5.psd"）。

图 5.41

图 5.42

5.4.6　分离图像的色调

使用【色调分离】命令可以减少图像的颜色过渡层次，使图像的颜色过渡直接而又清晰。此命令的工作原理是通过设定色阶的数量以减少颜色的层次，并将近似的颜色归纳在一起。例如，如果将彩色图像的色调等级定义为六级，Photoshop 可以在图像中找出六种基本颜色，并将图像中的所有颜色强制与这六种颜色相匹配，其操作步骤如下所述。

①　打开随书所附光盘中的文件（光盘文件路径为"第 5 章\5.4.6-素材.tif"）。

②　执行【图像】|【调整】|【色调分离】命令，弹出如图 5.43 所示的【色调分离】对话框。

图 5.43

③　在对话框中的【色阶】数值框中键入数值，按向上或者向下箭头键，直至得到所需要的效果。

如图 5.44 所示为原图像效果。如图 5.45 所示为设置【色阶】数值为 15 时的效果。如图 5.46 所示为设置【色阶】数值为 10 时的效果。如图 5.47 所示为设置【色阶】数值为 4 时的效果。

图 5.44

图 5.45

图 5.46　　　　　　　　　　　　　　　　　图 5.47

通过设置不同的【色阶】数值，可以控制各类图像颜色的丰富程度，从而得到一种特别的艺术化效果，因此此命令在设计中也经常被用到。

> **注 意**
>
> 本例最终效果文件见随书所附光盘（光盘文件路径为"第 5 章\5.4.6.psd"）。

5.4.7　简单调整图像的亮度与对比度 精

如果需要调整图像的亮度与对比度，最好的方法之一是使用【亮度／对比度】命令。CS3 版本以前，此命令的调整效果明显属于粗放式，不够精细。自 CS3 版本以后，这一情况得到了有效的改变，使用此命令可以得到相当不错的调整效果。

执行【图像】|【调整】|【亮度／对比度】命令，弹出如图 5.48 所示的对话框。

图 5.48

此命令的操作步骤如下所述。

① 打开随书所附光盘中的文件（光盘文件路径为"第 5 章\5.4.7-素材.tif"），效果如图 5.49 所示。

② 执行【图像】|【调整】|【亮度／对比度】命令，弹出相应的对话框。

③ 向右拖动【亮度】滑块，加亮图像。

④ 向右拖动【对比度】滑块，增强图像的对比度，单击【确定】按钮，得到如图 5.50 所示的效果。

> **注 意**
>
> 本例最终效果文件见随书所附光盘（光盘文件路径为"第 5 章\5.4.7.psd"）。

图 5.49　　　　　　　　　　　　　　　　　　图 5.50

提 示

　　对于大部分使用家用数码相机拍摄的发灰照片而言，使用此命令能够得到非常不错的调整效果。图 5.51、图 5.52 展示了原照片效果及调整后的效果。

原照片效果　　　　　　　　　　　　　　　　　　调整后的效果

图 5.51

原照片效果　　　　　　　　　　　　　　　　　　调整后的效果

图 5.52

5.5　对图像进行高级调整

5.5.1　通过直观选择调整图像

【变化】命令是一个非常直观的调整命令。此命令将对图像的色相、饱和度、亮度、对比度等属性的控制融合在一起，因此可以一次性完成这些操作。执行【图像】|【调整】|【变化】命令，弹出如图 5.53 所示的【变化】对话框。

此对话框各参数释义如下。

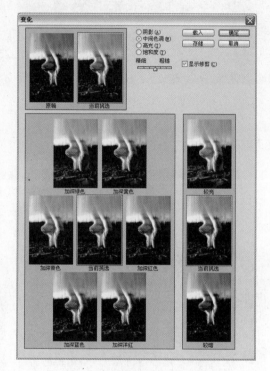

图 5.53

> 【原稿】、【当前挑选】：对话框顶部的两个缩览图显示了【原稿】和【当前挑选】的图像效果，在第一次打开该对话框的时候，这两个图像效果的显示完全相同。使用【变化】命令调整后，【当前挑选】显示为调整后的效果。

> 【较亮】、【当前挑选】、【较暗】：分别单击【较亮】、【较暗】两个缩览图，可以增亮或者加暗图像，【当前挑选】显示为当前调整的效果。

> 【阴影】、【中间色调】、【高光】、【饱和度】：选择对应的选项，可以分别调整图像中该区域的色相、亮度与饱和度。

> 【精细】/【粗糙】：拖动该滑块，可以确定每次调整的数量。将滑块向右侧移动一格，可使调整度双倍增加。

> 色相调整区：对话框左下方有七个缩览图，中间的【当前挑选】缩览图与对话框左上角的【当前挑选】缩览图的作用相同，用于显示调整后的图像效果；其他六个缩览图可以分别用来改变图像的 RGB 和 CMY 等六种颜色，单击其中任意缩览图，即可增加与该缩览图对应的颜色。例如，单击【加深红色】缩览图，可以在一定程度上增加红色。

通过上面的参数讲解，相信各位读者已经对此命令的工作模式有了基本认识。可以看出，使用此命令进行调整时，只需要根据缩览图的显示效果进行选择，然后单击不同的缩览图即可。

虽然【变化】命令提供了一种十分直观有效的调色方法，但其缺点是每一次调整的幅度不够精细，也属于是一种粗放型的调整方式。

提 示

在学习了有关调整图层的知识后，各位读者将了解到调整命令中的大多数命令都能够以调整图层的形式保存，并通过双击调整图层重新调用调整命令的参数，但在创建调整图层的菜单中没有【变化】命令，如图 5.54 所示。

技 巧

要参数化保存【变化】命令，可以将需要调整的图层转换为智能对象图层，然后通过执行【图像】|【调整】|【变化】命令，使此命令以智能滤镜的状态存在。如图 5.55 所示为原图层。如图 5.56 所示为转换成为智能对象图层后的状态。如图 5.57 所示为执行【变化】命令后的状态。

图 5.54

图 5.55

图 5.56

按上述方法操作后，如果需要修改【变化】命令的参数，直接双击【图层】面板中的【变化】一栏即可。按同样方法可以将【阴影／高光】命令添加至智能滤镜，以便于随时调整参数，如图 5.58 所示。

图 5.57

图 5.58

> **注 意**
>
> 关于调整图层、智能对象图层的讲解，请参考本书讲解图层知识的相关章节。

5.5.2 直接调整图像的阴影及高光区域

使用【阴影／高光】命令，可以处理在拍摄中由于用光不当而出现过亮或者过暗问题的数码照片。执行【图像】|【调整】|【阴影／高光】命令，弹出如图 5.59 所示的对话框。

图 5.59

> ➤ 【阴影】：在此拖动【数量】滑块或者在此数值框中键入相应的数值，可以改变暗部区域的明亮程度。其中，数值越大（即滑块的位置越偏向右侧），则调整后的图像的暗部区域也相应越亮。
> ➤ 【高光】：在此拖动【数量】滑块或者在此数值框中键入相应的数值，可以改变高亮区域的明亮程度。其中，数值越大（即滑块的位置越偏向右侧），则调整后的图像的高光区域也会相应越暗。

如图 5.60 所示为原照片效果及使用此命令调整后的效果。可以看出，局部过暗的照片得到了明显的改善。

原照片效果

调整后的效果

图 5.60

5.5.3　为图像映射渐变

为图像映射渐变的原因，是希望通过映射操作使图像的颜色发生一定的变化。使用【渐变映射】命令，往往会得到一种色彩较为夸张的效果，如图 5.61 所示。

图 5.61

执行【图像】|【调整】|【渐变映射】命令，弹出如图 5.62 所示的【渐变映射】对话框。

图 5.62

【渐变映射】对话框中的各参数释义如下。

➢ 【灰度映射所用的渐变】：在该区域中单击渐变预览框，弹出【渐变编辑器】对话框，在其中可以自定义要应用的渐变；也可以单击渐变预览框右侧的▼按钮，在弹出的【渐变拾色器】面板中选择一个预设的渐变。

➢ 【仿色】：选择此选项后，添加随机杂色以平滑渐变填充的外观并减少宽带效果。

➢ 【反向】：选择此选项后，会按反方向映射渐变。

此命令的工作原理是按照图像的灰度范围映射指定的渐变填充色。例如，如果指定了一个双色渐变，则图像中的阴影映射到渐变填充的一个端点颜色，高光映射到渐变填充的另一个端点颜色，中间调映射到渐变填充的两个端点之间的层次。

下面以一个示例来讲解【渐变映射】命令的操作方法，其操作步骤如下。

① 打开随书所附光盘中的文件（光盘文件路径为 "第 5 章\5.5.3-素材.tif"），效果如图 5.63 所示。

② 执行【图像】|【调整】|【渐变映射】命令。

③ 在弹出的【渐变映射】对话框中执行下面的操作之一。

单击对话框中的渐变预览框，在弹出的【渐变编辑器】对话框中自定义渐变。

单击渐变预览框右侧的 按钮，在弹出的【渐变拾色器】面板中选择预设的渐变。

④ 根据需要，选择【仿色】、【反向】选项后，单击【确定】按钮退出对话框。

如图 5.64 所示为应用渐变映射后的效果。

图 5.63

图 5.64

5.5.4　调整图像的色阶层次 CS4

【色阶】命令是通过分别调整图像中高光、阴影和中间调的分布比例，来改变图像的颜色层次。此命令是在调整图像时使用最为频繁的命令之一。

执行【图像】|【调整】|【色阶】命令，弹出如图 5.65 所示的【色阶】对话框。

图 5.65

使用此命令调整图像的准则如下所述。

（1）如果要对图像的全部色调进行调整，在【通道】下拉菜单中选择【RGB】选项；否则，仅选择其中之一，以调整该色调范围内的图像。例如，如果在其中选择了【红】选项，则所有操作将影响图像中的红色像素。

（2）如果要增加图像的对比度，拖动【输入色阶】下方的滑块；如果要降低图像的对比度，拖动【输出色阶】下方的滑块。

（3）向左侧拖动【输入色阶】下方的白色滑块，可以将图像加亮；向右侧拖动【输入色阶】下方的黑色滑块，可以将图像变暗。如图 5.66 所示为原图像效果与其对应的【色阶】对话框状态。如图 5.67 所示为黑色和白色滑块的调整状态及其对应的效果。

● 调色 ●

第1章

第2章

第3章

第4章

第5章

第6章

第7章

原图像效果

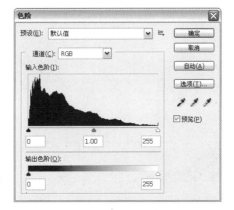
对话框状态

图 5.66

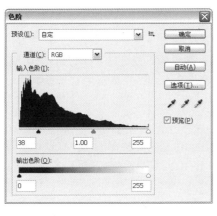

黑色滑块的调整状态及其对应的效果

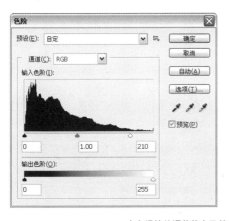

白色滑块的调整状态及其对应的效果

图 5.67

（4）拖动【输入色阶】下方的灰色滑块，可以使图像中的像素重新分布。其中，向左侧拖动滑块，可以增加分布在亮调区域的像素，使图像变亮；反之，向右侧拖动滑块，可以增加分布在暗调区域的像素，使图像变暗。如图 5.68 所示为向左侧拖动灰色滑块时的【色阶】对话框。

如图 5.69 所示为拖动灰色滑块后的效果。

图 5.68   图 5.69

（5）如果需要将对话框中的参数设置保存为一个设置文件，以便在以后的工作中使用，可以单击 按钮，在弹出的菜单中选择【存储预设】命令，在弹出的对话框中键入文件名称，再单击【保存】按钮即可。

（6）如果选择的是【载入预设】命令，可以载入以前存储过的预设文件。

（7）单击【自动】按钮，可以使 Photoshop 自动调整图像的对比度及明暗度。

除上述方法外，利用对话框中的滴管工具也可以对图像的明暗度进行调整。其中，使用 工具，可以重新定义图像的黑场；使用 工具，可以重新定义图像的白场；使用 工具，可以去除图像的偏色。

三个滴管工具释义如下。

➢ ：可以将单击位置处定义为图像中最暗的区域，从而使图像的阴影重新分布。在大多数情况下，可以使图像更暗一些。

➢ ：可以将单击位置处定义为图像中最亮的区域，从而使图像的高光重新分布。在大多数情况下，可以使图像更亮一些。

➢ ：可以将单击位置处的颜色定义为图像中的偏色，从而使图像的色调重新分布，用于去除图像的偏色情况。

如图 5.70 所示为原图像效果及 工具所在的位置。如图 5.71 所示为使用 工具单击后使图像整体变暗的效果。

如图 5.72 所示为原图像效果及 工具所在的位置。如图 5.73 所示为使用 工具单击后使图像整体变亮的效果。

第1章

第2章

第3章

第4章

第5章

第6章

第7章

图 5.70

图 5.71

图 5.72

图 5.73

　　对于偏色不很严重的图像，可以直接使用【色阶】对话框中的 ✐ 工具进行操作（对话框参数设置如图 5.74 所示），以校正其偏色问题。

　　如图 5.75 所示为原图像效果，其色调有些偏绿。下面使用 ✐ 工具进行操作，使其颜色得到校正。

图 5.74

图 5.75

如图 5.76 所示为使用 🖊 工具在图像中左侧围栏处单击的位置（标示圆圈处）。如图 5.77 所示为使用 🖊 工具单击图像后使其整体颜色得到了校正的效果。

图 5.76

图 5.77

在 Photoshop CS4 中，【色阶】命令新增了【预设】下拉菜单功能，并提供了一些常用的预设调整方案，如图 5.78 所示。以图 5.79 所示的原图像为例，如图 5.80 所示是分别选择不同的预设选项时得到的不同调整效果。

图 5.78

图 5.79

图 5.80

调色

第1章

第2章

第3章

第4章

第5章

第6章

第7章

5.5.5　精确调整图像的色调 精 CS4

与【色阶】命令一样，【曲线】命令也是调整图像时使用频率最高的命令之一。与【色阶】命令不同的是，此命令的调整精度更高，常被用于精确调整图像中指定位置处的色调与明暗度。执行【图像】|【调整】|【曲线】命令，弹出如图5.81所示的【曲线】对话框。

在此对话框中进行的绝大部分操作都集中在对话框中间位置的曲线上，曲线下方的水平轴表示像素原有的颜色值（即输入色阶），左侧的垂直轴表示调整后的颜色值（即输出色阶）。

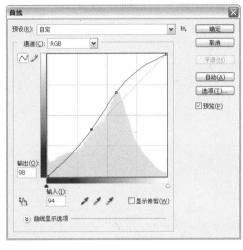

图 5.81

> **提　示**
>
> 对于 RGB 模式的图像，对话框显示的是 0～255 间的亮度值，阴影（数值为 0）位于左侧；而对于 CMYK 模式的图像，对话框显示的是 0～100 间的百分数，高光（数值为 0）位于左侧。

使用此命令调整图像，可以按下述步骤操作。

① 打开随书所附光盘中的文件（光盘文件路径为"第 5 章\5.5.5-1-素材.tif"），效果如图 5.82 所示。确定需要调整的区域，在此图像中需要将暗部区域适当加亮。

图 5.82

②　执行【图像】|【调整】|【曲线】命令，弹出【曲线】对话框。

③　本例需要调整不同部分的亮调效果，因此在【通道】下拉菜单中分别调整【红】、【绿】、【蓝】等通道选项，如图 5.83 所示，单击【确定】按钮退出对话框，得到如图 5.84所示的效果。

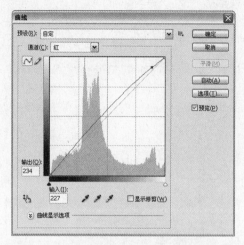

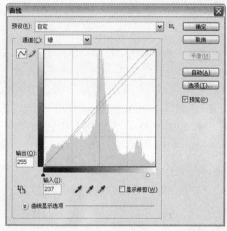
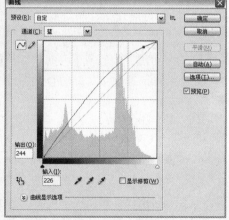

图 5.83

调整曲线的第二种方法是使用铅笔工具绘制曲线，然后通过平滑曲线来达到调整图像的目的，其操作步骤如下。

①　单击【曲线】对话框顶部的 ✐ 按钮。

②　拖动鼠标在曲线图表区绘制需要的曲线。

③　单击【平滑】按钮以平滑曲线。

注　意

如果需要使对话框中的网格更精细，可以按住 Alt 键单击网格，此时对话框显示如图 5.85 所示，再次按住 Alt 键单击网格可使其恢复至原状态。

●调色●

第1章

第2章

第3章

第4章

第5章

第6章

第7章

图 5.84

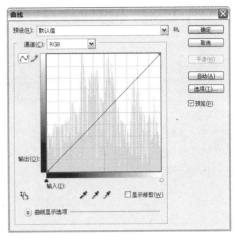

图 5.85

此对话框中 🖋 工具、🖋 工具、🖋 工具的作用与【色阶】对话框基本相同，在此不再赘述。

在 Photoshop CS4 中，【曲线】命令新增了拖动调整工具。使用此工具，可以在图像中通过拖动的方式快速调整图像的色彩及亮度。

提　示

本例最终效果文件见随书所附光盘（光盘文件路径为"第 5 章\5.5.5-1.psd"）。

如图 5.86 所示是选择拖动调整工具后在要调整的图像位置处放置鼠标指针时的状态。由于当前放置鼠标指针的位置显得曝光不足，所以向上拖动鼠标指针以提亮图像效果，如图 5.87 所示。此时的【曲线】对话框如图 5.88 所示。

图 5.86

图 5.87

在上面处理的图像基础上，再将鼠标指针放置在阴影区域要调整的位置处，如图 5.89 所示。按照同样的方法，向下拖动鼠标以调整阴影区域的效果，如图 5.90 所示。此时的【曲线】对话框如图 5.91 所示。

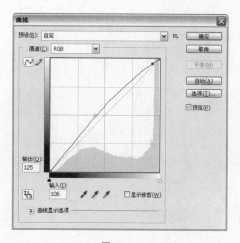

图 5.88

图 5.89

图 5.90

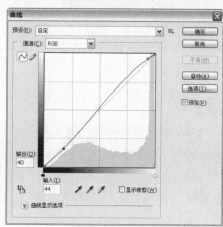

图 5.91

5.5.6 平衡图像的色彩 CS4

【色彩平衡】命令用于对偏色的图像进行色彩校正。校正时可以根据图像的阴影、中间调、高光等区域分别进行精确的调整。执行【图像】|【调整】|【色彩平衡】命令，弹出如图 5.92 所示的对话框。

在【色彩平衡】对话框中，各参数释义如下。

➢ 颜色调节滑块：颜色调节滑块区显示互补的 CMY 和 RGB 颜色。在调节时，可以通过拖动滑块增加该颜色在图像中的比例，同时减少该颜色的补色在图像中的比例。例如，要减少图像中的蓝色，可以将【蓝色】滑块向【黄色】方向拖动。

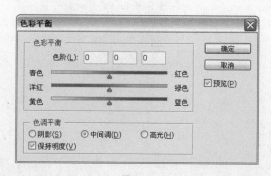

图 5.92

● 调色 ●

第1章

第2章

第3章

第4章

第5章

第6章

第7章

> 【阴影】、【中间调】、【高光】：单击对应的单选按钮，然后拖动滑块，可以调整图像中这些区域的颜色值。

> 【保持明度】：选择此选项，可以保持图像的亮度，即在操作时只有颜色值可以被改变，像素的亮度值不可以被改变。

使用【色彩平衡】命令调整图像的操作步骤如下所述。

① 打开随书所附光盘中的文件（光盘文件路径为"第 5 章\5.5.6-素材.tif"），效果如图 5.93 所示。在此需要将图像中的人像通过调整恢复为其原有的颜色。

② 使用 【磁性套索工具】将图像中的人像选择出来，如图 5.94 所示。

图 5.93　　　　　　　　　　　　　　　图 5.94

③ 执行【图像】|【调整】|【色彩平衡】命令，分别单击【阴影】、【中间调】、【高光】单选按钮，设置对话框中的参数，如图 5.95 所示。

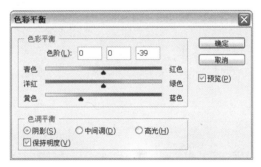

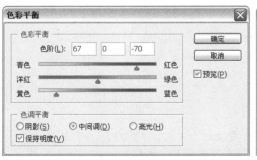 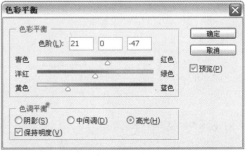

图 5.95

④ 单击【确定】按钮退出对话框，按 Ctrl+D 键取消选区，得到如图 5.96 所示的效果。

图 5.96

5.5.7 调整图像的色相或者饱和度 CS4

【色相／饱和度】命令也是在调整图像的颜色时使用频率最高的命令，常用于对指定的颜色区域进行调整。例如，通过操作将图像中的红色衣服更换为蓝色衣服，或者将颜色有些偏青的天空调整为纯正的蓝色天空。

执行【图像】|【调整】|【色相／饱和度】命令，弹出如图 5.97 所示的对话框。

图 5.97

对话框中各参数释义如下。

➢ 全图 ▾：可以同时调整图像中的所有颜色，或者选择某一颜色成分单独进行调整。

➢ ✐✐✐：可以使用工具按钮选择图像的颜色并修改其颜色范围。使用 ✐【添加到取样】

● 调色 ●

第 1 章

第 2 章

第 3 章

第 4 章

第 5 章

第 6 章

第 7 章

工具，可以扩大范围；使用 【从取样中减去】工具，可以减小范围。

➢ 【色相】：使用【色相】滑块可以调整图像的色调。无论是向左侧拖动滑块还是向右侧拖动滑块，都可以得到一个新的色相。

➢ 【饱和度】：使用【饱和度】滑块可以调整图像的饱和度。向右侧拖动滑块，可以增加饱和度；向左侧拖动滑块，可以减少饱和度。

➢ 【明度】：使用【明度】滑块可以调整图像像素的亮度。向右侧拖动滑块，可以增加亮度；向左侧拖动滑块，可以减少亮度。

➢ 颜色条：在对话框的底部显示有两个颜色条，代表颜色在色轮中的次序及选择范围。上面的颜色条显示调整前的颜色，下面的颜色条显示调整后的颜色。如果在 全图 下拉菜单中选择的不是【全图】选项，则颜色条显示对应的颜色区域，如图 5.98 所示。拖动上、下颜色条间的深灰色区域，可以改变颜色调整的范围。

➢ ⌫：在对话框中单击选择此工具后，在图像中单击某一颜色，并在图像中向左侧或向右侧进行拖动，可以减少或增加包含所单击处像素的颜色范围的饱和度。如果在执行此操作时按住了 Ctrl 键，则左右拖动可以改变相对应区域的色相。

➢ 【着色】：此选项用于将当前图像转换为某一种色调的单色调效果。

图 5.98

使用【色相／饱和度】命令调整图像，可以按下述步骤进行操作。

① 打开随书所附光盘中的文件（光盘文件路径为"第 5 章\5.5.7-1-素材.tif"），效果如图 5.99 所示，在此操作的目的是将玫瑰花制作成仿旧的枯黄色效果。

② 执行【图像】|【调整】|【色相／饱和度】命令，弹出相应的对话框。

③ 在 全图 下拉菜单中选择要调整的颜色（在此选择【红色】选项）。

④ 向右侧拖动【色相】滑块，将当前颜色改变为需要的色相（向红色中添加黄色），此时在对话框下方的颜色条中所指示的红色与改变后的颜色相对应，如图 5.100 所示。

图 5.99

图 5.100

⑤ 单击【确定】按钮退出对话框，得到如图 5.101 所示的效果。如果没有得到满意的效果，还可以配合拖动【饱和度】滑块、【明度】滑块来调整。

图 5.101

提　示

本例最终效果文件见随书所附光盘（光盘文件路径为"第 5 章\5.5.7-1.psd"）。

在 Photoshop CS4 中，【色相／饱和度】命令同样增加了预设调整功能，以图 5.102 所示的图像为例，如图 5.103 所示是使用不同预设选项调整得到的效果。

图 5.102

图 5.103

5.5.8　调整图像的自然饱和度 精 CS4

【自然饱和度】命令是 Photoshop CS4 版本新增的用于调整图像饱和度的命令。使用此命令调整图像时可以使图像颜色的饱和度不会溢出。换言之，此命令仅调整与已饱和的颜色相比那些不饱和的颜色的饱和度。

执行【图像】|【调整】|【自然饱和度】命令，弹出的对话框如图 5.104 所示。

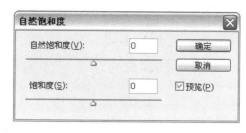

图 5.104

> 【自然饱和度】：拖动此滑块，可以使 Photoshop 调整那些与已饱和的颜色相比那些不饱和的颜色的饱和度，从而获得更加柔和、自然的图像饱和度效果。

> 【饱和度】：拖动此滑块，可以使 Photoshop 调整图像中所有颜色的饱和度。由于所有颜色都获得了等量的饱和度调整，可能会导致图像的局部颜色过饱和。

使用此命令调整人物图像时，可以防止人物的肤色过度饱和。以图 5.105 所示的原图像为例，如图 5.106 所示是使用此命令调整后的效果，如图 5.107 所示则是使用【色相／饱和度】命令提高图像整体饱和度后的效果。对比可以看出，此命令在调整颜色饱和度方面的优势。

图 5.105　　　　　　　　　图 5.106　　　　　　　　　图 5.107

5.5.9　替换图像的局部颜色 精 CS4

如果需要替换图像中的某一种颜色，另一种选择是使用【替换颜色】命令。此命令允许设计人员在图像中基于特定颜色创建暂时的调整区域，并根据此调整区域调整其色相、饱和度和亮度，从而以自己需要的颜色替换图像中不需要的颜色。

如果有其他颜色改变的区域，可以使用 ✍ 【历史记录画笔工具】将其消除。如果在图像中选择多个颜色范围，则应该选择【本地化颜色簇】选项，以得到更加精确的选择范围，此选项是 CS4 版本的新增功能。

【替换颜色】命令的操作方法如下所述。

① 打开随书所附光盘中的文件（光盘文件路径为"第 5 章\5.5.9-素材.tif"），效果如图 5.108 所示，在此需要更改人物的衣服颜色。

② 按 Ctrl+J 键复制图层"背景"，得到"图层 1"，执行【图像】|【调整】|【替换颜色】命令，弹出相应的对话框。

③ 在对话框的预览窗口中用 ✐ 工具单击需要调整的区域，在此笔者单击的是人物衣服的红色区域，此时对话框的预览窗口显示如图 5.109 所示。

④ 拖动【色相】、【饱和度】、【明度】滑块，直至将所选的颜色区域改变为咖啡色，此时对话框显示如图 5.110 所示，改变后的效果如图 5.111 所示。

图 5.108

图 5.109

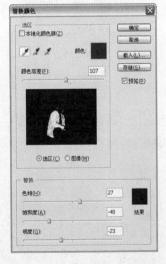

图 5.110

图 5.111

调色

第 1 章

第 2 章

第 3 章

第 4 章

第 5 章

第 6 章

第 7 章

5.5.10　在图像之间匹配颜色 精

【匹配颜色】命令用一个词形容，就是"融合"。它是一个智能化的命令，此命令可以在相同或者不同的图像之间进行颜色的匹配，也就是使一幅图像（目标图像）具有另外一幅图像（源图像）的色调。

执行【图像】|【调整】|【匹配颜色】命令，弹出如图 5.112 所示的对话框。

图 5.112

【匹配颜色】对话框中的各参数释义如下。

➤ 【目标】：在其右侧显示了当前操作的图像文件的名称及颜色模式等。

➤ 【明亮度】：调整目标图像的明亮度。数值越大，目标图像的亮度越高；反之，则越低。

➤ 【颜色强度】：调整目标图像的颜色饱和度。数值越大，目标图像所匹配的颜色的饱和度越大；反之，则越低。

➤ 【渐隐】：用于控制目标图像的颜色与源图像的颜色相近的程度。数值越大，目标图像的颜色越接近于匹配前的颜色；反之，匹配的效果越明显。

➤ 【中和】：选择此选项，可以自动去除目标图像中的色痕。

➤ 【应用调整时忽略选区】：如果目标图像中存在选区，则此选项将被激活。选择此选项可以忽略选区对于操作的影响。

➤ 【使用源选区计算颜色】：选择此选项，在匹配颜色时仅计算源图像文件选区中的图像，选区外图像的颜色不被计算入内。

➤ 【使用目标选区计算调整】：选择此选项，在匹配颜色时仅计算目标图像文件选区中的图像，选区外图像的颜色不被计算入内。

➤ 【源】：在其下拉菜单中可以选择源图像文件的名称。如果选择【无】选项，则目标图像与源图像相同。

➤ 【图层】：在其下拉菜单中将显示源图像文件中所具有的图层。如果选择【合并的】选项，则将源图像文件中的所有图层合并起来，再进行颜色匹配。

【匹配颜色】命令可以很方便地在图像文件之间进行颜色匹配。下面同样通过一个示例来展示如何使两幅图像具有相同的色调，其操作步骤如下。

① 打开随书所附光盘中的文件（光盘文件路径为"第 5 章\5.5.10-素材 1.tif、5.5.10-素材 2.tif"）作为源图像文件和目标图像文件，效果如图 5.113 所示。

源图像   目标图像

图 5.113

② 确定目标图像所在文件为当前操作的图像文件，执行【图像】|【调整】|【匹配颜色】命令，在弹出的对话框底部的【源】下拉菜单中选择源图像文件的名称，【匹配颜色】对话框参数设置如图 5.114 所示，单击【确定】按钮退出对话框，得到如图 5.115 所示的效果。

图 5.114

图 5.115

此命令的另一种使用方法是寻找在颜色上反差比较大的两幅图像进行匹配操作，此时往往能够获得令人意想不到的色彩效果。

提 示

本例最终效果文件见随书所附光盘（光盘文件路径为"第 5 章\5.5.10.psd"）。

如图 5.116 所示为源图像，按照同样的方法，使用目标图像与源图像进行匹配，可以得到如图 5.117 所示的效果，其对话框参数设置如图 5.118 所示。

图 5.116　　　　　　　　　　　　　　　　图 5.117

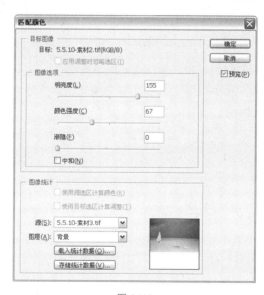

图 5.118

5.5.11　制作滤色镜效果

使用【照片滤镜】命令，可以模拟传统光学滤镜所拍摄的照片效果。此命令最常见的应用是创建具有不同冷暖色调的图像效果。

执行【图像】|【调整】|【照片滤镜】命令，弹出如图 5.119 所示的对话框。

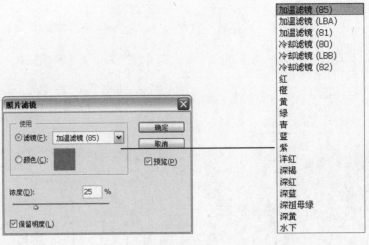

图 5.119

【照片滤镜】对话框中的各参数释义如下。

➢ 【滤镜】：在其下拉菜单中有多达 20 种预设选项，可以根据需要选择合适的选项，以对图像进行调整。

➢ 【颜色】：单击该色块，在弹出的【选择滤镜颜色】对话框中可以自定义一种颜色，作为图像的色调。

➢ 【浓度】：拖动滑块以调整应用于图像的颜色数量。该数值越大，应用的颜色数量越多。

➢ 【保留明度】：在调整颜色的同时保持原图像的亮度。

下面以一个示例讲解如何利用【照片滤镜】命令改变图像的色调，其操作步骤如下。

① 打开随书所附光盘中的文件(光盘文件路径为"第 5 章\5.5.11-素材.tif"),效果如图 5.120 所示。

② 执行【图像】|【调整】|【照片滤镜】命令，在弹出的【照片滤镜】对话框中执行下列操作之一。

在【滤镜】下拉菜单中选择【加温滤镜】相关选项，可以将图像调整为暖色调。

在【滤镜】下拉菜单中选择【冷却滤镜】相关选项，可以将图像调整为冷色调。

在【滤镜】下拉菜单中选择其他选项，可以将图像调整为不同的色调。

单击【颜色】右侧的色块，在弹出的【选择滤镜颜色】对话框中选择一种需要的颜色。

拖动【浓度】滑块或者在该数值框中键入数值，以定义颜色的浓度。

③ 设置参数完毕后，单击【确定】按钮退出对话框。

如图 5.121 所示为经过调整后图像色调偏暖的效果。如图 5.122 所示为经过调整后图像色调偏冷的效果。

提 示

本例最终效果文件见随书所附光盘（光盘文件路径为"第 5 章\5.5.11.psd"）。

● 调色 ●

第 1 章

第 2 章

第 3 章

第 4 章

第 5 章

第 6 章

第 7 章

图 5.120

图 5.121

图 5.122

5.5.12 调整图像的曝光度

　　【曝光度】命令用于模拟数码相机内部对照片的曝光处理，也常用于调整图像中的曝光不足或者曝光过度等现象。此命令的使用方法非常简单，执行【图像】|【调整】|【曝光度】命令，弹出如图 5.123 所示的【曝光度】对话框。

图 5.123

　　【曝光度】对话框中的各参数释义如下。

➢ 【曝光度】: 拖动此滑块或者在其数值框中键入数值。键入正值，可以增加图像的曝光度；键入负值，可以降低图像的曝光度，使图像倾向于黑色。

➢ 【位移】: 拖动此滑块或者在其数值框中键入数值。键入正值，可以增加图像中曝光度的范围；键入负值，可以降低图像中曝光度的范围。

➢ 【灰度系数校正】: 拖动此滑块或者在其数值框中键入数值。键入正值，可以减少图像中的灰度；键入负值，可以提高图像中的灰度。

　　如图 5.124 所示为原图像效果。可以看出，图像偏灰且曝光严重不足。如图 5.125 所示为调整后的图像效果。

图 5.124 图 5.125

5.5.13 制作细腻灰度或者单色调图像

【黑白】命令用于将图像处理为灰度图像效果，也可以选择一种颜色将图像处理为单一色调的图像效果。

执行【图像】|【调整】|【黑白】命令，弹出如图 5.126 所示的对话框。

【黑白】对话框中各参数释义如下。

➤ 【预设】：在此下拉菜单中可以选择 Photoshop 自带的多种图像处理方案（如图 5.127 所示），从而将图像处理为不同程度的灰度效果。

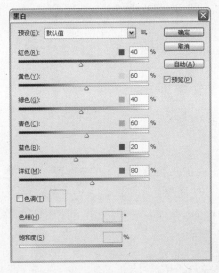

图 5.126 图 5.127

➤ 颜色设置：在对话框的中间位置有六个滑块，分别拖动各滑块即可对原图像中对应颜色的区域进行灰度处理。

➤ 【色调】：选择该选项后，对话框底部的两个色条及右侧的色块被激活，如图 5.128 所示。其中，两个色条分别代表了【色相】与【饱和度】参数，在此调整出一个要叠加到图像上的颜色，即可轻松地完成对图像的着色操作。另外，也可以直接单击右侧的色块，在弹出的【选择目标颜色】对话框中选择一个需要的颜色。

● 调色 ●

第 1 章

第 2 章

第 3 章

第 4 章

第 5 章

第 6 章

第 7 章

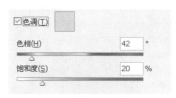

图 5.128

下面通过一个示例讲解如何使用【黑白】命令处理普通照片，从而得到黑白摄影的效果。

① 打开随书所附光盘中的文件（光盘文件路径为"第 5 章\5.5.13-素材.tif"），效果如图 5.129 所示。

② 执行【图像】|【调整】|【黑白】命令，在弹出的对话框（如图 5.130 所示）中可以在 【预设】下拉菜单中选择一种处理方案，或者直接在中间的颜色设置区域中拖动各滑 块，以调整图像的效果。如果在此对话框中不进行任何调整，得到的效果如图 5.131 所示。

③ 从黑白照片中可以看出，"华清池"三个字不是很突出，可以通过向左侧拖动对话框中 的【红色】滑块进行操作，拖动滑块后的对话框显示如图 5.132 所示，得到的效果如 图 5.133 所示。

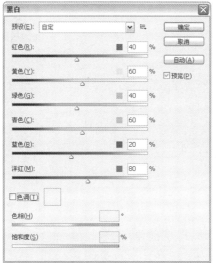

图 5.129   图 5.130   图 5.131

④ 按照同样的方法，向左侧拖动【青色】滑块，可以加深落款文字"郭沫若"，使其更加 醒目，效果如图 5.134 所示。

至此，已经将照片处理为比较满意的黑白摄影效果了。在此基础上可以继续执行下面的操 作，从而使照片具有一种艺术化的色调。

选择对话框底部的【色调】选项，此时该设置区域被激活。分别拖动【色相】及【饱和度】 滑块，同时预览图像的效果，直至满意为止。如图 5.135 所示是笔者所调整的颜色参数。如图 5.136 所示是得到的图像效果。

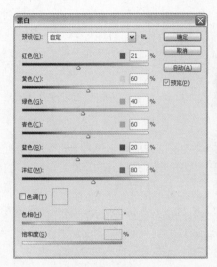

图 5.132

图 5.133

图 5.134

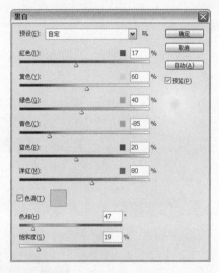

图 5.135

图 5.136

提　示

本例最终效果文件见随书所附光盘（光盘文件路径为"第 5 章\5.5.13-1.psd、5.5.13-2.psd"）。

5.6　深入学习黑白场(精)

5.6.1　使用黑白场的意义

黑白场对印刷质量起着非常关键的作用，无论是照相分色、电子分色或者是彩色桌面系统分色等，黑白场设置都会影响图像的阶调、层次、色彩，并进一步影响印刷品的印刷质量。要

●调色●

第1章

第2章

第3章

第4章

第5章

第6章

第7章

理解这一点，必须先了解一幅图像在印刷时所需要进行的色阶调整操作。

在原图像的扫描层次为全色调范围（0%～100%）时，一般都要求将图像中的层次压缩到小于全色调的范围内再进行输出。

通常情况下，图像中的 CMYK 颜色值在 3%～5% 的高亮区域中时是无法被印刷出来的，也就是说，这些区域在印刷后会转变成不着油墨的纸色，从而使图像在高亮度区域的细节丢失。

如图 5.137 所示为一幅经过简单调整后的图像，在图像中有四个取样点。如图 5.138 所示为所有取样点处的放大显示效果。

图 5.137   图 5.138

如图 5.139 所示为【信息】面板中四个取样点处的颜色值信息。可以看出，所有取样点处的颜色值都低于 5%，这样的图像在印刷后就很可能出现取样点处不着墨的情况，从而表现为印刷纸张的颜色。

同样的情况还出现在图像的暗调区域。在暗调区域中，颜色值在 90% 左右的区域会在印刷后变为 100% 的黑色（或者其他墨色），从而导致这些区域中图像的细节丢失，此时为了补偿印刷对再现图像层次的影响，必须重新定义黑白场，对印刷用的图像进行有层次的压缩，从而得到良好的印刷品效果。

图 5.139

5.6.2 设置黑白场对印刷质量的影响

1. 白场对印刷质量的影响

印刷设置非常重要，如果设置不当，会使图像中高光的细微层次损失，造成印刷时出现绝网现象。

正确的白场应选在图像中有细微层次变化的最亮点，该点也是能印刷出最小网点的点。如果白场的设置正确，则原稿图像中的高光信息可以得到正确的再现，印刷品图像中对应高光的细节信息也可以得到最大限度的再现，即能印刷出有层次的最小网点，如图 5.140 所示。

图 5.140

　　如果白场设置得过高，则会使图像被大面积提亮，从而造成印刷时某些区域绝网，原稿上应有细微层次的地方因绝网而出现层次丢失，即高光调层次损失，如图 5.141 所示。

图 5.141

　　如果白场设置得过低，则印刷品的高光变暗，整幅图像的反差变小，印刷品效果看上去有沉闷的感觉，如图 5.142 所示。

图 5.142

2．黑场对印刷质量的影响

暗调是构成整体图像造型的重要部分。如果暗调不准确，可能导致整个图像的表现力下降。

如果黑场设置得正确，可印刷出的最大网点对应原稿中最黑的有层次变化的区域，则原稿中的所有暗调层次均能够被复制出来，印刷品也能够得到理想的反差。

如果黑场设置得过高，则图像整体变亮，暗调区域也会因受到影响而变亮，最终使图像的明暗反差变小，印刷品中暗调区域出现着墨不足而发灰的现象。

如果黑场设置得过低，则图像整体变暗，暗调区域会更暗，最终导致印刷品的明暗反差变大，原本应该有层次的区域会由于过暗而在印刷后成为 100%着墨的实色，从而使暗调层次丢失。

5.6.3　判断是否需要定义黑白场

在对黑白场进行定义之前，首先应该判断是否需要进行黑白场设置，判断的操作步骤如下所述。

① 打开图像文件后，在工具箱中选择 ✏️【颜色取样器工具 】。

② 使用此工具在图像的最亮与最暗区域分别设置两个取样点，如图 5.143 所示。

图 5.143

③ 显示【信息】面板，在面板中单击每一个取样点的 ✏️ 处，在弹出的菜单中选择【CMYK颜色】选项。

④ 观察不同取样点的数值，查看这些数值是否在可印刷的范围内。大多数情况下，在白纸上印刷时，图像中最亮的有层次区域的 CMYK 值应该保证不小于 5%、4%、4%、0%，RGB 等量值为 244、244、244。图像中最暗的有层次的区域的 CMYK 值应该不大于 89%、84%、85%、75%，RGB 等量值为 10、10、10。

⑤ 如果各颜色都位于可印刷的范围之内，就不用进行调整，否则就需要通过定义黑白场，将这些数值压缩到能够印刷的颜色值范围内，以保证图像最亮与最暗的区域可以被印刷出来。

> **注　意**
>
> 这一组数据也并非绝对，但可以应对大多数情况。

5.6.4　准确定义黑白场

要定义黑白场，最好的方法是使用【色阶】、【曲线】对话框中的相关工具，使用哪个命令中的工具其本身并没有太大的区别。下面以【曲线】对话框中的工具使用为例，讲解准确定义黑白场的操作步骤。

① 使用上一节所讲解的方法，使用 ✎【颜色取样器工具】对图像的最亮区域与最暗区域进行测量，并对颜色值进行判断。

② 双击【曲线】对话框中的 ✎（✎）工具，在弹出的对话框中进行白（黑）场颜色值的设置。其中，白场数值通常为 C5%、M2% ~ 3%、Y2% ~ 3%、K0%；黑场数值通常为 C95%、M82% ~ 87%、Y82% ~ 87%、K80%。

③ 如果要定义白场，使用 ✎ 工具在图像中的最亮处单击；如果要定义黑场，使用 ✎ 工具在图像中的最暗处单击，图像中的其他颜色值将按线性或者非线性进行整体变换。

> **注　意**
>
> 　　如果以上单击点处的设置效果不能令人满意，可以在图像中尝试设置其他点，或者在拾色器的单点级别上进行轻微改动。

在进行图像的白场设置时，应该选择图像中高光区域的白色部分。在通常情况下，如果调整后的测量数值 C 为 4% ~ 5%，则 M、Y 为 2% ~ 3%；如果 C 为 6% ~ 7%，则 M、Y 为 3% ~ 5%。这样印刷出的成品高光区域的白色为纯正的中性白，不会偏色且能表现出高光的层次感。

在进行图像的黑场设置时，C 的网点百分比应大于 M、Y 8% ~ 10%。在暗调区域调整中，K 数值尤为重要。如果 C、M、Y 的比例有些不符合 C 大于 M、Y 约 8% ~ 10% 的原则，但 K 数值在 70% ~ 80% 范围内，则印刷后仍能表现为较纯正的黑色，而如果 K 数值为 50% 或者更低，则印刷成品的暗调区域就会显得发灰。

5.6.5　定义黑白场的原则

1.　定义白场的原则

一般白场定义点选择在图像中有层次的最亮区域，在定义白场时应注意以下原则。

（1）白场是一个点或者是很小的面，不能将大面积的平面定义为白场。

（2）区分图像中极高光（如金属、瓷器的高光反射点等）与亮调层次的部分，极高光不能被定义为白场，否则图像亮调会偏暗。

（3）注意高光调的中性白色与高光特殊光源色（如蓝色光照射在汽车车身上形成的高光区域反射颜色等）的关系。如果把高光特殊光源色作为定义点纠偏成中性白，那么就失去了高光调丰富微妙的色彩变化。

（4）注意高光调与亮调基本色的关系。高光调的设定会影响亮调的基本色，主要是影响亮调基本色接近白场的部分。

（5）选择白场时应尽量选择中性白的区域，避免造成扫描后图像的偏色。

2. 定义黑场的原则

黑场定义点应尽量选择中性黑或者接近中性黑的部分，可以选在原稿中有层次的最暗部分，最好是选择黑色的物体，这样 C、M、Y、K 色版的设定网点值比例便能够达到准确。在定义黑场时，应注意以下原则。

（1）注意暗调与中间调层次之间的关系。因为黑场密度值的改变会影响中间调，影响度约为 50%。

（2）注意暗调网点值与饱和度的关系。因为暗调网点值设置得太小，深原色的饱和度会发生改变。原则上黑场定义点的饱和度设置值应大于暗调网点设置值的 10%。

5.7　人物类数码照片的调整技巧

如果所拍摄的人物数码照片要进行印刷，则需要对照片进行仔细调整以取得最好的表现效果，但实际上多数人仍然是基于自己观看电脑屏幕的感觉进行调整的，因此往往得不到特别理想的印刷效果。

其实在这种调整操作方面，还是有一些经验可以借鉴的。下面针对不同年龄的人物，讲解一些在调整时可以参考的经验数值。

5.7.1　年轻人数码照片

年轻人的皮肤红润、有光泽。通常情况下，在最大范围出现的中间调区域，M 数值与 Y 数值低于 45%，这样的区域应该占到整体肤色面积的 70% 左右，C 数值应该控制在 15% 以下，仅在面部的暗调区域才应该出现 K 数值，否则都应该为 0%。

例如，在图 5.144 所示的年轻人数码照片中，四个颜色取样点所测量出来的数值就基本满足上面所列举的颜色值。

图 5.144

5.7.2 老年人数码照片

老年人的皮肤较粗糙，由于有色素沉着，多数人看上去肤色较深。因此，在中间调区域的 C 值与 K 值会相应增大，但 C 值还是应该控制在 30% 以下，K 值最好只在中间调和暗调区域出现为好，且不可太高。

例如，在图 5.145 所示的老年人数码照片中，四个颜色取样点所测量出来的数值就基本满足上面所列举的颜色值。

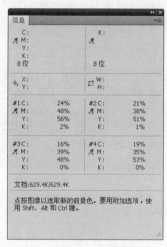

图 5.145

5.7.3 儿童数码照片

儿童肤质细腻柔软，在大面积出现的中间调区域中，M 值和 Y 值在 30% 以下的部分应多一些，C 值应控制在 10% 以下，K 值尽量不要大于 0%（黑种人和逆光、侧光的暗面除外），这样儿童的肤色才会呈现粉红色，看起来细腻、健康。

例如，在图 5.146 所示的儿童数码照片中，四个颜色取样点所测量出来的数值就基本满足上面所列举的颜色值。

图 5.146

● 调色 ●

第1章

第2章

第3章

第4章

第5章

第6章

第7章

5.8　制作梦幻色彩照片

本例主要利用【色彩范围】、【色彩平衡】、【色相／饱和度】、【曲线】和【照片滤镜】等命令，使照片呈现梦幻般的色彩。

① 打开随书所附光盘中的文件(光盘文件路径为"第 5 章\5.8-素材.psd"),效果如图 5.147 所示。执行【选择】|【色彩范围】命令，在其对话框中使用 🖊 工具单击图像中较暗的位置，此时对话框显示如图 5.148 所示，单击【确定】按钮，得到如图 5.149 所示的选区。

图 5.147

图 5.148

② 选择 ❧【磁性套索工具】，在其工具选项栏中单击 ◨【从选区减去】按钮，围绕人物四周制作选区，减去选区后的效果如图 5.150 所示。

图 5.149

图 5.150

③ 按 Ctrl+B 键调出【色彩平衡】对话框，在弹出的对话框中分别设置【阴影】、【中间调】、【高光】参数，如图 5.151 ～ 图 5.153 所示，单击【确定】按钮，得到如图 5.154 所示的效果。

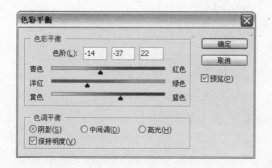

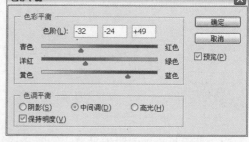

图 5.151   图 5.152

图 5.153   图 5.154

④　按 Ctrl+U 键调出【色相／饱和度】对话框，在弹出的对话框中不进行任何设置，单击
　　【确定】按钮，按 Shift+Ctrl+F 键调出【渐隐】对话框，其参数设置如图 5.155 所示，
　　单击【确定】按钮，按 Ctrl+D 键取消选区，得到如图 5.156 所示的效果。

图 5.155   图 5.156

⑤　选择 【磁性套索工具】，围绕人物四周制作选区。按 Shift+Ctrl+I 键执行【反向】命
　　令，得到如图 5.157 所示的选区。

⑥　按 Ctrl+M 键调出【曲线】对话框，在对话框中分别设置【RGB】、【红】参数，如图
　　5.158、图 5.159 所示，单击【确定】按钮，得到如图 5.160 所示的效果。

图 5.157

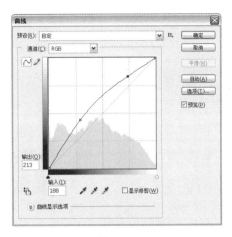

图 5.158

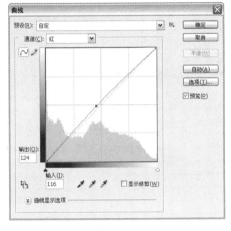

图 5.159

图 5.160

⑦ 执行【图像】|【调整】|【照片滤镜】命令，在弹出的对话框中设置参数，如图 5.161
所示，单击【确定】按钮，得到如图 5.162 所示的效果。

提 示

设置【照片滤镜】对话框中色块的颜色值为#ff99ff。

图 5.161

图 5.162

⑧ 按 Ctrl+U 键调出【色相／饱和度】对话框，其参数设置如图 5.163 所示，单击【确定】
按钮，按 Ctrl+D 键取消选区，得到如图 5.164 所示的最终效果。

提 示

为了便于读者查看，在原文件中使用了调整图层。

图 5.163

图 5.164

提 示

本例最终效果文件见随书所附光盘（光盘文件路径为"第 5 章\5.8.psd"）。

CHAPTER

自由绘画

6

6.1 绘画无所不在

相当一部分 Photoshop 学习者在学习此软件之后，不会从事使用此软件进行绘画的相关工作，但这并不能够成为在学习上忽视甚至跳过本章及下一章的理由。因为在这两章中所讲解的绘画操作并不完全是指为绘制出一张完整的插画或者是一个具象的写实性作品所进行的操作。本书所讲解的绘画操作内涵很宽泛，其表现形式不仅仅局限于使用 ✐【画笔工具】、✐【铅笔工具】等进行作品式的绘制，还包括使用 ✍【钢笔工具】、矢量绘图类工具、▢【渐变工具】等进行的操作。

实际上，除非是专业的绘画人员，绝大多数 Photoshop 使用者在使用此软件进行操作时，进行的都是这种绘画形式的操作。例如，图 6.1 中的圆环就是这种简单绘画操作的效果，图 6.2 中规则分布的放射线也都是通过简单绘画操作得到的。

图 6.1

图 6.2

虽然与图 6.3 所示的绘画作品相比，图 6.1、图 6.2 中的绘画操作显得微不足道，但却是大多数正在使用 Photoshop 的人员所经常进行的操作。

图 6.3

第2章

第3章

第4章

第5章

第6章

第7章

本章讲解了对于任何一种绘画操作而言都非常重要的一些知识，包括画笔、笔尖、钢笔、路径等。

其中画笔与笔尖属于支撑性知识，因为无论是使用✏️【画笔工具】或是✏️【铅笔工具】等进行绘画操作，还是使用🖐️【加深工具】、🔍【减淡工具】、👆【涂抹工具】、💧【模糊工具】等进行修饰类操作，都会使用到本章所讲解的支撑性知识。

使用🖋️【钢笔工具】绘制矢量路径是 Photoshop 重要的矢量特性之一。路径不仅能够用于描边、填充等操作，还能够用于精确选择图像，因此在实际工作中的应用也非常广泛。图 6.4 所示的作品中盘旋上升的线条与图 6.5 所示的作品中的线条都是使用🖋️【钢笔工具】进行绘制的结果。

图 6.4

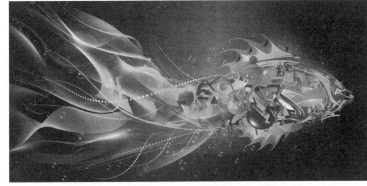

图 6.5

6.2 理解 Photoshop 绘画

6.2.1 Photoshop 绘画与传统绘画的比较

理解 Photoshop 的绘画原理并不难。可以这样说，传统绘画的画笔相当于 Photoshop 中的各种绘图类工具，传统绘画用的画布相当于 Photoshop 中的图像文件，传统绘画用的调色盘则相当于 Photoshop 中的拾色器。

另外，传统绘画中的画笔类型如毛笔、水粉笔、油画笔、喷枪等在 Photoshop 中都可以借助于【画笔】面板、画笔样式、画笔的透明度、流量等参数来模拟，而传统绘画使用的油画布、水彩纸、素描纸等的纹理在 Photoshop 中则可以通过滤镜中的【纹理化】命令来实现。

通过上面的讲解，可以看出传统绘画与使用 Photoshop 进行绘画只是在实现手段上存在差异，两者在绘画的本质、绘画的技法等方面基本上是没有区别的。

6.2.2 了解绘画色与画布色

要在 Photoshop 中进行绘画，必须了解绘画色与画布色的区别，并掌握选择绘画色与画布色的技能。

实际上，Photoshop 中的绘画色就是指在绘画时使用的颜色，这种颜色又被称为"前景色"。例如，当设置前景色为黑色时，使用任何绘图类工具进行绘画，所得到的效果都是黑色的；同样，如果设置前景色为红色，则当使用绘图类工具进行绘画时会得到红色的效果。

"画布色"这个概念在 Photoshop 中并不存在，这是笔者为了便于各位读者理解而提出的。要理解这个概念，可以先想象一下在黄色的画纸上进行传统绘画的情景。如果擦去了在这种颜色的画纸上绘制的线条或者笔划，则会露出黄色的画纸颜色，即"画布色"。

在 Photoshop 中画布色等同于背景色，因此当改变背景色时就等同于修改了画布的颜色。例如，将背景色设置为黑色后，如果擦去了在背景图层上绘制的线条或者笔划，就会露出黑色的背景色（画布色）。由于在 Photoshop 中可以随时修改背景色，因此每一次擦除操作实际上等同于使用背景色在图像中进行绘画，这听起来有些令人费解，但只要各位读者在 Photoshop 中多进行若干次绘画操作就能够理解这一点。

在 Photoshop 中设置前景色或背景色的操作基本上是相同的，下面讲解如何设置前景色。单击工具箱中的 【设置前景色】图标，在弹出的如图 6.6 所示的【拾色器（前景色）】对话框中设置前景色。

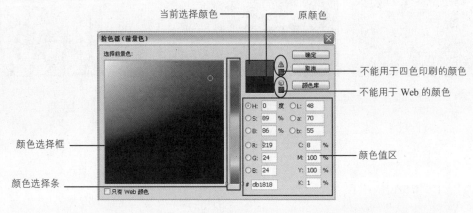

图 6.6

（1）拖动颜色选择条中的滑块，以设置一种基色。例如，如果要设置的前景色的颜色属于红色系，则应该将滑块拖动至颜色选择条的红色区域。

（2）在颜色选择框中单击，用以选择所需要的颜色。

（3）如果明确知道所需颜色的颜色值，可以在颜色值区的数值框中直接键入颜色值或者颜色代码。

（4）如果出现 ⚠ 标记，表示当前选择的颜色不能用于四色印刷。单击该标记，Photoshop 自动选择可用于印刷并与当前选择最接近的颜色。

（5）如果出现 ⊘ 标记，表示当前选择的颜色不能用于 Web 显示。单击该标记，Photoshop 自动选择可用于 Web 显示并与当前选择最接近的颜色。

（6）单击选中【只有 Web 颜色】选项，【拾色器（前景色）】对话框显示如图 6.7 所示，其中的颜色均可用于 Web 显示。

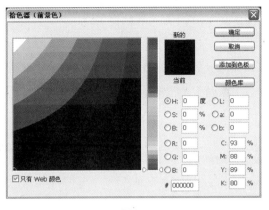

图 6.7

根据需要设置颜色后，单击【确定】按钮，工具箱中的前景色图标即显示相应的颜色。

要设置背景色，则应该在工具箱的下方单击【设置背景色】图标，弹出【拾色器（背景色）】对话框，在此对话框中可以进行同样的操作以确定背景色。

在 Photoshop 中，前景色与背景色的颜色不是固定的，可以通过一定的操作进行相互转换。例如，当前景色是红色而背景色是蓝色时，可以通过按 X 键相互转换前景色与背景色，转换后前景色将成为蓝色，而背景色将成为红色。

另外，可以通过非常简单的方法，即按 D 键得到黑色的前景色与白色的背景色。

6.2.3 使用 Pantone 色

在【拾色器】对话框中单击 颜色库 按钮，弹出如图 6.8 所示的对话框，在此对话框中可以通过使用 Photoshop 内置的颜色库来定义颜色。

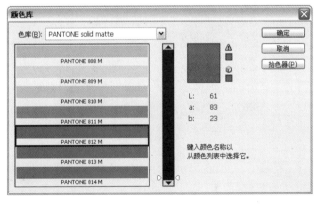

图 6.8

此对话框中的颜色大部分是 Pantone 色。Pantone 是美国著名的油墨品牌，已经成为印刷颜色的一个标准。该厂商将自己生产的所有油墨都做成了色谱、色标，需要某种颜色直接按色标标定即可。

由于 Pantone 色标的使用非常广泛，电脑设计软件基本都有 Pantone 色库，以便于设计师使用它来定义颜色。

6.3 自由绘画

在掌握绘画色与画布色的设置方法后，还需要掌握在 Photoshop 中用于进行自由绘画操作的工具，其中最为重要的自由绘画工具包括 ✐【画笔工具】和 ✐【铅笔工具】。

6.3.1 画笔工具

利用 ✐【画笔工具】，可以绘制边缘柔和的线条。此工具的使用方法非常简单，选择工具箱中的 ✐【画笔工具】，设置如图 6.9 所示的工具选项栏参数，然后即可进行绘画操作。

图 6.9

该工具选项栏中的重要参数如下所述。

➤ 【画笔】：在此弹出的选项面板中选择一个合适的画笔（关于画笔的详细讲解请参见本章 6.4 节）。

➤ 【模式】：在此下拉菜单中选择使用 ✐【画笔工具】进行绘图时的混合模式。

➤ 【不透明度】：用于设置绘制效果的不透明度。其中，100%表示完全不透明，而 1%则表示接近完全透明，不同不透明度数值的对比效果如图 6.10 所示。

设置【不透明度】数值为 50%

设置【不透明度】数值为 100%

图 6.10

➤ 【流量】：用于设置绘图时的速度。数值越小，绘图的速度越慢。

如果在工具选项栏中单击 ✐ 按钮，可以用喷枪的模式工作。画笔的常规绘画模式与喷枪绘画模式的区别，在于以喷枪绘画模式进行绘画的效果与鼠标指针在图像的某一个位置停留的时间有关，在此模式下鼠标指针在某一个位置停留的时间越长，绘画用的前景色的淤积效果越明显，而在常规绘画模式下绘画结果与鼠标指针停留的时间长短无关。

✐【画笔工具】是 Photoshop 最重要的绘图类工具，图 6.11 展示了两幅使用此工具绘画的作品。

图 6.11

使用 ✏️【画笔工具】进行绘画，其操作方法与技巧并不难掌握也并不重要，重要的是绘画者本身的手绘功底。没有好的手绘功底，即使熟练掌握了 ✏️【画笔工具】也可能无法绘制出令人心动的作品；反之，对于有好的手绘功底的绘画者而言，这只是绘画形式的改变，绘画的本质并没有发生变化。

6.3.2　铅笔工具

使用 ✏️【铅笔工具】可以绘制自由手画线。在工具箱中选择 ✏️【铅笔工具】后，显示如图 6.12 所示的工具选项栏。

图 6.12

✏️【铅笔工具】工具选项栏中的参数大部分与 ✏️【画笔工具】相同，不同之处在于 ✏️【铅笔工具】工具选项栏【画笔】选项面板中的画笔全部是硬边效果，绘制的线条也是硬边，其绘制效果如图 6.13 所示。

【铅笔工具】的硬边效果　　　　　　　　　　　　局部放大效果

图 6.13

> 【自动抹除】: 选择此选项后利用 ✏️【铅笔工具】绘图时，当鼠标指针的起点位于以前使用 ✏️【铅笔工具】绘制的线条上时，可以将鼠标指针经过的地方填充为背景色。

设置前景色为红色，背景色为白色，如图 6.14 所示。选择【自动抹除】选项，然后绘制两条平行线，线条颜色为红色，得到如图 6.15 所示的效果。在第二条线的终点处再绘制第三条线，因为第三条线的起点与第二条线的终点重合，所以第三条线的颜色为背景色，如图 6.16 所示。用 ✐【铅笔工具】在第二条线上绘制，则 Photoshop 将使用背景色（白色）覆盖前景色（红色），如图 6.17 所示。

图 6.14

图 6.15

图 6.16

图 6.17

6.4 【画笔】面板

6.4.1 画笔与笔尖的关系

要更好地运用画笔，必须理解画笔与笔尖之间的关系。可以这样理解画笔与笔尖之间的关系，画笔就像是一个有标准接口的螺丝刀，如图 6.18 所示。使用者可以根据需要为其更换不同形状的螺丝刀头，从而完成不同的任务，这时不同的刀头就像是不同的画笔笔尖，如图 6.19 所示。

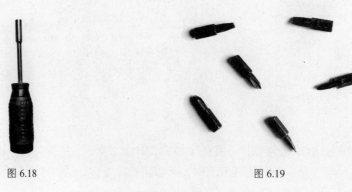

图 6.18   图 6.19

使用不同的笔尖能够绘制出不同的图像效果。如图 6.20 所示是分别为螺丝刀安装了不同的刀头时的效果。

图 6.20

使用圆形笔尖可以绘制如图 6.21 左侧所示的圆点效果。使用树叶形笔尖，则可以绘制出如图 6.22 所示的效果。

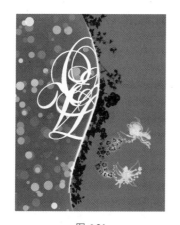

图 6.21　　　　　　　　　　　　　　　　图 6.22

通过上面的类比与图示可以看出，如果希望得到丰富多彩、灵活多样的绘画效果，就必须要拥有大量的笔尖库。

实际上，Photoshop 已经提供了丰富的笔尖库。要选择这些笔尖，就必须使用【画笔】面板，如图 6.23 所示，在此面板中可以选择自己需要的绘画笔尖。

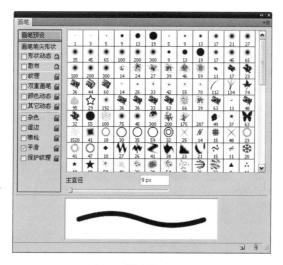

图 6.23

掌握【画笔】面板的重要性不仅在于可以通过此面板选择笔尖，更重要的是还可以通过【画笔】面板的参数，使一种笔尖表现出多种绘画效果。例如，可以通过增大【间距】数值，绘制出间断的笔划效果，如图 6.24 所示；也可以通过设置【散布】数值，绘制出随意分布的笔划效果，如图 6.25 所示。

图 6.24   图 6.25

通过上面的示例与讲解，相信各位读者已经能够充分了解【画笔】面板的重要性，下面将详细讲解此面板的重要参数。

6.4.2 笔尖与笔划的关系

笔尖与笔划的关系非常简单。正如一条线是由无数多个点构成的一样，在 Photoshop 中绘制的每一个笔划也是由多个笔尖点来构成的。下面通过一系列图示来清晰地展示这一点。

如图 6.26 所示为一个使用【中号湿边油彩笔】笔尖绘制的笔划，由于笔尖上每一个笔尖点的距离非常近，因此绘制出来的效果类似于一条实线，但通过设置拉大笔尖点之间的距离并绘制同样的笔划时，就能够清晰地看出笔划是由若干多个笔尖点来构成的，如图 6.27 所示。

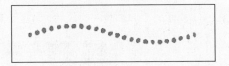

图 6.26   图 6.27

实际上，之所以能够使用 Photoshop 绘制出各种各样的笔划效果，正是因为 Photoshop 提供了控制笔尖点的方法，即【画笔】面板参数。

通过上面的示例，相信各位读者已经能够清晰地看出，Photoshop 实际上提供了分级控制绘画效果的方法，即画笔→笔尖样式→笔尖点的状态，其相互影响的范围也是从左至右的。

在工具选项栏中为画笔设置的参数将直接影响笔划的效果，而选择的笔尖样式将影响到构成笔划的笔尖的形状，最后由笔尖点的状态影响最终呈现在操作者面前的作品效果。

6.4.3 掌握【画笔】面板

执行【窗口】|【画笔】命令，弹出如图 6.28 所示的【画笔】面板。

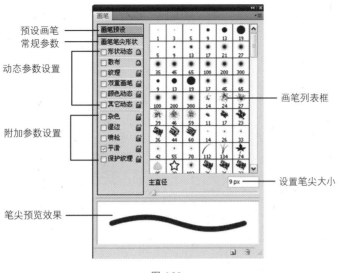

预设画笔
常规参数
动态参数设置
附加参数设置
画笔列表框
设置笔尖大小
笔尖预览效果

图 6.28

　　默认状态下,【画笔】面板的【画笔预设】选项被选中。在【画笔】面板的画笔列表框中,通过单击可以选择不同的画笔笔尖,下面详细讲解【画笔】面板中的参数。

1. 画笔笔尖形状

　　单击【画笔】面板中的【画笔笔尖形状】选项,显示如图 6.29 所示的【画笔】面板,在此可以设置当前画笔的基本属性,其中包括画笔的【直径】、【圆度】、【间距】等。

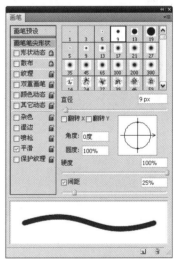

图 6.29

> 【直径】:在此数值框中键入数值或者调节滑块,可以设置画笔的大小。数值越大,画笔笔尖的直径越大。以图中的画笔为例,如图 6.30 所示为设置画笔笔尖直径为 10px 时绘制的效果;如图 6.31 所示为设置画笔笔尖直径为 20 px 时绘制的效果。

图 6.30

图 6.31

➢ 【翻转 X】、【翻转 Y】：选择这两个选项后，画笔将进行水平或者垂直方向上的翻转。如图 6.32 所示为保持【角度】和【圆度】数值不变的情况下，选择【翻转 Y】选项前后的对比效果，可以看出蝴蝶的角度在垂直方向上发生了翻转。

翻转前　　　　　　　　　　　　　　　翻转后

图 6.32

➢ 【角度】：在此数值框中直接键入数值，可以设置画笔旋转的角度。如图 6.33 所示为设置【角度】数值为 45° 并设置不同【圆度】数值时，使用圆形画笔绘制的对比效果。如图 6.34 所示为设置【角度】数值为 45° 并设置不同【圆度】数值时，使用非圆形画笔绘制的对比效果。

设置【圆度】数值为 100%　　　　　　　　设置【圆度】数值为 50%

图 6.33

设置【圆度】数值为 100%　　　　　　　　设置【圆度】数值为 50%

图 6.34

自由绘画●

第1章

第2章

第3章

第4章

第5章

第6章

第7章

> 【圆度】：在此数值框中键入数值，可以设置画笔的圆度。数值越大，画笔越趋向于正圆或画笔在定义时所具有的比例。利用不同圆度的画笔绘制的对比效果如图 6.35 所示。

> 【硬度】：当在画笔列表框中选择椭圆形画笔时，此选项才被激活。在此数值框中键入数值或者调节滑块，可以设置画笔笔尖边缘的硬度。数值越大，画笔笔尖的边缘越清晰；数值越小，画笔笔尖的边缘越柔和。如图 6.36 所示是使用不同【硬度】数值在图像中绘制圆点时的效果。

设置【圆度】数值为 100%　　设置【圆度】数值为 20%

图 6.35　　　　　　　　　　　　　　　　　　　　　　图 6.36

> 【间距】：在此数值框中键入数值或者调节滑块，可以设置绘图时组成线段的两点间的距离。数值越大，间距越大。将画笔的【间距】设置为一个足够大的数值时，可以得到如图 6.37 所示的点线效果。

2．形状动态

在【画笔】面板中选择【形状动态】选项，【画笔】面板显示如图 6.38 所示。在此可以通过参数设置，使画笔的笔尖大小、笔尖角度在绘画时发生动态的规律性或者无规律性变化。

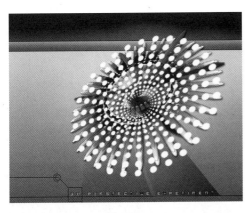

图 6.37

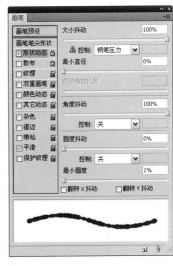

图 6.38

➢ 【大小抖动】：此参数控制画笔在绘制过程中尺寸的波动幅度。数值越大，波动的幅度越大。如图 6.39 所示为笔者使用柔角圆形笔尖并采用不同的【大小抖动】数值进行绘制时得到的不同效果。

设置【大小抖动】数值为 0% 　　　　　　　　设置【大小抖动】数值为 65%

图 6.39

提　示

为方便示意，笔者在此为笔尖设置了一个较大的【间距】数值。

➢ 【控制】：此参数控制了画笔波动的方式，在此可以选择【关】、【渐隐】、【钢笔压力】、【钢笔斜度】、【光笔轮】等五个选项。选择【渐隐】选项，将激活其右侧的数值框，在此可以键入数值以改变画笔笔划渐隐的步长，数值越大，画笔笔划消失的速度越慢，其描绘的线段越长，对比效果如图 6.40 所示。

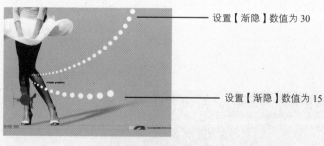

设置【渐隐】数值为 30

设置【渐隐】数值为 15

图 6.40

注　意

由于【钢笔压力】、【钢笔斜度】、【光笔轮】等三种方式都需要压感笔的支持，因此如果没有安装此硬件，当选择这三个选项之一时，在【控制】下拉菜单左侧将显示 ⚠ 。

➢ 【最小直径】：此参数控制在画笔笔尖尺寸发生波动时的最小尺寸。数值越大，发生波动的范围越小，波动的幅度也会相应变小，其对比效果如图 6.41 所示。

➤ 【角度抖动】: 此参数控制画笔在角度上的波动幅度。数值越大, 波动的幅度也越大,
画笔显得越紊乱。如图 6.42 所示为笔者使用【脉纹羽毛 2】画笔笔尖绘画时分别设置不
同的【角度抖动】数值得到的不同效果。

设置【最小直径】数值为 20%　　　　　　　　　　　　设置【最小直径】数值为 60%

图 6.41

提　示

在默认情况下, Photoshop 的画笔笔尖并不包括刚刚使用的【脉纹羽毛 2】。选择 ✏️【画
笔工具】, 按 F5 键弹出【画笔】面板, 单击面板右上角的 ▾☰ 按钮, 在弹出的菜单中选择
【人造材质画笔】选项, 然后在弹出的提示框中单击【追加】按钮, 此时就可以在画笔
列表框中找到【脉纹羽毛 2】画笔笔尖了。

设置【角度抖动】数值为 10%　　　　　　　　　　　　设置【角度抖动】数值为 100%

图 6.42

➤ 【圆度抖动】: 此参数控制画笔在圆度上的波动幅度。数值越大, 波动的幅度也越大。
如图 6.43 所示为设置此数值为 0% 时, 笔者使用雪花笔尖绘制的效果。如图 6.44 所示为
设置此数值为 100% 时, 笔者使用雪花笔尖绘制的效果。

图 6.43

图 6.44

> 【最小圆度】：此数值控制画笔在圆度发生波动
> 时的最小圆度尺寸值。数值越大，则发生波动的
> 范围越小，波动的幅度也会相应变小。

3. 散布

在【画笔】面板中选择【散布】选项，【画笔】面板
显示如图 6.45 所示，其中可以设置【散布】、【数量】、【数
量抖动】等参数。

> 【散布】：此参数控制笔尖点偏离绘画轨迹的程
> 度。数值越大，偏离的程度越大，如图 6.46 所示
> 为设置不同数值时绘制得到的效果。

图 6.45

设置【散布】数值为 200%

设置【散布】数值为 1 000%

图 6.46

> ➤ 【两轴】：选择此选项，笔尖点在 x 和 y 两个轴向上发生分散；不选择此选项，则笔尖点只在 x 轴向上发生分散。
>
> ➤ 【数量】：此参数控制每次绘制时笔划上笔尖点的数量。数值越大，构成笔划的笔尖点越多；反之，则越少。
>
> ➤ 【数量抖动】：此参数控制在绘制的笔划中，笔尖点数量的波动幅度。数值越大，得到的笔划中笔尖点的波动幅度越大。如图 6.47 所示为设置不同【数量】数值和不同【数量抖动】数值时的对比效果。

设置【数量】数值为 1、【数量抖动】数值为 0%　　　设置【数量】数值为 4、【数量抖动】数值为 100%

图 6.47

4. 纹理

在【画笔】面板中选择【纹理】选项，【画笔】面板显示如图 6.48 所示。设置此处的参数，可以在笔尖中添加不同的纹理。

在选择了【纹理】选项后，画笔将按照图 6.49 所示进行混合，使操作者可以得到多种多样的画笔笔尖效果，从而满足绘画的需要。

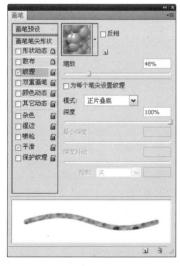

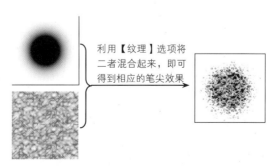

利用【纹理】选项将二者混合起来，即可得到相应的笔尖效果

图 6.48　　　　　　　　　图 6.49

图 6.49 展示的是规则型的圆形笔尖叠加纹理时的效果，而实际上在 Photoshop 中可以为各种笔尖叠加不同的纹理。这一功能大大增加了所能够得到的画笔笔尖的多样性，因为每一种画笔笔尖只要叠加不同的纹理就能够成为一个全新的笔尖。如果当前笔尖库中有 10 种笔尖，纹理库中有 10 种纹理，则能够在理论上得到 100 种全新笔尖。很显然，即使在默认状态下笔尖库中的笔尖数量也远远不止 10 种，纹理库也同样。

下面讲解此面板中的重要参数。

➢ 选择纹理：在【画笔】面板上方打开【图案拾色器】面板，从中选择合适的纹理效果，其中包括系统默认和用户自定义的所有纹理。

➢ 【缩放】：拖动滑块或者在数值框中键入数值，可以设置纹理的缩放比例。

➢ 【模式】：在此参数的下拉菜单中选择一种纹理与画笔的叠加模式。

➢ 【深度】：此参数用于设置所使用的纹理显示时的浓度。数值越大，则纹理的显示效果越明显；反之，纹理效果越不明显。如图 6.50 所示为设置此数值为 20%时的效果。如图 6.51 所示为设置此数值为 100%时的效果。

➢ 【深度抖动】：此参数用于设置纹理显示浓度的波动幅度。数值越大，则波动的幅度也越大。

➢ 【最小深度】：此参数用于设置纹理显示时的最浅浓度。数值越大，纹理显示效果的波动幅度越小。例如，设置【最小深度】数值为 80%而【深度】数值为 100%，两者间的波动幅度仅有 20%。

图 6.50

图 6.51

5. 双重画笔

在【画笔】面板中选择【双重画笔】选项，【画笔】面板显示如图 6.52 所示。选择此选项，可以在原画笔中填充另一种画笔效果。

使用【双重画笔】选项制作新笔尖的原理，类似于上面介绍过的为笔尖叠加纹理产生新笔尖的原理，只是在此是将两个笔尖相互重叠而不是将纹理与笔尖相互重叠。

由于此面板的许多参数在前面已经有所讲解，故不再赘述。如图 6.53 所示是应用双重画笔绘制的效果。

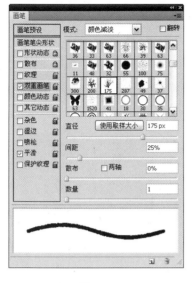

图 6.52

应用双重画笔绘制的效果 　　　　局部放大效果

图 6.53

6. 颜色动态

在【画笔】面板中选择【颜色动态】选项，【画笔】面板如图 6.54 所示。选择此选项，可以在绘画时动态地设置笔尖的绘图颜色，使其绘画色不再局限于前景色。

下面讲解此面板中的重要参数。

➤ 【前景／背景抖动】：在此键入数值或者拖动滑块，可以在应用画笔时控制笔尖的颜色变化。数值越大，笔尖的颜色发生随机变化时越接近于背景色；反之，数值越小，笔尖的颜色发生随机变化时越接近于前景色。

➤ 【色相抖动】：此参数用于控制笔尖色调的随机效果。数值越大，笔尖的色调发生随机变化时越接近于背景色色相；反之，数值越小，笔尖的色调发生随机变化时越接近于前景色色相。

➤ 【饱和度抖动】：此参数用于控制笔尖饱和度的随机效果。数值越大，笔尖的饱和度发生随机变化时越接近于背景色的饱和度；反之，数值越小，笔尖的饱和度发生随机变化时越接近于前景色的饱和度。

➤ 【亮度抖动】：此参数用于控制笔尖亮度的随机效果。数值越大，笔尖的亮度发生随机变化时越接近于背景色亮度；反之，数值越小，笔尖的亮度发生随机变化时越接近于前景色亮度。

➤ 【纯度】：在此键入数值或者拖动滑块，可以控制笔划的纯度。设置此数值为–100%时，笔划呈现饱和度为 0 的效果；反之，设置此数值为 100%时，笔划呈现完全饱和的效果。

7. 其它动态

在【画笔】面板中选择【其它动态】选项时（为与软件界面统一，在此使用"其它"，下同），【画笔】面板显示如图 6.55 所示。

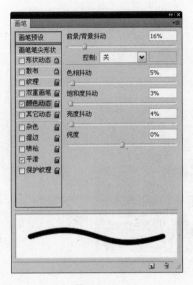

图 6.54

图 6.55

下面讲解此面板中的重要参数。

➤ 【不透明度抖动】：此参数用于控制笔尖的随机不透明度效果。如图 6.56 所示为在保持其他参数不变的情况下，以不同【不透明度抖动】数值绘制图像背景时的效果。

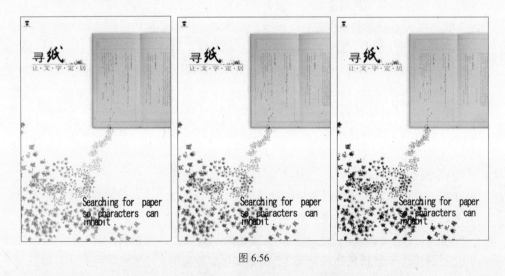

图 6.56

➤ 【流量抖动】：此参数用于控制使用画笔绘制时的消褪速度。百分数越大，消褪越明显。

8. 附加选项参数

【画笔】面板有五个附加选项，选择其中的任意选项，即可为笔尖添加相应的效果。这些选项包括【杂色】、【湿边】、【喷枪】、【平滑】及【保护纹理】等。

➤ 【杂色】：选择此选项，笔尖边缘越柔和，杂色效果越明显，也就是说，当笔尖【硬度】数值为 0% 时，杂色效果最明显；当笔尖【硬度】数值为 100% 时，杂边效果最不明显。

➤ 【湿边】：选择此选项，在进行绘图时将沿着笔尖的边缘增加前景色，从而创建出水彩

自由绘画

第 1 章

第 2 章

第 3 章

第 4 章

第 5 章

第 6 章

第 7 章

画的效果。

> 【喷枪】：选择此选项，与在 ✐【画笔工具】工具选项栏中单击 ✎ 按钮的作用是相同的，当使用 ✐【画笔工具】并按住鼠标左键不放时，会产生颜色淤积的效果。

> 【平滑】：选择此选项，在绘图过程中可能产生较平滑的曲线，尤其在使用压感笔的时候，选择该选项得到的平滑效果更为明显。

> 【保护纹理】：选择此选项，将对所有具有纹理的笔尖预设应用相同的图案和比例，在使用多个纹理画笔笔尖绘画时，可以模拟出一致的纹理效果。

9. 管理预设画笔

Photoshop CS4 有多种预设的画笔。默认情况下，只显示其中的一部分，要显示其他预设的画笔，可以单击【画笔】面板右上角的 ▾☰ 按钮，在弹出的菜单中选择要调入的画笔名称，弹出如图 6.57 所示的对话框。

图 6.57

在对话框中单击【确定】按钮即可显示调入的画笔；单击【追加】按钮，可以将选择的画笔添加至【画笔】面板中。

10. 面板菜单命令

要对画笔进行管理，还必须掌握【画笔】面板弹出菜单中一些用于管理画笔的命令，其中包括【存储画笔】、【复位画笔】、【删除画笔】等。

> 【存储画笔】：对于用户自定义的画笔笔尖，可以将其存储起来。要存储画笔笔尖，可以单击【画笔】面板右上角的 ▾☰ 按钮，在弹出的菜单中选择【存储画笔】命令，弹出【存储】对话框。在对话框中键入笔尖名称并选择合适的文件存储路径，然后单击【保存】按钮，即可将当前画笔列表框中的笔尖以文件的形式保存起来。

> 【复位画笔】：经过一段时间的操作后，笔尖的各种属性都会有不同程度的更改，要将笔尖属性恢复至默认状态，单击【画笔】面板右上角的 ▾☰ 按钮，在弹出的菜单中选择【复位画笔】命令，在弹出的对话框中单击【确定】按钮。

> 【删除画笔】：对于不再需要的笔尖，可以先将其选中，然后单击【画笔】面板右上角的 ▾☰ 按钮，在弹出的菜单中选择【删除画笔】命令，或者在要删除的画笔上单击鼠标右键，在弹出的快捷菜单中选择【删除画笔】命令。

> 改变笔尖显示方式：在默认状态下，【画笔】面板中的笔尖以小缩览图显示，如果要更改其显示状态，可以在面板弹出菜单中选择相应的命令，其命令菜单如图 6.58 所示。

图 6.58

11. 定义新的画笔

预设的笔尖在很多时候无法满足制作的需要，因此经常会用到自定义画笔。自定义画笔的方法非常简单，按下面的步骤操作即可。

① 创建要定义为画笔的图像或者文字。

② 选择要作为画笔的图像或者文字（在选择时可以使用 ▢【矩形选框工具】、◯【套索工具】、✦【魔棒工具】等），将要定义为画笔的部分选中，如图 6.59 所示。

提 示

选区会影响画笔的形状。

---

③ 执行【编辑】|【定义画笔预设】命令，在弹出的对话框中键入画笔的名称，如图 6.60 所示，然后单击【确定】按钮。

④ 在【画笔】面板中可查看新定义的画笔，其效果如图 6.61 所示。

图 6.59

图 6.60

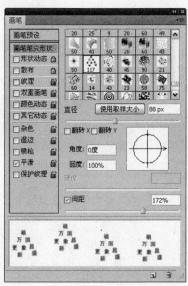

图 6.61

6.5 路径绘画

6.5.1 路径绘画流程

正如笔者在第 4 章中所介绍的，使用路径不仅可以制作精确的选区，还可以用于绘画。使用任何工具绘制的路径都是没有像素信息的，换言之，在打印时路径不会被打印出来，最终将图像发布在屏幕上欣赏的作品，路径也会被忽略。因此，必须通过将路径转换为选区后进行描边、填充等操作，或者直接对路径进行描边、填充等操作，才能真正达到使用路径进行绘画的目的。

使用路径进行绘画的基本流程如图 6.62 所示。

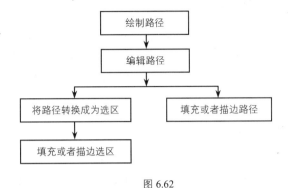

图 6.62

在绘制路径时，可以使用下面所列举的工具或者方法。

（1）使用 【钢笔工具】、 【自由钢笔工具】或者矢量绘图类工具直接绘制所需要的路径。

（2）通过将选区转换为路径的方法得到路径。

编辑路径的方法也有多种，列举如下。

（1）使用 【转换点工具】或者直接添加、删除锚点。

（2）运用路径运算的方法制作不容易绘制的路径。

6.5.2　使用【自由钢笔工具】绘制自由路径

【自由钢笔工具】是钢笔工具组中另一个用于绘制路径的工具。相对于 【钢笔工具】，此工具具有很强的操作灵活性，类似于 【铅笔工具】。与 【铅笔工具】不同的是，使用此工具绘制图形时，得到的是路径线而不是笔划线条。

在使用此工具之前也需要单击工具选项栏中的 【几何选项】按钮，在弹出的面板中进行参数设置，如图 6.63 所示。

此面板中的各参数释义如下。

图 6.63

➢ 【曲线拟合】：此参数控制绘制路径时对鼠标移动的敏感性。键入的数值越高，所创建的路径的锚点越少，路径也越光滑。

➢ 【磁性的】：在 【自由钢笔工具】工具选项栏中选择【磁性的】选项，可以激活 【磁性钢笔工具】，并可以设置 【磁性钢笔工具】的相关参数。

➢ 【宽度】：在此键入数值，以定义 【磁性钢笔工具】探测的距离。此数值越大， 【磁性钢笔工具】探测的距离越大。

➢ 【对比】：在此键入百分比数值，以定义边缘像素间的对比度。

➢ 【频率】：在此键入数值，以定义使用 【磁性钢笔工具】绘制路径时锚点的密度。此数值越大，得到的路径上的锚点数量越多。

选择【磁性的】选项后，钢笔光标变为 形状，在此状态下可以使用 【磁性钢笔工具】

进行操作。此工具能够自动捕捉边缘对比度强烈的图像，并自动跟踪边缘，从而形成一条能够制作精确选区的路径线，在工作原理上与 🖐【磁性套索工具】很类似，只是一个制作的是路径而另一个制作的是选区。

使用 ✐【磁性钢笔工具】进行操作时，只需要在要选择的对象的边缘处单击以确定起点，然后沿图像的边缘移动 ✐【磁性钢笔工具】，即可得到所需的钢笔路径。如图 6.64 所示为原图像效果。如图 6.65 所示为闭合后的路径效果。

图 6.64   图 6.65

6.5.3　将选区转换为路径

选区与路径具有可逆性，既可以将路径转换为选区，也可以将选区转换为路径。要将选区转换为路径，单击【路径】面板底部的 ◠【从选区生成工作路径】按钮即可。

执行转换操作时，需要特别注意添加到路径中的锚点的数量，锚点的数量可以通过下面的操作进行控制。

在选区存在的情况下，按住 Alt 键单击【路径】面板底部的 ◠【从选区生成工作路径】按钮，在弹出的如图 6.66 所示的对话框中设置参数。

图 6.66

【容差】数值设置得越小，则添加到路径上的锚点数量越多，路径也越精确，但如果路径锚点的数量过多，可能会导致图像在输出时不正常。

如图 6.67 所示为一个人形的选区。如图 6.68 所示为将此选区转换后得到的路径。如图 6.69 所示为对人形路径进行描边后的效果。

图 6.67   图 6.68   图 6.69

自由绘画

第1章

第2章

第3章

第4章

第5章

第6章

第7章

6.5.4　编辑路径之转换锚点

直角型锚点、光滑型锚点与拐角型锚点是路径中的三大类锚点。通过转换这几类锚点的类型，可以对路径很好地进行编辑，下面简述转换锚点的三类操作。

（1）要将直角型锚点转换为光滑型锚点，可以选择 ▶【转换点工具】，将鼠标指针放置在需要转换的锚点上，然后拖动锚点，如图 6.70 所示。

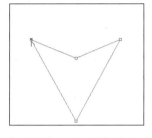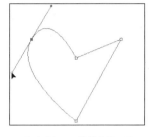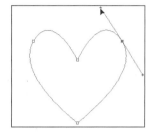

将鼠标指针放置在要转换的锚点上　　　拖动鼠标即可使其变得平滑　　　按照同样的方法处理另一侧的锚点

图 6.70

➤ 要将光滑型锚点转换为直角型锚点，直接用 ▶【转换点工具】单击此锚点即可。

➤ 要将光滑型锚点转换为拐角型锚点，可以用 ▶【转换点工具】拖动锚点两侧的控制手柄，如图 6.71 所示。

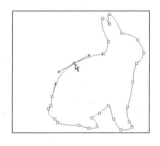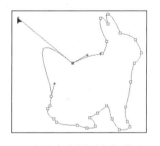

选择要编辑的锚点以显示控制手柄　　将鼠标指针放置在要编辑一侧的控制手柄上　　拖动鼠标将其转换为拐角型锚点

图 6.71

6.5.5　编辑路径之删除锚点或者线段

通过删除路径上的锚点或者线段，同样能够编辑路径。

要删除路径上的锚点，可以使用 ▶【删除锚点工具】。选择此工具后，只需要在锚点上单击即可完成删除锚点的操作。

要删除路径线段，可以用 ▶【直接选择工具】选择要删除的线段，然后按 Backspace 键或者 Delete 键。

6.5.6　编辑路径之路径运算

使用路径运算，可以将简单的路径转换成复杂的路径。

路径运算是通过工具选项栏中的 □□□□ 运算按钮来实现的，这四个运算按钮的意义如下所述。

> ➤ ▣【添加到路径区域】：单击此按钮，使两条路径发生加运算，其结果是可向现有路径中添加新路径所定义的区域。

> ➤ ▣【从路径区域减去】：单击此按钮，使两条路径发生减运算，其结果是可从现有路径中删除新路径与原路径的重叠区域。

> ➤ ▣【交叉路径区域】：单击此按钮，使两条路径发生交集运算，其结果是生成的新区域被定义为新路径与现有路径的交叉区域。

> ➤ ▣【重叠路径区域除外】：单击此按钮，使两条路径发生排除运算，其结果是生成新路径和现有路径的非重叠区域。

> ➤ ▣ 组合 按钮：要使具有运算模式的路径间发生真正的运算，使路径锚点及线段发生变化，单击此按钮，则 Photoshop 以路径间的运算模式定义新的路径。

如图 6.72 ~ 图 6.75 所示为运用 Photoshop 的路径运算所得到的选区及进行填充的效果。

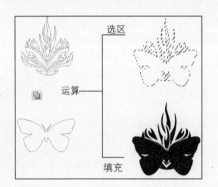

图 6.72

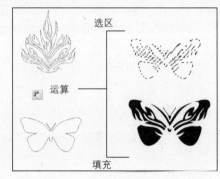

图 6.73

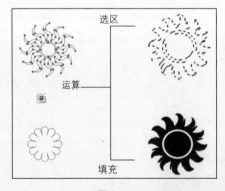

图 6.74

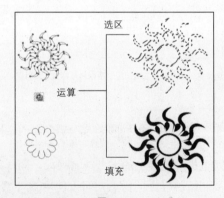

图 6.75

通过以上四个示例可以看出，在绘制路径时选择不同的路径运算模式，可以得到不同的路径效果。

要应用路径运算功能，可以采用下面讲述的两种方法中的一种。

（1）如果当前已存在一条或者几条路径，在绘制下一条路径时，在工具选项栏中单击 ▣▣▣▣ 运算按钮，即可在路径间产生运算。

（2）如果希望对已经完成绘制的若干条路径进行运算，可以使用 【路径选择工具】选择完成绘制的路径，然后在工具选项栏中单击路径运算按钮。

提　示

在使用 组合 按钮时，应该将要参与运算的路径全部选中，然后再单击此按钮，建议各位读者多了解此按钮的用法。

6.5.7　对路径进行填充或者描边操作

从使用路径进行绘画的角度来说，无论是绘制路径还是编辑路径，都是为最后一步即填充或者描边路径进行准备。

1. 为路径内部填充颜色或者图案

选择需要进行填充的路径，单击【路径】面板底部的 【用前景色填充路径】按钮，即可为路径填充前景色。

如果要控制填充路径的参数及样式，可以按住 Alt 键单击 【用前景色填充路径】按钮，或者单击【路径】面板右上角的 按钮，在弹出的菜单中选择【填充路径】命令，在弹出的【填充路径】对话框中设置参数。如图 6.76 所示是为路径填充图案的操作示例。

【填充路径】对话框（如图 6.77 所示）的上半部分与【填充】对话框相同，其参数的作用和应用方法也相同，在此不一一赘述。

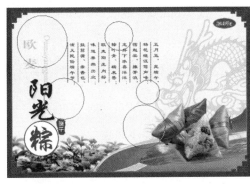

填充前　　　　　　　　　　　　　　填充后

图 6.76

> 【羽化半径】：在此区域中可以控制填充的效果。在此数值框中键入一个大于 0 的数值，可以使填充具有柔边效果。如图 6.78 所示是将【羽化半径】数值设置为 6 时填充路径的效果。

> 【消除锯齿】：选择此选项，可以消除填充时的锯齿。

注　意

填充路径时如果当前图层处于隐藏状态，则 【用前景色填充路径】按钮及【填充路径】命令均不可用。

图 6.77

图 6.78

2．为路径描边

通过为路径进行描边的操作，可以得到类似于白描的效果。在 Photoshop 中为路径描边的操作步骤如下所述。

① 打开随书所附光盘中的文件（光盘文件路径为 "第 6 章\6.5.7-2-素材.tif"），在【路径】面板中选择需要用于描边的路径。如果【路径】面板中有多条路径，可以用 ↖【路径选择工具】选择要描边的路径。

② 在工具箱中设置前景色，作为描边的颜色。

③ 在工具箱中选择用于描边的工具，可以是 ✎【铅笔工具】、✐【钢笔工具】、✐【涂抹工具】、◌【模糊工具】、△【锐化工具】、◜【减淡工具】、◉【加深工具】、◉【海绵工具】以及橡皮擦工具组、图章工具组、历史画笔工具组中的工具等。

④ 在工具选项栏中设置用来描边的工具的参数。

⑤ 在【路径】面板底部单击 ◌【用画笔描边路径】按钮，当前路径得到描边效果。

如图 6.79 所示是选择 ✎【画笔工具】为路径描边的效果。

用于描边的路径

进行描边后得到的效果

图 6.79

提 示

本例最终效果文件见随书所附光盘（光盘文件路径为"第 6 章\6.5.7-2.psd"）。

如果在执行描边操作时，为 ✐【画笔工具】设置了【形状动态】参数并选择了异形画笔笔尖，则可以得到如图 6.80 所示的效果。

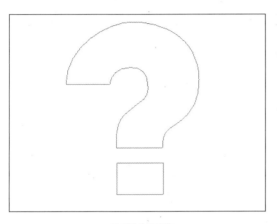

用于描边的路径

进行描边后得到的效果

图 6.80

6.6 综合示例——模拟散落的晶莹气泡

本例讲解如何制作晶莹气泡效果。在制作过程中，用到的技术为 ✐【画笔工具】的使用、【画笔】面板参数的调整。

① 按 Ctrl+N 键新建文件，在弹出的【新建】对话框中设置参数，如图 6.81 所示，选择 ◯【椭圆选框工具】，按住 Shift 键在画布的右侧制作如图 6.82 所示的选区。

图 6.81

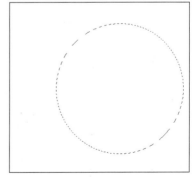

图 6.82

② 新建图层，得到"图层 1"。设置前景色为黑色，选择 ✐ 【画笔工具】，在其工具选项栏中设置画笔的【不透明度】数值为 50%，设置适当的画笔大小，对选区的边缘进行涂抹，直至得到如图 6.83 所示的效果，按 Ctrl+D 键取消选区。

③ 新建图层，得到"图层 2"。设置前景色为黑色，选择 ✐ 【画笔工具】，在其工具选项栏中设置【不透明度】数值为 100%，【主直径】数值为 175，【硬度】数值为 0%，在上一步绘制的圆形的左侧单击，得到如图 6.84 所示的效果。

图 6.83

图 6.84

④ 新建图层，得到"图层 3"。选择 ✐ 【画笔工具】，按 F5 键调出【画笔】面板，设置【画笔】面板参数如图 6.85 所示，在圆形的右下方单击，得到如图 6.86 所示的效果。

⑤ 在【画笔】面板中更改【直径】数值及【角度】数值，在其他位置处进行单击，得到如图 6.87 所示的效果。

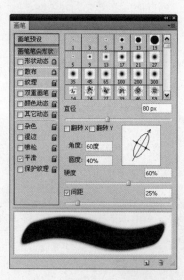

图 6.85

图 6.86

⑥ 执行【编辑】|【定义画笔预设】命令，在弹出的【画笔名称】对话框中可以任意为画笔命名，单击【确定】按钮退出对话框，保存并关闭文件。

提　示

此步骤效果文件见随书所附光盘（光盘文件路径为"第 6 章\6.6-气泡.psd"）。

⑦ 打开随书所附光盘中的文件（光盘文件路径为"第 6 章\6.6-素材.tif"），效果如图 6.88
所示。设置前景色为白色，选择 ✐【画笔工具】，按 F5 键调出【画笔】面板，选择上
一步定义的画笔并设置【画笔】面板参数，如图 6.89 所示，在画布中进行涂抹，直至
效果如图 6.90 所示。

图 6.87

图 6.88

图 6.89

图 6.90

⑧ 将 ✎【画笔工具】的【不透明度】数值设置为 50%，将画笔大小缩小到原来的 50%左右，在画布中远一些的位置处进行涂抹，得到如图 6.91 所示的效果，从而模拟远处的气泡效果。

图 6.91

⑨ 将 ✎【画笔工具】的【不透明度】数值设置为 20%，再次缩小画笔的大小，在画布的右上角位置处进行涂抹，从而模拟最远处的气泡效果，得到如图 6.92 所示的最终效果。

图 6.92

提 示

本例最终效果文件见随书所附光盘（光盘文件路径为"第 6 章\6.6.psd"）。

CHAPTER

规则形绘画及着色

7.1　绘画与设计

　　本章延续了上一章的主题，仍然讲解与绘画操作有关的知识与技能，但与第 6 章不同的是绘画的方式、方法有所变化。在第 6 章中所有绘画操作使用的工具与方法都相对自由许多，而在本章中所讲解的绘画工具与方法则相对规则一些。

　　矢量绘图类工具在学习难度方面并不十分高。学习矢量绘图类工具的重点不是掌握每一种工具如何使用（因为工具的使用方法其实非常简单），而是通过学习这些工具从而掌握在什么样的情况下应该使用矢量绘图类工具进行绘制，而不是使用上一章学习过的自由绘画工具进行绘制。例如，在图 7.1 所示的作品中，心形与垂直线都是使用矢量绘图类工具绘制的。

　　除了面对简单的形状能够联想到使用矢量绘图类工具外，面对稍微复杂的形状也应该具有分析的能力。如图 7.2 所示的作品中，月亮与云朵实际上是组合使用矢量绘图类工具所绘制的。

图 7.1

图 7.2

　　通过上面的示例可以看出，在工作中灵活使用矢量绘图类工具能够降低绘画的难度，从而提高工作的效率。

　　下面简单介绍一下 ▣【渐变工具】和 ◭【油漆桶工具】。

　　对于进行产品造型设计、插图绘制的人员而言，▣【渐变工具】是非常重要的绘制工具，图 7.3 与图 7.4 所示的作品中都大量使用了 ▣【渐变工具】。

图 7.3

图 7.4

规则形绘画及着色●

第1章

第2章

第3章

第4章

第5章

第6章

第7章

但对于大多数使用 Photoshop 进行工作的普通设计者而言，▨【渐变工具】的使用往往集中在制作如图 7.5 所示的背景效果以及利用图层蒙版创建柔和的过渡效果等方面。

图 7.5

利用▨【油漆桶工具】可以在图像中填充实色或者图案，在本章中将有详细讲解。

7.2 绘制规则形状

在 Photoshop 中要绘制规则的形状，需要使用绘制规则形状的工具，其中使用最为广泛的是矢量绘图类工具，包括▨【矩形工具】、▨【圆角矩形工具】、▨【椭圆工具】、▨【多边形工具】、▨【直线工具】及▨【自定形状工具】等，使用这些工具可以快速绘制出矩形、圆形、多边形、直线及自定义的规则形状等。

7.2.1 矢量绘图类工具概述

在工具箱中▨【矩形工具】的图标上单击鼠标右键，弹出如图 7.6 所示的矢量绘图类工具组。使用这些工具可以快速绘制出矩形、圆角矩形、椭圆形、多边形、直线以及各类自定形状。

无论选择哪一种矢量绘图类工具，工具选项栏中都将显示类似图 7.7 所示的参数及选项。

图 7.6　　　　　　　　　　　　　　　　图 7.7

在此工具选项栏中首先必须掌握的是▨▨▨绘画模式按钮，下面分别讲解这三个按钮所定义的绘画模式以及其他重要参数。

➢ ▨【形状图层】：在工具选项栏中单击此按钮，再使用矢量绘图类工具进行绘制操作，可以创建形状图层。

➢ ▨【路径】：在工具选项栏中单击此按钮，再使用矢量绘图类工具进行绘制操作，可以创建路径。

➢ ▣【填充像素】：在工具选项栏中单击此按钮，再使用矢量绘图类工具进行绘制操作，可以在当前图层中创建一个填充前景色的图形。

➢ 【模式】：在工具选项栏中单击▣【填充像素】按钮后，【模式】选项被激活，在此下拉菜单中可以选择一种图形的混合模式。

➢ 【不透明度】：在工具选项栏中单击▣【填充像素】按钮后，【不透明度】选项被激活，在此数值框中可以键入百分比数值，设置绘画时的不透明度效果。

➢ 【消除锯齿】：在工具选项栏中单击▣【填充像素】按钮后，【消除锯齿】选项被激活，选择此选项可以消除图形的锯齿。

7.2.2　标准形状绘制工具——矩形、圆角矩形及椭圆工具

▣【矩形工具】、●【圆角矩形工具】和●【椭圆工具】这三个工具的选项面板基本相似，各选项的意义也基本相同，在此一起讲解。

各工具的使用方法非常简单，只需按住鼠标左键在图像中进行拖动，即可绘制出所选工具定义的规则形状。绘制时按住 Shift 键可以直接绘制出正方形、正圆形，按住 Alt 键可以从中心向外发散性地绘制，按住 Alt+Shift 键可以从中心向外发散性地绘制正方形或者正圆形。

选择上述任意一个矢量绘图类工具后，单击工具选项栏中 ⬚【自定形状工具】按钮右侧的 ▾ 按钮，弹出类似图 7.8 所示的面板，在此可以根据需要设置相应的参数及选项。

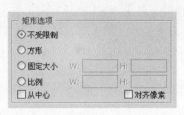

图 7.8

下面讲解此面板中比较重要的参数及选项。

➢ 【不受限制】：选择此选项，可以任意绘制各种形状、路径或者图形。

➢ 【方形／圆（绘制直径或半径）】：在【矩形选项】和【圆角矩形选项】面板中单击【方形】单选按钮，可以绘制不同大小的正方形；在【椭圆选项】面板中单击【圆（绘制直径或半径）】单选按钮，可以绘制不同大小的圆形。

➢ 【固定大小】：选择此选项，可以在【W】和【H】数值框中键入数值，用以定义形状、路径或者图形的宽度与高度。

➢ 【比例】：选择此选项，可以在【W】和【H】数值框中键入数值，用以定义形状、路径或者图形的宽度和高度比例值。

➢ 【从中心】：选择此选项，可以从中心向外发散性地绘制形状、路径或者图形。

➢ 【对齐像素】：选择此选项，可以使矩形或者圆角矩形的边缘无混淆现象。

▣【圆角矩形工具】工具选项栏中的【半径】参数，用于设置圆角的半径。数值越大，圆角越圆滑，其效果如图 7.9 所示。

设置【半径】
数值为0

设置【半径】
数值为20

设置【半径】
数值为30

设置【半径】
数值为10

图 7.9

如图 7.10 所示为设计作品中使用 【矩形工具】制作完成的效果。如图 7.11 所示为设计作品中使用 【椭圆工具】制作完成的效果。

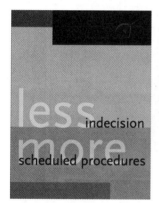

图 7.10

图 7.11

7.2.3 多边形工具

使用 【多边形工具】可绘制不同边数的多边形或者星形，其工具选项栏如图 7.12 所示。

在【边】数值框中键入数值，可以确定多边形或者星形的边数，单击工具选项栏中 【自定形状工具】按钮右侧的 按钮，弹出如图 7.13 所示的【多边形选项】面板。

图 7.12 图 7.13

下面讲解此面板中比较重要的参数与选项。

➤ 【半径】：在此数值框中键入数值，可以定义多边形的半径。

➤ 【平滑拐角】：选择此选项，可以平滑多边形的拐角。如图 7.14 所示为未选择【平滑拐角】选项时的效果。如图 7.15 所示为选择【平滑拐角】选项时的效果。

图 7.14 图 7.15

➤ 【星形】：选择此选项，可以绘制星形并激活【缩进边依据】和【平滑缩进】这两个选项，以控制星形的形状。如图 7.16 所示为设置【缩进边依据】数值为 1%时的效果。

➤ 【缩进边依据】：在此数值框中键入百分数，可以定义星形的缩进量。数值越大，星形的内缩效果越明显。如图 7.17 所示为设置【缩进边依据】数值为 30%时的效果。如图 7.18 所示为设置【缩进边依据】数值为 80%时的效果。

图 7.16 图 7.17 图 7.18

7.2.4　直线工具

利用  【直线工具】不但可以绘制不同粗细的直线，还可以为直线添加不同形状的箭头，其效果如图 7.19 所示。

图 7.19

选择 【直线工具】，将显示如图 7.20 所示的工具选项栏。

图 7.20

在【粗细】数值框中键入数值，以确定直线的宽度。单击 【自定形状工具】按钮右侧的 按钮，弹出如图 7.21 所示的【箭头】面板。

下面讲解此面板中比较重要的参数与选项。

> 【起点】、【终点】：选择【起点】选项，可以使直线起点有箭头；选择【终点】选项，可以使直线终点有箭头；如果需要直线两端均有箭头，同时选择【起点】和【终点】选项。
> 【宽度】、【长度】：在这两个数值框中键入数值，可以定义箭头宽度和长度的比例。
> 【凹度】：在此数值框中键入数值，可以定义箭头的凹陷程度。

如图 7.22 所示为 【直线工具】在设计作品中的应用示例。

图 7.21

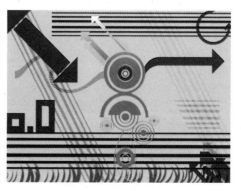

图 7.22

7.2.5 自定形状工具

【自定形状工具】的自定义形状是一个多种形状的集合，因此自定义形状并不是特指一个形状，而是泛指形状集合。选择【自定形状工具】，其工具选项栏如图 7.23 所示。

图 7.23

单击【自定形状工具】按钮右侧的 按钮，弹出如图 7.24 所示的【自定形状选项】面板。此选项面板中的参数及选项在以前章节中基本都有所讲解，在此不再赘述。

单击工具选项栏中【形状】右侧的 按钮，弹出如图 7.25 所示的【自定形状拾色器】面板，单击即可选中相应的形状。

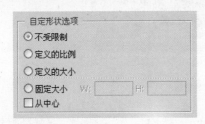

图 7.24

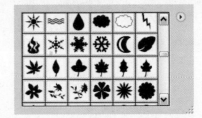

图 7.25

1．创建自定义形状

与定义画笔、图案一样，也可以自定义形状，这可以使工作更加得心应手。要创建自定义形状，可以按下述步骤操作。

① 选择 【钢笔工具】，用 【钢笔工具】创建所需要的形状的外轮廓路径，效果如图 7.26 所示。

② 选择 【路径选择工具】，将步骤 1 中所绘制的路径选中。

③ 执行【编辑】|【定义自定形状】命令，在弹出的如图 7.27 所示的对话框中键入新形状的名称，然后单击【确定】按钮。

④ 选择【自定形状工具】，显示【自定形状拾色器】面板，如图 7.28 所示，在其中可以选择自定义的形状。

图 7.26

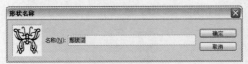

图 7.27

图 7.28

2. 保存形状

【自定形状拾色器】面板中的形状与【画笔】面板中的画笔笔尖一样，都可以以文件形式保存起来，以方便共享或者交流。要将【自定形状拾色器】面板中的形状保存为文件，可以按下述步骤操作。

①　单击【自定形状拾色器】面板右侧的 ⊙ 按钮。

②　在弹出的菜单中选择【存储形状】命令。

③　在弹出的对话框中键入一个名称，用以命名要保存的形状，单击【保存】按钮。

7.3　使用【渐变工具】绘制柔和过渡色

▣【渐变工具】用于创建不同颜色间的混合过渡效果，但对于此工具的理解不能仅仅限于制作过渡色。

在实际工作中，此工具的应用范围非常广泛。许多作品中呈现出的朦胧、立体、混合等效果，都需要使用此工具来实现。

Photoshop 可以创建五类渐变效果（即 ▣【线性渐变】、▣【径向渐变】、▣【角度渐变】、▣【对称渐变】、▣【菱形渐变】），图 7.29 展示了几个应用了渐变效果的优秀作品。

图 7.29

7.3.1　【渐变工具】的工具选项栏

选择 ▣【渐变工具】，其工具选项栏如图 7.30 所示。

渐变预览框　　渐变预设三角按钮

图 7.30

▣【渐变工具】的使用方法较为简单，其操作步骤如下所述。

①　在工具箱中选择 ▣【渐变工具】。

②　在工具选项栏中 ▣▣▣▣▣ 所示的五种渐变方式中，选择合适的渐变方式。

③ 单击渐变预览框的▼按钮，在弹出的如图 7.31 所示的【渐变拾色器】面板中选择合适的渐变效果。

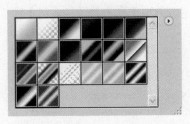

图 7.31

④ 设置█【渐变工具】工具选项栏中的其他参数。

⑤ 在画布中拖动█【渐变工具】，即可创建渐变效果。在拖动过程中，拖动的距离越长，则渐变过渡越柔和；反之，渐变过渡越急促。按住 Shift 键，可以在水平、垂直或者 45° 方向应用渐变。

下面介绍工具选项栏中的几个重要参数。

➢ ▉▉▉▉▉▉：在 Photoshop 中可以创建五种方式的渐变，如图 7.32 所示。

 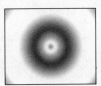 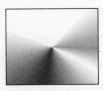  

线性渐变　　　　　径向渐变　　　　　角度渐变　　　　　对称渐变　　　　　菱形渐变

图 7.32

➢ 【模式】：选择其下拉菜单中的选项，可以设置渐变颜色与底图的混合模式。

➢ 【不透明度】：在此键入的数值可以设置渐变的不透明度。数值越大，则渐变越不透明；反之，越透明。

➢ 【反向】：选择此选项，可以使当前的渐变反向填充。

➢ 【仿色】：选择此选项，可以平滑渐变中的过渡色，以防止在输出混合色时出现色带效果，从而导致渐变过渡出现跳跃现象。

➢ 【透明区域】：选择此选项，可以使当前渐变按设置呈现透明效果；反之，即使此渐变具有透明效果也无法显示出来。

7.3.2　自定义实色渐变

与自定义画笔笔尖、自定义形状一样，也可以通过自定义渐变获得丰富的效果，其中最常见的是自定义实色渐变。笔者将在包括本节在内的三节中讲解如何自定义实色、透明、杂色等三类渐变。要创建实色渐变，可以按下述步骤操作。

① 在工具箱中选择█【渐变工具】。

② 单击渐变预览框，如图 7.33 所示，弹出如图 7.34 所示的【渐变编辑器】对话框。

规则形绘画及着色

第1章

第2章

第3章

第4章

第5章

第6章

第7章

图 7.33　　　　　　　　　　　　　　图 7.34

③ 单击【预设】区中的任意一种渐变，以基于该渐变来创建新的渐变。

④ 在【渐变类型】下拉菜单中选择【实底】选项，如图 7.35 所示。

⑤ 单击起点色标以将其选中，使该色标上方的三角形变黑，如图 7.36 所示。

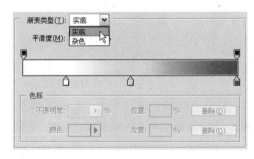

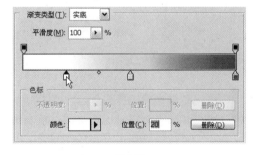

图 7.35　　　　　　　　　　　　　　图 7.36

⑥ 单击对话框底部【颜色】右侧的 ▶ 按钮，弹出选项菜单，该菜单中各选项释义如下。

➤ 【前景】：选择此选项，可以使此色标所定义的颜色随前景色的变化而变化。

➤ 【背景】：选择此选项，可以使此色标所定义的颜色随背景色的变化而变化。

➤ 【用户颜色】：如果需要选择其他颜色来定义此色标，可以选择此选项或者双击色标，
在弹出的【选择色标颜色】对话框中选择颜色。

⑦ 按照步骤 5、步骤 6 中所讲解的方法，为其他色标定义颜色。

⑧ 如果需要在起点与终点色标中添加色标以将该渐变定义为多色渐变，可以直接在渐变
条下面的空白处单击，如图 7.37 所示，然后按照步骤 5、步骤 6 中所讲解的方法定义
该处色标的颜色。

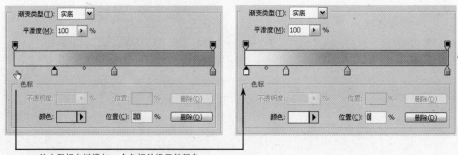

单击鼠标左键添加一个色标并设置其颜色

图 7.37

⑨ 要调整色标的位置，可以按住鼠标左键将色标拖动到目标位置，如图 7.38 所示，或者在色标被选中的情况下，在【位置】数值框中键入数值，以精确定义色标的位置，如图 7.39 所示为改变色标位置后的状态。

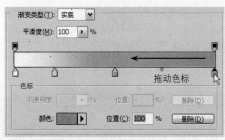

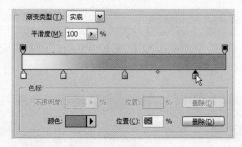

图 7.38   图 7.39

⑩ 如果需要调整渐变的急缓程度，可以拖动两个色标中间的菱形滑块，如图 7.40 所示。向右侧拖动菱形滑块，可以使左侧色标所定义的颜色缓慢向右侧色标所定义的颜色过渡；反之，如果向左侧拖动菱形滑块，可以使右侧色标所定义的颜色缓慢向左侧色标所定义的颜色过渡。在菱形滑块被选中的情况下，在【位置】数值框中键入一个百分数，可以精确定位菱形滑块，如图 7.41 所示为向右侧拖动菱形滑块后的状态。

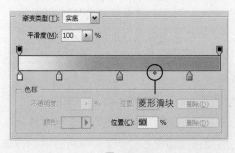

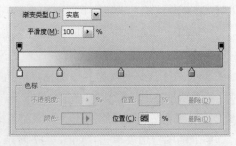

图 7.40   图 7.41

⑪ 如果要删除处于选中状态下的色标，可以直接按 Delete 键，或者按住鼠标左键向下拖动，直至该色标消失为止，如图 7.42 所示为将色标删除时的状态及效果。

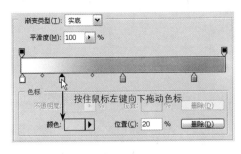
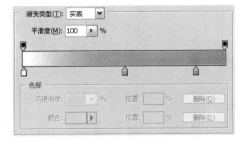

删除色标　　　　　　　　　　　删除色标后的效果

图 7.42

⑫ 拖动菱形滑块以定义该渐变的平滑程度。

⑬ 完成渐变颜色设置后，在【名称】文本框中键入该渐变的名称。

⑭ 如果要将渐变存储在【渐变拾色器】面板中，单击【新建】按钮即可。

⑮ 单击【确定】按钮退出【渐变编辑器】对话框，新创建的渐变自动处于被选中的状态。

7.3.3　自定义透明渐变

在 Photoshop 中除了可以自定义不透明的实色渐变外，还可以自定义具有透明效果的渐变。要自定义具有透明效果的渐变，可以按下述步骤操作。

① 按照上一节所讲解的创建实色渐变的方法创建一个实色渐变。

② 在渐变条上方需要产生透明效果的位置处单击，以添加一个不透明度色标，如图 7.43 所示。

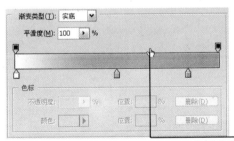
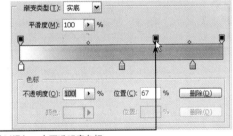

单击鼠标左键以添加一个不透明度色标

图 7.43

③ 在该不透明度色标处于被选中的状态下时，在【不透明度】数值框中键入数值以定义其不透明度。

④ 如果需要在渐变条的多处产生透明效果，可以在渐变条上多次单击，以添加多个不透明度色标。

⑤ 如果需要控制由两个不透明度色标所定义的透明效果间的过渡效果，可以拖动两个不透明度色标中间的菱形滑块。

如图 7.44 所示为一个非常典型的具有多个不透明度色标的透明渐变。如图 7.45 所示为原图像效果。如图 7.46 所示为应用此渐变后的效果。

图 7.44

图 7.45　　　　　　　　　　　　　　　图 7.46

7.3.4　自定义杂色渐变 精

杂色渐变在日常工作中虽然使用较少，但往往能够解决使用其他两类渐变无法解决的问题。如图 7.47 所示为笔者创建的杂色渐变。如图 7.48 所示为将此渐变运用在图像中的效果。

图 7.47

运用前　　　　　　　　　　　　　运用后

图 7.48

要创建杂色渐变，可以按如下步骤进行操作。

① 打开随书所附光盘中的文件（光盘文件路径为"第 7 章\7.3.4-素材.tif"），选择 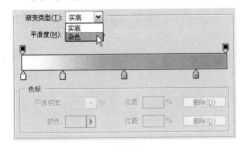【渐变工具】。

② 单击其工具选项栏中的渐变预览框，以调出【渐变编辑器】对话框。

③ 在【渐变类型】下拉菜单中选择【杂色】选项，如图 7.49 所示，选择该选项后对话框变为如图 7.50 所示的状态。

 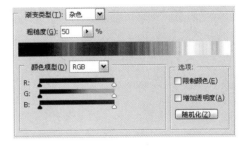

图 7.49   图 7.50

④ 在【粗糙度】数值框中键入数值或者拖动其滑块，可以控制渐变的粗糙程度。数值越大，则颜色的对比效果越明显。如图 7.51 所示为设置不同【粗糙度】数值时呈现的渐变效果。

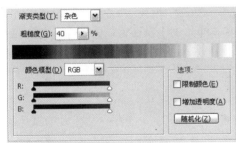 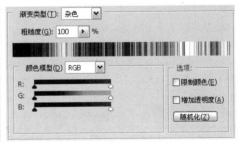

图 7.51

⑤ 在【颜色模型】下拉菜单中可以选择渐变颜色在取样时的色域。

⑥ 要调整颜色范围，可以拖动各个颜色滑块。对于所选颜色模型中的每个颜色组件，都可以通过拖动滑块以定义其可接受值的范围。

⑦ 选择【限制颜色】选项，可以避免杂色渐变中出现过饱和的颜色。

⑧ 选择【增加透明度】选项，可以创建出具有透明效果的杂色渐变。

⑨ 单击【随机化】按钮，可以随机得到不同的杂色渐变。

提　示

本例最终效果文件见随书所附光盘（光盘文件路径为"第 7 章\7.3.4.psd"）。

7.3.5　存储渐变

要将一组预设渐变存储为渐变库，可以按如下步骤进行操作。

① 单击【渐变编辑器】对话框右侧的【存储】按钮。

② 在弹出的【存储】对话框中选择文件保存的路径并键入文件名称。

③ 设置完毕后，单击【保存】按钮。

7.3.6 载入渐变

要载入以文件形式保存的预设渐变，可以执行下列操作之一。

（1）单击【渐变编辑器】对话框右侧的【载入】按钮，在弹出的对话框中选择要载入的渐变，单击【载入】按钮。

（2）单击【渐变编辑器】对话框右上方的 按钮，在弹出的菜单中选择【替换渐变】命令，在弹出的对话框中选择要载入的渐变，单击【载入】按钮。

> **注 意**
>
> 选择【替换渐变】命令后，会弹出提示对话框，询问是否保存对当前渐变预设的修改，并且使用【替换渐变】命令载入的渐变会将原【渐变编辑器】对话框中的渐变替换掉。

（3）单击【渐变编辑器】对话框右上方的 按钮，在弹出的菜单底部选择需要的渐变预设，如图 7.52 所示，弹出类似图 7.53 所示的提示对话框，单击【确定】按钮则替换当前的渐变预设；单击【取消】按钮则放弃载入渐变预设；单击【追加】按钮可以将所选渐变预设追加至当前的渐变预设中。

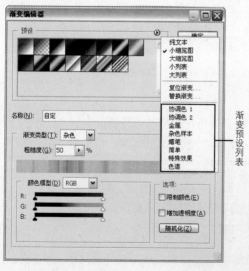

图 7.52

图 7.53

7.3.7 复位默认渐变

要将当前的渐变预设复位至默认的渐变，可以单击【渐变编辑器】对话框右上方的 按钮，在弹出的菜单中选择【复位渐变】命令，在弹出的提示对话框中单击【确定】按钮。

7.4　使用【油漆桶工具】填充图像

利用 【油漆桶工具】可以在图像中为单击区域填充实色或者图案，被填充的区域由工具选项栏中的【容差】数值而定。此数值越大，被填充的区域也越大；反之，则越小。选择 【油漆桶工具】，其工具选项栏如图 7.54 所示。

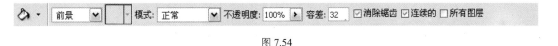

图 7.54

> 前景 【设置填充区域的源】：在此下拉菜单中可以选择一种填充方式。选择【前景】选项，以前景色进行填充；选择【图案】选项，则以图案进行填充。
> ：当在【设置填充区域的源】下拉菜单中选择【图案】选项时，此选项才被激活，单击其右侧的 按钮，弹出【图案拾色器】面板，可以在其中选择一种图案进行填充。

【油漆桶工具】工具选项栏中的其他参数在以前均有所讲解，在此不再赘述。

【油漆桶工具】的工作原理相当于先使用 【魔棒工具】选择要选择的区域，然后再执行【编辑】|【填充】命令填充实色或者图案。

7.5　自定义图案

在前面的章节中已经讲解过自定义笔尖、自定义形状、自定义渐变等操作，在这一节中将讲解自定义图案。通过自定义图案，可以完整地保存所选择图案的颜色与背景。要自定义图案，可以按下述步骤操作。

① 打开随书所附光盘中的文件（光盘文件路径为"第 7 章\7.5-素材.psd"），效果如图 7.55 所示。

② 执行【图像】|【画布大小】命令，在弹出的对话框中设置参数，如图 7.56 所示，将画布放大。按住 Alt 键的同时用鼠标拖动素材图像，对其进行如图 7.57 所示的复制操作。

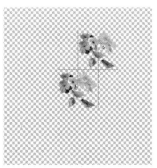

图 7.55　　　　　　　　　　　图 7.56　　　　　　　　　　　图 7.57

提　示

要在操作时显示智能参考线，需要执行【视图】|【显示】|【智能参考线】命令。

③ 使用同样的方法再次复制素材图像到如图 7.58 所示的位置，按 Ctrl+T 键调出自由变换控制框，单击鼠标右键执行水平翻转命令和垂直翻转命令，得到如图 7.59 所示的效果。重复前面的操作，进行复制、移动位置以及自由变换等操作，效果如图 7.60 所示。

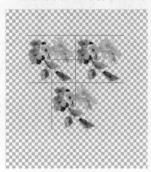
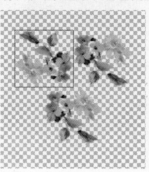
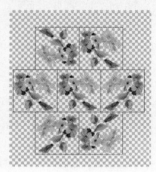

图 7.58　　　　　　　　　　　图 7.59　　　　　　　　　　　图 7.60

④ 在工具箱中选择 【矩形选框工具】，在其工具选项栏中设置【羽化】数值为 0。框选局部图像作为图案，如图 7.61 所示。

⑤ 执行【编辑】|【定义图案】命令，在弹出的如图 7.62 所示的对话框中键入图案的名称。

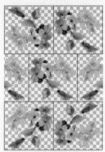

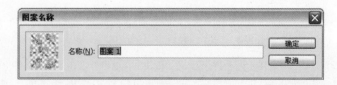

图 7.61　　　　　　　　　　　　　　　　　　　图 7.62

⑥ 单击【确定】按钮退出对话框，即可在以后的操作中在【图案拾色器】面板中选择通过自定义得到的图案了，如图 7.63 所示。

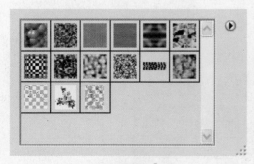

【图案拾色器】面板　　　　　　　　　　　　　　　应用图案后的效果

图 7.63

注 意

图 7.63 右图中填充的图案进行了位置上的适当调整并创建了剪贴蒙版。

提 示

本例定义的图案文件见随书所附光盘（光盘文件路径为"第 7 章\7.5.psd"），本例最终效果文件见随书所附光盘（光盘文件路径为"第 7 章\7.5-应用效果.psd"）。

7.6 填充和描边操作

在 Photoshop 中不但可以为选区进行内部填充或者描边操作，也可以为路径进行内部填充或者描边操作。由于笔者在前面已经对填充及描边路径有所讲解，故在此仅讲解填充与描边选区的操作。

7.6.1 填充

对选区内部填充颜色可以按快捷键填充前景色或者背景色，也可以利用🎨【油漆桶工具】，还可以执行【编辑】|【填充】命令，在弹出的【填充】对话框中进行设置，在此只介绍【填充】对话框。

在图像存在选区的状态下，执行【编辑】|【填充】命令，弹出如图 7.64 所示的【填充】对话框。

➤ 【内容】：在【使用】下拉菜单中可以选择填充的类型，其中包括【颜色...】、【前景色】、【背景色】、【图案】、【历史记录】、【黑色】、【50%灰色】和【白色】等。

➤ 【自定图案】：当选择【图案】选项时，【自定图案】选项被激活，单击右侧的▾按钮，在弹出的

图 7.64

【图案拾色器】面板中选择用来填充的图案。如图 7.65 所示为图案填充的操作示例。

原选区    为选区填充图案后的效果

图 7.65

> ➤ 【混合】：在此选项区中可以设置填充的【模式】、【不透明度】等属性。

7.6.2 描边

对选区进行描边，可以得到沿选区勾边的效果。在存在选区的状态下，执行【编辑】|【描边】命令，弹出如图 7.66 所示的对话框。

> ➤ 【宽度】：在此数值框中键入数值，以设置描边线条的宽度。数值越大，线条越宽。
>
> ➤ 【颜色】：单击色块，在弹出的对话框中为描边线条选择一种合适的颜色。
>
> ➤ 【位置】：此区域中的三个单选按钮可以设置描边线条相对于选区的位置，其中包括【内部】、【居中】和【居外】。如图 7.67 所示分别为单击三个单选按钮后所得到的描边效果。

图 7.66

单击【内部】单选按钮

单击【居中】单选按钮

单击【居外】单选按钮

图 7.67

在【描边】对话框【混合】选项区中的参数与【填充】对话框中的相同，在此不再赘述。如图 7.68 所示为进行描边操作的示例。

原选区

进行描边操作后的效果

图 7.68

7.7 综合示例

7.7.1 叶子

本例主要利用各种矢量绘图类工具来绘制矢量图形。

① 打开随书所附光盘中的文件（光盘文件路径为"第7章\7.7.1-素材1.psd"），效果如图7.69所示，将其作为本例的背景图像。

② 设置前景色的颜色值为#ff009c，选择 ✎【钢笔工具】，在其工具选项栏中单击 ▣【形状图层】按钮，在画布左侧绘制如图7.70所示的形状，得到图层"形状1"。

③ 按住Alt键将图层"形状1"拖动至其下方，得到图层"形状1副本"。双击其图层缩览图，在弹出的对话框中设置颜色值为#fc1028。在工具箱中选择▶【直接选择工具】，选中路径并调整各个锚点的位置，直至得到类似图7.71所示的效果。

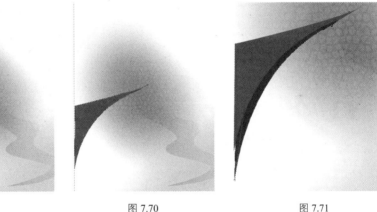

图7.69　　　　　　　　　　图7.70　　　　　　　　　　图7.71

④ 选择图层"背景"，按照步骤2~步骤3的操作方法，结合使用矢量绘图类工具、复制图层以及使用▶【直接选择工具】等操作，制作画布右上方的图像效果，如图7.72所示，同时得到图层"形状2"以及图层"形状2副本"。

⑤ 按Ctrl+Alt+A键选择除图层"背景"以外的所有图层，按Ctrl+G键进行图层编组，得到"组1"，并将其重命名为"背景"，此时的【图层】面板如图7.73所示。

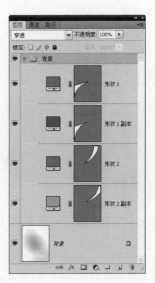

图 7.72　　　　　　　　　　　　　　　　图 7.73

⑥ 选择组"背景"，设置前景色为黑色，选择 【自定形状工具】，在其工具选项栏中单击 【路径】按钮，单击【形状】右侧的 ▼ 按钮，在弹出的【自定形状拾色器】面板中选择【叶子2】，如图 7.74 所示，在画布中绘制如图 7.75 所示的形状，得到图层"形状 3"。

图 7.74　　　　　　　　　　　　　　　　图 7.75

提　示

　　在默认情况下，Photoshop 的【自定形状拾色器】面板中并不包括刚刚使用的形状，可以单击【自定形状拾色器】面板右上角的 ▶ 按钮，在弹出的菜单中选择【全部】命令，然后在弹出的提示对话框中单击【确定】按钮，从而将所有 Photoshop 自带形状载入进来以便以后使用，此时就可以在【自定形状拾色器】面板中找到刚刚所使用的形状了。

⑦ 按 Ctrl+T 键调出自由变换控制框，向内拖动控制手柄以缩小图像并调整图像的角度及位置，按 Enter 键确认操作，得到的效果如图 7.76 所示。

⑧ 复制图层"形状 3",得到图层"形状 3 副本",双击其图层缩览图,在弹出的对话框中,设置颜色值为#fe0274,应用自由变换控制框调整图像的大小、角度及位置,得到的效果如图 7.77 所示,此时的【图层】面板如图 7.78 所示。

图 7.76　　　　　　图 7.77　　　　　　图 7.78

提 示

至此,叶子效果已经制作完成。下面来制作线条效果。

⑨ 选择【钢笔工具】,在其工具选项栏中单击【路径】按钮,在画布右侧绘制如图 7.79 所示的路径。选择组"背景",新建图层,得到"图层 1",设置前景色的颜色值为#ff53bc。

⑩ 选择【画笔工具】,在其工具选项栏中设置画笔为【尖角 2 像素】,【不透明度】为 100%。切换至【路径】面板,单击【用画笔描边路径】按钮,隐藏路径后的效果如图 7.80 所示。

⑪ 选择【钢笔工具】,在其工具选栏中单击【路径】按钮,在画布右侧绘制如图 7.81 所示的路径。选择【画笔工具】,按 F5 键调出【画笔】面板,单击其右上角的按钮,在弹出的菜单中选择【载入画笔】命令,在弹出的对话框中选择随书所附光盘中的文件(光盘文件路径为"第 7 章\7.7.1-素材 2.abr"),单击【载入】按钮退出对话框。

图 7.79　　　　　　图 7.80　　　　　　图 7.81

⑫ 新建图层，得到"图层 2"，设置前景色的颜色值为#ff009a。选择上一步载入的画笔，切换至【路径】面板，单击 ◎【用画笔描边路径】按钮，隐藏路径后的效果如图 7.82 所示。

⑬ 打开随书所附光盘中的文件（光盘文件路径为"第 7 章\7.7.1-素材 3.psd"），使用 ⬚+【移动工具】将其图像拖动至制作文件中，并与当前画布相吻合，效果如图 7.83 所示，同时得到组"其他线条"，此时的【图层】面板如图 7.84 所示。

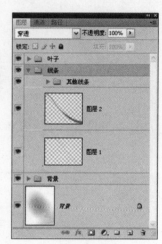

图 7.82   图 7.83   图 7.84

提　示

　　本步笔者是以组的形式给出的素材，读者可以参考本例随书所附光盘最终效果文件进行参数设置（图层名称上有相关的文字信息），展开组即可观看到操作的过程。下面制作其他装饰效果。

⑭ 选择组"叶子"，结合矢量绘图类工具、复制图层以及变换图像等操作，制作其他装饰效果，最终效果如图 7.85 所示，此时的【图层】面板如图 7.86 所示。

图 7.85   图 7.86

提 示

由于本步涉及的图层过多，笔者没有给出详细的【图层】面板，读者可以打开本例随书所附光盘最终效果文件，展开组即可观看到操作的过程。

在绘制第一个形状后，会得到一个对应的形状图层。为了保证后面所绘制的形状都是在该形状图层中进行，在绘制其他形状时，需要在工具选项栏中选择适当的运算模式，如 【添加到形状区域】或者 【从形状区域减去】等。

本例最终效果文件见随书所附光盘（光盘文件路径为 "第 7 章\7.7.1.psd"）。

7.7.2　LOGO

① 按 Ctrl+N 键新建文件，在弹出的对话框中设置参数，如图 7.87 所示。设置前景色的颜色值为#e9e9e9，按 Alt+Delete 键填充图层 "背景"。

② 新建图层，得到 "图层 1"。设置前景色为黑色，选择 【矩形工具】，在其工具选项栏中单击 【填充像素】按钮，在画布中绘制如图 7.88 所示的黑色矩形。

图 7.87

图 7.88

③ 新建图层，得到 "图层 2"。使用 【椭圆选框工具】，按住 Shift 键制作一个比黑色矩形略小一些的正圆形选区，并将其放置在黑色矩形的中心，效果如图 7.89 所示。

④ 设置前景色为白色，设置背景色的颜色值为#2e0146。选择 【渐变工具】，在其工具选项栏中单击 【径向渐变】按钮，设置渐变类型为从前景色至背景色，从选区的右上角至左下角绘制渐变，按 Ctrl+D 键取消选区，得到如图 7.90 所示的效果。

⑤ 新建图层，得到 "图层 3"。按照步骤 3 ~ 步骤 4 的方法，制作一个更大的渐变球体，使用 【移动工具】将其放置在如图 7.91 所示的位置。

⑥ 按住 Ctrl 键单击 "图层 3" 的图层缩览图以调出其选区，执行【选择】|【变换选区】命令以调出自由变换控制框，按住 Shift 键将选区缩小为原来的 80%左右。

⑦ 按 Enter 键确认变换操作，并将该选区放置在如图 7.92 所示的位置，按 Delete 键删除选区中的图像内容，得到如图 7.93 所示的效果。

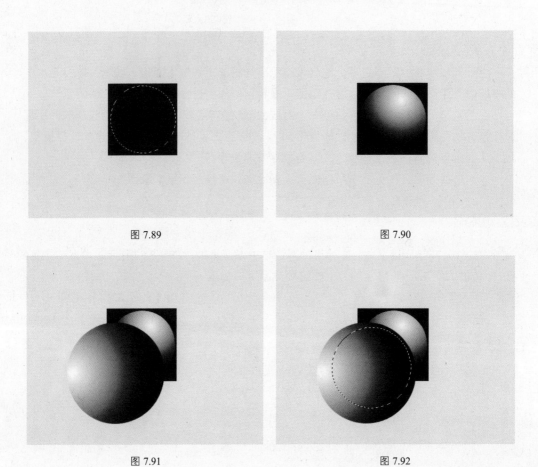

图 7.89   图 7.90

图 7.91   图 7.92

⑧ 使用 ☑【多边形套索工具】制作一个如图 7.94 所示的选区，按 Delete 键删除选区中的图像内容，再按 Ctrl+D 键取消选区，得到如图 7.95 所示的效果。

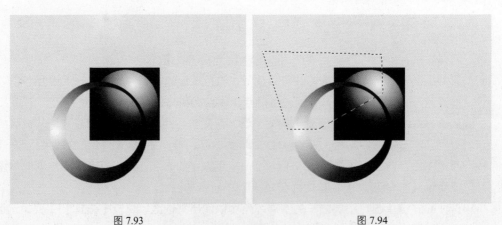

图 7.93   图 7.94

⑨ 按住 Ctrl 键单击"图层 3"的图层缩览图以调出其选区，新建图层，得到"图层 4"，将该图层拖动至"图层 3"的下方，隐藏"图层 3"。

⑩ 选择 ▣【渐变工具】，在其工具选项栏中单击 ▣【径向渐变】按钮，设置渐变类型为

从白色至黑色，从选区的右下角至左下角绘制渐变，再按 Ctrl+D 键取消选区，得到如图 7.96 所示的效果。

图 7.95 图 7.96

⑪ 显示"图层 3"，按住 Shift 键，使用 ▶⊕【移动工具】将"图层 4"中的图像向右侧拖动，并将其放置在如图 7.97 所示的位置。

⑫ 选择 ◢.【橡皮擦工具】，在其工具选项栏中设置适当的画笔大小，将"图层 4"中右半部分的图像内容擦除，直至得到如图 7.98 所示的效果。

图 7.97 图 7.98

⑬ 将"图层 3"和"图层 4"链接起来，按 Ctrl+E 键合并链接图层，将合并后的图层命名为"图层 4"。

⑭ 使用 ▢【矩形选框工具】制作如图 7.99 所示的矩形选区，执行【选择】|【变换选区】命令以调出自由变换控制框，按住 Shift 键将选区顺时针旋转 75°，并将其放置在如图 7.100 所示的位置。

⑮ 按 Enter 键确认变换操作，再按 Delete 键删除选区中的图像内容，然后按 Ctrl+D 键取消选区，得到如图 7.101 所示的效果。

⑯ 按照步骤 14～步骤 15 的方法，制作得到如图 7.102 所示的效果。

图 7.99

图 7.100

图 7.101

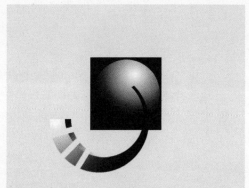

图 7.102

⑰ 复制"图层 4"，得到"图层 4 副本"。执行【编辑】|【变换】|【旋转 90 度（顺时针）】命令，将变换后的图像放置在如图 7.103 所示的位置。按照同样的方法，制作出如图 7.104 所示的效果，此时的【图层】面板如图 7.105 所示。

图 7.103

图 7.104

⑱ 使用 T.【横排文字工具】，在其工具选项栏中设置适当的文字颜色、字体和字号，在画布的底部键入相关的文字，得到如图 7.106 所示的最终效果。

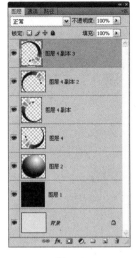

图 7.105

图 7.106

提　示

本例最终效果文件见随书所附光盘（光盘文件路径为"第 7 章\7.7.2.psd"）。

读书笔记

CHAPTER

纠错和修饰、
变换图像

8.1　纠错、修饰和变换 CS4

在许多情况下，人的进步是建立在错误的基础上的，因此犯错并不可怕，可怕的是不知道如何纠正错误，重新回到正确的道路上。本章 8.2 节重点讲解了如何使用工具或者面板来纠正在 Photoshop 中执行的错误操作。

需要注意的是，利用这些命令或者面板来纠正错误仅仅是学习这些知识的第一层次，实际上使用 8.2 节所讲解的【历史记录】面板，还能够获得十分特殊的图像效果；而灵活掌握 8.2.3 节所讲解的 ❂【历史记录艺术画笔工具】，还可以绘制出极具艺术感的图像效果。简单地总结来说，通过学习 8.2 节至少能够完成以下任务。

（1）纠正操作错误。

（2）保存图像文件状态。

（3）生成新的图像文件。

（4）制作特效图像效果。

（5）绘制具有艺术笔触感觉的图像效果。

本章 8.3 节详细讲解了在 Photoshop 中如何利用各种工具对图像进行修饰与处理，从而达到化腐朽为神奇或者锦上添花的目的。

从应用角度来看，在掌握 8.3 节所讲解的技术后，非设计专业人员或者数码照相馆相关工作人员可以使用这些技术处理数码照片；而设计行业专业人员则不仅能够对素材图像进行处理，还能够完成专业的修图工作。如图 8.1 所示为两幅素材图像。如图 8.2 所示为利用 ♨【仿制图章工具】将长颈鹿身上的图案仿制到犀牛身上的效果。

图 8.1

图 8.2

要完成类似图 8.2 所示的具有一定创意含量的修图工作，对设计人员的创意思维与软件应用水平都提出了较高的要求。

对图像进行放大、缩小、旋转等变换操作，是每一个 Photoshop 使用者都会遇到的问题，本章 8.4 节详细讲解了这类操作的步骤与技术要点。

由于变换操作具有通用性，因此在学习了本章所讲解的知识与技能后，至少应该掌握以下操作方法。

（1）变换图像的操作方法。

（2）变换路径的操作方法。

（3）变换选区的操作方法。

8.2　纠正错误与艺术处理

使用电脑进行绘图的优点之一就是电脑能够给操作者"后悔"的机会，即可以纠正错误并删除不满意的效果，然后重新进行绘画或者其他操作。

在 Photoshop 中，除了常用且非常简单的【前进一步】、【后退一步】等命令外，【历史记录】面板和 ✐ 【历史记录画笔工具】是应用最频繁、功能最强大的纠错手段。

8.2.1　了解【历史记录】面板

执行【窗口】|【历史记录】命令，弹出如图 8.3 所示的【历史记录】面板，此面板中展示并记录了操作者对当前图像文件所执行的操作。

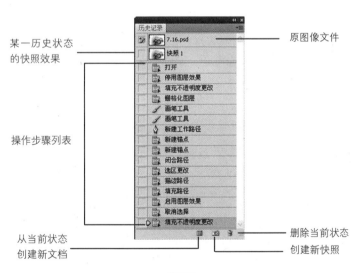

图 8.3

要应用【历史记录】面板，可以参考以下操作指导。

（1）回退至任意操作：要返回至以前所执行的某一步骤操作的状态，直接在【历史记录】面板操作步骤列表区单击该操作步骤，即可使图像的操作状态返回至该历史状态。

（2）创建快照：通过创建快照操作，可以将当前操作的图像的状态（如图层、通道、选区等的状态）保存起来，以便于进行至某一操作状态时，可以通过单击【历史记录】面板的快照栏返回至快照记录的状态，通过单击 📷【创建新快照】按钮，即可快速创建快照。

> **提 示**
>
> 　　可以将当前操作状态下的图像效果保存为快照效果。通过将若干种操作状态保存为多个快照，可以在不同的快照间相互比较，以观察不同操作方法所得到的最终效果的优劣。这一操作方法与使用图层复合功能基本相同。

（3）直接创建复制图像：通过在面板中单击 🖼【从当前状态创建新文档】按钮，可以将当前操作状态下的文件复制为一个新文件，新文件将具有当前操作文件的通道、图层、选区等相关信息。

（4）删除所记录的历史操作：可以将历史状态栏拖动至 🗑【删除当前状态】按钮上，与之相关的图像编辑状态也被删除。

（5）清除历史记录：单击【历史记录】面板右上角的 ▼≣ 按钮，在弹出的菜单中执行【清除历史记录】命令，可以清除【历史记录】面板中除当前选择栏以外的其他所有状态栏，图像将保持编辑后的状态。

（6）修改默认的历史记录步骤数量：在默认情况下，【历史记录】面板只记录最近执行的 20 步操作。如果需要，可以通过修改相关参数以修改要记录的操作步骤的数量，其方法是执行【编辑】|【首选项】|【性能】命令，在弹出的对话框中更改【历史记录状态】数值框中的数值。

8.2.2　使用【历史记录画笔工具】恢复图像内容

　　🖌【历史记录画笔工具】需要结合【历史记录】面板来使用，其主要功能是可以将图像的某一区域恢复至某一历史状态，从而形成特殊效果。

　　由于使用【历史记录】面板将使整幅图像恢复到以前记录的某一个历史记录状态，因此在实际工作中往往需要结合使用能够局部恢复图像的 🖌【历史记录画笔工具】。

　　下面以一个示例讲解如何使用 🖌【历史记录画笔工具】，其操作如下所述。

① 打开随书所附光盘中的文件（光盘文件路径为"第 8 章\8.2.2-素材.tif"），效果如图 8.4 所示。

② 执行【滤镜】|【艺术效果】|【海报边缘】命令，在弹出的对话框中设置参数，如图 8.5 所示，单击【确定】按钮退出对话框，得到如图 8.6 所示的效果。

③ 打开【历史记录】面板，将 🖌【历史记录画笔工具】的源切换为执行【海报边缘】命令前的状态，如图 8.7 所示。

④ 在工具箱中选择 🖌【历史记录画笔工具】，在其工具选项栏中设置适当的参数，如图 8.8 所示。

图 8.4

图 8.5

图 8.6

图 8.7

图 8.8

⑤ 使用 【历史记录画笔工具】在图像的周围进行涂抹，即可将此部分图像的状态恢复
至执行【海报边缘】命令前的状态，得到如图 8.9 所示的效果。

使用【历史记录画笔工具】后的效果

局部放大效果

图 8.9

8.2.3 使用【历史记录艺术画笔工具】制作艺术效果^精

【历史记录艺术画笔工具】与【历史记录画笔工具】的功能基本相同，区别在于此工具更具有创造性。使用此工具进行操作时，能够绘制出极具艺术感且令人意想不到的效果。此工具的使用重点在于不断调节参数的设置及画笔的样式，其工具选项栏如图 8.10 所示。

图 8.10

下面讲解工具选项栏中较为重要的参数。

- 【样式】：在此下拉菜单中可以选择一种艺术笔触。
- 【区域】：用于设置【历史记录艺术画笔工具】绘制时所覆盖的像素范围。
- 【容差】：用于设置【历史记录艺术画笔工具】绘制时的间隔空间。

下面以一个示例来讲解此工具的使用方法。

① 打开随书所附光盘中的文件（光盘文件路径为"第 8 章\8.2.3-素材.tif"），效果如图 8.11所示。设置前景色为白色，按 Alt+Delete 键用前景色进行填充。

② 执行【窗口】|【历史记录】命令，弹出【历史记录】面板，在【打开】栏前面的方框中单击以定义源状态，如图 8.12 所示。

素材图像　　　　　局部放大效果

图 8.11　　　　　　　　　　　　　　　　　　　　　图 8.12

③ 选择【历史记录艺术画笔工具】，设置其工具选项栏中的参数，如图 8.13 所示。使用此工具在白色区域中快速拖动，得到如图 8.14 所示的效果。

图 8.13

纠错和修饰、变换图像

第8章

第9章

第10章

第11章

第12章

第13章

第14章

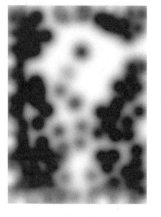 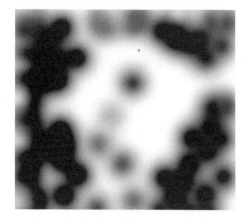

涂抹后的效果 　　　　　　　　　　　局部放大效果

图 8.14

④ 设置 【历史记录艺术画笔工具】的工具选项栏参数，如图 8.15 所示。使用此工具在白色区域中涂抹，可以得到如图 8.16 所示的效果。

图 8.15

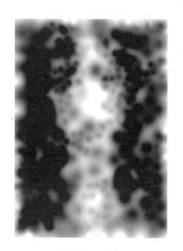 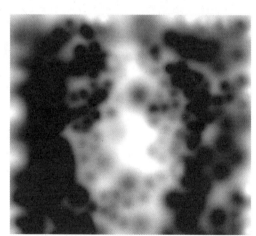

再次涂抹后的效果 　　　　　　　　　　局部放大效果

图 8.16

⑤ 再次改变 【历史记录艺术画笔工具】工具选项栏中的参数，如图 8.17 所示。使用此工具在画布中的人像部分进行涂抹，得到如图 8.18 所示的效果。图 8.19 展示了笔者使用不同画笔样式进行绘画时所得到的效果。

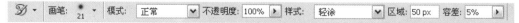

图 8.17

最终效果　　　　　　　　　　　　局部放大效果

图 8.18

图 8.19

提　示

本例最终效果文件见随书所附光盘（光盘文件路径为"第 8 章\8.2.3.psd"）。

8.3　修饰与仿制图像

　　修饰图像可以弥补画面中细小然而有可能致命的缺憾。此操作常用在两种情况下，第一种为通过修饰图像改变图像的局部细节或者修补图像的不足之处；第二种为在绘图后对图像进行修饰，从而使绘图时被忽略的细节得到纠正。常用的修饰图像工具包括图章工具组和修复工具组，下面分别进行讲解。

8.3.1　图章工具组

　　图章工具组中的工具能够仿制源图像的一部分至同一个图像文件的其他区域或者另一个图像文件中。由于图章工具组中的工具在工作时可以使用画笔的笔尖，因此借助于画笔丰富的笔尖效果及灵活的可编辑性，能够在修饰图像时做到完美且不露痕迹。图章工具组包括两个工具，即 ![仿制图章工具图标]【仿制图章工具】与 ![图案图章工具图标]【图案图章工具】。

1. 仿制图章工具

![仿制图章工具图标]【仿制图章工具】的工具选项栏如图 8.20 所示。由于其他参数均已有所讲解，在此仅讲解【对齐】、【样本】这两个参数。

图 8.20

> 【对齐】：在此选项被选择的状态下，取样区域仅应用一次，每一次使用 ![仿制图章工具图标]【仿制图章工具】进行操作时，都从上次结束操作时的位置开始；反之，如果未选择此选项，则每次停止操作后如果再次进行仿制，会从初始参考点位置开始应用取样区域，在操作过程中参考点与操作点间的位置与角度关系处于变化之中。

> 【样本】：在此下拉菜单中可以选择样本取样的图层。

在此以修复一张照片为例，讲解如何使用 ![仿制图章工具图标]【仿制图章工具】，其操作如下所述。

① 打开随书所附光盘中的文件（光盘文件路径为"第 8 章\8.3.1-1-素材.tif"），效果如图 8.21 所示。可以看出，照片中的屋顶上有一些线条，下面将线条去除。

素材文件　　　　　　　　　　　　　　　局部放大效果

图 8.21

② 选择 ![仿制图章工具图标]【仿制图章工具】，在其工具选项栏中选择合适的画笔笔尖，设置【模式】、【不透明度】等参数，选择【对齐】选项。

③ 按住 Alt 键（此时鼠标指针显示为 ⊕ 形）用鼠标单击照片中与需要修复的区域比较相近的区域，以此区域作为样本进行取样并以取样区域修复需要修复的区域，如图 8.22 所示。

④ 释放 Alt 键，将鼠标指针移动到需要去除的线条上，如图 8.23 所示，单击鼠标左键，得到的效果如图 8.24 所示。

图 8.22

图 8.23

图 8.24

⑤ 不断在需要修复的区域中拖动单击，最后得到的图像效果如图 8.25 所示，其局部放大效果如图 8.26 所示。

图 8.25

图 8.26

提　示

本例最终效果文件见随书所附光盘（光盘文件路径为"第 8 章\8.3.1-1.psd"）。

纠错和修饰、变换图像

第 8 章
第 9 章
第 10 章
第 11 章
第 12 章
第 13 章
第 14 章

通过上面的示例不难看出，【仿制图章工具】的工作原理实际上就是对图像进行仿制。如图 8.27 所示为原图像。如图 8.28 所示为以雪地右侧的熊为样本，使用此工具仿制出另外两只熊后得到的效果。

图 8.27   图 8.28

2. 图案图章工具

在操作方法与效果方面，【图案图章工具】与【仿制图章工具】基本相同。与【仿制图章工具】不同的是，【图案图章工具】使用一个自定义或者预设的图案覆盖操作区域。

【图案图章工具】的工具选项栏如图 8.29 所示，其中的参数不再赘述。

图 8.29

8.3.2 修复工具组

在修复工具组中共有四种修复工具。使用这些工具，可以轻松去除照片上的污点、小斑痕等不容易修复的不足之处。

1. 污点修复画笔工具

【污点修复画笔工具】用于去除照片中的杂色或者污斑。此工具与下面将要讲解到的【修复画笔工具】非常相似，两种工具唯一的不同之处在于其使用方法。

使用此工具时不需要进行取样操作，这是由于 Photoshop 能够自动分析操作区域中图像的不透明度、颜色与质感等，从而进行自动取样，最终完美地去除杂色或者污斑。

使用此工具时，只需要在图像中有需要的位置单击即可去除单击位置处的杂色或者污斑。如图 8.30 所示为使用【污点修复画笔工具】直接在照片中的污点上单击前后的对比效果。

如图 8.31 所示为一张面部有多处雀斑的人像照片。如图 8.32 所示是使用此工具进行修复后的效果。可以看出，人像面部大为改观。

> **提 示**
>
> 限于本书的印刷方式，此处修复前后的对比效果可能并不明显，读者可以打开随书所附光盘中该示例的素材及效果文件进行对比，以便了解修复前后的差异。

修复前

修复后

图 8.30

图 8.31

图 8.32

2. 修复画笔工具

【修复画笔工具】也用于修复图像中的瑕疵。【污点修复画笔工具】更适合于修复较小区域的图像瑕疵，而【修复画笔工具】由于具有取样功能，因此适用性相对强一些。要学习使用【修复画笔工具】，可以参考下面的示例。

① 打开随书所附光盘中的文件（光盘文件路径为"第 8 章\8.3.2-2-素材.psd"），效果如图 8.33 所示。在下面的步骤中要将女孩脸上的青春痘去除。

素材图像

局部放大效果

图 8.33

② 在工具箱中选择 ✐【修复画笔工具】，在其工具选项栏中进行如图 8.34 所示的设置。

图 8.34

③ 按住 Alt 键，在女孩脸部没有青春痘但与有青春痘的区域具有基本相同的亮度与质感的皮肤区域进行取样，如图 8.35 所示。释放 Alt 键，使用此工具在有青春痘的区域中进行涂抹，效果如图 8.36 所示。

图 8.35

图 8.36

注 意

在使用 ✐【修复画笔工具】时，十字光标所处位置为取样点，小圆圈光标所处位置为当前涂抹的区域。在涂抹时要一次性把一个青春痘涂抹完，否则会留下晕影。

④ 继续在脸部皮肤肌理较好的区域按住 Alt 键进行取样，然后去除青春痘，即可得到如图 8.37 所示的最终效果。

整体修复后的效果

局部放大效果

图 8.37

第 9 章

第 10 章

第 11 章

第 12 章

第 13 章

第 14 章

> **提 示**
>
> 本例最终效果文件见随书所附光盘（光盘文件路径为"第 8 章\8.3.2-2.psd"）。

3. 修补工具

【修补工具】的操作方法与 【修复画笔工具】不同，此工具适用于修复较大区域或者难度较高的图像瑕疵。在此以一个示例来讲解如何使用此工具，其具体操作方法如下所述。

① 打开随书所附光盘中的文件（光盘文件路径为"第 8 章\8.3.2-3-1-素材.tif"），效果如图 8.38 所示，在此需要去除照片中男子手臂上的纹身。选择 【修补工具】，在其工具选项栏中进行如图 8.39 所示的设置。

素材图像   局部放大效果

图 8.38

图 8.39

② 使用此工具选择手臂部分的纹身区域，其使用方法与 【套索工具】类似，如图 8.40 所示。

③ 将 【修补工具】放置在选区内，拖动鼠标至如图 8.41 所示的没有纹身图案或者其他皮肤质感较好的位置，释放鼠标左键，即可得到如图 8.42 所示的效果。

选择手臂部分的纹身   局部放大效果   移动中的选区   局部放大效果

图 8.40   图 8.41

④ 按 Ctrl+D 键取消选区，按照步骤 1～步骤 3 的操作，制作出如图 8.43 所示的最终效果。

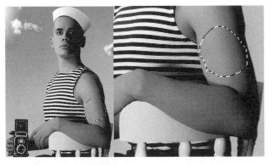

操作效果　　　　　　局部放大效果　　　　取消选区后的最终效果　　　局部放大效果

图 8.42　　　　　　　　　　　　　　　　　图 8.43

提　示

本例最终效果文件见随书所附光盘（光盘文件路径为"第 8 章\8.3.2-3-1.psd"）。

通过上面的示例可以看出，使用 【修补工具】可以轻松处理图像中面积较大的需要修复的区域。图 8.44 展示了一个比较夸张的修复操作示例，通过将左图中的人物选中，按上面所讲解的同样方法进行操作后，得到了右图所示的效果，两图区别之大非常明显。

修复前　　　　　　　　　　　　　　　修复后

图 8.44

在使用【修补工具】进行操作时，也可以综合使用其他选择类工具制作一个较为精确的选区，然后选择此工具拖动选区至无瑕疵的区域，用以进行修复操作。

4．红眼工具

利用【红眼工具】可以去除照片上人物的红眼。选择【红眼工具】后，其工具选项栏如图 8.45 所示。

瞳孔大小：50% ▶ 变暗量：50% ▶

图 8.45

下面用一个小示例来讲解其具体操作方法。

① 打开随书所附光盘中的文件（光盘文件路径为"第 8 章\8.3.2-4-素材.tif"），效果如图 8.46 所示。选择 🔴【红眼工具】，在其工具选项栏中设置【瞳孔大小】、【变暗量】等参数，也可以采用默认的设置。

② 在人物眼睛的位置处拖动鼠标制作一个类似矩形选区的选框以将眼睛框选，释放鼠标左键后，即可得到如图 8.47 所示的没有红眼的效果。

图 8.46

图 8.47

提　示

本例最终效果文件见随书所附光盘（光盘文件路径为"第 8 章\8.3.2-4.psd"）。

提　示

限于本书的印刷方式，此处去除红眼前后的对比效果可能并不明显，读者可以打开随书所附盘中该示例的素材及最终效果文件进行对比，以便了解操作前后的差异。

8.3.3　【仿制源】面板 精 CS4

1. 认识仿制源

在 Photoshop CS3 版本出现之前，尽管可以使用图章工具组进行仿制，但无法实现定义多个仿制源点的愿望。另外，也无法自由地对仿制出的图形的大小、旋转角度等进行改变。自 CS3 版本以来，不仅能够设置多个仿制源点以进行仿制，还能够在仿制时旋转、缩放被仿制的对象，从而为仿制工作增添了更多的灵活性。

执行【窗口】|【仿制源】命令，弹出如图 8.48 所示的【仿制源】面板。

下面分别讲解【仿制源】面板中用于定义仿制效果的若干参数的意义。

➤ 【显示叠加】：选择此选项，可以在仿制操作中显示预览效果，从而避免错误操作。

➤ 【不透明度】：此参数用于制作叠加预览图像的不透明度显示效果。数值越大，显示效果越清晰。

➤ 【自动隐藏】：此选项被选中的情况下，在点按鼠标左键进行仿制操作时，叠加预览图像将暂时处于隐藏状态，不再显示。

➢ 　正常　▽ ：在此下拉菜单中可以显示叠加预览图像与原始图像的叠加模式。如图 8.49 所示为【模式】下拉菜单，各位读者可以尝试选择不同的模式。

➢ 【反相】：此选项被选中的情况下，叠加预览图像呈反相显示状态。

图 8.48

图 8.49

➢ 　↻　【复位变换】：单击此按钮，可以将【W】、【H】及 ◿ 数值框中的数值重新设置为 0。

➢ 【已剪切】：此选项及【显示叠加】选项被选中的情况下，Photoshop 将操作中的预览区域的大小剪切为画笔大小。如图 8.50 所示为未选中此选项时的状态。如图 8.51 所示为选中此选项时的状态。

图 8.50

图 8.51

2. 【仿制源】面板应用示例

下面通过一个示例使大家了解【仿制源】面板的使用方法及其在实际工作中的应用。

①　打开随书所附光盘中的文件（光盘文件路径为"第 8 章\8.3.3-素材 1.psd"），效果如图 8.52 所示。在工具箱中选择 ▲ 【仿制图章工具】，将 ▲ 【仿制图章工具】移动到画布中花朵上如图 8.53 所示的位置，按住 Alt 键单击鼠标左键，以创建一个仿制源点。

图 8.52

图 8.53

> **注　意**
>
> 　　在使用仿制源时要注意 ♣【仿制图章工具】画笔笔尖的大小，这样有助于更好地制作效果。如图 8.54 所示为本例操作时使用的 ♣【仿制图章工具】工具选项栏参数设置。其中，在工具选项栏中选择了【对齐】选项，这样在定义仿制源后设置变换属性时【仿制源】面板中【X】和【Y】值相对于鼠标当前位置定义参照点；如果不选择此选项，则【仿制源】面板中【X】和【Y】值将相对于整个画布的位置进行定义。

图 8.54

② 设置【仿制源】面板的参数（主要设置【W】、【H】及 △ 等参数），如图 8.55 所示。此时在图像中鼠标指针处能够预览到定义第一个仿制源所得到的状态，如图 8.56 所示。使用 ♣【仿制图章工具】在花朵上涂抹以将其仿制，得到如图 8.57 所示的效果。

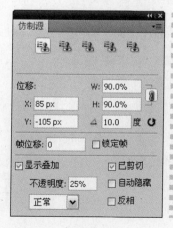

图 8.55

图 8.56

图 8.57

提 示

步骤 2 中调整【仿制源】参数的意义在于，【X】和【Y】值设置的是仿制图像移动的位置，可以让仿制出的图像在定义源点的右上方；【W】和【H】值设置的是图像的缩放比例，可以缩小仿制出的图像；"10"是角度设置，目的是想让仿制出的图像旋转 10°；最下方的【显示叠加】选项是为了设置参数后可以预览生成的效果。此时可以看出，叠加预览图像与被仿制的图像不仅呈现一定的夹角，而且还成比例地被缩小。

③ 按此方法操作多次，得到如图 8.58 所示的效果，可以根据需要对【仿制源】面板的参数进行适当调整，用以得到心型的效果。单击【仿制源】面板中未使用的仿制源图标，设置参数如图 8.59 所示。同样使用 ⏹【仿制图章工具】进行涂抹，得到如图 8.60 所示的效果。

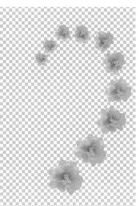

图 8.58　　　　　　　　　　图 8.59　　　　　　　　　　图 8.60

④ 使用同样的方法进行仿制操作，全部完成后得到的效果如图 8.61 所示。打开随书所附光盘中的文件（光盘文件路径为"第 8 章\8.3.3-素材 2.psd"），效果如图 8.62 所示。

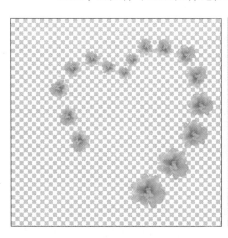

图 8.61　　　　　　　　　　　　　　　　图 8.62

⑤ 将前面使用【仿制源】面板所得到的心型花朵拖动到素材图像中，添加【外发光】等
图层样式，使用 ✎ 【画笔工具】进行适当修饰，得到如图 8.63 所示的最终效果。

图 8.63

提 示

本例最终效果文件见随书所附光盘（光盘文件路径为 "第 8 章\8.3.3.psd"）。

8.4 变换图像

Photoshop 的【变换】命令是最常用到的基本命令之一。它可以对图像整体或者局部进行变
换调整，如缩放、倾斜、旋转、翻转或者扭曲等。

使用【变换】命令变换图像，可以按下述步骤操作。

① 打开随书所附光盘中的文件（光盘文件路径为 "第 8 章\8.4.3-素材.psd"），使用任何一
种选择类工具选择需要进行变换的图像。

② 在【编辑】|【变换】子菜单命令中选择需要使用的变换命令，此时被选择图像的四周
出现变换控制框，其中包括八个控制手柄以及一个控制中心点，如图 8.64 所示。

③ 拖动八个控制手柄中的任意一个，即可对图像进行变换操作。

④ 得到需要的效果后，在变换控制框中双击鼠标左键以确定变换效果；如果要取消变换
操作，则按 Esc 键直接退出。

⑤ 在操作中可以移动控制中心点，以改变变换控制基准点。

⑥ 得到需要的效果后释放鼠标，双击变换控制框以确认变换操作。

● 纠错和修饰、变换图像 ● 第 8 章

第 9 章

第 10 章

第 11 章

第 12 章

第 13 章

第 14 章

图 8.64

8.4.1 缩放图像

要缩放图像，可以在调出变换控制框后按照如下所述进行操作。

（1）将鼠标指针放置在变换控制框中的控制手柄上，当鼠标指针变为↔、↕、⤢形状时拖动鼠标，即可改变图像的大小。

（2）拖动左侧或者右侧的控制手柄，可以在水平方向上改变图像的大小。

（3）拖动上方或者下方的控制手柄，可以在垂直方向上改变图像的大小。

（4）拖动角部控制手柄，可以同时在水平或者垂直方向上改变图像的大小。

如图 8.65 所示为水平缩放图像的操作示例。

水平缩小　　　　　　　　　　　　　　　　　　　水平放大

图 8.65

8.4.2 旋转图像

要旋转图像，可以在调出变换控制框后按照如下所述进行操作。

（1）将鼠标指针移动至变换控制框附近，当鼠标指针变为↻形状时拖动鼠标，即可以控制中心点为基准旋转图像。

（2）如果要将图像旋转 180°，可以执行【编辑】|【变换】|【旋转 180 度】命令。

（3）如果要将图像顺时针旋转 90°，可以执行【编辑】|【变换】|【旋转 90 度（顺时针）】命令。

（4）如果要将图像逆时针旋转 90°，可以执行【编辑】|【变换】|【旋转 90 度（逆时针）】命令。

（5）如果需要按 15° 的增量旋转图像，可以在拖动鼠标的同时按住 Shift 键，得到需要的效果后双击变换控制框即可。

如图 8.66 所示为旋转图像的操作示例（笔者将控制中心点拖动至变换控制框的右下角处）。

旋转前   旋转后

图 8.66

8.4.3　斜切图像

要斜切图像，可以在调出变换控制框后，在变换控制框内单击鼠标右键，在弹出的菜单中执行【斜切】命令。将鼠标指针拖动至变换控制框附近，当鼠标指针变为 ▸⁺、 ▸⁺ 形状时拖动鼠标，即可使图像在鼠标指针移动的方向上发生斜切变形。

如图 8.67 所示为斜切图像的操作示例。

斜切前   斜切后

图 8.67

8.4.4 翻转图像

翻转图像包括水平翻转和垂直翻转两种，操作如下所述。

（1）如果要水平翻转图像，可以执行【编辑】|【变换】|【水平翻转】命令。

（2）如果要垂直翻转图像，可以执行【编辑】|【变换】|【垂直翻转】命令。

如图 8.68 所示为水平翻转和垂直翻转图像的操作示例。

  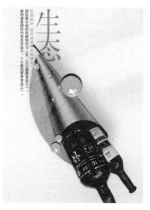

原图像　　　　　　　　　　水平翻转　　　　　　　　　　垂直翻转

图 8.68

8.4.5 扭曲图像

扭曲图像是应用非常频繁的一类变换操作。通过此类变换操作，可以使图像在任何一个控制手柄处发生变形，其操作方法如下所述。

① 打开随书所附光盘中的文件（光盘文件路径为"第 8 章\8.4.5-素材 1.tif、8.4.5-素材 2.tif"），效果如图 8.69 所示。下面通过扭曲变换操作将左图中的素材图像贴入右图中的显示器屏幕中。

② 执行【编辑】|【变换】|【扭曲】命令，将鼠标指针拖动至变换控制框附近或者控制手柄上，当鼠标指针变为 ▶ 形状时拖动鼠标，即可使图像发生拉斜变形。

③ 得到需要的效果后释放鼠标，双击变换控制框以确认扭曲操作。

图 8.69

　　如图 8.70 所示为对处于选择中的图像执行扭曲操作的状态。如图 8.71 所示为确认变换操作后的效果（左图）以及对其他显示器屏幕进行图片替换后的效果（右图）。

图 8.70　　　　　　　　　　　　　　　　　图 8.71

8.4.6　透视图像

通过对图像执行透视变换操作，可以使图像获得透视效果，其操作方法如下所述。

(1) 打开随书所附光盘中的文件（光盘文件路径为"第 8 章\8.4.6-素材.psd"），效果如图 8.72 所示。执行【编辑】|【变换】|【透视】命令，调出变换控制框。

(2) 将鼠标指针拖动至控制手柄上，当鼠标指针变为 ▶ 形状时拖动鼠标，即可使图像发生透视变形。如图 8.73 所示为变换文字时的状态。

(3) 得到需要的效果后释放鼠标，然后在变换控制框内双击鼠标或者按 Enter 键确认操作。如图 8.74 所示为确认变换操作后，再添加其他元素所得到的最终效果。

图 8.72　　　　　　　　　图 8.73　　　　　　　　　图 8.74

> **提　示**
>
> 本例最终效果文件见随书所附光盘（光盘文件路径为"第 8 章\8.4.6.psd"）。

8.4.7　精确变换

　　通过以上所述的各种变换操作，可以对图像进行粗放型变换，但如果要对图像进行精确变换，则需要使用变换工具选项栏中的参数。

要对图像进行精确变换操作，可以按下述步骤进行操作。

① 选择要进行精确变换的图像，按 Ctrl+T 键调出变换控制框。

② 在工具选项栏中设置如图 8.75 所示的参数。

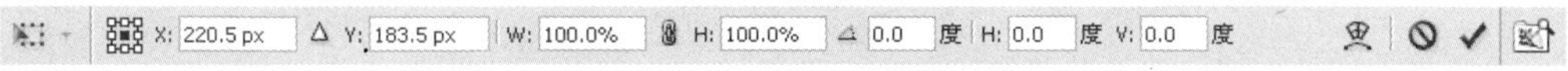

图 8.75

工具选项栏各参数释义如下。

➤ ▦：在使用工具选项栏参数对图像进行精确变换操作时，可以使用 ▦ 确定操作参考点的位置。例如，要以图像的左上角点为参考点，单击 ▦ 使其显示为▦即可。

➤ 【X】、【Y】：如果要精确定位图像的绝对位置，直接键入数值即可；如果要使键入的数值为相对于原图像所在位置移动的一个增量，单击 △ 按钮，使其处于被按下的状态。

➤ 【W】、【H】：要精确改变图像的宽度与高度，可以在【W】、【H】数值框中分别键入数值。如果要保持图像的宽高比，单击 ⑧ 按钮，使其处于被按下的状态。

➤ ⊿：要精确改变图像的角度，需要在 ⊿ 数值框中键入数值。

➤ 【H】、【V】：要改变图像水平及垂直方向上的斜切变形，可以在【H】、【V】数值框中分别键入数值。

在工具选项栏中完成参数设置后，可以单击 ✓ 按钮进行确认；如果要取消操作，可以单击 ◎ 按钮。

8.4.8 再次变换

如果已经进行过一次变换操作，可以执行【编辑】|【变换】|【再次变换】命令，以相同的参数值再次对当前图像进行变换操作。例如，如果上一次变换操作为将图像旋转 90°，选择此命令则可以对任意图像完成旋转 90° 的操作。

如果在选择此命令的时候按住 Alt 键，则可以在对被操作图像变换的同时进行复制。如果要制作多个副本连续变换的效果，此操作非常有效，下面通过一个示例讲解此操作。

① 打开随书所附光盘中的文件（光盘文件路径为"第 8 章\8.4.8-素材.psd"），效果如图 8.76 所示，此时的【图层】面板如图 8.77 所示。

图 8.76

图 8.77

② 按 Ctrl+R 键显示标尺，分别在水平和垂直方向上添加一条参考线，使其相交于酒瓶的底部（此参考线的交点将作为下面进行变换操作时的中心点），如图 8.78 所示，再次

按 Ctrl+R 键以隐藏标尺。

③ 按 Ctrl+Alt+T 键调出自由变换并复制控制框，将控制中心点拖动至参考线的交点处，如图 8.79 中黑色圆圈所示。

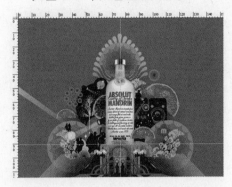

图 8.78

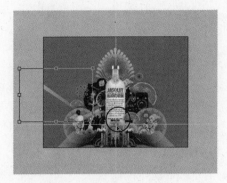

图 8.79

④ 将变换控制框旋转 10° 左右，如图 8.80 所示，按 Enter 键确认变换操作。

⑤ 连续按 Ctrl+Alt+Shift+T 键，执行连续变换并复制操作多次，直至得到类似图 8.81 所示的效果。

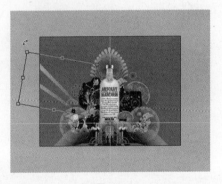

图 8.80

图 8.81

如图 8.82 所示为在前面制作效果的基础上，将得到的多个图层进行合并并添加图层蒙版以隐藏部分放射线后得到的最终效果。

图 8.82

● 纠错和修饰、变换图像 ●

第 8 章

第 9 章

第 10 章

第 11 章

第 12 章

第 13 章

第 14 章

提 示

本例最终效果文件见随书所附光盘（光盘文件路径为 "第 8 章\8.4.8.psd"）。

8.4.9 变形图像

使用【变形】命令，可以对图像进行更为灵活、细致的变形操作，如制作页面折角及翻转胶片等效果。

执行【编辑】|【变换】|【变形】命令即可调出变形网格，同时工具选项栏变为如图 8.83 所示的状态。

图 8.83

调出变形网格后，可以采用以下两种方法对图像进行变形操作。

（1）直接在图像内部、锚点或者控制手柄上进行拖动，直至将图像变形为所需的效果。

（2）在工具选项栏中的【变形】下拉菜单中选择适当的选项，如图 8.84 所示。

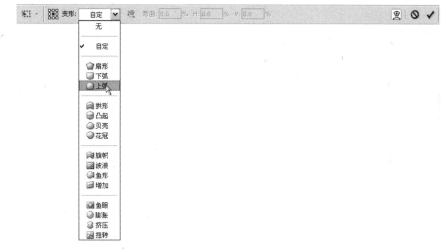

图 8.84

变形工具选项栏中的各参数释义如下。

➢ 【变形】：在该下拉菜单中可以选择 15 种预设的变形选项。如果选择【自定】选项，可以对图像进行任意变形操作。

注 意

在选择了预设的变形选项后，则无法再随意对变形网格进行编辑，只有在【变形】下拉菜单中选择【自定】选项后才可以继续编辑。

➤ 【更改变形方向】按钮：单击此按钮，可以改变图像变形的方向。

➤ 【弯曲】：在此键入正值或者负值，可以调整图像的扭曲程度。

➤ 【H】、【V】：在此键入数值，可以控制图像扭曲时在水平和垂直方向上的比例。

下面以一个示例来讲解变形网格的使用方法。

① 打开随书所附光盘中的文件（光盘文件路径为"第 8 章\8.4.9-素材.psd"），效果如图 8.85 所示，与之对应的【图层】面板如图 8.86 所示。本例将通过对酒瓶的上、下部分分别进行变形，使其具有明显的曲线效果。

② 在默认情况下，选择"图层 1"（即上半部分酒瓶图像），对其中的图像进行变形编辑。执行【编辑】|【变换】|【变形】命令，调出如图 8.87 所示的变形网格。

图 8.85

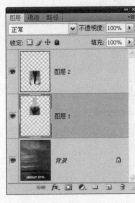
图 8.86

图 8.87

③ 编辑变形网格的底部，向左侧拖动右下角垂直方向上的控制手柄，将其拖动至如图 8.88 所示的状态。

④ 按照上一步的方法继续拖动各个控制手柄，直至将其变形为如图 8.89 所示的状态，按 Enter 键确认变换操作。

图 8.88

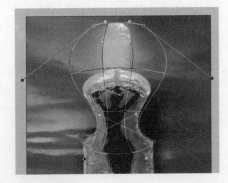
图 8.89

⑤ 在【图层】面板中选择"图层 2"，按照同样的方法，继续对酒瓶的下半部分进行变形，直至得到类似图 8.90 所示的效果，按 Enter 键确认变换操作，如图 8.91 所示为此时图像的整体效果。

⑥ 结合图像调整功能对图像整体进行处理后，得到如图 8.92 所示的效果。

图 8.90   图 8.91   图 8.92

提 示

本例最终效果文件见随书所附光盘（光盘文件路径为"第 8 章\8.4.9.psd"）。

8.4.10　使用内容识别比例进行变换 精 CS4

内容识别比例是 Photoshop CS4 的新增功能。使用此功能对图像进行缩放处理，可以在不更改图像中重要可视内容（如人物、建筑、动物等）的情况下调整图像的大小。

如图 8.93 所示为素材图像。如图 8.94 所示为使用常规变换操作的效果。如图 8.95 所示为使用内容识别比例对图像进行垂直放大操作后的效果。可以看出，原图像中的人像基本没有受到影响。

图 8.93   图 8.94   图 8.95

提 示

此功能不适用于处理调整图层、图层蒙版、通道、智能对象、3D 图层、视频图层、图层组等，或者同时处理多个图层。

此功能的使用方法如下所述。

① 选择要缩放的图像后，执行【编辑】|【内容识别比例】命令。

② 在如图 8.96 所示的工具选项栏中设置相关参数。

图 8.96

➢ 【数量】：可以指定内容识别缩放与常规缩放的比例。

➢ 【保护】：如果要使用 Alpha 通道保护特定区域，可以在此选择相应的 Alpha 通道。

➢ 🕴【保护肤色】按钮：如果试图保留含肤色的区域，可以单击选中此按钮。

③ 拖动图像周围的变换控制框，即可得到需要的变换效果。

8.5 综合示例——打造经典美女

照片中人物脸上的斑点及眼中的红血丝等会令原本可爱的面容多了些许瑕疵，使美貌大打折扣。下面讲解使用 🖊️【污点修复画笔工具】、🖊️【修复画笔工具】以及 🔖【仿制图章工具】等修复瑕疵的方法。

① 打开随书所附光盘中的文件（光盘文件路径为"第 8 章\8.5-素材.psd"），效果如图 8.97 所示，局部放大后的效果如图 8.98 所示。

图 8.97 　　　　　　　　　　　　　　　　图 8.98

② 在工具箱中选择 🖊️【污点修复画笔工具】，设置其工具选项栏参数，如图 8.99 所示。将鼠标指针放置在人物脸上有斑点的区域，如图 8.100 所示，单击鼠标左键后的效果如图 8.101 所示。

③ 按照上一步的操作方法，使用 🖊️【污点修复画笔工具】修除人物脸部其他区域的斑点，直至得到如图 8.102 所示的效果。

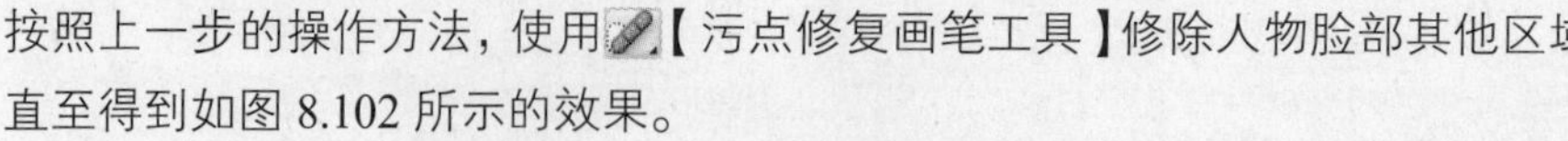

图 8.99

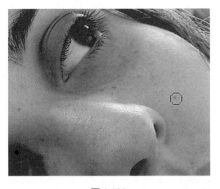

图 8.100

图 8.101

图 8.102

提 示

下面应用 ✐ 【修复画笔工具】去除人物眼中的血丝。

---

④ 选择 ✐ 【修复画笔工具】，设置其工具选项栏参数，如图 8.103 所示。按住 Alt 键，将鼠标指针放置在人物眼睛中白色无血丝的区域单击以定义源点，如图 8.104 所示。释放 Alt 键，然后在人物眼睛有血丝的区域进行涂抹，直至得到如图 8.105 所示的效果。

图 8.103

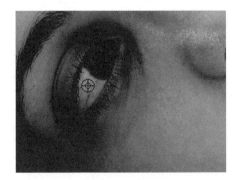

图 8.104

图 8.105

⑤ 按照上一步的操作方法，使用 【修复画笔工具】将另外一只眼睛中的血丝修除，得到如图 8.106 所示的效果，此时图像的整体效果如图 8.107 所示。

图 8.106   图 8.107

提 示

下面利用 【仿制图章工具】将人物额前、脸部、下颌以及手腕处的乱发修除。首先对脸部的乱发进行处理。

⑥ 在工具箱中选择 【仿制图章工具】，设置其工具选项栏参数，如图 8.108 所示。按 Alt 键，将鼠标指针放置在脸部无乱发的区域单击以定义源点，如图 8.109 所示。释放 Alt 键，将鼠标指针放置在有乱发的区域，如图 8.110 所示，单击后的效果如图 8.111 所示。

图 8.108

图 8.109   图 8.110

提 示

本步在定义源点的时候，最好在要修复的乱发区域附近进行取样，这样修复后的效果显得更自然。

⑦ 按照上一步的操作方法，利用 ▲【仿制图章工具】，将其他区域的乱发修除，直至得到类似图 8.112 所示的效果。

图 8.111　　　　　　　　　　　　　　　　　图 8.112

提　示

　　人物眼部下方的黑眼圈非常明显，下面利用 ▲【仿制图章工具】将黑眼圈修除。

⑧ 选择 ▲【仿制图章工具】，在其工具选项栏中设置适当的画笔大小及【不透明度】数值，按照步骤 6 的操作方法，使用 ▲【仿制图章工具】淡化黑眼圈，得到如图 8.113 所示的效果，修复前后的局部对比效果如图 8.114 所示。

 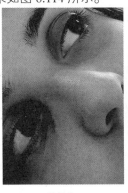 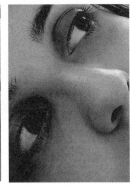

　　　　　　　　　　　　　　　　　　　　　　修复前　　　　　　　　修复后

图 8.113　　　　　　　　　　　　　　　　图 8.114

提　示

　　至此，对脸部的细节处理已基本完成，但脸部的皮肤显得不是很光滑，下面结合【减少杂色】命令及图层蒙版来处理这个问题。

⑨ 将图层"背景"拖动至【图层】面板底部的 ▣【创建新图层】按钮上，得到图层"背景 副本"。执行【滤镜】|【杂色】|【减少杂色】命令，在弹出的对话框中设置参数，如图 8.115~图 8.118 所示，单击【确定】按钮退出对话框，得到如图 8.119 所示的效果。

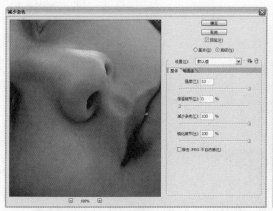

设置【整体】参数

图 8.115

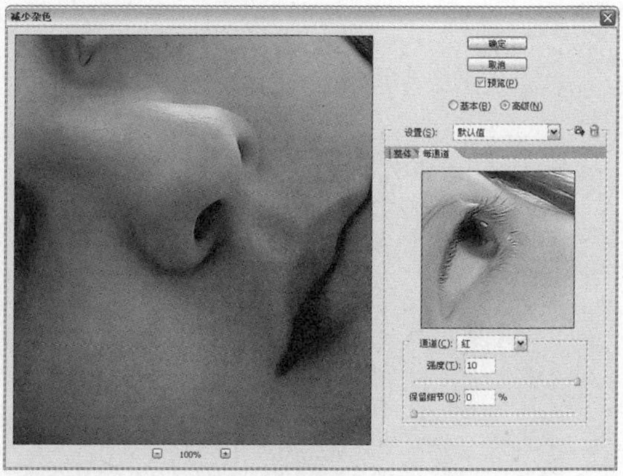

设置通道"红"参数

图 8.116

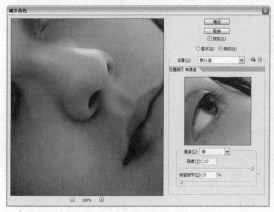

设置通道"绿"参数

图 8.117

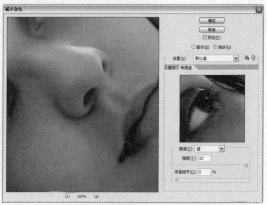

设置通道"蓝"参数

图 8.118

⑩ 单击【图层】面板底部的 ▣ 【添加图层蒙版】按钮，为图层"背景 副本"添加图层
蒙版。选择 ✐ 【历史记录画笔工具】，在图层蒙版中进行涂抹，将人物眉毛、眼睛、
鼻子及嘴唇等区域的模糊效果隐藏起来，直至得到如图 8.120 所示的效果，此时图层
蒙版中的状态如图 8.121 所示。

图 8.119

图 8.120

第 9 章

第 10 章

第 11 章

第 12 章

第 13 章

第 14 章

提 示

下面结合【色阶】及【色彩平衡】命令调整图像的亮度及色彩。

⑪ 单击图层"背景 副本"的图层缩览图，执行【图像】|【调整】|【色阶】命令，在
弹出的对话框中设置参数，如图 8.122 所示，单击【确定】按钮退出对话框，得到如
图 8.123 所示的效果。

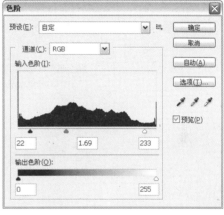

图 8.121   图 8.122

⑫ 执行【图像】|【调整】|【色彩平衡】命令，在弹出的对话框中设置参数，如图 8.124
和图 8.125 所示，单击【确定】按钮退出对话框，得到如图 8.126 所示的效果，此时的
【图层】面板如图 8.127 所示。

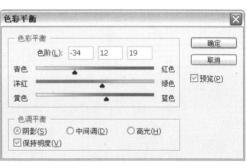

图 8.123   图 8.124

提 示

本例最终效果文件见随书所附光盘（光盘文件路径为"第 8 章\8.5.psd"）。

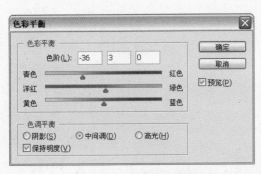

设置【中间调】参数

图 8.125

图 8.126

图 8.127

CHAPTER

图层基础操作

9.1　Photoshop 核心精粹

图层是 Photoshop 功能的核心精粹之一。在 Photoshop 中所进行的任何操作都是基于图层进行的，因此图层的重要性是一个无需论证的事实。

从应用层面来看，本章所讲解的大部分知识都属于支撑性基础知识。只有掌握这些知识，才能够在实际工作中灵活运用图层完成这样或者那样的工作。这些知识包括选择、创建、复制、修改、删除、重命名图层以及修改图层的属性、显示模式、顺序、不透明度等操作。这些知识虽然不像图层样式、图层蒙版等知识一样能够快速制作出令人称道的图像特效，但其重要性却更胜一筹。

本章所讲解的另外一些知识属于功能性知识，如图层样式、调整图层等，利用这些知识能够完成许多特定的工作，其用途较为明显。

图层样式在制作图像特效方面作用突出。许多常见的图像特效都是若干图层样式的组合效果，如图 9.1 所示。简单总结起来，图层样式有以下作用值得关注。

（1）制作各类立体效果，如阴影、凸起、凹陷等。

（2）制作各类特殊光芒效果，如外发光效果、内发光效果、内部光泽等。

（3）为图像赋予各类填充或者叠加效果，如实色类型的填充或者叠加、渐变类型的填充或者叠加、图案类型的填充或者叠加等。

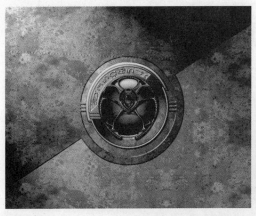

图 9.1

调整图层是一类特殊的图层，其中包含了调整命令的参数信息，其作用是调整其下方若干个图层中图像的属性。灵活运用调整图层，是掌握所有调整命令的前提。

使用调整图层能够在不改变图像像素的情况下改变图像的色相、饱和度、亮度等，因此对于经常需要对图像进行调色操作的人员而言具有非常重要的意义，是一个必须掌握的调色手段。

9.2　【图层】面板

【图层】面板是认识、掌握图层的基础，也是图层的储备站，是编辑图层的场所。对图层的操作基本上都要通过【图层】面板来实现，因此要掌握图层，必须掌握【图层】面板的操作方法。如图 9.2 所示是一个典型的 Photoshop CS4 的【图层】面板，各参数释义如下。

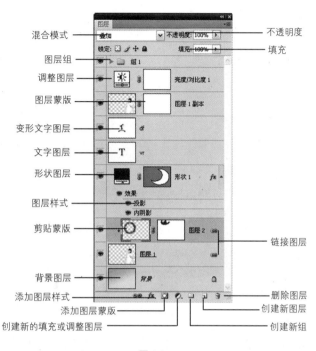

图 9.2

➢ ![正常] 【混合模式】：在此下拉菜单中可以选择图层的混合模式。

➢ 不透明度：100% 【不透明度】：在此键入数值，可以设置图层的不透明度。

➢ 锁定：□ ✔ ✛ 🔒 【锁定】：在此单击不同的按钮，可以锁定图层的位置、可编辑性等属性。

➢ 填充：100% 【填充】：在此键入数值，可以设置图层中绘图笔划的不透明度。

➢ 👁 【指示图层可视性】：用于标记当前图层是否处于显示状态。

➢ ▶☐ 【图层组】：用于标记图层组。

➢ 🔗 【链接图层】按钮：在选中多个图层的情况下，单击此按钮可以将选中的图层链接起来，以方便对图层中的图像执行对齐、统一缩放等操作。

➢ ◻ 【添加图层蒙版】按钮：单击此按钮，可以为当前选择的图层添加图层蒙版。

➢ ☐ 【创建新组】按钮：单击此按钮，可以新建一个图层组。

➢ ◐ 【创建新的填充或调整图层】按钮：单击此按钮并在弹出的菜单中选择一个调整命令，可以新建一个调整图层。

➢ ◻ 【创建新图层】按钮：单击此按钮，可以新建一个图层。

➢ 🗑 【删除图层】按钮：单击此按钮，可以删除一个图层。

【图层】面板的功能还有许多，在此不能一一列出，有关内容将在以下的章节中详细讲解。

9.3 简单的图层操作

9.3.1 选择图层

选择图层是图层操作中最基础的操作。Photoshop 中构成图像的像素全部分布于不同的图层中，因此如果要编辑图像，就必须首先选择图像所在的图层，使其成为当前编辑图层。

1. 选择一个图层

要选择某一个图层，只需在【图层】面板中单击需要的图层即可。

也可以直接在图像中使用 ↔【移动工具】来选择图层。选择 ↔【移动工具】后，直接在图像中按住 Ctrl 键单击要选择的图层中的图像，即可选择这一图层。如果已经在此工具的工具选项栏中选择【自动选择图层】选项，则不必按住 Ctrl 键。

2. 选择多个图层

（1）如果要选择连续的多个图层，在选择一个图层后，按住 Shift 键在【图层】面板中单击另一图层的图层名称，则这两个图层及其之间的所有图层都会被选中，如图 9.3 所示。

（2）如果要选择不连续的多个图层，在选择一个图层后，按住 Ctrl 键在【图层】面板中单击另一个图层的图层名称，如图 9.4 所示。

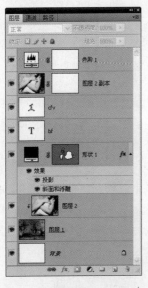
图 9.3

图 9.4

同时选择多个图层的优点，在于可以对这些被选中的多个图层一次性进行复制、删除、变换等操作，而在以前的版本中要完成这样的操作，必须将这些图层链接起来。同时选择多个图层的功能，大大提高了工作效率。

9.3.2 显示和隐藏图层

通常一个完成的 Photoshop 作品文件都会包含若干个图层。对于这样的文件，可以随时通过显示或者隐藏图层来进行调整，分清哪些图层中的图像是满意的、需要显示并最终保存的，哪些图层中的图像是不需要的。

需要的图层可以将其显示出来，而不再需要的图层可以将其删除。如果某些图层仍然具有暂时存在的必要性，则可以将其隐藏起来。

在【图层】面板中，可以通过单击图层左侧的 👁 图标以隐藏图层，再次单击可重新显示图层，如图 9.5 所示。

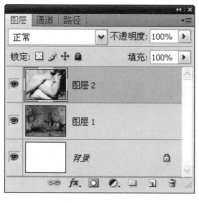 

显示图层　　　　　　　　　　　　隐藏图层

图 9.5

> **注 意**
>
> 如果需要只显示某一个图层而隐藏其他多个图层，可以按住 Alt 键单击此图层的 👁 图标，再次单击则可重新显示所有图层。

9.3.3　创建新图层

要灵活运用 Photoshop 对图像进行分层管理的特性，可以在每一次绘制操作时创建一个新图层。这样操作的好处，在于可以保证后面对图像的编辑操作具有最大的灵活性。

创建图层的操作方法有两种，第一种方法最为简单，也是工作中使用最为频繁的方法，即直接单击【图层】面板底部的 🔲 【创建新图层】按钮；第二种方法相对麻烦一些，但相对于第一种方法而言，对创建时的参数具有较强的控制性，其方法如下所述。

① 选择【图层】面板弹出菜单中的【新建图层】命令，弹出如图 9.6 所示的【新建图层】对话框。

图 9.6

> 【名称】：在此文本框中键入新图层的名称。
> 【不透明度】：用于设置新图层的不透明度。
> 【颜色】：在此下拉菜单中选择一种用于新图层的颜色。
> 【模式】：在此下拉菜单中选择新图层的混合模式。

② 设置完参数后，单击【确定】按钮即可创建一个新图层。

注 意

按住 Alt 键单击 【创建新图层】按钮，可以弹出【新建图层】对话框。

9.3.4 修改背景图层 精

在默认情况下，新建的 Photoshop 图像文件都具有一个背景图层。背景图层具有其他图层所不具有的特性，如不可移动、无法设置混合模式与不透明度等。

通过执行【图层】|【新建】|【背景图层】命令，可以将背景图层转换为普通图层，使其具有与普通图层相同的属性。使用此命令后，背景图层将转换为"图层 0"，如图 9.7 所示。

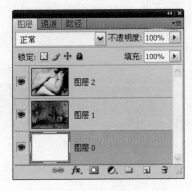

将背景图层转换为"图层 0"前　　　　　　将背景图层转换为"图层 0"后

图 9.7

与此相反，也可以将任意一个普通图层转换为背景图层，只需要选择该图层，然后执行【图层】|【新建】|【图层背景】命令即可。

9.3.5 复制图层

复制图层的方法有若干种，下面分别讲解不同的方法。

1. 在同一图像文件内复制图层

要在同一图像文件内复制图层，可以按下述步骤操作。

① 在【图层】面板中选择需要复制的图层。

② 将图层拖动到【图层】面板底部的 【创建新图层】按钮上即可创建新图层，也可以执行【图层】|【复制图层】命令，或者在【图层】面板弹出菜单中选择【复制图层】命令，然后在弹出的【复制图层】对话框中设置参数。

注　意

如果同时选择了多个图层，按上面的操作方法可以一次性复制多个图层。

2．在两个图像文件间复制图层

要在两个图像文件间复制图层，可以按下述步骤操作。

① 在原图像文件的【图层】面板中，选择要复制的图层。

② 执行【选择】|【全选】命令，执行【编辑】|【拷贝】命令或者按 Ctrl+C 键。

③ 选择目标图像文件，然后执行【编辑】|【粘贴】命令或者按 Ctrl+V 键。

技　巧

建议并列摆放两个图像文件，使用 ▶️【移动工具】从原图像文件中拖动需要复制的图层到目标图像文件中，如图 9.8 所示（左两张图为素材图像，右图为复制图层后的效果）。使用这一操作方法的优点，在于图像数据不会经过 Windows 的系统剪贴板，因此对于复制数据量比较大的图像而言具有很大优势。

图 9.8

9.3.6　删除图层

1．删除图层

删除图层通常会有两种原因，其一是图层中的图像不再有用；其二是当前图像文件中的图层过多，需要将原先用于备份的图层删除。

第一种情况解决起来非常方便，只需要按下面列出的任意一种操作方法进行操作即可。

（1）选择需要删除的一个或者多个图层，单击【图层】面板底部的 🗑【删除图层】按钮，在弹出的对话框中直接单击【确定】按钮，即可删除选择的图层。

（2）选择需要删除的一个或者多个图层，执行【图层】|【删除】|【图层】命令，在弹出的对话框中直接单击【确定】按钮，即可删除选择的图层。

（3）选择需要删除的一个或者多个图层，在【图层】面板弹出菜单中选择【删除图层】命令。

（4）选择 【移动工具】，然后选择需要删除的一个或者多个图层，直接按 Delete 键。

对于第二种情况，笔者建议可以采取以下两种方法来解决。

（1）将当前图像文件另存为一个临时副本文件，然后复制该图像文件，在此图像文件中采取合并图层或者删除图层的方法，以降低图像文件的大小。

（2）使用智能对象。智能对象在图像文件中仅占据一个图层的数据量，而且具有灵活的可编辑性，因此通过采用智能对象的方法可以有效地降低图像文件的大小，从而提高工作效率。

> **注 意**
>
> 关于智能对象的讲解，请参阅本章相关内容。

2．删除隐藏图层

如果需要删除的图层处于隐藏状态，则无需一一选中后删除，可以按下面的方法操作，一次性删除所有隐藏的图层。

选择任意一个图层，执行【图层】|【删除】|【隐藏图层】命令，在弹出的对话框中直接单击【确定】按钮，即可删除选择的图层。

9.3.7 重命名图层

在新建图层时，Photoshop 以默认的图层名为其命名，对于其他类图层（如文字图层等），Photoshop 以图层中的文字内容为其命名，但这些名称通常都不能满足需要，因此必须改变图层的名称，从而使其更便于识别。

要重命名图层，可以用鼠标右键单击需要改变名称的图层，在弹出的快捷菜单中选择【图层属性】命令，在弹出的【图层属性】对话框中设置参数。

9.3.8 改变图层的顺序

由于使用了图层对图像的分层管理，每个图层中的图像都是单独存在的，各自进行编辑而不会影响其他的图层。如图 9.9 所示为原图像效果及对应的【图层】面板。如图 9.10 所示为调整图层顺序后的图像效果及其对应的【图层】面板。

图 9.9

 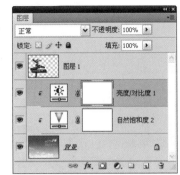

第 9 章

图 9.10

除了可以分别对不同的图层进行编辑外，分层管理的优点还在于能够修改图层叠加的顺序。图层与图层之间相互叠加覆盖的关系及其前后顺序决定了画面的效果，因此通过修改图层的顺序可以得到截然不同的图像效果，如图 9.11 所示。

 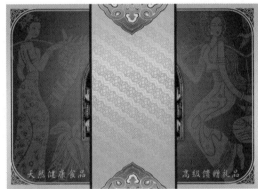

图 9.11

要改变图层的顺序，可以在【图层】面板中直接用鼠标拖动图层，当高亮线出现时释放鼠标，即可将图层放置在新的位置处。

如果要完全反向选中的若干个图层，可以执行【图层】|【排列】|【反向】命令。

9.3.9 图层的不透明度

图层最基本的特性是透明，即透过上方图层中的透明像素可以观看到其下方图层中的图像，上方图层中不透明的像素将遮盖住下方图层中的图像，因此如果为上方图层设置了不同的不透明度，就能够得到不同的遮盖效果。

如图 9.12 所示为原图像效果及对应的【图层】面板。图 9.13 则展示了位于上方的"图层 2"分别被设置了不同的【不透明度】数值时图像的整体效果。

可以看出，【不透明度】数值越小，则图层中的图像越透明，其下方图层中的图像越容易被显示出来。

图 9.12

设置【不透明度】数值为 70%　　　　设置【不透明度】数值为 40%　　　　设置【不透明度】数值为 20%

图 9.13

9.3.10　图层的填充

　　简单地说，图层的【不透明度】数值控制了当前图层中整体图像效果的不透明度属性；而【填充】数值则仅用于控制图层中图像的不透明度属性，对由图层样式生成的效果不起作用。

　　如图 9.14 所示为原图像效果及对应的【图层】面板。如图 9.15 所示为将图层的【不透明度】数值设置为 50%后的效果。如图 9.16 所示为将图层的【填充】数值设置为 50%后的效果。

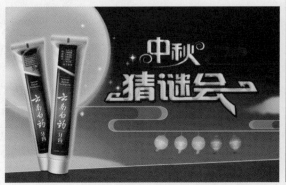

图 9.14

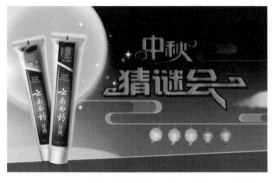

图 9.15   图 9.16

可以看出，前者改变了包括图层样式在内的所有图像效果的透明属性，而后者则仅改变了图像本身的透明属性。

9.3.11 锁定图层属性

图层的属性包括其可移动性、透明区域的可编辑性、整体图像的可编辑性等，这些属性都可以通过单击【图层】面板中的 ☒ ✎ ✛ 🔒 按钮被全部或者部分锁定。

1．锁定透明像素

通过锁定图层中的透明区域，可以保护该区域不被绘制或者填充，使所有绘制或者填充类操作被限定在不透明区域。要锁定图层的透明区域，在【图层】面板中单击 ☒【锁定透明像素】按钮。

2．锁定图像像素

要锁定图像不被编辑，可以在【图层】面板中单击 ✎【锁定图像像素】按钮。锁定图像像素后无论是透明区域还是不透明区域，当前图层中的所有区域均不可以被编辑。

3．锁定位置

通过锁定图层的位置，可以避免图层中图像的位置被移动，而仅可以编辑图层中图像的像素。要锁定图层的位置使其不被移动，可以在【图层】面板中单击 ✛【锁定位置】按钮。

> **注　意**
>
> 在此提到的移动操作，是指当前图层中没有选区，直接使用 ▶✛【移动工具】对图层进行移动的操作。如果图层中存在选区，仍可以通过将 ▶✛【移动工具】放置在选区的内部来移动选区中的图像。

4．锁定全部

要锁定图层的全部属性，可以在【图层】面板中单击 🔒【锁定全部】按钮。

9.3.12 链接图层

一个较复杂的图像文件通常是由很多个不同的图层组成的，当需要同时改变若干个图层中图像的大小或者需要对这些图像进行旋转变形等操作时，就需要将这些图层链接起来，以保证它们同时发生变化。

按住 Ctrl 键单击要链接的若干个图层以将其选中，然后在【图层】面板的底部单击 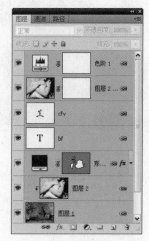 【链接图层】按钮，即可将所选的图层链接起来，如图9.17 所示。

如果要取消图层的链接状态，可以在链接图层被选择的状态下单击 【链接图层】按钮，将链接的图层解除链接。

图 9.17

9.3.13 显示图层边缘

启用显示图层边缘这一功能后再选择图层时，图像的周围将出现一个带颜色的方框。要启用这一功能，只需要执行【视图】|【显示】|【图层边缘】命令，选择此命令前后的对比效果如图 9.18 所示。

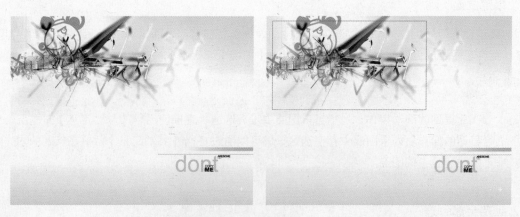

选择【图层边缘】命令前　　　　　　　　　选择【图层边缘】命令后

图 9.18

图层基础操作●

第8章

第9章

第10章

第11章

第12章

第13章

第14章

9.4　对齐与分布图层^精

通过对齐或者分布图层的操作，可以使分别位于多个图层中的图像规则排列。这一功能对于排列分布于多个图层中的网页按钮或者小图标特别有用。

在按下述方法执行对齐或者分布图层操作前，需要将要对齐或者分布的图层链接起来，也可以同时选中多个图层。

9.4.1　对齐图层

执行【图层】|【对齐】命令下的子菜单命令，可以将所有选中图层中的内容与当前操作图层中的内容相互对齐，其子菜单命令如下所述。

> 【顶边】：可以将选中图层中的最顶端像素与当前图层中的最顶端像素对齐。

> 【垂直居中】：可以将选中图层中垂直方向的中心像素与当前图层中垂直方向的中心像素对齐。

> 【底边】：可以将选中图层中的最底端像素与当前图层中的最底端像素对齐。

> 【左边】：可以将选中图层中的最左端像素与当前图层中的最左端像素对齐。

> 【水平居中】：可以将选中图层中水平方向的中心像素与当前图层中水平方向的中心像素对齐。

> 【右边】：可以将选中图层中的最右端像素与当前图层中的最右端像素对齐。

如图 9.19 所示为未对齐前的图像效果及【图层】面板。如图 9.20 所示为按水平居中对齐后的效果。

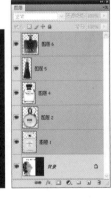

图 9.19　　　　　　　　　　　　　　　　　　图 9.20

9.4.2　分布图层

执行【图层】|【分布】命令下的子菜单命令，可以平均分布选中的图层，其子菜单命令如下所述。

> 【顶边】：从图层的顶端像素开始，以平均间隔分布选中的图层。如图 9.21 左图所示为原图像效果，如图 9.21 右图所示为执行此分布操作后的效果。

> ➢ 【垂直居中】：从图层的垂直居中像素开始，以平均间隔分布选中图层。
> ➢ 【底边】：从图层的底端像素开始，以平均间隔分布选中的图层。
> ➢ 【左边】：从图层的最左端像素开始，以平均间隔分布选中的图层。
> ➢ 【水平居中】：从图层的水平居中像素开始，以平均间隔分布选中的图层。
> ➢ 【右边】：从图层的最右端像素开始，以平均间隔分布选中的图层。如图 9.22 所示为按右边执行分布操作后的效果。

按顶边平均分布前　　　　　　按顶边平均分布后

图 9.21　　　　　　　　　　　　　　　　　　　　　　　图 9.22

9.5　合并图层

当图像的处理基本完成或者已确定由某几个图层中的图像构成最终效果的时候，可以将指定的若干个图层或者是全部图层合并为一个图层，以节省系统资源，提高软件的运行速度，或者输出成为排版软件、网页制作软件可以使用的图像文件格式。

下面介绍在 Photoshop 中合并图层的操作方法。

9.5.1　向下合并图层

要合并一上一下两个图层，可以采取向下合并图层的方法。

确保想要合并的两个图层相邻而且都可见，在【图层】面板中选择处于上方的图层，执行【图层】|【向下合并】命令或者执行【图层】面板弹出菜单中的【向下合并】命令。

9.5.2　合并可见图层

如果要合并若干个图层，而这些图层都可见，可以使用合并可见图层的方法。

确保想要合并的所有图层都可见，执行【图层】|【合并可见图层】命令或者执行【图层】面板弹出菜单中的【合并可见图层】命令，可以将所有可见图层合并为一个图层。

9.5.3　合并图层组

位于一个图层组中的图层可以被全部合并于图层中。

要合并某一个图层组，只需要在【图层】面板中将其选中，然后执行【图层】|【合并组】

命令即可。

9.5.4　合并任意多个图层

要合并任意多个图层，可以按住 Ctrl 键或者 Shift 键，在【图层】面板中选择要合并的多个相邻或者不相邻的图层，然后执行【图层】|【合并图层】命令或者选择【图层】面板弹出菜单中的【合并图层】命令。

9.5.5　合并所有图层

执行【图层】|【拼合图像】命令或者选择【图层】面板弹出菜单中的【拼合图像】命令，可以将所有可见图层合并至背景图层中。如果当前图像中存在隐藏图层，将弹出如图 9.23 所示的提示对话框，询问用户是否删除此图层。

合并所有图层后，Photoshop 将使用白色填充透明区域。如图 9.24 所示为原图像效果。如图 9.25 所示为合并所有图层后的效果。可以看出，此操作使透明区域转换为白色。

图 9.23　　　　　　　　　　　图 9.24　　　　　　　　　　　图 9.25

9.6　图层组

经常制作复杂图像的用户都会有这样的感触，繁多的图层让人眼花缭乱，有时为了选择一个图层需要显示或者隐藏若干个图层来仔细进行判断，而利用图层组对图层进行分类管理则可以很好地解决这个问题。

图层与图层组间的关系有些类似于文件与文件夹，因此图层组的功能与使用方法非常容易理解和掌握。

如图 9.26 所示为未使用图层组前的【图层】面板。如图 9.27 所示为使用图层组进行管理后的效果。如图 9.28 所示为将图层组折叠后的效果。

可以看出，使用图层组在很大程度上提高了【图层】面板的使用效率。

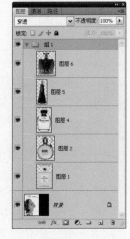

图 9.26　　　　　　　　图 9.27　　　　　　　　图 9.28

9.6.1　新建图层组

执行【图层】|【新建】|【组】命令，或者选择【图层】面板弹出菜单中的【新建组】命令，弹出如图 9.29 所示的【新建组】对话框。

图 9.29

在此对话框中可以设置新图层组的【名称】、【颜色】、【模式】及【不透明度】等参数，根据需要设置参数，单击【确定】按钮后即可创建新图层组。

9.6.2　通过链接图层创建图层组

如果当前【图层】面板中存在链接图层，而且需要把这些链接图层创建为图层组，可以执行【图层】|【选择链接图层】命令，然后按 Ctrl+G 键或者执行【图层】|【图层编组】命令，将这些被链接在一起的图层创建为一个图层组。

9.6.3　通过选择图层创建图层组

可以通过选择多个图层创建一个新的图层组，并使这些被选择的图层包含于图层组中。

如图 9.30 左图所示为笔者选择的多个图层。执行【图层】|【图层编组】命令即可将这些被选择的图层编入一个新的图层组中，如图 9.30 右图所示。

提　示

在多个图层被选中的情况下，也可以直接按 Ctrl+G 键完成由图层创建图层组的操作。

图 9.30

9.6.4　将图层移入或者移出图层组

可以将普通图层拖动至图层组中，从而将此图层加入图层组。如果目标图层组处于折叠状态，可以将图层拖动到 📁 图层组文件夹或者图层组名称上。当图层组周围出现高亮线框时，释放鼠标左键，则图层被加于图层组的底部，如图 9.31 所示为将图层移入图层组的操作示例。

拖动图层时的状态　　　　　　　　移入图层组后的效果

图 9.31

如果目标图层组处于展开状态，则将图层拖动到图层组中所需要的位置，当高亮线框显示时，释放鼠标左键即可。

将图层拖出图层组，可以使该图层脱离图层组。操作时只需在【图层】面板中选中图层并将其拖动至图层组以外的位置，当目标位置显示高亮线时，释放鼠标左键即可。

9.6.5　创建嵌套图层组 精

嵌套图层组使图层的管理更加高效，通过创建嵌套图层组可以使一个图层组中包含一个或者多个子图层组。如图 9.32 所示是一个非常典型的多级嵌套图层组，在嵌套图层组中将嵌套于某一个图层组中的图层组称为"子图层组"。

根据不同情况，可以用不同的方法创建嵌套图层组。

（1）如果一个图层组中已经包含一个或者多个图层，而且选择了其中的一个或者多个图层，在此情况下直接单击【图层】面板底部的 📁 【创建新组】按钮，即可创建一个子图层组。

（2）将已有的图层组拖动至【图层】面板底部的 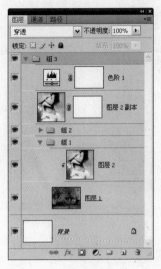 【创建新组】按钮上，即可创建一个子图层组。

（3）在创建一个图层组后，按住 Ctrl 键单击【图层】面板底部的 【创建新组】按钮，即可创建一个子图层组。

图 9.32

9.6.6　复制和删除图层组

通过复制图层组，可以复制图层组中的所有图层，从而起到备份的作用；而通过删除图层组，则可以删除图层组中的所有图层。

复制图层组的操作如下所述。

（1）在图层组被选中的情况下，执行【图层】|【复制组】命令，或者选择【图层】面板弹出菜单中的【复制组】命令，即可复制当前图层组。

（2）将图层组拖动至【图层】面板底部的 【创建新图层】按钮上，当高亮线出现时释放鼠标左键，即可复制该图层组。复制图层组后，图层组中的所有图层都被复制。

如果需要删除图层组，可以执行以下操作。

（1）将图层组拖动至【图层】面板底部的 【删除图层】按钮上，当高亮线出现时释放鼠标左键。

（2）在图层组被选中的情况下，选择【图层】面板弹出菜单中的【删除组】命令，在弹出的提示对话框中单击【仅组】按钮，即可删除图层组；如果单击【组和内容】按钮，将删除图层组及其中的所有图层。

9.7　图层样式

图层样式定义了若干种特殊的视觉效果，其中包括投影、外发光、内发光、斜面和浮雕、描边等。

图层样式的所有操作都从属于某一个图层，即只有当图层中存在图像时才可以看出图层样式的效果。另外，可以随时对每种效果的细节进行调整，从而得到不同的视觉效果。在工作中频繁使用图层样式，既能够满足制作精美图像效果的需要又能够提高工作的效率。

9.7.1 图层样式的类型

Photoshop 的图层样式包括投影、内阴影、外发光、内发光、描边等，下面一一进行讲解。

1. 投影

执行【图层】|【图层样式】|【投影】命令，或者单击【图层】面板底部的 fx 【添加图层样式】按钮，在其弹出菜单中选择【投影】命令，弹出如图 9.33 所示的对话框。

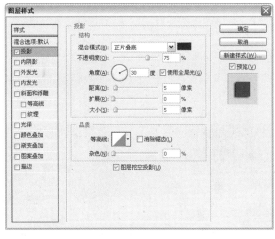

图 9.33

在【图层样式】对话框中进行适当设置即可得到需要的投影效果。

对话框中的重要参数释义如下。

> 【混合模式】：在此下拉菜单中可以为投影选择不同的混合模式，从而得到不同的投影效果。单击右侧色块，可以在弹出的【选择阴影颜色】对话框中为投影设置颜色。

> 【不透明度】：在此键入数值，可以定义投影的不透明度。数值越大，投影效果越清晰；反之，越模糊。

> 【角度】：在此拨动角度轮盘的指针或者键入数值，可以定义投影的投射方向。如果选择【使用全局光】选项，则投影使用全局光设置；反之，可以自定义角度。

> 【距离】：在此键入数值，可以定义投影的投射距离。

> 【扩展】：在此键入数值，可以增加投影的投射强度。数值越大，投影的强度越大，投影的淤积效果也越明显。如图 9.34 所示为在其他参数不变的情况下，将【扩展】数值分别设置为 30% 与 50% 时的投影效果。

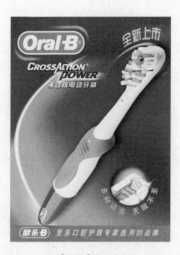
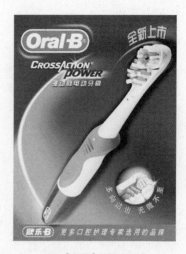

设置【扩展】数值为 30%　　　　　　　设置【扩展】数值为 50%

图 9.34

> 【大小】：此参数控制投影的柔化程度大小。数值越大，投影的柔化效果越明显；反之，投影越清晰。如图 9.35 所示为在其他参数不变的情况下，分别设置【大小】数值为 15 与 50 时的投影效果。

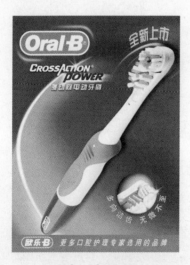
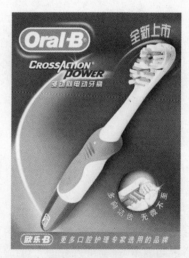

设置【大小】数值为 15　　　　　　　设置【大小】数值为 50

图 9.35

> 【等高线】：使用等高线可以定义图层样式的外观效果，其原理类似于【曲线】命令中曲线对图像的调整原理。单击 按钮，弹出如图 9.36 所示的【等高线拾色器】面板，在面板中可以选择 Photoshop 默认的等高线类型。

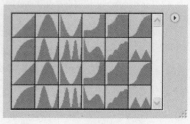

图 9.36

图层基础操作●

第8章

第9章

第10章

第11章

第12章

第13章

第14章

如图 9.37 所示为在其他参数不变的情况下，分别选择了两种不同的等高线类型所得到的不同投影效果。

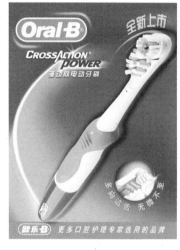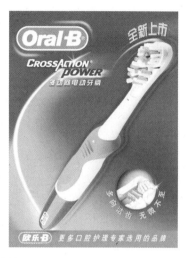

图 9.37

> 【消除锯齿】: 选择此选项，可以使应用等高线后的投影效果更细腻。

2. 内阴影

使用【内阴影】图层样式，可以为非背景图层添加位于图层不透明像素边缘内的投影，使图像呈凹陷的立体效果，如图 9.38 所示。

应用【内阴影】图层样式前　　　　　　　　　　　应用【内阴影】图层样式后

图 9.38

该参数设置与【投影】图层样式基本相同，故不再赘述。

3. 外发光

使用【外发光】图层样式，可以为图层添加发光效果，其参数设置如图 9.39 所示。

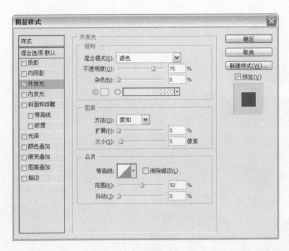

图 9.39

由于此参数设置与【投影】图层样式大致相同，故在此仅讲解不同的参数。

➤ ⊙□ ○▭▾：在此对话框中可以设置两种不同的发光方式，一种为纯色光，另一种为渐变色光。在默认情况下，发光效果为纯色。如图 9.40 所示为原图像效果（左图）和纯色外发光效果（右图）。如果要得到渐变色发光效果，只需在对话框中单击▾按钮，在弹出的【渐变拾色器】面板中选择一种渐变效果，然后即可得到如图 9.41 所示的渐变色外发光效果。

图 9.40

图 9.41

图层基础操作 ●   第8章

第9章

第10章

第11章

第12章

第13章

第14章

> ➤ 【方法】：在该下拉菜单中可以设置发光的方法。选择【柔和】选项，所发出的光线边缘柔和；选择【精确】选项，光线按实际大小及扩展度来表现。

> ➤ 【范围】：控制发光中作为等高线目标的部分或者范围，数值偏大或者偏小都会使等高线对发光效果的控制程度不明显。

4．内发光

使用【内发光】图层样式，可以为图像添加内发光效果。该图层样式的参数设置与【外发光】图层样式基本相同。

除了直接使用此图层样式制作得到内发光的效果外，还可以通过设置适当的【渐变类型】参数，使发光效果更加美观。如图9.42所示为原图像效果及应用【内发光】图层样式后的效果。

应用【内发光】图层样式前　　　　　　　　　　　　　应用【内发光】图层样式后

图 9.42

5．斜面和浮雕

使用【斜面和浮雕】图层样式，可以创建具有斜面或者浮雕效果的图像，其参数设置如图9.43所示。

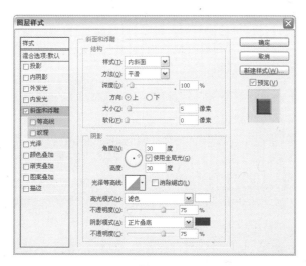

图 9.43

➤ 【样式】：选择此下拉菜单中的各选项，可以设置不同的效果，包括【外斜面】、【内斜面】、【浮雕效果】、【枕状浮雕】、【描边浮雕】等，经常用到的【外斜面】、【内斜面】效果分别如图 9.44 所示。

【外斜面】效果 　　　　　　　　　　　　　　　【内斜面】效果

图 9.44

➤ 【方法】：选择此下拉菜单中的各选项，可以得到不同的倒角效果，如图 9.45 所示。

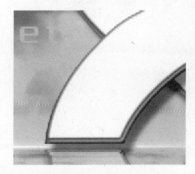  

选择【平滑】选项后的效果 　　　选择【雕刻清晰】选项后的效果 　　　选择【雕刻柔和】选项后的效果

图 9.45

➤ 【深度】：控制斜面和浮雕效果的深度。数值越大，效果越明显。

➤ 【方向】：在此可以选择斜面和浮雕效果的视觉方向。单击【上】单选按钮，在视觉上【斜面和浮雕】图层样式呈现凸起效果；单击【下】单选按钮，在视觉上【斜面和浮雕】图层样式呈现凹陷效果。

➤ 【软化】：控制斜面和浮雕效果的亮部区域与暗部区域的柔和程度。数值越大，亮部区域与暗部区域越柔和。

➤ 【高光模式】、【阴影模式】：在这两个下拉菜单中，可以为形成倒角或者浮雕效果的亮部与暗部区域选择不同的混合模式，从而得到不同的效果。如果分别单击右侧的色块，还可以在弹出的对话框中为亮部与暗部区域选择不同的颜色。因为在某些情况下，亮部区域并非完全为白色，可能会呈现某种色调；同样，暗部区域也并非完全为黑色。

6．光泽

　　使用【光泽】图层样式，可以在图像内部根据图像的形状应用投影，通常用于创建光滑的磨光及金属效果。其参数设置均有相关讲解，故不再赘述。

　　如图 9.46 所示为应用【光泽】图层样式前后的对比效果。

　　　　应用【光泽】图层样式前　　　　　　　　　　应用【光泽】图层样式后

图 9.46

7．颜色叠加

　　选择【颜色叠加】图层样式，可以为图像叠加某种颜色。此图层样式的参数设置非常简单，在其中设置一种叠加颜色，并设置所需要的混合模式及不透明度即可。

8．渐变叠加

　　选择【渐变叠加】图层样式，可以为图像叠加渐变效果，其参数设置如图 9.47 所示。如图 9.48 所示为应用【渐变叠加】图层样式前后的对比效果。

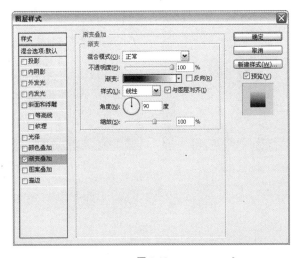

图 9.47

应用【渐变叠加】图层样式前　　　　　　　应用【渐变叠加】图层样式后

图 9.48

> ➢ 【样式】：在此下拉菜单中可以选择【线性】、【径向】、【角度】、【对称的】、【菱形】等渐变方式。
> ➢ 【与图层对齐】：在此选项被选中的情况下，渐变由图层中最左侧的像素应用至最右侧的像素。

9. 图案叠加

使用【图案叠加】图层样式，可以在图像上叠加图案，其参数设置及操作方法与【颜色叠加】图层样式相似，所创建的效果如图 9.49 所示。

应用【图案叠加】图层样式前　　　　　　　应用【图案叠加】图层样式后

图 9.49

10. 描边

选择【描边】图层样式，可以用【颜色】、【渐变】或者【图案】等三种方式为当前图层中的图像勾画轮廓，其参数设置如图 9.50 所示。

图层基础操作

第8章

第9章

第10章

第11章

第12章

第13章

第14章

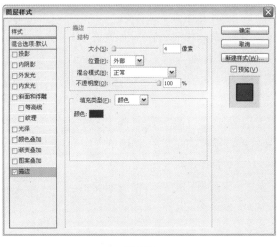

图 9.50

- ➤ 【大小】：用于控制描边的宽度。数值越大，生成的描边宽度越大。
- ➤ 【位置】：在此下拉菜单中，可以选择【外部】、【内部】、【居中】等三种位置。选择【外部】选项，描边效果完全处于图像的外部；选择【内部】选项，描边效果完全处于图像的内部；选择【居中】选项，描边效果一半处于图像的外部，一半处于图像的内部。
- ➤ 【填充类型】：在此下拉菜单中可以设置描边的类型，其中有【颜色】、【渐变】及【图案】等三个选项。如图 9.51 所示为分别选择【渐变】选项及【图案】选项后得到的描边效果。

选择【渐变】选项后的效果

选择【图案】选项后的效果

图 9.51

9.7.2 复制和粘贴图层样式

如果两个图层需要设置同样的图层样式，可以通过复制与粘贴图层样式的操作，以减少重复性操作。要复制图层样式，可以按下述步骤进行。

① 在【图层】面板中选择包含有要复制的图层样式的图层。

② 执行【图层】|【图层样式】|【拷贝图层样式】命令，或者在图层上单击鼠标右键，在弹出的菜单中选择【拷贝图层样式】命令。

③ 在【图层】面板中选择需要粘贴图层样式的目标图层。

④ 执行【图层】|【图层样式】|【粘贴图层样式】命令，或者在图层上单击鼠标右键，在弹出的菜单中选择【粘贴图层样式】命令。

除使用上述方法外，按住 Alt 键将图层样式直接拖动至目标图层中（如图 9.52 所示），也可以起到复制图层样式的效果。

图 9.52

9.7.3 隐藏和删除图层样式

1. 隐藏图层样式

通过隐藏图层样式，可以暂时隐藏应用于图层的图层样式效果。此类操作分为隐藏某一个图层样式及隐藏所有图层样式两种。

要隐藏某一个图层样式，可以在【图层】面板中单击该图层样式左侧的 👁 图标以使其不显示，如图 9.53 所示；也可以按住 Alt 键单击 *fx*【添加图层样式】按钮，在弹出的菜单中选择需要隐藏的图层样式的名称。

要隐藏某一个图层的所有图层样式，可以单击【图层】面板中该图层下方【效果】栏左侧的 👁 图标，使其不显示，效果如图 9.54 所示。

图 9.53

图 9.54

2. 删除图层样式

删除图层样式的目的在于使图层样式不再发挥作用，同时减小文件的大小。

（1）在【图层】面板中将要删除的图层样式选中，然后拖动至 🗑【删除图层】按钮上，如图 9.55 所示，即可删除此图层样式。

图层基础操作● 第8章
第9章
第10章
第11章
第12章
第13章
第14章

（2）要删除某个图层上的所有图层样式，可以在【图层】面板中选中该图层，然后执行【图层】|【图层样式】|【清除图层样式】命令；也可以在【图层】面板中选择该图层下方的【效果】栏，将其拖动至 🗑 【删除图层】按钮上，如图 9.56 所示。

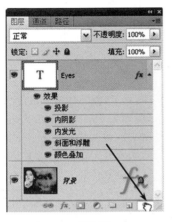

图 9.55

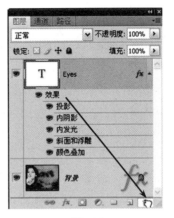

图 9.56

9.8　调整图层 精 CS4

与其他图层相比，调整图层是一类特殊的图层，其他图层都包含了像素信息，而调整图层中包含的是调整命令的参数信息。

调整图层的主要作用是基于其下方的图层进行一些常见的调整操作，如调整下方所有图层的亮度、色相、饱和度等属性。

与直接使用调整命令不同，使用调整图层具有以下优点。

（1）调整图层不会改变图像的像素值，从而能够在最大程度上保证对图像进行调整时的灵活性。

（2）使用调整图层可以调整多个图层中的图像，这是使用调整命令无法实现的。

（3）通过改变调整图层的顺序，可以改变调整图层的作用范围。

（4）可以改变调整图层记录的调整命令的参数，从而不断尝试调整的效果。

9.8.1　了解【调整】面板 精 CS4

【调整】面板是 Photoshop CS4 中新增的一项功能，其作用是在创建调整图层时，将不再通过对应的调整命令对话框设置其参数，而是转为在此面板中。

在没有创建或选择任意一个调整图层的情况下，执行【窗口】|【调整】命令将调出如图 9.57 所示的【调整】面板。

在此状态下，面板底部按钮的功能释义如下。

➢ 　：单击后此按钮将变为 　状态，即在后面使用任意方式创建得到的调整图层，在默认情况下都将与当前所选图层之间创建剪贴蒙版。

➢ 　：单击此按钮可以放大调整的工作空间，以便更好地查看、选择各调整图层，如图

9.58 所示。

➤ ：如果在初始状态下选中了一个调整图层，则【调整】面板底部左下角位置处将显示此按钮，如图 9.59 所示，单击此按钮可以切换至与所选调整图层相对应的参数设置状态。

技 巧

此时如果使用 【移动工具】在画布中单击，也可以切换至与所选调整图层相对应的参数设置状态。

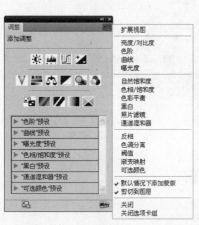

图 9.57

图 9.58

图 9.59

在选择或创建了调整图层后，根据调整图层的不同，在面板中显示出对应的参数，如图 9.60 所示是在选择了不同调整图层时的面板状态。

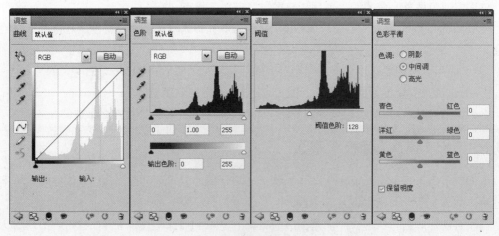

图 9.60

在此状态下，其他按钮的功能释义如下。

➤ ：单击此按钮，可以返回【调整】面板的初始状态，以继续创建其他调整图层。

➤ ：单击此按钮，可以在当前调整图层与其下方的图层之间创建剪贴蒙版，再次单击则取消剪贴蒙版。

> : 单击此按钮，可以控制当前所选调整图层的显示状态。

> : 在按住此按钮的情况下，可以预览本次编辑调整图层参数时的状态与初始状态的对比效果。

> : 该按钮的功能分为两部分，当之前已经编辑过调整图层的参数，然后再次（即切换至其他图层后再重新选择此调整图层）编辑此调整图层时，按钮将变为 状态，单击此按钮可以复位至本次编辑时的初始状态，同时该按钮也变为 状态，此时单击此按钮，则完全复位到该调整图层默认的参数状态。

> : 单击此按钮，然后在弹出的对话框中单击【确定】按钮，可以删除当前所选的调整图层。

9.8.2 创建调整图层

在此以创建【色阶】调整图层为例，讲解创建调整图层的几种方法。

（1）执行【图层】|【新建调整图层】|【色阶】命令，此时将弹出如图 9.61 所示的对话框。可以看出，此对话框与创建普通图层时的【新建图层】对话框是基本相同的。单击【确定】按钮退出对话框，即可创建得到一个调整图层。

图 9.61

（2）单击【图层】面板底部的 【创建新的填充或调整图层】按钮，在弹出的菜单中选择【色阶】命令，然后在【调整】面板中设置参数即可。

（3）在【调整】面板中单击面板上半部分的  图标，即可创建对应的调整图层。

（4）在【调整】面板中选择【色阶】调整图层的预设，即可在直接应用此预设的同时创建得到对应的调整图层，如图 9.62 所示。

如果需要对图像局部应用调整图层，可以先创建要调整的对象的选区，然后再按上述方法操作，此时 Photoshop 自动按选区的形状与位置为调整图层添加图层蒙版，所调整的区域将仅限于蒙版中的白色区域，如图 9.63 所示。

图 9.62

图 9.63

9.8.3　调整图层的使用技巧 CS4

调整图层在本质上仍然是一个图层，因此可以运用普通图层的一些操作方法来对调整图层进行灵活操作，具体如下所述。

（1）使用多个调整图层：综合使用多个调整图层，能够在最大程度上运用复杂的调色技术来调整图像。

（2）改变调整图层的不透明度：通过改变调整图层的不透明度，可以动态地调整使用调整图层对图像进行调整的强度。

（3）改变调整图层的混合模式：由于调整图层本质上是一个图层，通过运用不同的混合模式能够得到使用常规调整手段无法得到的图像效果。

（4）为调整图层添加图层蒙版：可以有效地将调整图层的调整区域限定于某一个范围内，从而使调整图层有选择地对图像进行调整。

（5）改变调整图层中调整命令的参数：调整图层将调整用的参数通过图层的方式记录了下来，因此可以随时根据需要修改这些参数。

9.9　智能对象

9.9.1　智能对象的工作原理

智能对象与图层组的使用很相似，只是它的独立性比后者更强。

在 Photoshop 中智能对象表现为一个图层，类似于文字图层、调整图层或者填充图层，如图 9.64 所示，在图层缩览图的右下方有明显的标记。

下面通过一个具体的示例来认识智能对象。由于不希望在变换图像时影响到图像的品质，因此采用智能对象的形式将图像嵌入到目标图像文件中。如图 9.65 所示是使用了智能对象的图像效果。如图 9.66 所示为此图像文件的【图层】面板（在此，智能对象即"图层 1"）。

图 9.64

图 9.65

图 9.66

双击"图层 1"，则 Photoshop 打开一个新文件，此文件就是嵌入到"图层 1"中的子文件，如图 9.67 所示，此时的【图层】面板如图 9.68 所示。

图 9.67

图 9.68

为智能对象中的某一个图层添加图层样式后，得到如图 9.69 所示的效果及其对应的【图层】面板。保存并关闭此智能对象文件后，则原图像将进行相应的改变。如图 9.70 所示为改变后的图像效果及其对应的【图层】面板。

图 9.69

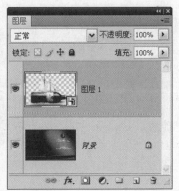

图 9.70

通过上面的示例，将智能对象的优点总结如下。

（1）智能对象能够以一个独立文件的形式包含若干个图层，并且可以以一个特殊图层（即智能对象图层）的形式存在于图像文件中，因此当智能对象中的图像被编辑时，当前插入智能对象的图像也同时更新到最新状态。

（2）如果在 Photoshop 中对图像进行频繁缩放，会引起图像信息的损失，最终导致图像变得模糊，但如果将一个智能对象进行频繁缩放，则不会使图像变得模糊，因为此操作并没有改变外部子文件的图像信息。

（3）由于 Photoshop 不能够处理矢量文件，因此所有置入到 Photoshop 中的矢量文件会被位图化。避免这个问题的方法就是以智能对象的形式置入矢量文件，从而既能够在 Photoshop 文件中使用矢量文件的图形效果，又保持了外部矢量文件在发生改变时，Photoshop 文件的效果能够发生相应的变化。

9.9.2　创建智能对象

可以通过以下方法创建智能对象。

（1）使用【置入】命令为当前 Photoshop 文件置入一个矢量格式的文件（如*.ai 等）或者位图格式的文件（如*.bmp、*.tiff 等），甚至是另外一个有多个图层的 Photoshop 文件。

（2）选择一个或者多个图层后，在【图层】面板中选择【转换为智能对象】命令或者执行

【图层】|【智能对象】|【转换为智能对象】命令。

（3）在 Illustrator 软件中对矢量对象执行复制操作，在 Photoshop 中执行粘贴操作，在弹出的对话框中选择【智能对象】选项并单击【确定】按钮退出对话框。

智能对象支持多级嵌套，即一个智能对象中可以包含另一个智能对象。要创建多级嵌套的智能对象，可以按下面的方法操作。

（1）选择智能对象图层及另一个或者多个图层，在【图层】面板中选择【转换为智能对象】命令或者执行【图层】|【智能对象】|【转换为智能对象】命令。

（2）选择多个智能对象图层，按上述的方法进行操作。

9.9.3 编辑智能对象

受到多方面的限制，能够对智能对象进行的操作是有限的，具体如下。

（1）可以对智能对象进行缩放、旋转、变形、透视、扭曲等操作。

（2）可以改变智能对象的混合模式、不透明度，还可以为其添加图层样式。

（3）不可以直接对智能对象使用除【阴影／高光】、【变化】以外的其他调整命令，但可以通过为其添加一个专用的调整图层来解决问题。

> **注 意**
>
> 在 CS4 版本之前无法对智能对象进行透视或扭曲操作。在最新的 CS4 版本中智能对象和蒙版还可以进行链接，如图 9.71 所示。

图 9.71

9.10 综合示例

9.10.1 爱心活动宣传海报

① 按 Ctrl+N 键新建文件，在弹出的对话框中设置参数，如图 9.72 所示。设置前景色的颜色值为#f9da97，按 Alt+Delete 键用前景色填充图层。

② 打开随书所附光盘中的文件（光盘文件路径为"第 9 章\9.10.1-素材 1.psd"），效果如图 9.73 所示。执行【编辑】|【定义图案】命令，在弹出的【图案名称】对话框中直接单击【确定】按钮退出对话框。

③ 单击【图层】面板底部的 ⚫.【创建新的填充或调整图层】按钮，在弹出的菜单中选择【图案】命令，在弹出的对话框中选择上一步定义的图案，并按照图 9.74 所示进行参数设置，单击【确定】按钮，得到如图 9.75 所示的效果，并得到图层"图案填充 1"。

图 9.72　　　　　　　　　　　　　　　　图 9.73

图 9.74　　　　　　　　　　　　　　　　图 9.75

④ 设置图层"图案填充 1"的【不透明度】为 15%，混合模式为【正片叠底】，得到如图 9.76 所示的效果。

⑤ 打开随书所附光盘中的文件（光盘文件路径为"第 9 章\9.10.1-素材 2.psd"），效果如图 9.77 所示。使用 【移动工具】将图像拖动至步骤 1 新建的文件中，得到"图层 1"。按 Ctrl+T 键调出自由变换控制框，按住 Shift 键缩小图像并将其移动至画布的左下角，效果如图 9.78 所示，按 Enter 键确认变换操作。

图 9.76　　　　　　　　　　　　　　　　图 9.77

⑥ 选择 【矩形选框工具】，在"图层 1"中图像的右侧制作如图 9.79 所示的选区，按 Ctrl+J 键执行【通过拷贝的图层】命令，得到"图层 2"。

图 9.78　　　　　　　　　　　　　图 9.79

⑦ 按 Ctrl+T 键调出自由变换控制框，向右拖动控制框右侧的锚点至画布的最右侧位置，效果如图 9.80 所示，按 Enter 键确认变换操作。

⑧ 复制"图层 2"，得到"图层 2 副本"。执行【滤镜】|【模糊】|【动感模糊】命令，在弹出的对话框中设置参数，如图 9.81 所示，单击【确定】按钮退出对话框，得到如图 9.82 所示的效果，此时的【图层】面板如图 9.83 所示。

图 9.80　　　　　　　　　　　　　图 9.81

图 9.82　　　　　　　　　　　　　图 9.83

⑨ 设置前景色的颜色值为#959595，选择 ⃝【椭圆工具】，在其工具选项栏中单击 ⬜【形状图层】按钮，按住 Shift 键在画布的中上方按照从右到左的顺序绘制三个如图 9.84 所示的椭圆形状，得到图层"形状 1"。

⑩ 使用 ▶【路径选择工具】单击中间的形状以将其选中，单击工具选项栏中的 ⬚【从形状区域减去】按钮，得到如图 9.85 所示的效果。

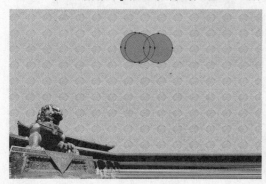

图 9.84

图 9.85

⑪ 用鼠标单击图层"形状 1"的矢量蒙版缩览图，使其处于当前操作状态，选择 ◊【钢笔工具】并在其工具选项栏中单击 ◻【添加到形状区域】按钮，在画布的正中间绘制如图 9.86 所示的形状。

⑫ 单击【图层】面板底部的 *fx.*【添加图层样式】按钮，在弹出的菜单中选择【颜色叠加】命令，在弹出的对话框中设置参数，如图 9.87 所示，在对话框中选择【渐变叠加】和【斜面和浮雕】选项，设置其参数如图 9.88、图 9.89 所示，此时图像的效果如图 9.90 所示。

提 示

在【颜色叠加】参数设置中，色块的颜色值为#0077db。在【渐变叠加】参数设置中，所使用的渐变为从白色到透明。读者在前景色为白色的情况下，可以直接选择软件自带的从前景色到透明的渐变，从而快速设置此图层样式的渐变效果。

图 9.86

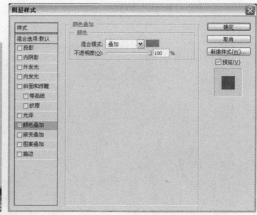

图 9.87

第 8 章
第 9 章
第 10 章
第 11 章
第 12 章
第 13 章
第 14 章

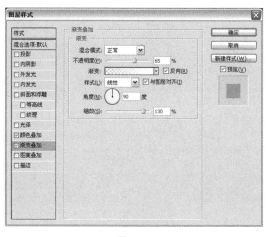

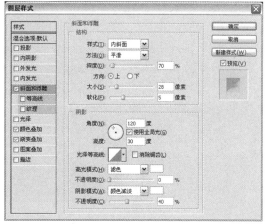

图 9.88　　　　　　　　　　　　　　　　　图 9.89

⑬ 保持不退出【图层样式】对话框，再选择【内发光】、【内阴影】和【投影】选项，设置其参数如图 9.91~图 9.93 所示，单击【确定】按钮，得到如图 9.94 所示的效果。

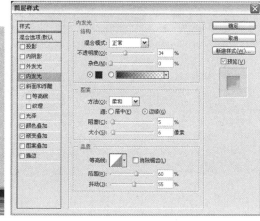

图 9.90　　　　　　　　　　　　　　　　　图 9.91

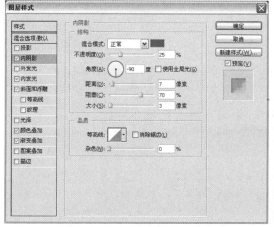

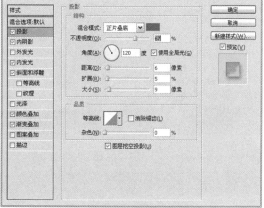

图 9.92　　　　　　　　　　　　　　　　　图 9.93

在【内发光】参数设置中，色块的颜色值为#004357。在【内阴影】参数设置中，色块的颜色值为#0266aa。在【投影】参数设置中，色块的颜色值为#06719d。

⑭ 设置前景色的颜色值为#f21e1e，选择 T.【横排文字工具】，在其工具选项栏中设置适当的字体与字号，在画布的正中键入如图 9.95 所示的文字。

图 9.94

图 9.95

⑮ 设置前景色为黑色，选择 T.【直排文字工具】，在其工具选项栏中设置适当的字体与字号，在画布的左上角键入如图 9.96 所示的文字，此时的【图层】面板如图 9.97 所示。

图 9.96

图 9.97

本例最终效果文件见随书所附光盘（光盘文件路径为"第 9 章\9.10.1.psd"）。

9.10.2 玉手镯

本例中的手镯效果是通过叠加图层样式得到的，这种制作方法的应用范围十分广泛。

① 按 Ctrl+N 键新建文件，在弹出的对话框中设置参数，如图 9.98 所示，单击【确定】按钮退出对话框。设置前景色的颜色值为#a50b0b，按 Alt+Delete 键使用前景色填充图层"背景"。

② 打开随书所附光盘中的文件（光盘文件路径为"第 9 章\9.10.2-素材 1.tif"），效果如图 9.99 所示。使用 ⊕ 【移动工具】将图像拖动至新建文件中，得到"图层 1"，并将"图层 1"中的图像放置在画布的底部。

| 图 9.98 | 图 9.99 |

③ 使用 ▥ 【矩形选框工具】在画布的下半部分制作选区，效果如图 9.100 所示。选择"图层 1"，单击【图层】面板底部的 ◻ 【添加图层蒙版】按钮，得到如图 9.101 所示的效果。

| 图 9.100 | 图 9.101 |

④ 新建图层，得到"图层 2"。设置前景色为白色，使用 ◯ 【椭圆工具】，在其工具选项栏中单击 ◻ 【填充像素】按钮，按住 Shift 键在画布中绘制白色的正圆图形，然后使用 ⊕ 【移动工具】将图形放置在画布的中心位置，效果如图 9.102 所示。

⑤ 打开随书所附光盘中的文件（光盘文件路径为"第 9 章\9.10.2-素材 2.psd"），效果如图 9.103 所示。使用 ⊕ 【移动工具】将图像拖动至新建文件中，得到"图层 3"，将"图层 3"中的图像放置在上一步绘制的正圆图形的中间位置，效果如图 9.104 所示。

图 9.102

图 9.103

⑥ 按住 Ctrl 键单击【图层】面板中"图层 2"的图层缩览图以调出其选区，执行【选择】
|【变换选区】命令，调出自由变换控制框，按住 Alt+Shift 键向画布右上角拖动控制框
右上角的控制手柄，将该选区放大，按 Enter 键确认变换操作，得到如图 9.105 所示的
效果。

图 9.104

图 9.105

⑦ 按住 Ctrl+Alt 键单击"图层 2"的图层缩览图，得到两者相减后的选区，在所有图层
的上方新建图层，得到"图层 4"。设置前景色为黑色，按 Alt+Delete 键填充选区，
按 Ctrl+D 键取消选区，得到如图 9.106 所示的效果。

图 9.106

⑧ 单击【图层】面板底部的 *fx.*【添加图层样式】按钮，在弹出的菜单中选择【图案叠加】命令，在弹出的对话框中设置参数，如图 9.107 所示；在对话框中选择【光泽】和【颜色叠加】选项，分别设置其参数，如图 9.108 和图 9.109 所示，得到如图 9.110 所示的效果。

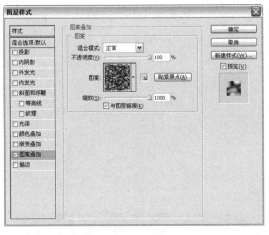

图 9.107

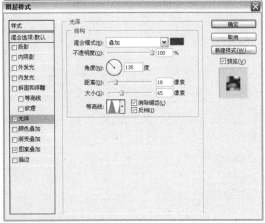

图 9.108

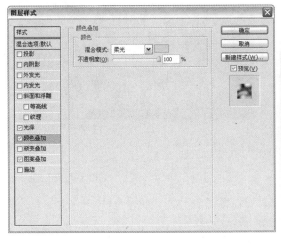

图 9.109

图 9.110

提 示

在【光泽】参数设置中，设置等高线的类型，如图 9.111 所示；设置色块的颜色值为#233f7c。在【颜色叠加】参数设置中，设置色块的颜色值为#b4d1f1。

⑨ 在【图层样式】对话框中选择【斜面和浮雕】和【等高线】选项，分别设置其参数，如图 9.112 和图 9.113 所示，得到如图 9.114 所示的效果。

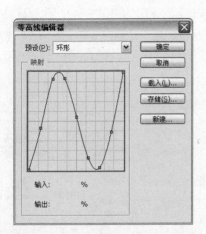

图 9.111

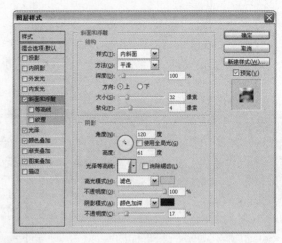

图 9.112

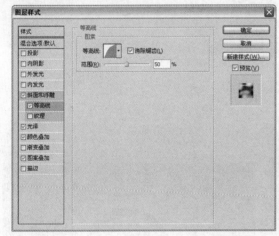

图 9.113

图 9.114

提 示

在【斜面和浮雕】参数设置中，等高线的类型如图 9.115 所示；【高光模式】右侧色块的颜色值为#bdd8f2。在【等高线】参数设置中，等高线的类型如图 9.116 所示。

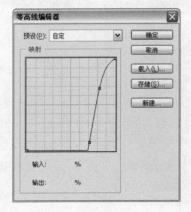

图 9.115

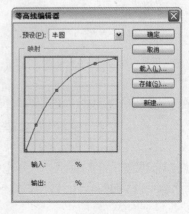

图 9.116

⑩ 在【图层样式】对话框中选择【内发光】、【内阴影】和【投影】选项，分别设置其参数，如图 9.117～图 9.119 所示，单击【确定】按钮退出对话框，得到如图 9.120 所示的效果。

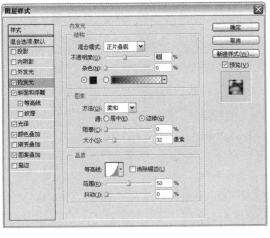

图 9.117

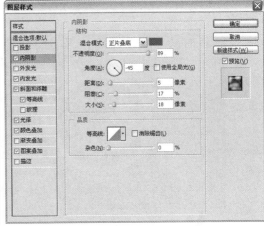

图 9.118

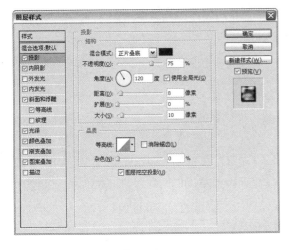

图 9.119

图 9.120

提 示

　　在【内发光】参数设置中，设置色块的颜色值为#2a2a67。在【内阴影】参数设置中，设置色块的颜色值为#4060a9。在【投影】参数设置中，设置色块的颜色值为#590b0b。

⑪ 设置前景色为白色，使用 [T]【横排文字工具】；在其工具选项栏中设置适当的字体和字号，在画布上方的中间处键入文字"民族的 世界的"，得到如图 9.121 所示的最终效果，此时的【图层】面板如图 9.122 所示。

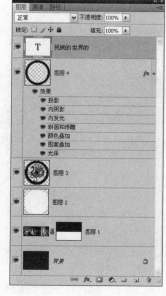

图 9.121

图 9.122

提　示

本例最终效果文件见随书所附光盘（光盘文件路径为"第 9 章\9.10.2.psd"）。

9.10.3　人物特效视觉表现

本例是关于人物特效的视觉表现作品。下面来详细讲解其制作过程。

① 打开随书所附光盘中的文件（光盘文件路径为"第 9 章\9.10.3-素材 1.tif"），效果如图 9.123 所示，将其作为本例的背景图像。

② 设置前景色为白色，选择 ▭【矩形工具】，在其工具选项栏中单击 ▢【形状图层】按钮及 ▣【添加到形状区域】按钮，在当前画布中绘制如图 9.124 所示的形状，得到图层"形状 1"，如图 9.125 所示为隐藏路径线后的效果。

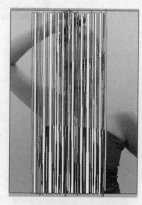

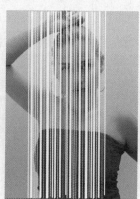

图 9.123

图 9.124

图 9.125

图层基础操作

第 8 章

第 9 章

第 10 章

第 11 章

第 12 章

第 13 章

第 14 章

提 示

可以看出，部分图像效果是不规则的，其制作方法是使用 ⬉【直接选择工具】选择需要更改的形状，然后调整锚点的位置。此外，单击形状图层的矢量蒙版缩览图可以显示／隐藏路径线。

③ 按 Ctrl+T 键调出自由变换控制框，将形状顺时针旋转 52°左右，并将其移向当前画布的上方，按 Enter 键确认操作，得到的效果如图 9.126 所示，如图 9.127 所示为隐藏路径线后的效果。

④ 单击图层"形状 1"的矢量蒙版缩览图以载入其选区，选择图层"背景"，按 Ctrl+J 键复制图层"背景"，得到"图层 1"，将"图层 1"拖动至图层"形状 1"的上方，隐藏图层"形状 1"。

⑤ 按 Ctrl+T 键调出自由变换控制框，在其工具选项栏中设置水平缩放及垂直缩放均为 110%，按 Enter 键确认操作，得到如图 9.128 所示的效果（图中为局部放大效果）。

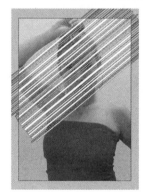  

图 9.126   图 9.127   图 9.128

⑥ 单击【图层】面板底部的 ◙【添加图层蒙版】按钮，为"图层 1"添加图层蒙版。设置前景色为黑色，选择 ✎【画笔工具】，在其工具选项栏中设置适当的画笔大小及【不透明度】数值，在图层蒙版中进行涂抹，将左下方及眼睛区域的效果隐藏起来，直至得到如图 9.129 所示的效果，此时图层蒙版中的状态如图 9.130 所示。

图 9.129   图 9.130

⑦ 打开随书所附光盘中的文件（光盘文件路径为"第 9 章\9.10.3-素材 2.psd"），效果如图 9.131 所示。使用 【移动工具】将图像拖动至制作文件中，得到"图层 2"。结合自由变换控制框调整图像的大小及位置，得到如图 9.132 所示的效果。

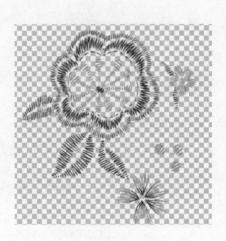

图 9.131   图 9.132

⑧ 按照步骤 6 的操作方法，为"图层 2"添加图层蒙版，将衣服以外的效果隐藏起来，直至得到如图 9.133 所示的效果，此时图层蒙版中的状态如图 9.134 所示。

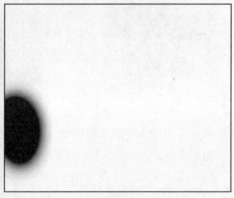

图 9.133   图 9.134

⑨ 单击【图层】面板底部的 【添加图层样式】按钮，在弹出的菜单中选择【斜面和浮雕】命令，在弹出的对话框中设置参数，如图 9.135 所示，单击【确定】按钮退出对话框，得到如图 9.136 所示的效果。设置"图层 2"的混合模式为【变暗】，得到如图 9.137 所示的效果。

⑩ 单击【图层】面板底部的 【创建新的填充或调整图层】按钮，在弹出的菜单中选择【色彩平衡】命令，在弹出的面板中设置参数，如图 9.138 所示，得到图层"色彩平衡 1"，同时得到如图 9.139 所示的效果。

● 图层基础操作 ●

第8章

第9章

第10章

第11章

第12章

第13章

第14章

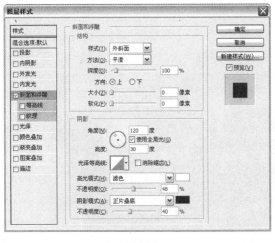

图 9.135

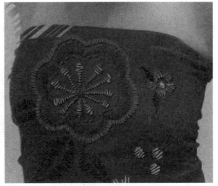

图 9.136

图 9.137

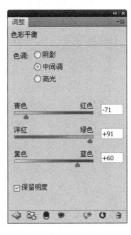

图 9.138

⑪ 按照上一步的操作方法，创建【亮度／对比度】调整图层，设置其面板参数，如图 9.140
所示，得到如图 9.141 所示的效果。

图 9.139

图 9.140

⑫ 使用 🔲【磁性套索工具】，将人物衣服勾画出来，效果如图 9.142 所示。重复上一步的操作方法，为选区内的图像创建【色相／饱和度】调整图层，设置其面板参数，如图 9.143 所示，得到如图 9.144 所示的效果，同时得到图层"色相／饱和度 1"。

图 9.141

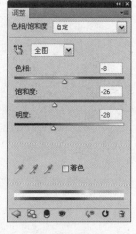

图 9.143

图 9.142

图 9.144

⑬ 激活图层"色相／饱和度 1"的图层蒙版缩览图，按照步骤 6 的操作方法编辑图层蒙版，将衣服上的部分效果隐藏起来，得到如图 9.145 所示的效果，此时图层蒙版中的状态如图 9.146 所示，【图层】面板如图 9.147 所示。

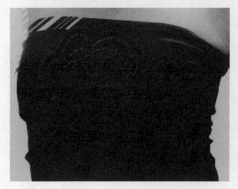

图 9.145

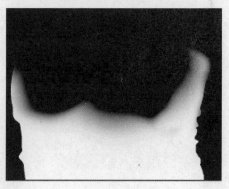

图 9.146

⑭ 新建图层，得到"图层 3"，选择◯【椭圆工具】，在其工具选项栏中单击▢【填充像素】按钮，按住 Shift 键在当前画布的左下方制作如图 9.148 所示的图形。

提　示

此步的制作方法非常简单，按住 Shift 键绘制一个正圆形，然后设置不同的颜色值，按住 Shift 键继续进行绘制。笔者在此没有给出颜色值，读者完全可以依据自已的喜好进行设置。

⑮ 设置"图层 3"的混合模式为【叠加】，【不透明度】为 65%，得到如图 9.149 所示的效果。复制"图层 3"，得到"图层 3 副本"，结合自由变换控制框进行水平翻转及一定角度的旋转，并向画布右上角移动，得到如图 9.150 所示的效果。

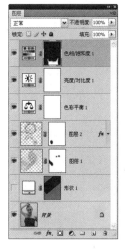
图 9.147

图 9.148

图 9.149

⑯ 按照步骤 6 的操作方法，为"图层 3 副本"添加图层蒙版，将人物脸部的部分区域隐藏起来，直至得到如图 9.151 所示的效果，此时图层蒙版中的状态如图 9.152 所示。

图 9.150

图 9.151

图 9.152

第 9 章
第 10 章
第 11 章
第 12 章
第 13 章
第 14 章

⑰ 结合文字类工具、矢量绘图类工具及自由变换控制框完成本例的最终效果，如图 9.153
所示，其局部效果如图 9.154 所示，此时的【图层】面板如图 9.155 所示。

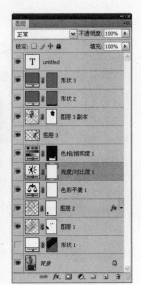

图 9.153　　　　　　　图 9.154　　　　　　　图 9.155

提 示

本例最终效果文件见随书所附光盘（光盘文件路径为"第 9 章\9.10.3.psd"）。

CHAPTER 10

图层高级操作

10.1 图像混合与创意的利器

本章讲解的图层操作是全书的精华之一，对于从事视觉艺术创作、广告图像创意、书籍装帧、包装设计、网页设计、婚纱照片设计等行业的工作人员都具有非常重要的意义。

单纯从技术层面来看，在 Photoshop 中可以使用多种方法进行图像混合。下面列举两种较为简单的方法。

（1）将一个图层放置在另一个图层的上方，使用 ▲【仿制图章工具】仿制需要的图像区域，使位于上方图层中的图像较好地与下方图层中的图像进行混合，这是混合图像的最简单的方法之一。

（2）在一个图像中使用任何一种选择类工具将需要与其他图像混合的对象选择出来，然后为选区设置一个羽化数值，再执行复制操作，最后切换到要混合的背景图像中执行粘贴操作。

> **注 意**
>
> 如果不能够理解或者想象上面所讲解的两种操作方法的具体步骤，表明前面所讲解的知识还有待于深入学习与练习。

虽然使用上面所讲解的方法也能够完成某些混合图像的工作，但经过实际操作的验证就会发现每一种方法都存在着这样或者那样的缺陷，而且实用性与灵活性也相对不足。要解决这些问题，就需要使用本章所讲解的各类混合方法。

从应用方面来看，掌握本章所讲解的各类知识与操作技能可以较好地完成混合图像的操作，完成如图 10.1 所示的纯视觉创意类作品，并给人以非常直接的神奇的视觉感受。

图 10.1

混合图像的另一大类应用，是为了完成类似图 10.2 所示的商业类作品。在这幅商业作品中，通过合成不同的图像展现了某一品牌汽车良好的刹车性能。图 10.3 同样展示了几幅通过混合图像完成的优秀商业广告创意作品，这样的作品属于商业级应用，因此对于从事图像混合的设计师提出的要求更高。

图层高级操作●

第 8 章

第 9 章

第 10 章

第 11 章

第 12 章

第 13 章

第 14 章

图 10.2　　　　　　　　　　　　　　　　　　　图 10.3

除了上面的两类应用外，通过混合图像还可以创作出几乎可以乱真的摄影作品，类似图 10.4 所示的作品就是使用图 10.5 所示的素材图像混合而来的。

图 10.4

图 10.5

对于喜欢开玩笑的乐天派，混合图像被应用于创作搞笑作品。图 10.6 展示了投掷箭鱼的运动员、骑着长颈鹿的警察、跳伞运动员在天空偶遇芭蕾舞演员等几个场景，每一个场景都能够令人会心一笑。

图 10.6

通过上面的展示，可以从多个层面了解混合图像的作用，但实际上还不仅如此，在修补图像及平面设计中混合图像也有大量应用。

10.2 关于图像创意

世界需要创意，因为创意是推动世界前进的一种动力。在图像视觉领域，创意的重要性也非常突出。为了将人们的目光从繁杂的信息中吸引过来，为图像赋予创意几乎成为唯一的途径。

10.2.1 想象——创意的动力

想象是能够在原有感性形象的基础上创造出新形象的一种心理活动。这些新形象是将经过积累的知觉材料再进行加工改造所形成的。虽然人们能够想象出从未感知过的或者实际上并不存在的事物的形象，但想象归根结底还是来源于客观现实，是在社会实践中发生、发展起来的。

最典型的例子是"龙"。虽然没有人见过龙，但人们还是通过组合日常生活中见过的动物的肢体想象出了龙的形象。又如，最能够代表人类对于未来想象的影片《星球大战》，在这部充满了想象的电影中，观众所看到的千奇百怪的生物与飞船实际上仍然是电影工作者对于现实生活的提炼与重组，这些形象可以被——分解开并从现实生活中找到原型。

想象活动对于推动创意的诞生具有非常重要的作用，因此培养想象能力并经常进行想象练习具有非常重要的意义。

10.2.2 产生创意的几种方法

许多人在看到极具创意的图像时，都以为这些图像的创作者天资聪颖，有取之不尽的灵感和天马行空的想象力，这种想法是错误的。

虽然有创意的图像作品的确与创作者丰富的想象力有关，但想象力并不完全构成获得创意的源泉。实际上，这些创作者也需要经过刻苦地工作以及不懈地学习。他们为了获得一个或者一系列创意，往往花费了他人无法想象的时间和精力。

至于如何获得创意，不同的人给出的答案也不同，但大多数人的答案中存在一种共性，即创意不是从石头缝里蹦出来的，是建立在长期观察、思考、积累的基础上的。即使某一次灵光乍现，产生出了很好的创意，这种创意也一定是从其他事物中引申过来的，而并非完全凭空臆造。这符合事物发展的客观规律，即精神构建于物质的基础之上，所以人们想象出来的外星生物其造型仍然是人们所看到的事物的组合。

下面讲解笔者常用的几种获得创意的方法，各位读者可以选择一种适合自己的方法。

1. 头脑风暴法

找两个或者几个人一起座谈，这可能是得到好创意最有效的方法之一。迄今为止，广告界仍然在广泛地使用这种获得创意的方法。

这种方法特别适用于要创作的图像合成作品在技术与艺术方面都比较复杂的类型。在集体讨论时不仅需要考虑到作品的主题如何体现，更需要讨论要完美地表现这个主题需要使用什么样的技术，或者这种技术是否是设计者所具备的，如果不具备，是否应该使用其他的表现方式，等等。

在这个阶段，人们的想法会在彼此之间交换、肯定、否定数次，这样进行一段时间后，就会有许多值得讨论的创意出现，这时再反复琢磨并构思出大致草图。也许会有许多想法在提出后只能博大家开心一笑，但对这样的想法也不要轻易地否定，因为这可能是一个好创意的萌芽。

2．阅读法

文学作为一种载体，它的存在在某种程度上就是将虚拟的形象或者场景生成在读者的头脑中。能够意识到这一点，就会发现阅读文学作品对于启发创意思路也大有裨益。

例如，在阅读魔幻主义作品时，作品中能够说话的动物、能够上天入地的神魔以及神奇迷幻的场景都能够提供给读者最好的创意灵感。

此外，科幻作品也是很好的创意养分，如《海底两万里》、《飞向月球》、《地心游记》等均有很好的阅读性与启发性。

除了阅读文字类作品外，笔者还建议阅读一些摄影类、后期处理类的技术型书籍，在技术层面启发思维。

3．图片资料法

互联网的出现使全世界的资源在交流起来更加的方便，因此多搜集整理一些国内外各类创意高手的作品，在思源枯竭的时候加以欣赏，能够在很大程度上启发创意思维。

10.3　创意图像的制作流程

与其他设计与创意类工作相同，通过混合图像制作出有创意的作品也有一个相对完整的流程。下面详细讲解这一流程。

10.3.1　确定主题

确定主题是进行图像混合前首先要理清的事情，无法想象如何在一个漫无目的的混乱操作中诞生极具创意的作品。只有确定了主题，才能够使后续的拍摄与混合过程具有明确的目的性，最终得到令人满意的作品效果。

10.3.2　构思草图

有了明确的主题构思后，下一步就应该仔细考虑最终需要的大体图像效果。这个过程有些人可以在脑海中完成，有些人则将构思落实成为草图。

很显然，如果所需效果较为简单，在脑海中完成就可以了，但如果所需效果非常复杂，不能够在短时间内完成，将构思落实成为草图则是一个很好的方法。

草图对于拍摄及后期混合的工作有很重要的指导意义。当然，并不是所有人都对绘画在行。如果对绘画不太在行，在这种情况下，可以不必在草图的精确性上纠缠，将值得探索的构思落实在纸面上即可。

10.3.3　拍摄素材

对于草图中需要的素材要在这个阶段考虑是否能够进行拍摄及如何拍摄，这是考察拍摄能力的阶段，但并不意味着需要掌握非常精深的拍摄技术，因为许多拍摄过程中的不足可以在后期工作中弥补。

在进行拍摄的过程中需要注意以下两个问题。

1．拍摄时的光线问题

光线是图像的灵魂。合理、恰当的光线对于素材图像而言非常重要，否则，读者可能会在后期处理过程中碰到许多问题。可信的光照效果会大大增加作品的真实程度，如果希望最终的作品看上去更真实，就要在光线的调整与处理方面花费大量的时间。

最理想的情况是将一幅合成作品所需要的所有画面元素都在同样的光线下拍成，但也有因为各种原因在后期合成中出现需要补拍素材图像的情况。这时，寻找类似的光照条件就变得非常重要了。例如，如果一幅合成作品的其他素材图像都是下午在室内拍摄的，那么补拍素材图像也应该在下午室内光线相当的情况下进行。

2．拍摄时的透视问题

当几幅素材图像被合成到一幅作品中时，这些素材图像的透视角度是否能够相互配合，是最终得到的合成作品是否令人满意的重要决定条件之一。为了在后期合成操作中减少麻烦，在拍摄时应该在一个镜头下拍摄一幅合成作品中的所有素材图像。

例如，如果一幅合成作品的某些素材图像是相机在 1.5m 的高度上以广角镜头拍摄的，其他需要的素材图像也应该在同样的高度上以同样的广角镜头进行拍摄。

10.3.4　搜集素材

有些合成作品所需要的素材图像是无法进行拍摄或者很难进行拍摄的。例如，一双翅膀、一个欧式的挂钟、一个很空旷的临海房间、一个大眼睛的金发女孩等，这些对于某些人而言无法进行实拍的照片素材，就需要通过搜索图片库来完成。

10.3.5　绘制素材

在现实中根本不存在的素材图像（如长成正方形的南瓜、晶莹剔透的水晶葡萄等），需要在 Photoshop 中对现实的素材进行加工处理或者进行绘制。

10.3.6　电脑合成

这是一个艰苦的过程，创意与构思能否完美地体现也就在这一阶段了。

在这个阶段要进行的工作很多。例如，从素材图像中将对象选择出来，根据需要对图像的瑕疵进行修复，对图像进行调色处理，为图像添加无法进行拍摄的素材元素，调整素材图像的比例与位置，等等。

10.3.7 修改润饰

许多读者以为这个阶段应该与前面的电脑合成阶段合为一个工作阶段，但这样并不好，因为长时间痴迷于一幅作品，很可能会钻牛角尖，因此在完成图像的合成后，最好将合成后的图像放一段时间（也许两天，也许一周），然后再重新审视这幅作品。这样做的好处在于使创作者以全新的眼光审视这幅作品并从中发现新的问题，然后进行必要的修改与润饰。

10.4 广告图像创意的常用技法

广告图像创意是使用混合图像的手段进行创作的一大领域。经过长期的设计实践，平面广告创意的表现手法已经十分丰富，并且具有一定的规律，在本节中笔者将重点讲解其中四种以混合图像为主要创意手段的表现手法。

10.4.1 夸张

合理地运用夸张的表现手法，可以使作品在平凡中求新求变。借助想象对广告作品中所宣传的对象的特征进行相当明显的放大，能够更鲜明地强调或者展示事物的实质，增强作品的艺术表现力，加深人们对这些特征的认知，赋予人们以一种新奇与变化的情趣。

例如，在图 10.7 左图所示的广告中，设计师在照片上合成了一个实拍的鸟骨架，从而夸张地表现了打印机的打印效果持久而且逼真；中图与右图的广告作品采用了同样的创意手法，通过混合图像来夸张地表现打印机的打印性能与计算机的显示性能。

图 10.7

这一类广告创意作品在制作时主要是使用了图层蒙版这一混合图像的常用技术。

10.4.2 联想

最常见的联想是"触景生情"，它是回忆的一种表现形式。联想是由视觉和听觉所引发的思维活动，是从一个事物到另一个事物的连接，是一种合乎审美规律的心理现象。在审美的过程中，通过丰富的联想能够突破时空的界限，扩大艺术形象的容量，加深画面的意境，审美者可以在审美对象上联想到自己或者与自己有关的经验，从而在审美者与审美对象之间引发共鸣，并使二者融合为一体，使美感显得更加丰富、强烈。

如图 10.8 所示的广告都采用了联想的创意手法。左图中迷彩色的和平鸽使人联想到战争与和平的关系；而中图的公益广告作品形象地以酷似树形的龟裂土地来表现水与自然之间的关系；右图的广告作品将汽车与旅行包混合在了一起，使消费者看到汽车就联想到自由自在的旅行。

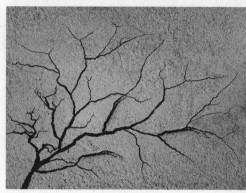

图 10.8

在上面所展示的广告中，迷彩色的和平鸽广告使用了图层的混合模式，而中图与右图的广告作品则可以通过剪贴蒙版来完成。

10.4.3 幽默

幽默表现类广告是一种构思新奇、立意独特、轻松诙谐、能够给人留下深刻印象的广告类型。由于生活节奏加快，人们往往厌倦乏味、冗长的解说，而幽默表现类广告能够营造出轻松愉悦的气氛，因此其广告效果能够使人们欣然接受。

此类广告有时表现为生活中某些富于喜剧性的场面，有时又表现为一种荒诞而夸张的视觉感受，能够达到出乎意料之外又在情理之中的艺术效果，引起观赏者会心的微笑，以别具一格的方式激发作品的艺术感染力。

如图 10.9 所示的广告作品中以一头犀牛与汽车相撞为画面的主要元素，犀牛被撞得全身都堆在了一起，从而以幽默的方式使观赏者感受到了汽车的坚固程度。

如图 10.10 所示的广告作品中也都是采用了幽默表现的创意手法，读者可以根据刚刚讲解的知识，尝试分析其中的含义。

在上面的广告作品中大都需要综合运用图层蒙版、图层混合模式等混合图像的技术。

图 10.9

图层高级操作

第8章

第9章

第10章

第11章

第12章

第13章

第14章

图 10.10

10.4.4　超现实

超现实表现是现代绘画中的一种流派，通常采用一反常态的手法来制造令人意想不到的效果，主观地表现出现实生活中不可能存在的离奇现象，以奇制胜，这种视觉魔术对现代广告设计产生了很大影响。

在如图 10.11 所示的汽车广告作品中，汽车"背"着一辆大卡车在路面上行驶，由此突出了该汽车的超大马力。在如图 10.12 所示的电视广告作品中，利用超现实表现的创意手法，以电视中的人立体呈于电视外的画面效果强调了电视高清晰及高逼真的性能。在如图 10.13 所示的广告作品中也都采用了超现实表现的创意手法。

图 10.11　　　　　　　　　　　　　　　图 10.12

图 10.13

在上面的广告作品中需要使用图层蒙版、剪贴蒙版、图层混合模式等混合图像的技术。

10.5　剪贴蒙版

使用剪贴蒙版，能够通过一个图层中的像素限定另一个图层中的像素的显示范围，从而创造出一种剪贴画的效果。

如图 10.14 所示为创建剪贴蒙版前的图像效果及【图层】面板。如图 10.15 所示为创建剪贴蒙版后的图像效果及【图层】面板。

 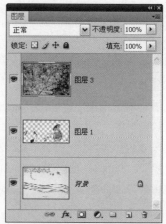

图 10.14

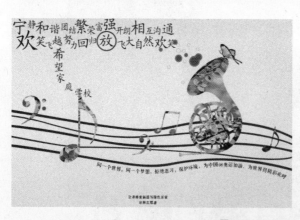 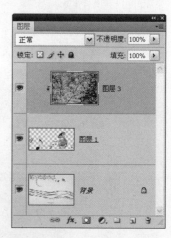

图 10.15

上面是按照规则形状创建剪贴蒙版的简单示例，在实际工作中可以创建形式灵活丰富的剪贴蒙版，从而得到复杂多变的图像混合效果。

10.5.1　创建剪贴蒙版

可以通过以下三种方法创建剪贴蒙版。

（1）按住 Alt 键，将鼠标指针放置在【图层】面板中两个图层的分隔线上，当鼠标指针变为⟨⟩形状时单击即可。

（2）在【图层】面板中选择要创建剪贴蒙版的两个图层中的上方图层，执行【图层】|【创建剪贴蒙版】命令。

（3）在【图层】面板中选择处于上方的图层，按 Ctrl+Alt+G 键创建剪贴蒙版。

下面通过一个示例来讲解剪贴蒙版的使用方法。

① 打开随书所附光盘中的文件（光盘文件路径为"第 10 章\10.5.1-素材 1.tif"），效果如图 10.16 所示。

> **提 示**
>
> 这是利用选区创建剪贴蒙版的示例，在下面的操作中将会对素材人物进行适当编辑，使暗淡的色块背景变得丰富多彩。

② 选择 【魔棒工具】，在其工具选项栏中设置【容差】数值为 5，在背景图像中作为主体色块的紫色区域单击，得到选区，效果如图 10.17 所示。按 Ctrl+J 键执行【通过拷贝的图层】命令，将选区中的图像复制到新图层中，得到"图层 1"。

③ 打开随书所附光盘中的文件（光盘文件路径为"第 10 章\10.5.1-素材 2.tif"），效果如图 10.18 所示。使用 【移动工具】将人物素材图像拖入到背景文件中，使人物素材图像所在图层位于"图层 1"的上方，得到"图层 2"，按 Ctrl+Alt+G 键创建剪贴蒙版，效果如图 10.19 所示，设置"图层 2"的混合模式为【强光】，效果如图 10.20 所示。

图 10.16

图 10.17

图 10.18

④ 按住 Ctrl 键单击"图层 1"的图层缩览图以载入其选区，选择"图层 2"为当前操作图层，单击【图层】面板底部的 【创建新的填充或调整图层】按钮，在弹出的菜单中选择【渐变】命令，在弹出的对话框中设置参数，如图 10.21 所示，设置渐变颜色值为#fd8abb 到#ffffff，单击【确定】按钮退出对话框，得到图层"渐变填充 1"，更改其【不透明度】数值为 50%，效果如图 10.22 所示。

图 10.19

图 10.20

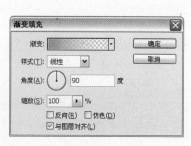

图 10.21

图 10.22

⑤ 选择图层"背景"，按照步骤 2 的操作方法，选择大面积的白色色块，复制得到"图层 3"，将其拖动至所有图层的上方，单击【图层】面板底部的 【创建新图层】按钮，得到"图层 4"。选择 ✎【画笔工具】，按 F5 键弹出【画笔】面板，设置参数如图 10.23 所示。设置前景色和背景色的颜色值分别为#fdd68a 和#ff6102，在"图层 4"中进行绘制，效果如图 10.24 所示。

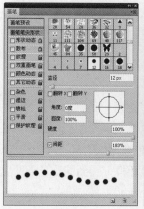

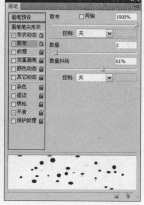

图 10.23

图层高级操作 ● 第 8 章

第 9 章

第 10 章

第 11 章

第 12 章

第 13 章

第 14 章

⑥ 按 Ctrl+Alt+G 键创建剪贴蒙版，效果如图 10.25 所示。选择"图层 3"，按住 Ctrl 键单击"图层 3"的图层缩览图以载入其选区，单击【图层】面板底部的 【创建新的填充或调整图层】按钮，在弹出的菜单中选择【渐变】命令，在弹出的对话框中设置参数，如图 10.26 所示，设置渐变颜色值为#fdd68a 到#ffffff，单击【确定】按钮，得到图层"渐变填充 2"，设置其【不透明度】数值为 50%，效果如图 10.27 所示。

图 10.24

图 10.25

图 10.26

图 10.27

⑦ 按住 Alt 键将"图层 2"拖动至"图层 3"的上方，得到"图层 2 副本"，效果如图 10.28 所示。更改"图层 2 副本"的【不透明度】数值为 40% ，效果如图 10.29 所示，此时的【图层】面板如图 10.30 所示。

图 10.28

图 10.29

图 10.30

> **提 示**
>
> 本例最终效果文件见随书所附光盘（光盘文件路径为"第 10 章\10.5.1.psd"）。

10.5.2　取消剪贴蒙版

可以采用下面三种方法取消剪贴蒙版。

（1）按住 Alt 键，将鼠标指针放置在【图层】面板中两个剪贴蒙版图层的分隔线上，当鼠标指针变为 ⬡ 形状时单击分隔线。

（2）在【图层】面板中选择剪贴蒙版中位于上方的任意一个图层，执行【图层】|【释放剪贴蒙版】命令。

（3）选择剪贴蒙版中任意一个图层，按 Ctrl+Alt+G 键。

10.6　图层蒙版 CS4

图层蒙版是 Photoshop 图层高级应用的核心。与剪贴蒙版相似，图层蒙版也用于混合图像，只是比前者更灵活、丰富。它可以利用任何修改图像的方法定义图像要显示或者隐藏的区域，是合成图像时最重要的方法之一。

如图 10.31 所示为原图像效果及其对应的【图层】面板。如图 10.32 所示是在创建剪贴蒙版的基础上，使用图层蒙版及下面将讲解的图层混合模式将素材图像与其下方的图像混合在一起的效果及其对应的【图层】面板。可以看出，情侣图像与手的图像完美地结合在一起了。

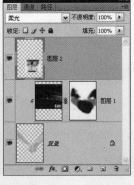　　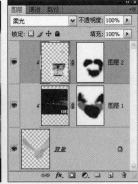

　　　　　　　图 10.31　　　　　　　　　　　　　　　　　　图 10.32

10.6.1　了解图层蒙版

图层蒙版是制作图像混合效果时最常用的一种手段。使用图层蒙版混合图像的好处，在于可以在不改变图层中图像像素的情况下，实现多种混合图像的方案并能够进行反复修改，以得到最终需要的效果。

要正确、灵活地使用图层蒙版，必须了解图层蒙版的原理。简单地说，图层蒙版就是使用一张灰度图有选择地隐藏当前图层中的图像，从而得到混合效果。

这里所说的"有选择"，是指图层蒙版中的白色区域可以起到显示当前图层中对应图像区域的作用，图层蒙版中的黑色区域可以起到隐藏当前图层中对应图像区域的作用，如果图层蒙版中存在灰色，则使对应的图像区域呈现半透明效果。

如图 10.33 所示为原图像效果及其对应的【图层】面板。如图 10.34 所示为使用图层蒙版对图像进行混合后的效果及其对应的【图层】面板。

 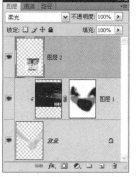  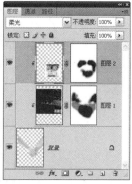

图 10.33　　　　　　　　　　　　　　　　　　图 10.34

用户可以通过改变图层蒙版中不同区域的黑白程度，控制对应图像区域的显示或隐藏状态，为图像增加许多特殊效果。

下面通过一个简单的示例来了解图层蒙版的工作原理。

① 打开随书所附光盘中的文件（光盘文件路径为"第 10 章\10.6.1-素材 1.tif"），效果如图 10.35 所示，将此文件作为背景文件。

② 打开随书所附光盘中的文件（光盘文件路径为"第 10 章\10.6.1-素材 2.tif"），效果如图 10.36 所示。使用 【移动工具】将图像拖动至步骤 1 打开的背景文件中，得到"图层 1"。设置"图层 1"的【不透明度】数值为 50%，调整图像的位置，效果如图 10.37 所示，恢复"图层 1"的【不透明度】数值为 100%。

图 10.35　　　　　　　　　　　　　　　图 10.36

③ 按 Ctrl+A 键执行【全选】命令，选择 【魔棒工具】，按住 Alt 键在小鸟以外的区域单击，效果如图 10.38 所示。

④ 选择"图层 1"并单击【图层】面板底部的 【添加图层蒙版】按钮，得到如图 10.39

所示的效果，此时的【图层】面板如图 10.40 所示。

图 10.37

图 10.38

图 10.39

图 10.40

⑤ 观察图像不难看出，左侧的树枝过长，下面继续使用图层蒙版来隐藏该部分图像。保持选择"图层 1"的图层蒙版缩览图，以继续对其进行编辑操作。

⑥ 设置前景色为白色，选择 ⬛【画笔工具】并在其工具选项栏中设置适当的柔和边缘画笔笔尖，在过长的树枝上进行涂抹，直至得到如图 10.41 所示的效果。

⑦ 按住 Alt 键单击"图层 1"的图层蒙版缩览图以进入图层蒙版显示状态，如图 10.42 所示，单击其他任意一个图层的图层缩览图即可退出图层蒙版显示状态。

图 10.41

图 10.42

> **提 示**
>
> 本例最终效果文件见随书所附光盘（光盘文件路径为"第 10 章\10.6.1.psd"）。

通过制作本例不难看出，图层蒙版的工作原理实际上就是使用白色来显示对应的图像区域，使用黑色来隐藏对应的图像区域。

10.6.2 了解【蒙版】面板 [精] CS4

【蒙版】面板是 Photoshop CS4 的新增功能之一。此面板能够提供用于图层蒙版及矢量蒙版的多种控制参数，使操作者可以轻松更改其不透明度及边缘柔化程度，并可以方便地增加或删除蒙版、反相蒙版或调整蒙版的边缘，等等。

执行【窗口】|【蒙版】命令后，显示如图 10.43 所示的【蒙版】面板。

下面以【蒙版】面板为中心，讲解与图层蒙版相关的操作。

图 10.43

10.6.3 三种添加图层蒙版的方法 CS4

根据当前的操作状态，可以选择下面两种方法中的任意一种为当前图层添加图层蒙版。

1. 添加显示或者隐藏整个图层的图层蒙版

要直接为图层添加图层蒙版，可以使用下面的操作方法之一。

（1）选择要添加图层蒙版的图层，单击【图层】面板底部的 ◙ 【添加图层蒙版】按钮，或者在【蒙版】面板中单击 ◙ 按钮，为图层添加一个默认填充为白色的图层蒙版，即显示整个图层的图层蒙版。

> **提 示**
>
> 如果当前选择的是背景图层，在【蒙版】面板中单击 ◙ 按钮会将其先转换为普通图层，然后再为其添加图层蒙版。

（2）如果在执行上述添加图层蒙版的操作时按住 Alt 键，即可为图层添加一个默认填充为黑色的图层蒙版，即隐藏整个图层的图层蒙版。

2. 添加显示或者隐藏选区的图层蒙版

如果在当前图层中已存在选区，可以按下述步骤操作，以添加一个显示或者隐藏选区的图层蒙版。

（1）依据选区范围添加图层蒙版：选择要添加图层蒙版的图层，在【蒙版】面板中单击 ◙

按钮，或在【图层】面板中单击 【添加图层蒙版】按钮，即可依据当前选区的选择范围为图层添加图层蒙版。

（2）依据与选区相反的范围添加图层蒙版：如果在【图层】面板中单击 【添加图层蒙版】按钮时按住 Alt 键，即可依据与当前选区相反的范围为图层添加图层蒙版，即先对选区执行【反向】命令，然后再为图层添加图层蒙版。

3. 将图像贴入选区以创建图层蒙版

在存在选区的情况下，可以先复制图像，然后执行【编辑】|【贴入】命令，将复制的图像粘贴至该选区中，同时生成一个用于装载该图像的图层，且该图层具有依据选区创建的显示选区中图像的图层蒙版。

10.6.4　编辑图层蒙版的准则

添加图层蒙版只是完成了应用图层蒙版的第一步，要使用图层蒙版还必须对图层蒙版进行编辑，这样才能取得所需的效果。

要编辑图层蒙版，可以参考以下操作步骤。

①　单击【图层】面板中的图层蒙版缩览图以将其激活。

②　选择任何一种编辑或者绘图类工具，按照下述准则进行编辑。

　　如果要隐藏当前图层，用黑色在图层蒙版中绘图。

　　如果要显示当前图层，用白色在图层蒙版中绘图。

　　如果要使当前图层部分可见，用灰色在图层蒙版中绘图。

③　如果要编辑图层中的图像，单击【图层】面板中该图层的缩览图以将其激活。

提　示

如果要将一幅图像粘贴至图层蒙版中，按住 Alt 键单击图层蒙版缩览图以显示图层蒙版，执行【编辑】|【粘贴】命令或者按 Ctrl+V 键。

10.6.5　编辑图层蒙版的透明属性 精 CS4

调整【蒙版】面板中的【浓度】滑块，可以改变选定的图层蒙版的不透明度，其操作步骤如下所述。

①　在【图层】面板中，选择包含有要编辑的图层蒙版的图层。

②　单击【蒙版】面板中的 按钮以将其激活。

③　拖动【浓度】滑块，当此数值为 100% 时，图层蒙版完全不透明；此数值越低，图层蒙版中的更多区域变得可见。

如图 10.44 所示为原图像效果及其对应的【图层】面板、【蒙版】面板。如图 10.45 所示为在【蒙版】面板中将【浓度】数值降低后的效果及其对应的【图层】面板、【蒙版】面板。可以看出，由于图层蒙版中的黑色变为灰色，被隐藏的图像也开始显现出来。

图层高级操作●

第8章

第9章

第10章

第11章

第12章

第13章

第14章

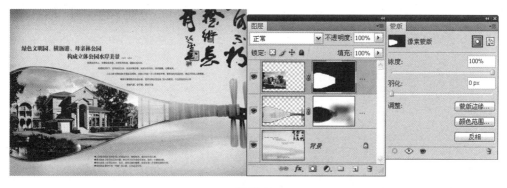

图 10.44

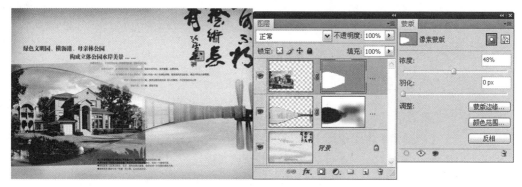

图 10.45

10.6.6　编辑图层蒙版的羽化属性精 CS4

使用【蒙版】面板中的【羽化】滑块，可以直接控制图层蒙版的边缘柔化程度，而无需像以前一样再使用模糊滤镜对其进行操作，其操作步骤如下所述。

① 在【图层】面板中，选择包含有要编辑的图层蒙版的图层。

② 单击【蒙版】面板中的■按钮以将其激活。

③ 在【蒙版】面板中拖动【羽化】滑块，将羽化效果应用至蒙版的边缘，以创建较柔和的过渡。

如图 10.46 所示为在【蒙版】面板中将【羽化】数值提高后的效果及其对应的【图层】面板、【蒙版】面板。可以看出，图层蒙版的边缘发生了柔化。

图 10.46

10.6.7　编辑图层蒙版的边缘 精 CS4

在【蒙版】面板中单击【蒙版边缘】按钮，弹出【调整蒙版】对话框。此对话框的功能及使用方法类似于【调整边缘】对话框。使用此对话框，可以对图层蒙版进行平滑、收缩、扩展等操作。

与执行【选择】|【调整边缘】命令不同的是，使用【调整蒙版】对话框调整图层蒙版后的结果将直接应用于图层蒙版，并可以实时预览调整得到的结果。

10.6.8　编辑图层蒙版的颜色范围 精 CS4

在【蒙版】面板中单击【颜色范围】按钮，弹出【色彩范围】对话框，可以使用对话框参数在图层蒙版中更好地进行选择操作、调整得到的选区并将调整图层蒙版后的结果直接应用于当前的图层蒙版。

10.6.9　停用和启用图层蒙版 CS4

按住 Shift 键单击【图层】面板中的图层蒙版缩览图，或者执行【图层】|【图层蒙版】|【停用】命令，也可以单击【蒙版】面板底部的 ● 【停用 / 启用蒙版】按钮，以暂时隐藏图层蒙版，此时的图层蒙版缩览图显示一个红色的 "×"，如图 10.47 所示。

如果要启用图层蒙版，可以再次按住 Shift 键单击【图层】面板中的图层蒙版缩览图，或者执行【图层】|【图层蒙版】|【启用】命令，又或者再次单击【蒙版】面板底部的 ● 【停用 / 启用蒙版】按钮。

图 10.47

10.6.10　取消图层蒙版的链接

默认情况下，图层与其图层蒙版是处于链接状态的。如图 10.48 所示为原图像效果及其【图层】面板。如图 10.49 所示为在保持图层缩览图与其图层蒙版的链接状态时移动图像的效果。

图 10.48

图 10.49

可以看出，图层中的图像与图层蒙版是一起移动的。要改变这种效果，可以单击【图层】面板中图层和图层蒙版两者缩览图之间的 🔗 图标，以取消图层和图层蒙版的链接状态，如图 10.50 所示，此时就可以单独移动图层中的图像或者图层蒙版了，效果如图 10.51 所示。

图 10.50

图 10.51

要重新建立链接，只需单击图层缩览图和图层蒙版缩览图之间的原链接图标所在位置。

10.6.11 应用和删除图层蒙版 CS4

应用图层蒙版，可以将图层蒙版中黑色对应的图像区域删除，白色对应的图像区域保留，灰色过渡所对应的图像区域进行删减以得到一定的透明效果，从而保证图像效果在应用图层蒙版前后不会发生变化。要应用图层蒙版，可以执行以下操作之一。

（1）在【蒙版】面板中单击 ◈ 【应用蒙版】按钮。

（2）执行【图层】|【图层蒙版】|【应用】命令。

（3）在图层蒙版缩览图中单击鼠标右键，在弹出的菜单中选择【应用图层蒙版】命令。

如果不想对图像进行任何修改而直接删除图层蒙版，可以执行以下操作之一。

（1）单击【蒙版】面板中的 🗑 【删除蒙版】按钮。

（2）执行【图层】|【图层蒙版】|【删除】命令。

（3）在图层蒙版缩览图中单击鼠标右键，在弹出的菜单中选择【删除图层蒙版】命令。

10.7　混合模式

10.7.1　了解混合模式

混合模式并不是图层独有的。在使用 ✐ 【画笔工具】、 ♨ 【仿制图章工具】、 ▭ 【渐变工具】等工具时都能够在这些工具的工具选项栏中看到混合模式的下拉菜单选项。除此之外，在使用【填充】、【描边】、【计算】、【应用图像】等命令的对话框参数时，也能够看到此选项。可以说，混合模式在 Photoshop 中几乎无处不在，并影响着在 Photoshop 中进行的多项操作。

由于这些工具、命令所使用的混合模式与图层的混合模式在功能与意义上基本相同，学习了图层的混合模式后，所掌握的知识与技能将同样适用于那些命令和工具。

在众多混合模式中，图层混合模式的使用频率最高，并被广泛应用于图像混合中。如图 10.52 所示的图像都或多或少地使用了混合模式。

图 10.52

混合模式的使用方法非常简单，只需选择相应的图层，然后在【图层】面板中单击 正常 ▾ 右侧的 ▾ 按钮，在弹出的如图 10.53 所示的下拉菜单中选择一种混合模式。在此下拉菜单中列有 25 种可以产生不同效果的混合模式。

各混合模式释义如下。

- ➢ 【正常】：选择此模式，上方图层中的图像完全遮盖下方图层中的图像。
- ➢ 【溶解】：如果上方图层中的图像具有柔和的半透明边缘，则选择此模式可以创建像素点状效果。
- ➢ 【变暗】：选择此模式，将以上方图层中的较暗像素代替下方图层中与之相对应的较亮像素，且下方图层中的较暗像素代替上方图层中与之相对应的较亮像素，因此叠加后整体图像呈暗色调。

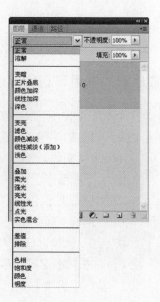

图 10.53

➢ 【正片叠底】：选择此模式，整体效果显示为由上方图层及下方图层中的较暗像素合成的图像效果。

➢ 【颜色加深】：此模式通常用于创建非常暗的投影效果，如图 10.54 所示。

➢ 【线性加深】：选择此模式，可以查看每一个颜色通道的颜色信息，加暗所有通道的基色，并通过提高其他颜色的亮度来反映混合颜色，此模式对于白色无效。

➢ 【深色】：选择此模式，可以依据图像的饱和度，使用当前图层中的颜色直接覆盖下方图层中暗调区域的颜色。

➢ 【变亮】：此模式与【变暗】模式相反，以上方图层中的较亮像素代替下方图层中与之相对应的较暗像素，且下方图层中的较亮像素代替上方图层中的较暗像素，因此叠加后整体图像呈亮色调。

➢ 【滤色】：此模式与【正片叠底】模式相反，在整体效果上显示为由上方图层及下方图层中的较亮像素合成的图像效果，通常能够得到一种漂白图像颜色的效果。

➢ 【颜色减淡】：此模式与【颜色加深】模式相反。选择此模式，可以生成非常亮的合成效果，其原理为上方图层的像素值与下方图层的像素值采取一定的算法相加。此模式通常被用来创建光源中心点极亮的效果，如图 10.55 所示。

➢ 【线性减淡（添加）】：选择此模式，可以查看每一个颜色通道的颜色信息，加亮所有通道的基色，并通过降低其他颜色的亮度来反映混合颜色，此模式对于黑色无效。

➢ 【浅色】：与【深色】模式相反。选择此模式，可以依据图像的饱和度，用当前图层中的颜色直接覆盖下方图层中高光区域的颜色。

➢ 【叠加】：选择此模式，图像的最终效果取决于下方图层，但上方图层的明暗对比效果也将直接影响到整体效果，叠加后下方图层的亮部区域与暗部区域仍被保留，如图 10.56 所示为设置【叠加】混合模式后的效果。

图 10.54　　　　　　　　图 10.55　　　　　　　　图 10.56

➢ 【柔光】：选择此模式，可以使颜色变亮或者变暗，具体取决于混合色。如果上方图层的像素比 50%灰度亮，则图像变亮；反之，则图像变暗。

➢ 【强光】：此模式的叠加效果与【柔光】模式类似，但其加亮与变暗的程度较【柔光】模式强烈许多。

➢ 【亮光】：选择此模式，如果混合色比 50%灰度亮，则通过降低对比度来使图像变亮；反之，则通过提高对比度来使图像变暗。

➢ 【线性光】：选择此模式，如果混合色比 50%灰度亮，则通过提高对比度来使图像变亮；

反之，则通过降低对比度来使图像变暗。

> 【点光】：此模式通过置换颜色像素来混合图像，如果混合色比 50%灰度亮，比原图像暗的像素会被置换，而比原图像亮的像素无变化；反之，比原图像亮的像素会被置换，而比原图像暗的像素无变化。

> 【实色混合】：选择此模式，可以创建一种具有较硬边缘的图像效果，类似于多块实色混合。

> 【差值】：选择此模式，可以从上方图层中减去下方图层中相应处像素的颜色值，此模式通常使图像变暗并取得反相效果。

> 【排除】：选择此模式，可以创建一种与【差值】模式相似但对比度较低的效果。

> 【色相】：选择此模式，最终图像的像素值由下方图层的亮度值与饱和度值及上方图层的色相值构成。

> 【饱和度】：选择此模式，最终图像的像素值由下方图层的亮度值与色相值及上方图层的饱和度值构成。

> 【颜色】：选择此模式，最终图像的像素值由下方图层的亮度值及上方图层的色相值和饱和度值构成。

> 【明度】：选择此模式，最终图像的像素值由下方图层的色相值和饱和度值及上方图层的亮度值构成。

图 10.57 展示了两幅没有联系的图像。图 10.58 展示了将这两幅图像合成在一幅图像中，并为上方的图层设置不同混合模式后得到的不同效果。

图 10.57

强光　　　　　　　　　　　线性加深　　　　　　　　　　变暗

图 10.58

10.7.2　如何学习混合模式

混合模式的实质是利用能够计算出上层图像与下层图像混合时得到什么效果的不同公式。例如，常用的【正片叠底】模式的计算公式是（源 1 ）×（源 2 ）／ 255。当将一个图层的混合模式设置为【正片叠底】时，Photoshop 将使用这一公式来计算最终混合后得到的效果。

很显然，这样的数学公式对于普通操作者而言毫无意义，这只是混合模式背后的数学逻辑。普通操作者只需要知道对于什么样的图像使用哪几个混合模式就可以得到所需的效果即可。

对于初学者而言，在没有大量实践经验的情况下，要了解混合模式可能取得的效果非常困难，因此可以按下面的方法对混合模式进行试验性应用，从而找到自己所需的混合模式。

（1）变暗型混合模式：使用这一组混合模式得到的效果通常会使图像变暗。这些混合模式包括【变暗】【正片叠底】【颜色加深】【线性加深】【深色】等。

（2）变亮型混合模式：使用这一组混合模式得到的效果通常会使图像变亮。这些混合模式包括【变亮】【滤色】【颜色减淡】【线性减淡（添加）】【浅色】等。

（3）增强型混合模式：使用这一组混合模式得到的效果通常会使混合后图像的变亮效果增强。这些混合模式包括【叠加】【柔光】【强光】【亮光】【线性光】【点光】【实色混合】等。

（4）异像型混合模式：使用这一组混合模式得到的效果通常会使混合后的图像呈现异常显示。这些混合模式包括【差值】【排除】等。

（5）色彩型混合模式：使用这一组混合模式在混合图像时以图像自身的色相、饱和度、亮度等进行混合。这些混合模式包括【色相】【饱和度】【颜色】【明度】等。

10.7.3　使用混合模式进行叠印处理

"叠印"和"压印"是一个意思，即将一个色块叠加在另一个色块上。在印刷时特别要注意黑色文字在彩色图像上的叠印，即不要将黑色文字底下的图案镂空，否则在套印不准时黑色文字会露出白边。

下面通过一个示例，展示使用混合模式进行叠印处理的方法。

如图 10.59 所示为用于示例的图像及其对应的【图层】面板。其中，示例图中的文字均在图层"文字"中。此图像在出片时被告知黑色文字没有叠印，印刷过程中可能会出现露白的情况，下面分析为什么会出现露白的情况。

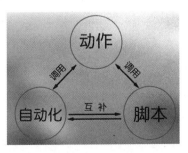

图 10.59

将此图像的颜色模式转换成 CMYK 模式，在【通道】面板中分别查看不同通道，其效果如图 10.60 所示。

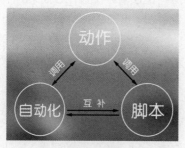
通道"青色"

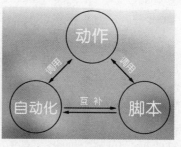
通道"洋红"

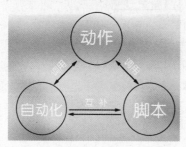
通道"黄色"

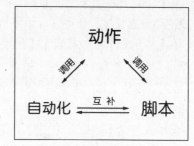
通道"黑色"

图 10.60

通过观察示例图的不同通道，可以看出黑色文字的位置在除"黑色"外的其他通道上都是白色的。由于出片时是依据四色通道来分色出片的，这就意味着出片后，在其他色版中黑色文字的位置会被镂空，在印刷时如果不能够进行准确套印，就会在某一个色版印刷时出现露白的情况。

解决这个问题，可以将黑色文字所在图层的混合模式改为【正片叠底】。如图 10.61 所示为将文字所在图层的混合模式设置为【正片叠底】后的【图层】面板。如图 10.62 所示为在此情况下不同通道的图像效果。可以看出，其他三色通道已经不存在被镂空的情况了。

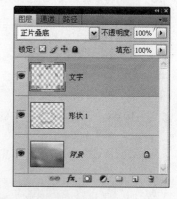

图 10.61

注　意

一个 RGB 模式的图像被转换为 CMYK 模式时，文字的黑色会变为四色黑，即四个色版上都会存在黑色文字，因此需要按照上面的步骤进行处理，才可以得到最好的印刷效果。

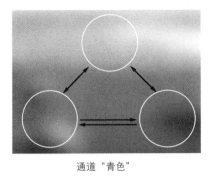

通道"青色"

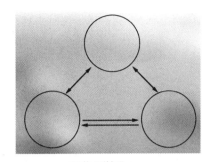

通道"洋红"

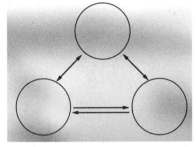

通道"黄色"

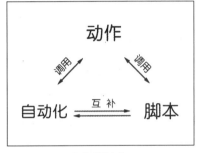

通道"黑色"

图 10.62

10.7.4 高级图像混合 精

除了使用前面学习过的图层混合模式及图层蒙版等功能外，还可以执行【图层】|【图层样式】|【混合选项】命令，然后利用对话框中的【混合颜色带】参数，对图像进行非常精确的混合，其参数设置如图 10.63 所示。

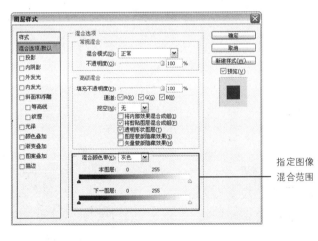

指定图像
混合范围

图 10.63

【混合颜色带】参数释义如下。

> 【混合颜色带】：在此下拉菜单中可以选择需要控制混合效果的通道。如果选择【灰色】
选项，则按全色阶及全通道混合整幅图像。

> ➤ 【本图层】：此渐变条用于控制当前图层从最暗的色调像素至最亮的色调像素的显示情况。向右侧拖动黑色滑块，可以隐藏暗调像素；向左侧拖动白色滑块，可以隐藏亮调像素。例如，如果将白色滑块拖动到 235，则亮度值大于 235 的像素保持不混合，并且被排除在最终图像之外。

> ➤ 【下一图层】：此渐变条用于控制下方图层的像素显示情况，与【本图层】渐变条不同，向右侧拖动黑色滑块，可以显示暗调像素；向左侧拖动白色滑块，可以显示亮调像素。例如，如果将黑色滑块拖动到 19，则亮度值低于 19 的像素保持不混合，并将透过最终图像中的当前图层显示出来。

另外，无论是【本图层】或【下一图层】区域中的黑色及白色滑块，按住 Alt 键进行单击，可将其分解为两个小三角滑块。拖动小三角滑块可以进行更为精细的混合，如图 10.64 所示。

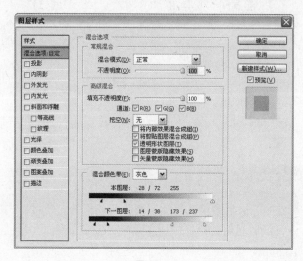

图 10.64

如图 10.65 所示为原图像中的火光效果。如图 10.66 所示为火光所在图层设置了【混合颜色带】参数后得到的混合效果。如图 10.67 所示为其【混合颜色带】参数设置。如图 10.68 所示为在放大观察的状态下处理火光前后的局部细节效果。

图 10.65

图 10.66

图层高级操作●

第8章

第9章

第10章

第11章

第12章

第13章

第14章

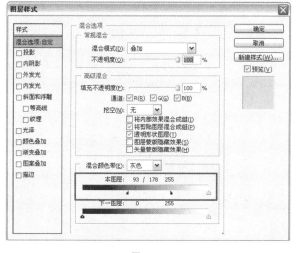

图 10.67

处理前　　　　　　　　　　　　　　　　处理后

图 10.68

10.8　3D 文件的基础操作[精] CS4

3D 图层是 Photoshop CS4 新增的一项引人注目的功能。使用这一新功能,操作者可以很轻松地将 3D 模型引入到当前操作的 Photoshop 图像文件中,从而为平面图像增加 3D 元素。

Photoshop CS4 支持多种 3D 文件格式,可以处理和合并现有的 3D 对象、创建新的 3D 对象、编辑和创建 3D 纹理、组合 3D 对象与 2D 图像等。

10.8.1　正确显示 3D 对象

在 Photoshop CS4 中必须设定【启用 OpenGL 绘图】选项,才可以正确显示 3D 对象。

OpenGL 可以在处理大型图像或复杂图像(如 3D 文件等)时加速视频的处理过程,使 Photoshop CS4 在打开、移动、编辑 3D 对象时的性能得到极大提高,但开启 OpenGL 设置需要有支持 OpenGL 标准的显卡。

执行【编辑】|【首选项】|【性能】命令，弹出如图 10.69 所示的对话框，在左侧列表项中选择【性能】选项，然后选择【启用 OpenGL 绘图】选项，即可完成开启 OpenGL 设置的功能。

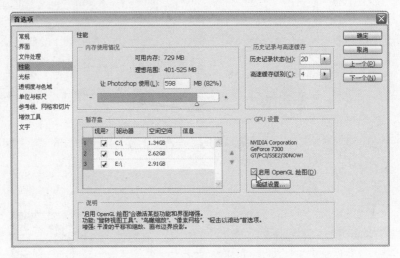

图 10.69

10.8.2　导出 Photoshop 可用的 3D 文件

Photoshop 支持的 3D 文件格式有*.3ds、*.obj 及*.u3d 等。由于 3ds Max 是目前应用最为广泛的 3D 软件，因此笔者以此软件为例讲解如何将一个 3D 模型导出成为 Photoshop 可接受的 3D 文件。

① 在 3ds Max 中打开或者直接创建模型。

② 为模型赋予简单的光源与摄影机效果，如图 10.70 所示。

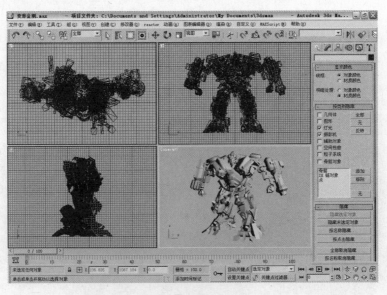

图 10.70

图层高级操作

第 8 章

第 9 章

第 10 章

第 11 章

第 12 章

第 13 章

第 14 章

③ 执行【文件】|【导出】命令，在弹出的对话框中设置【保存类型】为"3D Studio（ *.3DS ）"文件格式，如图 10.71 所示。

图 10.71

④ 在对话框中键入合适的文件名，即可得到 Photoshop 可用的 3D 文件。

注　意

对于很多 Photoshop 用户（尤其是新用户）来说，使用 3ds Max（或者其他 3D 软件）来制作并导出 3D 文件，相当于又要学习一个软件的相关操作，因而就有很多用户选择放弃 Photoshop 的这个功能。实际上，用户并不需要在 3ds Max 中进行很多操作，就可以轻易导出得到如简单文字、包装盒等的 3D 文件。

10.8.3　在 Photoshop 中导入 3D 文件

导入 3D 文件是在 Photoshop 中使用 3D 对象的常用方法，毕竟 Photoshop 不是一个功能强大的 3D 软件，不能够创建复杂的 3D 模型。

执行【文件】|【打开】命令，可以直接导入 3D 文件。

如图 10.72 所示为打开随书所附光盘中的文件（光盘文件路径为"第 10 章\10.8.3.3ds"）后的状态，此时的【图层】面板如图 10.73 所示。

图 10.72

图 10.73

所有 3D 图层的右下角都会显示一个 图标。

10.8.4　在 Photoshop 中存储包含 3D 图层的文件

要保留 3D 模型的位置、光源、渲染模式、横截面等设置参数，执行【文件】|【存储】命令或【文件】|【存储为】命令，从而使 Photoshop 将包含 3D 图层的文件以 *.psd、*.psb、*.tiff、或 *.pdf 等格式储存起来。

10.9　创建新的 3D 对象 精 CS4

在 Photoshop CS4 中，可以创建新的 3D 对象（如锥形、立方体或圆柱体等），并在 3D 空间内移动此 3D 对象、更改其渲染设置、添加光源或合并 3D 图层等。

10.9.1　创建基本 3D 对象

在 Photoshop CS4 中，可以创建几类最基础的规则形状的 3D 对象，下面讲解其基本操作步骤。

① 打开或新建一个平面图像文件。

② 执行【3D】|【从图层新建形状】命令，然后从其子菜单中选择一个形状，这些形状包括圆环、球面、帽子、锥形、立方体、圆柱体、易拉罐或酒瓶等。

③ 被创建的 3D 对象将直接以默认状态显示在图像文件中，可以通过旋转、缩放等操作对其进行基本编辑，图 10.74 展示了使用此命令创建的几种最基本的 3D 对象。

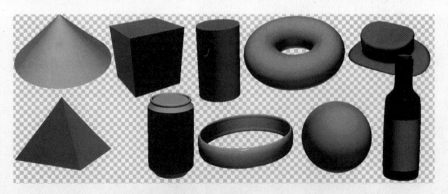

图 10.74

10.9.2 创建 3D 明信片

【从图层新建 3D 明信片】命令也可以用于创建 3D 对象。不同于上面讲解的创建基本 3D 对象的操作，使用此命令可以将一幅平面图像转换为 3D 明信片的两面贴图材料，而平面图像所在的图层也被转换为相应的 3D 图层。

打开一个素材文件，其效果如图 10.75 所示。

图 10.75

如图 10.76 所示为执行【3D】|【从图层新建 3D 明信片】命令后，将原图像在 3D 空间中进行旋转的效果。

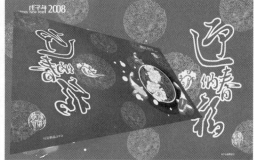

图 10.76

10.9.3 创建 3D 网格

执行【3D】|【从灰度新建网格】的子菜单命令也可以生成 3D 对象，其原理是将一幅平面图像的灰度信息映射成为 3D 对象的深度映射信息，从而通过置换生成深浅不一的 3D 立体表面效果。下面是基本操作步骤。

① 打开随书所附光盘中的文件（光盘文件路径为"第 10 章\10.9.3-素材.psd"），效果如图 10.77 所示，选择图层"背景 副本"作为要转换成 3D 图层的图层。

② 执行【3D】|【从灰度新建网格】|【球体】命令，生成如图 10.78 所示的 3D 对象。

图 10.77   图 10.78

【从灰度新建网格】命令的各子菜单命令释义如下。

➢ 【平面】：将深度映射信息应用于平面，生成的 3D 对象如图 10.79 所示。

➢ 【双面平面】：创建两个沿中心轴对称的平面，并将深度映射信息应用于两个平面。

➢ 【圆柱体】：从垂直轴中心向外应用深度映射信息，生成的 3D 对象如图 10.80 所示。

➢ 【球体】：从中心点向外呈放射状应用深度映射信息。

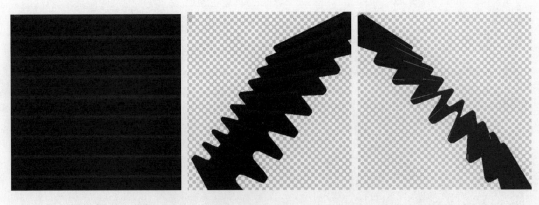

图 10.79

如前所述，Photoshop 在依据平面图像生成 3D 对象时参考平面图像的亮度信息，因此该图像的亮部与暗部的反差越大，则生成的 3D 对象的立体感越强，反之越弱。

图 10.80

如图 10.81 所示为亮度反差非常大的一幅平面图像。如图 10.82 所示为依据此图像生成的 3D 对象。

图 10.81

图 10.82

如图 10.83 所示为通过颜色调整操作,使同一张平面图像亮度反差降低后的效果。如图 10.84 所示为依据此平面图像生成的 3D 对象。可以看出,3D 对象的立体维度降低了许多。

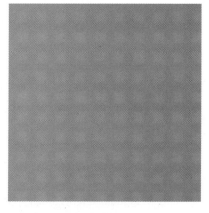

图 10.83

图 10.84

10.10 【3D】面板 精 CS4

【3D】面板是每一个 3D 对象的控制中心，其作用类似于【图层】面板，不同之处在于【图层】面板显示当前图像中的所有图层，而【3D】面板仅显示当前选择的 3D 图层中的对象信息。

执行【窗口】|【3D】命令或在【图层】面板中双击□图标，都可以显示如图 10.85 所示的【3D】面板。

默认情况下，【3D】面板以场景模式显示，即 按钮自动处于被激活的状态，此时面板中将显示每一个选中的 3D 图层中 3D 对象的网格、材料、光源等信息。

10.10.1 通过【3D】面板查看网格对象

在使用由其他 3D 软件创建的 3D 对象时，一个较庞大的模型往往由若干个不同的网格对象构成，在【3D】面板中能够通过查看操作，辨别网格对象的从属关系及位置。

在【3D】面板中单击 按钮或 按钮，使【3D】面板显示出当前 3D 对象的网格对象，如图 10.86 所示。

如果一个 3D 对象中含有多个网格对象，则可以通过在【3D】面板上方的网格对象列表中单击的方法，确定该网格对象在 3D 对象中的具体位置，单击后【3D】面板下方的预览窗口将显示一个红色线框，指示当前选择的网格对象的位置，如图 10.87 所示。

图 10.85

图 10.86

图 10.87

第 9 章

第 10 章

第 11 章

第 12 章

第 13 章

第 14 章

　　要更清晰地分辨网格对象的位置，可以通过单击网格对象名称左侧的■按钮，隐藏此网格对象。图 10.88 展示了一个完全显示各个网格对象的 3D 对象。

图 10.88

　　如图 10.89 所示为通过单击■按钮隐藏三个网格对象后的 3D 对象。

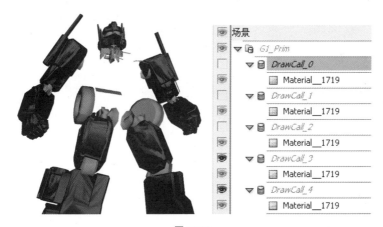

图 10.89

10.10.2　通过【3D】面板认识材料的从属关系

　　【3D】面板的场景显示状态还能够显示出材料与网格对象之间的从属关系。图 10.90 展示的【3D】面板显示了一个 3D 金字塔模型的材料与网格对象的从属关系，可以很清晰地看出，"前部"网格对象所使用的材料是"前部材料"，同理，"左侧"网格对象使用的材料是"左侧材料"。

　　图 10.91 清晰地展示了一个酒瓶模型材料与网格对象之间的从属关系。

图 10.90　　　　　　　　　　　　　　　图 10.91

10.11　调整 3D 对象及 3D 相机 精 CS4

10.11.1　使用工具调整 3D 对象

可以使用工具箱中的 3D 对象控制工具（如图 10.92 所示）调整 3D 对象。

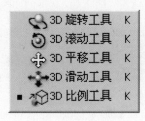

图 10.92

选择任何一个 3D 对象控制工具后，工具选项栏显示类似图 10.93 所示。

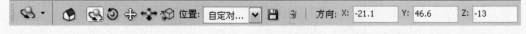

图 10.93

工具箱中的五个控制工具与工具选项栏左侧显示的五个工具图标相同，其功能及意义也相同。下面针对工具选项栏图标分别进行讲解。

> 　【返回到初始对象位置】：对于编辑过的 3D 对象，要想返回到其初始状态，单击此按钮即可。
> 　【旋转 3D 对象】：选择此工具进行拖动，可以将 3D 对象进行旋转。
> 　【滚动 3D 对象】：以 3D 对象中心点为参考点进行旋转。
> 　【拖动 3D 对象】：使用此工具，可以修改 3D 对象的位置。
> 　【滑动 3D 对象】：使用此工具，可以将 3D 对象向前或向后拖动，从而放大或缩小 3D 对象。
> 　【缩放 3D 对象】：使用此工具，可以弹出相应的对话框，通过精确的参数设置来控

图层高级操作● 第 8 章

第 9 章

第 10 章

第 11 章

第 12 章

第 13 章

第 14 章

制 3D 对象。

10.11.2 使用 3D 轴调整 3D 对象

1. 控制 3D 轴的显示状态

3D 轴是 Photoshop CS4 提供的用于控制 3D 对象的最新功能。使用 3D 轴，可以在 3D 空间中移动、旋转、缩放 3D 对象。选择一个 3D 图层，则可显示如图 10.94 所示的 3D 轴。

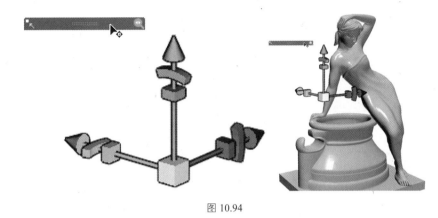

图 10.94

> **注 意**
>
> 必须启用 OpenGL 才可以显示 3D 轴。

可以通过下面的操作对 3D 轴进行灵活控制。

（1）移动 3D 轴：可以拖动控制栏。

（2）缩放 3D 轴：点按控制栏左侧的 按钮进行拖动。

（3）最小化 3D 轴：单击 【最小化】图标。

（4）恢复 3D 轴到正常大小：单击已最小化的 图标。

2. 掌握 3D 轴控件

3D 轴指示了三个维度方向，在每一个维度方向上的控件均能够分别实现移动、旋转、缩放等操作。图 10.95 展示了三个轴向上的移动操作控件。图 10.96 展示了三个轴向上的旋转操作控件。图 10.97 展示了三个轴向上的缩放操作控件。

图 10.95

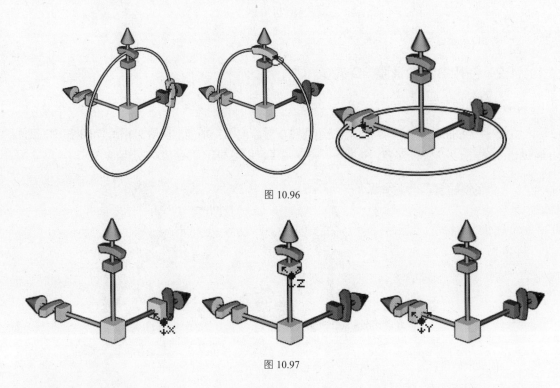

图 10.96

图 10.97

　　要使用这三个轴向上的控件，只需要将鼠标指针放置在相对应的控件上即可激活该控件，被激活的控件以黄色显示。

　　除独立的三个轴向外，每两个轴向之间也有一个控件，用于控制 3D 对象在此平面上的移动与旋转等操作。图 10.98 展示了三个轴向彼此之间的移动操作控件。图 10.99 展示了三个轴向彼此之间的旋转操作控件。

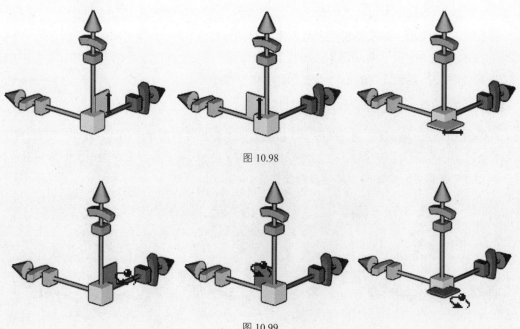

图 10.98

图 10.99

要激活轴平面的移动操作控件，只需要将鼠标指针放置在其夹角处即可，激活后将显示一个黄色的小平面。如果将鼠标指针放置在该平面的边缘处，可以激活其旋转操作控件，此时黄色变为橙色，鼠标指针也会发生相应变化。

3D 轴中间位置的立方体具有缩放 3D 对象的作用，将鼠标指针放置在该操作控件上向上或向下拖动，即可完成缩放 3D 对象的操作。

如图 10.100 所示为使用 3D 轴调整 3D 对象的各种状态。

图 10.100

10.11.3　使用工具调整 3D 相机

如果希望调整 3D 相机，可以使用工具箱中的五种 3D 相机控制工具，如图 10.101 所示。

图 10.101

选择其中任意一种工具后，工具选项栏显示类似图 10.102 所示。

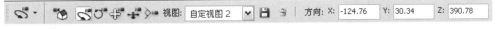

图 10.102

工具箱中的五种控制工具与工具选项栏左侧显示的五个工具图标相同，其功能及意义也相同。下面针对工具选项栏图标分别进行讲解。

> ➢ 【返回到初始相机位置】：对于编辑过的 3D 相机，要想返回到其初始状态，可以单击此按钮。

> ➢ 【环绕移动 3D 相机】：选择此工具进行拖动，可以围绕 3D 对象旋转相机。

> ➢ 【滚动 3D 相机】：以 3D 对象中心点为参考点旋转 3D 相机。

> ➢ 【用 3D 相机拍摄全景】：使用此工具，可以改变 3D 对象在 3D 相机中的平面位置。

> ➢ 【与 3D 相机一起移动】：使用此工具，可以在 3D 相机视野内移动 3D 对象。

> ➢ 【变焦 3D 相机】：使用此工具，可以通过 3D 相机变焦控制缩放 3D 对象的大小。

如图 10.103 所示为使用 3D 相机控制工具调整观察角度的各种状态。

图 10.103

10.12 调整 3D 对象的光源 精 CS4

光源也是 Photoshop CS4 的新增功能之一。在 Photoshop 中不仅可以利用导入 3D 文件时模型自带的光源，还可以以全新的方式创建不同的光源，从而得到复杂的照明效果。

10.12.1 在【3D】面板中显示光源

在 Photoshop 中可以为 3D 对象设置不同的光源，还可以移动和调整不同光源的颜色和强度，从而使 3D 对象呈现出不同的视觉效果，而这些效果在以前的软件中均无法实现。

可以在【3D】面板中单击 按钮，使【3D】面板仅显示当前 3D 对象的光源。如图 10.104 所示为一个 3D 对象。如图 10.105 所示为其光源的显示情况。

图 10.104

图 10.105

在默认情况下，一个 3D 场景不会显示光源，如图 10.106 所示。如果在【3D】面板中单击
🔘【切换光源】按钮，则可以显示出当前场景所使用的光源，效果如图 10.107 所示。

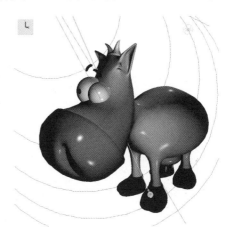

图 10.106   图 10.107

Photoshop 提供了三种光源类型，即【点光】、【聚光灯】、【无限光】。

➤ 【点光】：发光的原因类似于灯泡，向各个方向发散式均匀照射。

➤ 【聚光灯】：照射出可调整的锥形光线，类似于影视作品中常见的探照灯。

➤ 【无限光】：类似于远处的太阳光，从一个方向平面照射。

10.12.2 添加光源

要添加光源，可以单击【3D】面板中的🔘【创建新光源】按钮，然后在弹出的菜单中选
择要添加的光源的类型。

10.12.3 删除光源

要删除光源，可以在【3D】面板上方的光源列表中单击选择要删除的光源，然后单击面板
底部的🗑【删除】按钮。

10.12.4 调整光源的类型

每一个 3D 场景中的光源都可以被任意设置为三种光源类型中的一种。要完成这一操作，
可以按下面的步骤进行。

① 在【3D】面板上方的光源列表中选择要调整的光源。

② 在【3D】面板下方的光源类型下拉菜单中选择一种光源类型。

10.12.5 调整光源的位置

每一个光源都可以被灵活地移动、旋转、推拉等。要完成此类光源位置的调整工作，可以
使用下面讲解的工具。

- ➤ 〖旋转光源〗：用于旋转聚光灯和无限光。
- ➤ 〖拖动光源〗：用于将聚光灯或点光移动至同一 3D 平面中的其他位置。
- ➤ 〖滑动光源〗：用于将聚光灯和点光移远或者移近。
- ➤ 〖位于原点处的点光〗：选择某一聚光灯后单击此图标，可以使光源正对 3D 对象的中心。
- ➤ 〖移至当前视图〗：选择某一光源后单击此图标，可以将其置于当前视图的中间。

10.12.6　调整光源的属性

除物理位置外，光源的每一个属性也都可以进行调整，如照明的强度、光源的颜色等。要调整这些光源的属性，首先在〖3D〗面板的光源列表中选择要调整的光源，然后在〖3D〗面板下半部分的参数设置区对不同的参数进行设置。

- ➤ 〖强度〗：调整光源的照明度。数值越大，亮度越高。
- ➤ 〖颜色〗：定义光源的颜色。
- ➤ 〖创建阴影〗：如果当前 3D 对象具有多个网格对象，选择此选项，可以创建从一个网格对象投射到另一个网格对象上的阴影。
- ➤ 〖柔和度〗：控制阴影的边缘模糊效果，从而产生逐渐的衰减效果。
- ➤ 〖聚光（仅限聚光灯）〗：设置光源明亮中心的宽度。
- ➤ 〖衰减（仅限聚光灯）〗：设置光源的外部宽度，此数值与〖聚光〗数值的差值越大，得到的光照效果边缘越柔和。
- ➤ 〖使用衰减（仅限点光与聚光灯）〗：〖内径〗和〖外径〗数值决定衰减的锥形以及光源强度随对象距离的增加而减弱的速度。对象接近〖内径〗数值时，光源强度最大；对象接近〖外径〗数值时，光源强度为 0；对象处于中间距离时，光源从最大强度线性衰减为 0。

10.13　3D 对象的材料 精 CS4

在 Photoshop 中一个 3D 对象可以具有一个或多个材料，这些材料将控制整个 3D 对象的外观或局部外观。

10.13.1　在〖3D〗面板中显示材料

在〖3D〗面板中单击 按钮，可以使〖3D〗面板仅显示当前 3D 对象的材料，如图 10.108 所示为一个 3D 手机模型及其材料的显示情况。如图 10.109 所示为在〖图层〗面板中显示的各种纹理映射所使用的贴图的情况。

将鼠标指针放置在〖图层〗面板某一个贴图的名称上略微停留，可以查看该贴图的详细情况，包括大、小缩览图，如图 10.110 所示。

图 10.108　　　　　　　　　　　　　　　　　　　图 10.109

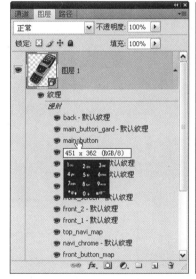

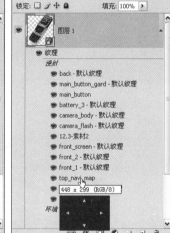

图 10.110

单击【图层】面板中【纹理】左侧的 👁 图标，可以显示或隐藏全部纹理贴图，使 3D 对象不再具有贴图效果。

如果希望隐藏某一纹理贴图，使其不再显示在 3D 对象上，可以单击该纹理贴图名称左侧的 👁 图标。

10.13.2　不同 3D 对象的材料特性

由 Photoshop 创建的基本 3D 对象都具有默认的材料，而且这些材料都已经被赋予 3D 对象的某一个部分，例如一个易拉罐具有两种材料，如图 10.111 所示。

其中，"盖子材料"被赋予"盖子"网格对象，"标签材料"被赋予"标签"网格对象，这一点可以从【3D】面板上方的列表中清晰地看出来。

图 10.111

如果导入的是由其他 3D 软件生成的 3D 对象，并且在创建时已经为不同的部分设置了贴图，则【3D】面板在每一个 3D 网格对象的下方显示这些材料，如图 10.112 所示。

图 10.112

10.13.3 保存材料

除了自定义各种材料的映射纹理属性及相关参数外，也可以使用 Photoshop 内置的材料，或将一个设置好的材料保存为一个材料文件，通过替换材料的操作，快速将材料所具有的各种映射纹理属性及映射纹理贴图赋予一个 3D 对象，而不必再次调整相关参数。

要将材料保存为预设文件，可以单击【3D】面板的 按钮，在弹出的菜单中选择【存储材料预设】命令，此操作实际上是将材料保存为*.p3m 文件。

10.13.4 替换材料

替换材料是指以定义好的材料替换当前选择的材料。Photoshop 提供了若干种默认的材料，下面以使用这些材料为例，讲解如何完成替换材料的操作。

① 在【图层】面板中单击选择一个 3D 图层。

② 在【3D】面板中单击 按钮，显示当前选择的 3D 图层中 3D 对象的材料。

③ 单击选择某一个材料，单击 按钮，在弹出的菜单中选择【替换材料】命令。

④ 在弹出的对话框中选择一种默认的材料文件。图 10.113 展示了为一个 3D 球体设置不同的默认材料时所得到的效果。

图 10.113

> **注 意**
>
> 此操作仅针对于使用 Photoshop 创建的 3D 对象，导入 Photoshop 中的 3D 对象无法更换其材料。

10.14 综合示例

10.14.1 运动鞋广告创意设计

在本例设计的运动鞋广告中，通过将运动鞋与汽车融合在一起，表现出该品牌的运动鞋可以令穿者体验如身处疾驰的汽车中一般的感觉。

① 打开随书所附光盘中的文件（光盘文件路径为"第 10 章\10.14.1-素材 1.tif"），效果如图 10.114 所示，再打开随书所附光盘中的文件（光盘文件路径为"第 10 章\10.14.1-素材 2.psd"），选择 【移动工具】，将第二个素材文件中的图像拖入第一个素材文件中，并将其移动到如图 10.115 所示的位置，同时得到"图层 1"。

图 10.114

图 10.115

② 按 Ctrl+J 键，得到"图层 1 副本"，隐藏"图层 1"。

③ 将"图层 1 副本"的【不透明度】设置为 50%。选择 ◊【钢笔工具】，在其工具选项
   栏中单击 ▨【路径】按钮，在汽车前后车轮的底部绘制如图 10.116 所示的路径，在图
   像中单击鼠标右键，在弹出的菜单中选择【创建矢量蒙版】命令，得到如图 10.117 所
   示的效果。

> **提 示**
>
> 　　设置"图层 1 副本"的【不透明度】数值，主要是为了在绘制路径时可以更清楚地
> 透过汽车看到运动鞋的图像效果。

图 10.116

图 10.117

④ 选择"图层 1"，按 Ctrl+J 键两次，得到"图层 1 副本 2"和"图层 1 副本 3"，显
   示"图层 1 副本 2"和"图层 1 副本 3"。按照步骤 3 的方法，在汽车前后车轮的
   中部和上部绘制路径并创建矢量蒙版，效果如图 10.118 所示。

> **提 示**
>
> 　　在绘制汽车车轮中、上部的时候，复制过的图像的位置可以沿运动鞋的纹理稍微移
> 动，以制作出更好的阴影和层次效果。

图层高级操作 ● 第 8 章

第 9 章

第 10 章

第 11 章

第 12 章

第 13 章

第 14 章

⑤ 将 "图层 1 副本"、"图层 1 副本 2" 和 "图层 1 副本 3" 的混合模式设置为【正片叠底】,【不透明度】设置为 100%,效果如图 10.119 所示。

图 10.118

图 10.119

提 示

车轮已经制作完成,下面为运动鞋添加车灯效果。

⑥ 选择 "图层 1",按 Ctrl+J 键,得到 "图层 1 副本 4",显示 "图层 1 副本 4",将其移动到所有图层的最上方。选择 【矩形选框工具】,制作如图 10.120 所示的矩形选区。按 Ctrl+Shift+I 键执行【反向】命令,以反向选择当前的选区,按 Delete 键删除选区中的内容,按 Ctrl+D 键取消选区,效果如图 10.121 所示。

图 10.120

图 10.121

⑦ 按 Ctrl+T 键调出自由变换控制框,在图像中单击鼠标右键,在弹出的菜单中选择【变形】命令,拖动控制手柄,调整图像到如图 10.122 所示的效果,按 Enter 键确认操作。

⑧ 单击【图层】面板底部的 【添加图层蒙版】按钮,为 "图层 1 副本 4" 添加图层蒙版。设置前景色为黑色,选择 【画笔工具】,在其工具选项栏中设置适当的画笔大小及【不透明度】数值,在图层蒙版中进行涂抹,使车灯融入运动鞋中,直至得到如图 10.123 所示的效果,此时图层蒙版中的状态如图 10.124 所示。

⑨ 设置 "图层 1 副本 4" 的【不透明度】为 50%,效果如图 10.125 所示。

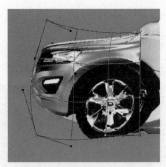

图 10.122

图 10.123

图 10.124

图 10.125

提 示

主体图像制作完毕，下面添加一些辅助的图形和文字。

⑩ 设置前景色的颜色值为#fda10f，选择 ▭【矩形工具】，在其工具选项栏中单击 ▢【形状图层】按钮，在画布的右上角绘制如图 10.126 所示的形状，同时得到图层"形状 1"。

⑪ 设置前景色为白色，选择 ▨【自定形状工具】，在画布中单击鼠标右键，在弹出的【自定形状拾色器】面板中选择【窄边圆框】，按住 Shift 键在图层"形状 1"的形状上面绘制一个如图 10.127 所示的形状，同时得到图层"形状 2"。

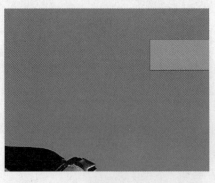

图 10.126

图 10.127

⑫ 选择 ▨【钢笔工具】；在其工具选项栏中单击 ▢【形状图层】按钮，在画布中绘制形状，如图 10.128 所示，得到图层"形状 3"。单击【图层】面板底部的 *fx*.【添加图层样式】按钮，在弹出的菜单中选择【斜面和浮雕】命令，在弹出的对话框中设置参数，

如图 10.129 所示，单击【确定】按钮退出对话框，得到如图 10.130 所示的效果。

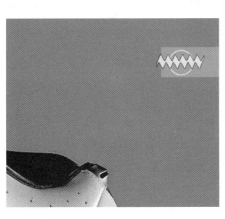

图 10.128

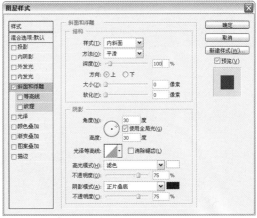

图 10.129

⑬ 按住 Alt 键拖动图层"形状 3"的图层样式到图层"形状 2"的图层名称上以复制图层样式，效果如图 10.131 所示。

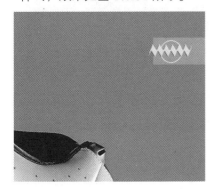

图 10.130

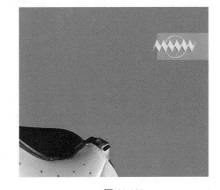

图 10.131

⑭ 选择 T.【横排文字工具】，在其工具选项栏中设置适当的字体和字号，在画布中键入说明文字，最终效果如图 10.132 所示，此时的【图层】面板如图 10.133 所示。

图 10.132

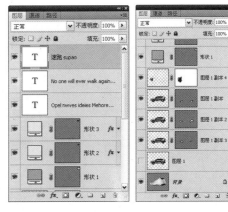

图 10.133

10.14.2 蘑菇房

在童话故事中，女巫将南瓜变成马车，本例就使用 Photoshop 将蘑菇变成一座房子。

①　打开随书所附光盘中的文件（光盘文件路径为"第 10 章\10.14.2-素材 1.tif"），效果如图 10.134 所示，将此文件中的图像作为背景图像。打开随书所附光盘中的文件（光盘文件路径为"第 10 章\10.14.2-素材 2.tif"），将其图像拖入背景图像文件中，效果如图 10.135 所示，生成"图层 1"。

图 10.134　　　　　　　　　　　　　图 10.135

②　按 Ctrl+U 键执行【色相／饱和度】命令，在弹出的对话框中设置参数，如图 10.136、图 10.137 所示，单击【确定】按钮退出对话框，得到如图 10.138 所示的效果。按 Ctrl+T 键调出自由变换控制框，按住 Ctrl 键调整控制手柄至如图 10.139 所示的效果，按 Enter 键确认变换操作。

图 10.136　　　　　　　　　　　　　图 10.137

图 10.138

图 10.139

③ 单击【图层】面板底部的 ◙【添加图层蒙版】按钮，为"图层 1"添加图层蒙版。设置前景色为黑色，选择 ✐【画笔工具】，在其工具选项栏中设置适当的画笔大小及【不透明度】数值，在图层蒙版中进行涂抹，将除小路以外的区域隐藏起来，直至得到如图 10.140 所示的效果，此时图层蒙版中的状态如图 10.141 所示。

图 10.140

图 10.141

④ 打开随书所附光盘中的文件（光盘文件路径为"第 10 章\10.14.2-素材 3.tif"），将其图像拖入背景图像文件中，效果如图 10.142 所示，生成"图层 2"。按 Ctrl+T 键调出自由变换控制框，按住 Shift 键缩小并移动图像，效果如图 10.143 所示。

图 10.142

图 10.143

⑤ 选择 【魔棒工具】，在"图层 2"的白色区域内单击，得到如图 10.144 所示的选区，按 Ctrl+Shift+I 键执行【反向】命令，以反向选择当前的选区。单击【图层】面板底部的 【添加图层蒙版】按钮，为"图层 2"添加图层蒙版，效果如图 10.145 所示。

图 10.144　　　　　　　　　　图 10.145

提 示

下面制作门框效果，需要用到【斜面和浮雕】图层样式。

⑥ 复制"图层 2"，得到"图层 2 副本"。隐藏"图层 2 副本"，选择"图层 2"为当前操作图层，单击【图层】面板底部的 【添加图层样式】按钮，在弹出的菜单中选择【斜面和浮雕】命令，在弹出的对话框中设置参数，如图 10.146 所示，单击【确定】按钮退出对话框，隐藏"图层 2 副本"后的效果如图 10.147 所示。

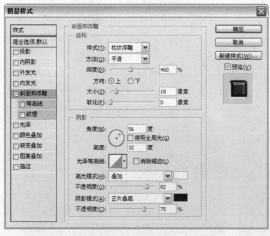

图 10.146　　　　　　　　　　图 10.147

⑦ 再次复制"图层 2"，得到"图层 2 副本 2"。隐藏"图层 2"，用鼠标右键单击"图层 2 副本 2"的图层名称，在弹出的菜单中选择【转换为智能对象】命令，然后单击【图层】面板底部的 【添加图层蒙版】按钮，为该图层添加图层蒙版。

提 示

在这里将图层转换为智能对象的作用，类似于将应用了图层样式的图层与空白图层合并，为接下来在图层蒙版中隐藏该图层的某部分区域做好准备。

⑧ 设置前景色为黑色，选择 🖌【画笔工具】，在其工具选项栏中设置合适的画笔大小和【不透明度】数值，在新添加的图层蒙版中进行涂抹，将图像的下方区域隐藏起来，效果如图 10.148 所示，此时图层蒙版中的状态如图 10.149 所示。

图 10.148　　　　　　　　　　　图 10.149

⑨ 显示并复制"图层 2 副本"，得到"图层 2 副本 3"。隐藏"图层 2 副本 3"后，选择"图层 2 副本"为当前操作图层。按 Ctrl+U 键执行【色相／饱和度】命令，在弹出的对话框中设置参数，如图 10.150 所示，单击【确定】按钮退出对话框，得到如图 10.151 所示的效果。

图 10.150　　　　　　　　　　　图 10.151

⑩ 显示"图层 2 副本 3"，选择 🖌【画笔工具】，在其工具选项栏中设置合适的画笔大小和【不透明度】数值，在"图层 2 副本 3"的图层蒙版中进行涂抹，将图像的顶部区域隐藏起来，效果如图 10.152 所示，此时图层蒙版中的状态如图 10.153 所示。

图 10.152   图 10.153

⑪ 选择 ✍【钢笔工具】，在其工具选项栏中单击 ▱【形状图层】按钮，在画布中门的左
   侧绘制形状，效果如图 10.154 所示，生成图层"形状 1"，然后选择 ◣【转换点工具】，
   单击并拖动形状顶部的锚点，效果如图 10.155 所示。

提 示

　　在绘制形状时，先用 ✍【钢笔工具】依次单击五次以得到五个锚点，然后将鼠标指
针放置在第一点上，当鼠标指针下面显示一个小圆圈时单击鼠标左键，即可闭合路径。

⑫ 选择 ✍【钢笔工具】，在其工具选项栏中单击 ▨【路径】按钮，用前面的方法再绘制
   一条路径，效果如图 10.156 所示。切换到【路径】面板，单击【路径】面板底部的 ◯
   【将路径作为选区载入】按钮，得到如图 10.157 所示的选区。

图 10.154   图 10.155   图 10.156

⑬ 选择图层"背景"作为当前操作图层，按 Ctrl+J 将选区内的图像复制到新图层中，得
   到"图层 3"，将"图层 3"拖动到图层"形状 1"的上面，效果如图 10.158 所示。

图层高级操作●

第8章

第9章

第10章

第11章

第12章

第13章

第14章

图 10.157

图 10.158

⑭ 执行【图层】|【新建调整图层】|【亮度／对比度】命令，在弹出的对话框中选择【使用前一图层创建剪贴蒙版】选项，单击【确定】按钮退出对话框，设置接下来弹出的面板中的参数，如图 10.159 所示，得到如图 10.160 所示的效果，同时得到图层"亮度／对比度 1"。

图 10.159

图 10.160

⑮ 为"图层 3"添加图层蒙版，选择 ✍【画笔工具】，在其工具选项栏中设置适当的画笔大小和【不透明度】数值，在图层蒙版中进行涂抹，得到的阴影效果如图 10.161 所示，此时图层蒙版中的状态如图 10.162 所示。

⑯ 打开随书所附光盘中的文件（光盘文件路径为"第 10 章\10.14.2-素材 4.tif"），使用 ▶╬【移动工具】将其图像拖入背景图像文件中并调整图像的位置，使其盖住窗户，效果如图 10.163 所示，得到"图层 4"。

⑰ 按住 Ctrl 键单击"图层 3"的图层缩览图以载入其选区，单击【图层】面板底部的 ◘【添加图层蒙版】按钮，为"图层 4"添加图层蒙版，效果如图 10.164 所示，设置该图层的混合模式为【柔光】，效果如图 10.165 所示。

图 10.161

图 10.162

图 10.163

图 10.164

图 10.165

⑱ 打开随书所附光盘中的文件（光盘文件路径为"第 10 章\10.14.2-素材 5.tif"），将其图像拖入背景图像文件中，效果如图 10.166 所示。按 Ctrl+T 键调出自由变换控制框，按住 Shift 键缩小图像并将其移至窗口处，效果如图 10.167 所示，生成"图层 5"。

图 10.166

图 10.167

第 9 章

第 10 章

第 11 章

第 12 章

第 13 章

第 14 章

⑲ 选择 【磁性套索工具】，选取人物胸部以上的部分，选区效果如图 10.168 所示，单击【图层】面板底部的 【添加图层蒙版】按钮，为其添加图层蒙版，效果如图 10.169 所示。

图 10.168

图 10.169

提 示

使用 【磁性套索工具】制作选区时，如果需要制作笔直的选区边界，按住 Alt 键在端点处点击即可，用法类似 【多边形套索工具】。

⑳ 选择 【画笔工具】，在其工具选项栏中设置适当的画笔大小和【不透明度】数值，在图层蒙版中进行涂抹，以绘制阴影效果并使抠出的人物图像更完整，效果如图 10.170 所示，图层蒙版中的状态如图 10.171 所示。

图 10.170

图 10.171

提 示

下面为人物靠在窗台上的手臂添加阴影效果，方法是在"图层 3"的图层蒙版中进行涂抹，使相应区域透出其下方图层的黑色。

㉑ 单击"图层 3"的图层蒙版缩览图，选择 ✏️【画笔工具】，在其工具选项栏中设置合适的画笔大小和【不透明度】数值，在图层蒙版中进行涂抹，得到如图 10.172 所示的效果，此时图层蒙版中的状态如图 10.173 所示。

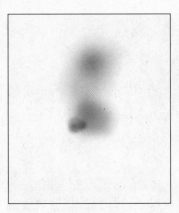

图 10.172   图 10.173

㉒ 执行【图层】|【新建调整图层】|【曲线】命令，在弹出的对话框中选择【使用前一图层创建剪贴蒙版】选项，单击【确定】按钮退出对话框，设置接下来弹出的面板中的参数，如图 10.174 所示，得到如图 10.175 所示的效果，同时得到图层"曲线 1"。

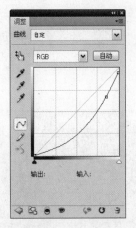

图 10.174   图 10.175

㉓ 单击【图层】面板底部的 ⬤【创建新的填充或调整图层】按钮，在弹出的菜单中选择【色阶】命令，设置弹出的面板中的参数，如图 10.176 所示，得到如图 10.177 所示的效果，同时得到图层"色阶 1"。

㉔ 按 Ctrl+Alt+Shift+E 键执行盖印操作，从而将当前所有可见的图像合并至一个新图层中，得到"图层 6"。

㉕ 执行【滤镜】|【模糊】|【高斯模糊】命令，在弹出的对话框中设置【半径】数值为 6，单击【确定】按钮退出对话框，得到如图 10.178 所示的效果。设置"图层 6"的混合模式为【柔光】，【不透明度】为 80%，效果如图 10.179 所示。

图层高级操作●

第 8 章

第 9 章

第 10 章

第 11 章

第 12 章

第 13 章

第 14 章

图 10.176   图 10.177

图 10.178   图 10.179

㉖ 选择 T 【横排文字工具】并应用 ⊥ 【创建文字变形】按钮，在画布的左下角键入相关
文字信息，最终效果如图 10.180 所示，此时的【图层】面板如图 10.181 所示。

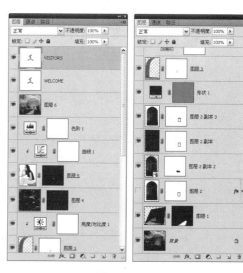

图 10.180   图 10.181

10.14.3 为大象模型设置贴图

本例展示了如何为一个大象模型设置各类贴图的操作过程。

① 打开随书所附光盘中的文件（光盘文件路径为"第 10 章\10.14.3-素材.psd"），将大象模型调整到如图 10.182 所示的状态。

② 显示【3D】面板，单击■按钮，切换至材料显示模式。在面板上方的材料列表中单击选择材料"ElphSkin"，在【漫射】右侧单击 按钮，在弹出的菜单中选择【载入纹理】命令。

③ 在弹出的对话框中选择文件"elphskin.jpg"，效果如图 10.183 所示，为大象的皮肤赋予漫反射贴图，得到如图 10.184 所示的效果。

图 10.182

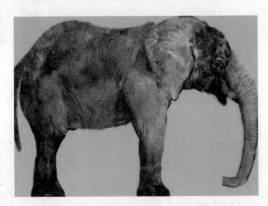

图 10.183

④ 由于整个模型的光洁度非常高，看上去比较假，在此设置【光泽度】、【反光度】数值均为 0%，以降低模型的反光效果，得到如图 10.185 所示的效果。

⑤ 由于大象的皮肤非常粗糙，需要调整【凹凸强度】参数来控制其表面的光滑度，在此将【凹凸强度】设置为 2，然后在【凹凸强度】右侧单击 按钮，在弹出的菜单中选择【载入纹理】命令。

⑥ 在弹出的对话框中选择文件"elphskin.jpg"，为大象的皮肤赋予凹凸贴图，得到如图 10.186 所示的效果，此时的【3D】面板如图 10.187 所示。

图 10.184

图 10.185

图 10.186

图 10.187

⑦ 在面板上方的材料列表中单击选择材料"Ele_Tuskh"，在【漫射】右侧单击 按钮，在弹出的菜单中选择【载入纹理】命令。

⑧ 在弹出的对话框中选择文件"eletusk.jpg"，这是一张为大象的象牙制作的贴图，得到如图 10.188 所示的效果。

⑨ 由于象牙侧面看上去比较黑，需要进行一定的调整。在【漫射】右侧单击 按钮，在弹出的菜单中选择【打开纹理】命令，打开刚刚为象牙赋予的象牙贴图，效果如图 10.189所示。

图 10.188

图 10.189

⑩ 使用 ⌐【裁剪工具】将贴图右侧比较黑的区域裁剪掉，效果如图 10.190 所示。完成操作后，保存并关闭贴图文件，得到如图 10.191 所示的大象模型效果。

图 10.190   图 10.191

注 意

也可以执行【图像】|【图像旋转】|【90 度（顺时针）】命令，顺时针旋转整个贴图，效果如图 10.192 所示。完成操作后，保存并关闭贴图文件，得到如图 10.193 所示的大象模型效果。

图 10.192   图 10.193

⑪ 单击选择材料"ElepEYE"，在【环境】右侧单击 ⌐ 按钮，在弹出的菜单中选择【载入纹理】命令，在弹出的对话框中选择文件"lakeref.jpg"，为大象的眼睛赋予环境贴图。

⑫ 此时大象的眼睛仍然没有高光反射效果，这是因为【反射】数值过低，将此数值设置为 68，即可得到比较真实的高光反射效果，如图 10.194 所示。

图层高级操作 ●

第8章

第9章

第10章

第11章

第12章

第13章

第14章

注 意

按此操作为大象眼睛赋予高光反射效果后，即使将大象模型旋转不同角度，其眼睛也都能够呈现出比较真实的状态，如图 10.195 所示。

图 10.194

图 10.195

如图 10.196 所示为大象模型各个角度的完整效果。

图 10.196

提 示

本例最终效果文件见随书所附光盘（光盘文件路径为"第 10 章\10.14.3.psd、10.14.3-大象.3ds"）。

10.14.4　山地别墅房产广告

本例制作的是山地别墅的房产广告，以乐器作为画面背景，突出了浪漫的情调。

① 按 Ctrl+N 键新建文件，在弹出的对话框中设置参数，如图 10.197 所示，单击【确定】按钮退出对话框。

② 新建图层，得到"图层 1"，在工具箱中选择█【渐变工具】，在其工具选项栏中单击渐变预览框，设置其【渐变编辑器】对话框参数，如图 10.198 所示，然后从当前文件画布左上角至右下角绘制渐变，得到如图 10.199 所示的效果。

提 示

在【渐变编辑器】对话框中，渐变各色标颜色值从左至右分别为#2b1712、#a5844e、#2b1712。

图 10.197

图 10.198

③ 打开随书所附光盘中的文件（光盘文件路径为"第 10 章\10.14.4-素材 1.psd"），效果如图 10.200 所示。使用 【移动工具】将其图像拖动至制作文件中，得到"图层 2"。按 Ctrl+T 键调出自由变换控制框，按住 Shift 键向外拖动控制手柄以放大图像及移动图像位置，按 Enter 键确认操作，得到如图 10.201 所示的效果。

图 10.199

图 10.200

④ 单击【图层】面板底部的 【添加图层样式】按钮，在弹出的菜单中选择【投影】命令，在弹出的对话框中设置参数，如图 10.202 所示，单击【确定】按钮退出对话框，得到如图 10.203 所示的效果。设置"图层 2"的混合模式为【明度】，得到如图 10.204 所示的效果。

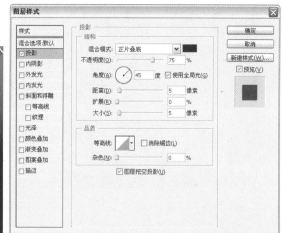

图 10.201　　　　　　　　　　　　　　　图 10.202

图 10.203　　　　　　　　　　　　　　　图 10.204

⑤ 新建图层，得到"图层 3"，将其拖动至"图层 2"的下方，按住 Ctrl 键单击"图层 2"的缩览图以载入其选区。设置前景色的颜色值为#f8e5b2，选择 ✎【画笔工具】并在其工具选项栏中设置适当的画笔大小及【不透明度】数值，在乐器的左上方进行涂抹。

⑥ 继续设置其他前景色，在乐器的相应位置进行涂抹，按 Ctrl+D 键取消选区，得到如图 10.205 所示的效果。

第 13 章

提　示

设置涂抹乐器时的前景色颜色值为#f8a9b4、#feeff7。

⑦ 选择"图层 2"，打开随书所附光盘中的文件（光盘文件路径为"第 10 章\10.14.4-素材 2.psd"），效果如图 10.206 所示。使用 ▶╋【移动工具】将其图像拖动至制作文件中，得到"图层 4"。按 Ctrl+T 键调出自由变换控制框，向内拖动控制手柄以缩小图像及移动图像位置，按 Enter 键确认操作，得到如图 10.207 所示的效果。

图 10.205

图 10.206

⑧ 单击【图层】面板底部的 【添加图层蒙版】按钮，为"图层 4"添加图层蒙版。设置前景色为黑色，选择 【画笔工具】，在其工具选项栏中设置适当的画笔大小及【不透明度】数值，在图层蒙版中进行涂抹，直至得到如图 10.208 所示的效果，此时图层蒙版中的状态如图 10.209 所示。

图 10.207

图 10.208

⑨ 设置"图层 4"的混合模式为【明度】，得到如图 10.210 所示的效果。

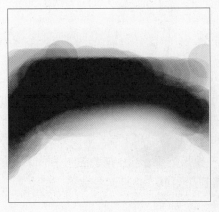

图 10.209

图 10.210

●图层高级操作●

第 8 章

第 9 章

第 10 章

第 11 章

第 12 章

第 13 章

第 14 章

⑩ 打开随书所附光盘中的文件（光盘文件路径为"第 10 章\10.14.4-素材 3.tif"），效果如图 10.211 所示。使用 ➤ 【移动工具】将其图像拖动至制作文件中，得到"图层 5"。结合自由变换控制框缩小图像及移动图像位置，得到如图 10.212 所示的效果。

图 10.211

图 10.212

⑪ 选择 ➤ 【魔棒工具】，在其工具选项栏中设置【容差】数值为 50，在蓝色天空处单击，得到如图 10.213 所示的选区，按 Delete 键将选区中的内容删除，按 Ctrl+D 键取消选区，得到如图 10.214 所示的效果。

图 10.213

图 10.214

⑫ 按照步骤 8 的操作方法，为上一步得到的图像添加图层蒙版并在图层蒙版中进行涂抹，得到如图 10.215 所示的效果，此时图层蒙版中的状态如图 10.216 所示。

图 10.215

图 10.216

⑬ 激活"图层 5"的图层缩览图，设置前景色的颜色值为#3acd67。选择 ✐【画笔工具】，在其工具选项栏中设置适当的画笔大小，在上一步得到的图像的右侧进行涂抹，得到如图 10.217 所示的效果。设置此图层的混合模式为【明度】，得到如图 10.218 所示的效果。

图 10.217   图 10.218

⑭ 新建图层，得到"图层 6"，将其拖动至"图层 5"的下方，载入"图层 5"的选区，设置不同的前景色，使用 ✐【画笔工具】进行涂抹，直至得到如图 10.219 所示的效果。

提　示

读者完全可以依据自己的喜好设置此处的颜色值。

⑮ 重复步骤 12 的操作方法，为上一步得到的图像添加图层蒙版并在图层蒙版中进行涂抹，得到如图 10.220 所示的最终效果，此时图层蒙版中的状态如图 10.221 所示，如图 10.222 所示为【图层】面板的状态。

图 10.219   图 10.220

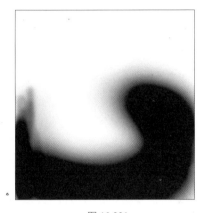

图 10.221

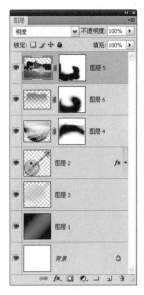

图 10.222

提　示

　　本例最终效果文件见随书所附光盘（光盘文件路径为"第 10 章\10.14.4.psd"）。

读书笔记

CHAPTER **11**

文 字

11.1 文字与设计

文字是文化的载体及重要组成部分。几乎在任何一种视觉媒体中，文字和图像都是其两大构成要素。恰当地使用文字，能够点缀、修饰画面，对完成作品起到画龙点睛的作用。

如图 11.1 所示为平面广告作品中的文字。如图 11.2 所示为书籍装帧作品中的文字。如图 11.3 所示为文字类 VI 设计作品。

图 11.1

图 11.2

图 11.3

● 文字 ●

第8章

第9章

第10章

第11章

第12章

第13章

第14章

可以看出，文字在各类设计作品中均起着非常重要的作用。实际上，许多设计作品甚至完全由文字构成而不需要任何图形，如图11.4所示。

图 11.4

虽然在上面所展示的各类作品中，文字以各种不同的排列状态、字体、字号等形式出现，但如果能够掌握本章讲解的有关文字方面的技能，就能够以不变应万变，在各类设计作品中加入可以起到点睛作用的文字效果。

11.2 文字图层

在 Photoshop 中，文字是以一个独立图层的形式存在的。如图11.5所示的设计作品中就存在一个文字设计元素。如图11.6所示为此作品对应的【图层】面板。可以看出，这个文字设计元素对应于独立的文字图层。

图 11.5

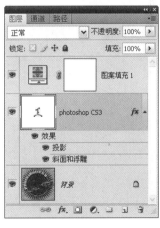

图 11.6

文字图层具有与普通图层不一样的可操作性，在文字图层中无法使用 ✐【画笔工具】、✐【铅笔工具】、▣【渐变工具】等，只能对文字进行变换、改变颜色等有限操作。

其实，从错误的操作中也可以进行学习。如果使用上述工具对文字图层进行操作，则 Photoshop 将弹出如图11.7所示的操作提示对话框及类似图11.8所示的错误提示对话框。

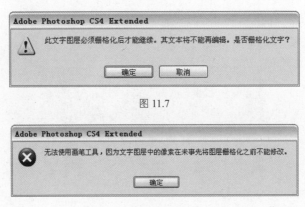

图 11.7

图 11.8

虽然无法使用绘图手段改变文字图层中的文字，但可以通过文字类工具改变文字图层中的内容，而且保持原文字所具有的基本属性不变，这些属性包括颜色、图层样式、字体、字号、角度等。

例如，对于图 11.5 所示的文字效果，如果需要将文字"Photoshop"改变为"The Adobe PS"，可以将原文字选中并直接键入文字"The Adobe PS"，键入的文字将保持原文字的图层样式、角度、字体、字号等属性，效果如图 11.9 所示。如图 11.10 所示为修改文字颜色及字体后的效果。

图 11.9

图 11.10

11.3　键入并编辑文字

在所有可以看到的平面设计作品中，文字的排列形式不外乎是水平、垂直、倾斜、曲线绕排这四种。

如图 11.11 所示为一则房地产广告，其中大量使用了水平排列的文字。由于水平排列的文字符合绝大多数中国人的阅读习惯，因此多数设计作品采用这种文字排列形式。

垂直排列的文字是设计作品中另一种常用的文字排列形式。如图 11.12 所示为招贴及广告设计作品中应用的垂直排列文字。在设计作品中使用垂直排列的文字，可以创造出一种有别于常见的水平排列文字的新鲜视觉效果。如果文字所使用的字号较大，则能够塑造出一种坚定的

文字

第8章

第9章

第10章

第11章

第12章

第13章

第14章

感觉。不过在大多数情况下，使用垂直排列的文字是为了适应设计作品幅面及版式构成的需要。

图 11.11

图 11.12

　　倾斜排列的文字给人以一种不安定的动感，能够较好地引导阅读者的目光。如图 11.13 所示为电影海报及书籍封面设计中应用倾斜排列文字的示例。

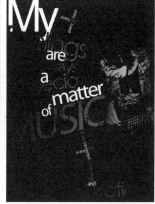

图 11.13

11.3.1　键入水平排列的文字

下面通过一个示例来学习如何为设计作品添加水平排列的文字，其操作步骤如下。

① 打开随书所附光盘中的文件（光盘文件路径为"第 11 章\11.3.1-素材.tif"），效果如图 11.14 所示。

图 11.14

② 在工具箱中选择 T.【横排文字工具】，设置其工具选项栏参数，如图 11.15 所示。通常需要设置的文字属性包括文字的字体、字号、对齐方式、颜色等。

图 11.15

③ 使用 T.【横排文字工具】在画布中要放置文字的位置处单击，在该位置处插入一个文本光标，效果如图 11.16 所示，在文本光标后面键入要添加的文字，效果如图 11.17 所示。

图 11.16　　　　　　　　　　　　　图 11.17

④ 如果在键入文字时希望文字出现在下一行，可以按 Enter 键，使文本光标出现在下一行，效果如图 11.18 所示，然后再键入其他文字，效果如图 11.19 所示。

图 11.18　　　　　　　　　　　图 11.19

⑤ 对于已键入的文字，可以在文字间通过插入文本光标再按 Enter 键的方式，将一行文字打断为两行。如果在一行文字的不同位置多次执行此操作，则可以得到多行文字，效果如图 11.20 所示。

⑥ 如果希望使文字行的左侧看上去错落有致，可以通过在文字行的最左侧插入文本光标再按空格键插入空格的方式。如图 11.21 所示为笔者分别在第二行与第四行的最左侧插入空格后的效果。

图 11.20　　　　　　　　　　　图 11.21

⑦ 键入文字完毕，可以单击工具选项栏中的✓【提交所有当前编辑】按钮确认已键入的文字；如果单击⊘【取消所有当前编辑】按钮，则可以取消键入操作。如图 11.22 所示为按同样的方法分别键入其他文字后的最终效果。

图 11.22

11.3.2　键入垂直排列的文字

键入垂直排列的文字与键入水平排列的文字基本相似，只是方向发生了改变。

在工具箱中选择 **T**【直排文字工具】，然后在画面中单击以插入文本光标，在文本光标后面键入文字，得到垂直排列的文字，具体操作步骤可以参阅 11.3.1 节。

如图 11.23 所示为几种垂直排列文字的效果示例。

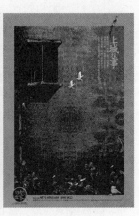

图 11.23

11.3.3　在键入状态下改变文字的位置和角度

键入文字后，当文本光标处于文字行区域内时，则显示为文本光标，如图 11.24 所示。如果将文本光标移出文字行区域，则文本光标转变为移动工具光标，如图 11.25 所示。

图 11.24　　　　　　　　　　　　　　　图 11.25

使用移动工具光标可以直接拖动正在键入的文字以改变文字的位置，如图 11.26 所示为笔者向右侧移动文字后的效果。

在文字键入状态下，还可以暂时按住 Ctrl 键使文字的周围显示变换控制手柄，如图 11.27 所示。在此状态下不仅可以通过拖动控制手柄改变正在键入的文字的大小，还可以改变文字的倾斜角度，效果如图 11.28 所示。执行完变换操作后，可以释放 Ctrl 键重新返回文字键入状态。

图 11.26　　　　　　　　　　图 11.27　　　　　　　　　　图 11.28

除了可以在文字键入状态下改变文字的角度外，也可以在文字键入工作完成后，按 Ctrl+T 键调用自由变换控制框，并拖动变换控制框四角处的控制手柄来改变文字的角度，从而得到倾斜排列的文字。

11.3.4　转换水平或者垂直排列的文字

在需要的情况下，可以相互转换水平排列的文字及垂直排列的文字的排列方向，其操作步骤如下所述。

① 在工具箱中选择 T【横排文字工具】或者 T【直排文字工具】。

② 执行下列操作中的任意一种，即可改变文字的排列方向。

单击工具选项栏中的 ⊥T【更改文本方向】按钮，即可转换水平及垂直排列的文字。

执行【图层】|【文字】|【垂直】命令，将文字转换为垂直排列的状态。

执行【图层】|【文字】|【水平】命令，将文字转换为水平排列的状态。

11.3.5　创建文字型选区

文字型选区是指具有文字的外形却显示为选区的一类特殊选区，创建文字型选区的步骤如下所述。

① 打开随书所附光盘中的文件"第 11 章\11.3.5-素材.tif"。

② 在工具箱中选择 ❚【横排文字蒙版工具】或者 ❚【直排文字蒙版工具】。

③ 在画面中单击以插入一个文本光标，在工具选项栏中设置字体、字号等参数。

④ 在文本光标后面键入文字，在键入状态中时画面背景呈现淡红色且文字为实体，如图 11.29 所示，在此状态下可以通过选中文字改变其字体、字号等属性。

⑤ 在工具选项栏中单击 ✓【提交所有当前编辑】按钮以退出文字键入状态，即可得到如图 11.30 所示的文字型选区。

图 11.29

图 11.30

使用文字型选区可以非常轻松地创建图像型文字，在此以制作一则广告为例来讲解其操作方法。

① 打开随书所附光盘中的文件（光盘文件路径为"第 11 章\11.3.5-素材 1.psd"）。

② 在工具箱中选择 📝【横排文字蒙版工具】，创建如图 11.31 所示的文字型选区。

③ 打开随书所附光盘中的文件（光盘文件路径为"第 11 章\11.3.5-素材 2.psd"），效果如图 11.32 所示，按 Ctrl+A 键执行【全选】命令，按 Ctrl+C 键执行【拷贝】命令。

图 11.31

图 11.32

④ 切换至文字型选区所在的图层，执行【编辑】|【贴入】命令，即可得到如图 11.33 所示的图像型文字效果以及进行简单装饰后的最终效果。

图像型文字效果

进行简单装饰后的最终效果

图 11.33

> **提　示**
>
> 本例最终效果文件见随书所附光盘（光盘文件路径为"第 11 章\11.3.5.psd"）。

> **注　意**
>
> 如果执行【编辑】|【贴入】命令后，得到的图像没有很好地显示于选区中，可以在
> 工具箱中选择 ⊕【移动工具】，拖动贴入当前文件中的图像，直至得到较好的显示效果。

11.3.6　键入标题或者简短说明型的点文本

在 Photoshop 中存在两种不同的文字键入形式，即点文本和段落文本。

点文本的文字行是独立的，即文字行的长度随文本的增加而变长且不会自动换行，如果需要换行必须按 Enter 键。

从工作角度上看，如果要为设计作品添加标题文字或者简短说明型的文字，应该按点文本的键入形式来键入文字，如图 11.34 所示的广告标题都属于点文本。

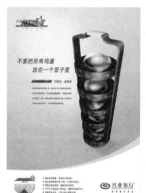

图 11.34

要键入点文本，可以按下面的操作步骤进行。

① 选择 **T**【横排文字工具】或者 **T**【直排文字工具】。

② 用鼠标左键在图像中单击，插入一个文本光标。

③ 在工具选项栏、【字符】面板或者【段落】面板中设置文字或者段落参数。

④ 在文本光标后面键入所需要的文字，单击 ✓【提交所有当前编辑】按钮，确认键入操作，完成点文本的键入。

11.3.7　键入大量辅助说明型的段落文本

段落文本的文字显示范围由一个文本框界定。它具有很大的灵活性，当键入的文字到达文本框的边缘时，文字就会自动换行；当改变文本框的边框时，文字会自动改变每一行显示的文

字数量，以适应新的文本框。

如果设计作品中需要添加大量的说明文字（如图 11.35 所示），最好是按键入段落文本的形式进行。

图 11.35

键入段落文本，可以按以下操作步骤进行。

① 打开随书所附光盘中的文件（光盘文件路径为"第 11 章\11.3.7-素材.tif"）。

② 选择 **T**【横排文字工具】或者 **T**【直排文字工具】。

③ 在画面中拖动文本光标，可以创建一个段落文本框，文本光标显示在文本框内，如图 11.36 所示。

④ 在工具选项栏中设置文字的属性，在此笔者设置字体为"汉仪中等线"、字号为 14、颜色为黑色。

⑤ 在文本光标后面键入文字，效果如图 11.37 所示，单击 ✓【提交所有当前编辑】按钮进行确认。

图 11.36

图 11.37

提　示

本例最终效果文件见随书所附光盘（光盘文件路径为"第 11 章\11.3.7.psd"）。

可以通过调整文本框来改变其中文字的排列，下面就来讲解如何调整文本框。

① 使用文字类工具在画面中的段落文本中单击以插入文本光标，此时即可显示文本框。

② 将文本光标放在文本框的控制手柄上，当文本光标变为 ↖ 形状时进行拖动以改变文本框，效果如图 11.38 所示。如果旋转 ↻ 形状文本光标，可以改变整个段落文本的角度，效果如图 11.39 所示。

原文本框效果

文本框改变后的效果

图 11.38

文字段落旋转效果

局部放大效果

图 11.39

11.3.8　相互转换点文本及段落文本

点文本和段落文本也可以相互转换，转换时只需执行【图层】|【文字】|【转换为点文本】或者执行【图层】|【文字】|【转换为段落文本】命令即可。

11.4　设计中常用的文字格式

文字格式包括文字的字体、字号、对齐方式等。在设计中之所以称文字是有性格的，正是由于当为文字设置了不同的格式后，能够使文字呈现出不同的情感特色。例如，为文字设置了较大的字号且设置其字体为黑体时，文字具有一种庄重与严肃的意味，给人以力量感；为文字设置了小一些的字号并设置其字体为准圆体时，文字传递出一种圆润、娇柔的感觉。

　　字号、字体与行距等是设计中应用文字时最值得关注的几种文字格式，下面分别对其进行讲解。

11.4.1　字号

　　文字内容通常可以分为两种类型，一类是具有提示和引导作用的文字，如书刊的题名篇目、广告和宣传品的导语口号等；另一类是篇幅较长的阅读材料和说明性文字，如书刊的正文、图片说明和广告文案、包装盒上的商品介绍等。前者需要引发不同程度的视觉关注，后者则对易读性提出了较高的要求。

　　由此可见，题名、篇目、广告文字、宣传语等需要引起读者关注的文字必须使用较大的字号来编排；而内文或者说明性的文字则可以使用字号较小、字体阅读性较好的文字来编排。例如，在图 11.40 所示的广告作品中，所有用于说明汽车性能的数字均使用了较大的字号，以吸引阅读者的注意，当阅读者对广告发生了兴趣后，自然会转而阅读字号较小、内容较丰富的说明性文字。

　　按文字的重要程度，将文字编排成为大小不一、错落有致的文字组合，是需要设计者长时间练习的一种基本技能。如果无法轻松驾驭文字的排列、组合，就不可能设计出好的作品。如图 11.41 所示的广告作品均在字号方面有出色的设计。

图 11.40　　　　　　　　　　　　　　　　　　图 11.41

　　字号具有不同的计量标准，国际上通用的字号是点制，在国内则是以号制为主，点制为辅。

　　号制可以分为四号字系统、五号字系统、六号字系统等。其中，四号字比五号字要大，五号字又要比六号字大，以此类推。

　　点制又称为磅制（P），是以计算文字外形的"点"值为衡量标准的。根据印刷行业标准的规定，字号的每一个点值的大小等于 0.35mm，误差不得超过 0.005mm，如五号字换成点制就等于 10.5 点，也就是 3.675mm。外文字全部都以点来计算，每点的大小约等于 1/72inch，即等于 0.35146mm。

　　字号的大小除了号制和点制外，在传统照排文字时还以 mm 为计算单位，称为"级"。每一级等于 0.25mm，1mm 等于 4 级。照排文字能排出的文字大小一般在 7~62 级之间，也有 7~100 级的。

　　在 Photoshop 中可以通过执行【编辑】|【首选项】|【单位与标尺】命令，在弹出的对话框

中将字号的计算单位设置为毫米、点、像素三者之一，如图 11.42 所示。

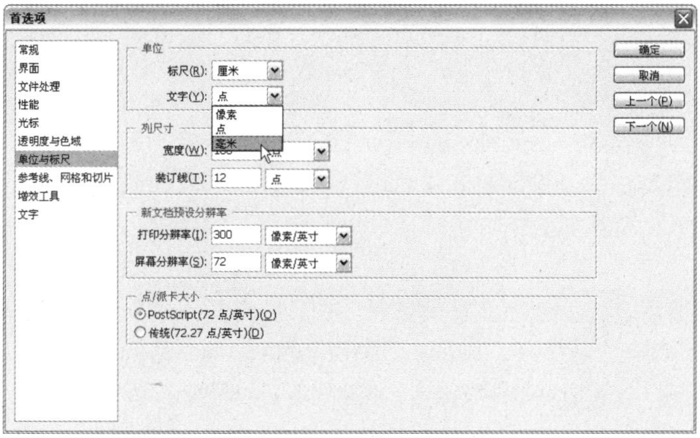

图 11.42

为了使标题醒目，文字的字号一般在 14 点以上；而正文字号一般为 9~12 点；文字多的版面，字号可以为 7~8 点。字号越小，精密度越高，整体性越强，但阅读效果也越差。

当然，上面所指出的数值也需要根据具体的版面大小而灵活变化。

11.4.2　中文字体

字体是文字的外观表象，不同的字体能够通过不同的表象为读者带来丰富多彩的情感体验。设计领域的专家们发现，由细线构成的文字易让人联想到纤维制品、香水、化妆品等物品；笔划拐角圆滑的文字易让人联想到香皂、糕点和糖果等物品；而笔划具有较多角形的文字让人联想到机械类、工业用品类的物品，等等。不同的文字在被设置为不同的字体后，具有了不同的笔划外观或者整体外形，因此能够传达出不同的设计理念。

由于每一件设计作品都有其相应的主题及特定的浏览人群，因此在作品中设置文字的字体时就应该慎重考虑。字体的选择是否得当，将直接影响到整个作品的视觉效果以及主题传达的效果。

下面简述中文字体中常见常用的几种字体的特点。

（1）小篆：秦始皇统一六国后，李斯等人对文字进行收集、整理、简化，最终形成小篆。小篆是古文字史上第一次文字简化运动的总结。小篆的特征是字体竖长、笔划粗细一致、行笔圆转、典雅优美。小篆的缺点是线条用笔书写起来很不方便，所以在汉代以后就很少使用了，但在书法印章等方面却得以发扬，其效果如图 11.43 所示。

（2）隶书：隶书的特点是将小篆字形改为方形，笔划改曲为直，结构更趋向简化，横、点、撇、挑、钩等笔划开始出现，后来又增加了具有装饰意味的"波势"和"挑脚"，从而形成一种具有特殊风格的字体。隶书的特点是平整美观、活泼大方、端庄稳健、古朴雅致，是在设计作品中用于体现古典韵味的最常用的一种字体，其效果如图 11.44 所示。

图 11.43 .   图 11.44

（3）楷书：即"楷体书"，又称"真书"、"正书"、"正楷"等，最初用于书体的名称。楷书在西汉时期开始萌芽，东汉末期渐渐成熟，魏以后兴盛起来，唐代则进入了鼎盛时期。楷书的特点是字体端正、结构严谨、笔划工整、多用折笔、挺拔秀丽，效果如图 11.45 所示。

（4）草书：即"草体书"，包括章草、今草、行草等。由于草书字字相连、变化多端、较难辨认，在设计中多将其作为装饰元素来处理。

（5）行书：即"行体书"，兴于东汉，是介于草书和楷书之间的一种字体。行书在风格上灵活自然、气脉相通，在设计中也很常用，效果如图 11.46 所示。

图 11.45   图 11.46

（6）黑体：黑体是因笔划较粗而得名。它的特点是横竖笔划粗细一致、方头方尾。黑体字在风格上显得庄重有力、朴素大方，多用于标题、标语、路牌等的书写，在许多字库中提供了大黑、粗黑、中黑等三种黑体字体，应用了大黑体的文字效果如图 11.47 所示。

（7）圆体：圆体是近代发展出来的一种印刷字体。由于圆体文字圆头圆尾、笔划转折圆润，许多人都感觉准圆体较贴近女性特有的气质。同样，可以在中圆、准圆、细圆等三种圆体变体中选择一种应用在作品中，应用了准圆体的文字效果如图 11.48 所示。

图 11.47   图 11.48

除上述字体外，秀英体、琥珀体、综艺体、咪咪体、柏青体、金书体等字体开发商所提供的计算机字体（如图 11.49 所示）也各具不同特色，因此能够应用在不同风格的版面中。

图 11.49

> **注 意**
>
> 在一个版面中，选用两到三种以内的字体为版面最佳视觉效果，超过三种以上则显得杂乱，缺乏整体感。要达到版面视觉效果上的丰富与变化，可将有限的字体加粗、变细、拉长、压扁，或者调整行距的宽窄以及变化字号的大小等。

11.4.3 英文字体

与中文字体相比，英文字体的数量多如天上的星星。其中的原因很简单，英文只有26个字母，因此在制作时间方面英文字体与中文字体的制作根本不在一个量级上。一个设计者只要掌握了方法，一天就可以设计出一款新的英文字体，而花一年时间也未必能够完成一个新的中文字体库的创作。

与中文字体一样，不同的英文字体也能够体现出或浪漫或庄重、或规正或飘逸等不同的气质，因此在选择字体方面同样需要根据作品的氛围而定。

图 11.50 中英文所应用的字体名称为"English111 Vivace"，这种字体能够散发出一种浪漫的气息；图 11.51 中英文所应用的字体名称为"Times New Roman"，这种字体是最为常用而且也最为正规的一种字体，常用于英文的正文；图 11.52 中英文所应用的字体名称为"Impact"，这种字体由于其笔划较粗，因此在使用方面有些近似于中文字体中的黑体。

图 11.50   图 11.51   图 11.52

如果要表现活泼、可爱的主题，可以采用类似图 11.53 所示的字体效果。如果希望文字具有较强的装饰性，可以采用类似图 11.54 所示的字体效果。

图 11.53   图 11.54

除此之外，在英文字体中还有用于增强版面横向视觉流程的字体（如图 11.55 所示）以及用于增强版面竖向视觉流程的字体（如图 11.56 所示）。

图 11.55

图 11.56

从上面的示例可以看出，相对于中文字体而言，英文字体的选择性更丰富，这就要求设计者不仅要了解丰富的字体类型，更要知道在哪一种情况下使用哪一种英文字体可以增强版面的表现力。

11.4.4　行距

行距也是决定版面形式和影响易读性的重要因素。行距过窄，上下文字相互干扰，没有一条明显的水平空白带引导，目光难以沿字行扫视；而行距过宽，太多的空白使字行不能体现较好的延续性，因此设计者应该特别注意行距可能带来的阅读问题。通常行距为字号的120%，即文字为 10 点，则行距为 12 点。

如图 11.57 所示为行距正常的版面效果。如图 11.58 所示为行距过大的版面效果。如图 11.59 所示为行距过小的版面效果。

图 11.57

图 11.58

图 11.59

11.5　设置文字格式

在键入文字时，可以通过在工具选项栏中设置相应的参数来格式化文字。完成文字的键入工作后，可以在文字被选中的情况下，使用工具选项栏参数和【字符】面板参数对文字的格式进行设置。

进行文字格式化操作时，最常见的操作是设置文字的字体、字号、行距等属性，因此掌握上一节所讲解的关于文字格式的基础知识则显得非常重要。

使用【字符】面板对文字进行格式化，其操作如下所述。

① 在【图层】面板中双击要设置文字格式的文字图层缩览图，或者利用文字类工具在画面中的文字上双击，以选择当前文字图层中要进行格式化的文字。

② 单击工具选项栏中的 █【切换字符和段落面板】按钮，弹出如图 11.60 所示的【字符】面板。

③ 在面板中设置需要改变的参数，单击工具选项栏中的 ✓【提交所有当前编辑】按钮确认即可。

下面讲解【字符】面板中比较常用而且重要的参数。

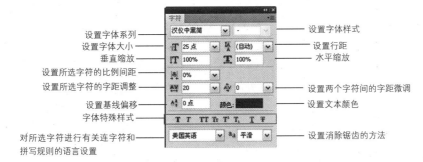

图 11.60

➤ █【设置行距】：在此数值框中键入数值或者在其下拉菜单中选择一个数值，可以设置两行文字之间的距离。数值越大，行距越大。如图 11.61 所示为同一段文字使用不同行距后的对比效果。

图 11.61

> ➤ ⅠT【垂直缩放】、Ⅰ【水平缩放】：这两个数值能够改变文字的水平及垂直缩放比例，得到较高或者较宽的文字效果。如图 11.62 所示为原文字效果。如图 11.63 所示为分别为文字设置了不同的水平及垂直缩放数值后得到的文字效果。

图 11.62   图 11.63

> ➤ ⅣV【设置所选字符的字距调整】：此数值控制了所选文字的间距。数值越大，间距越大。如图 11.64 所示是设置不同文字间距的效果。

图 11.64

> ➤ A²/ᵥ【设置基线偏移】：此参数仅用于设置所选文字的基线值。正值向上移，负值向下移。如图 11.65 所示为设置不同基线偏移的对比效果。

图 11.65

> ➤ T T TT Tr T¹ T₁ T F：单击其中的按钮，可以将所选文字改变为该按钮指定的特殊样式。这些按钮的作用是将文字改变为粗体、斜体、全部大写字母、小型大写字母、上标、下标或者为文字添加下划线和删除线等。

➤ ![平滑]【设置消除锯齿的方法】：在此下拉菜单中选择一种消除锯齿的方法。

如图 11.66 所示的两幅设计作品中的文字效果，均可以通过改变文字的字体、字号、字距、基线偏移等数值得到，各位读者可以自己尝试制作。

图 11.66

11.6　设计中常用的段落格式

了解段落格式与了解文字格式具有相同的重要性。在不同的设计作品中应该为文字段落赋予不同的段落格式，只有这样才能够使文字段落为整个设计作品服务。

段落格式包括段落的对齐方式、段落间距等段落属性。其中，段落的对齐方式会影响到阅读者的阅读方式，因此为不同的版面选择不同的文字段落对齐方式显得非常重要，尤其值得学习与注意。下面讲解应用最多的三种段落对齐方式。

11.6.1　左右均齐

文字段落从左端到右端的长度均齐，字群显得端正、严谨、美观。此对齐方式是目前书籍、报刊较常用的一种，如图 11.67 所示。

图 11.67

11.6.2　居中对齐

居中对齐方式以中心为轴线，两端字距相等，其特点是使视线更集中，中心更突出，整体性更强。用文字居中对齐的方式配置图片时，文字的中轴线最好与图片的中轴线对齐，以取得版面视线统一的效果，如图 11.68 所示。

图 11.68

11.6.3　齐左或者齐右

齐左或者齐右的对齐方式有松有紧、有虚有实，强调了节奏感。齐左或者齐右对齐文字后，行首或者行尾自然出现一条清晰的垂直线，在与图片的配合上易协调并可取得统一视点。

齐左显得自然，符合人们阅读时视线移动的习惯；齐右则不太符合人们阅读时的习惯及心理，因而较少使用，但齐右的文字编排方式会使文字段落显得较为新颖。

齐左与齐右的版面效果如图 11.69、图 11.70 所示。

图 11.69　　　　　　　　　　　　　　　　图 11.70

除上述三种文字的对齐方式外，也可以按图 11.71 所示的效果自由排列文字段落。

自由排列文字段落

局部放大效果

图 11.71

11.7　设置段落格式

设置段落格式的操作包括为段落设置不同的对齐方式、段落间距、缩进值等属性，下面学习如何使用【段落】面板设置段落格式。

① 选择相应的文字类工具，在需要设置段落属性的文字中单击以插入文本光标。如果需要一次性设置多段文字的属性，则用文本光标选中这些段落中的文字。

② 单击【字符】面板右侧的【段落】标签，弹出如图 11.72 所示的【段落】面板。

③ 根据需要改变段落的某些属性后，单击工具选项栏中的 ✔【提交所有当前编辑】按钮以确认操作。

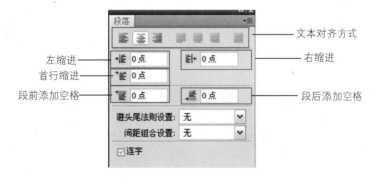

图 11.72

下面介绍面板中比较常用且重要的参数。

➢ ⬛⬛⬛ ⬛⬛⬛ ⬛：单击其中的按钮，文本光标所在的段落以相应的方式对齐。

➢ ⬛【左缩进】：设置文字段落的左侧相对于左文本框的缩进值。

➢ ⬛【右缩进】：设置文字段落的右侧相对于右文本框的缩进值。

➢ ⬛【首行缩进】：设置文字段落的首行相对于其他行的缩进值。

➤ ▤【段前添加空格】：设置当前文字段落与上一文字段落之间的垂直间距。

➤ ▤【段后添加空格】：设置当前文字段落与下一文字段落之间的垂直间距。

➤【连字】：设置手动或者自动断字（仅适用于 Roman 字符）。

如图 11.73 所示为原段落文字效果。如图 11.74 所示为改变段落文字对齐方式、左缩进值、右缩进值、段前间距、段后间距等参数后的效果。

图 11.73   图 11.74

11.8 转换文字

要想灵活使用 Photoshop 中的文字图层，就必须掌握其与普通图层、形状图层以及路径之间的相互转换关系。下面将转换关系分别讲解如下。

11.8.1 转换为普通图层

文字图层是不可编辑的，只有执行【图层】|【栅格化】|【文字】命令，将其转换为普通图层后才可以对其进行绘画等编辑操作。

如图 11.75 所示为原文字图层对应的【图层】面板。如图 11.76 所示为将文字图层转换为普通图层后的【图层】面板。

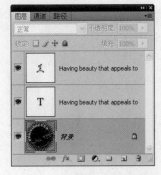 

图 11.75   图 11.76

11.8.2　转换为形状图层

执行【图层】|【文字】|【转换为形状】命令，可以将文字转换为与其轮廓相同的形状，相应的文字图层也会被转换为形状图层。如图 11.77 所示为将文字图层转换为形状图层后的【图层】面板。

图 11.77

将文字图层转换为形状图层的优点，在于能够通过编辑形状图层中的路径锚点得到异形文字效果。如图 11.78 所示的 LOGO 文字均是使用这种方法制作得到的。

图 11.78

11.8.3　生成路径

执行【图层】|【文字】|【创建工作路径】命令，可以由文字图层得到与其文字外形相同的工作路径。如图 11.79 所示为由文字图层生成的路径。

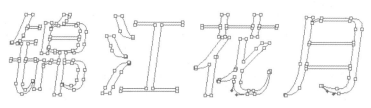

图 11.79

从文字图层生成路径的优点，在于能够通过对路径进行描边、编辑等操作得到具有特殊效果的文字。如图 11.80 所示为编辑文字路径的锚点并填充路径后得到的效果。

图 11.80

此操作与将文字图层转换为形状图层的不同之处，在于当文字图层被转换为形状图层后该文字图层不再存在，而生成路径后文字图层仍然存在。

11.9 沿路径绕排文字 精

11.9.1 沿路径绕排文字的设计意义

利用 Photoshop 提供的将文字绕排于路径的功能，可以将文字绕排于任意形状的路径，实现如图 11.81 所示的设计效果。

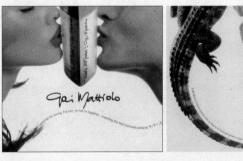

图 11.81

对于设计者而言，可以使用这一功能将文字绕排为一条引导阅读者目光的流程线，从而使阅读者的目光跟随设计者的意图而流动。

11.9.2 制作沿路径绕排文字的效果

下面讲解制作沿路径绕排文字的具体操作步骤。

① 打开随书所附光盘中的文件（光盘文件路径为"第 11 章\11.9.2-素材.tif"）。

② 在工具箱中选择 ◊【钢笔工具】，在其工具选项栏中单击 ▨【路径】按钮，绘制如图 11.82 所示的路径。

● 文字 ●

第 8 章

第 9 章

第 10 章

第 11 章

第 12 章

第 13 章

第 14 章

图 11.82

③ 在工具箱中选择 T 【横排文字工具】，将此工具放置在路径线上，直至鼠标指针变为 I 形状，用鼠标指针在路径线上单击，创建一个文本光标点，效果如图 11.83 所示。

插入文本光标点　　　　　　　　　　局部放大效果

图 11.83

④ 在文本光标点的后面键入所需要的文字，得到如图 11.84 所示的沿路径绕排的文字效果。

图 11.84

提 示

本例最终效果文件见随书所附光盘（光盘文件路径为"第 11 章\11.9.2.psd"）。

如果完成文字绕排后感觉效果并不令人满意，还可以改变文字相对于路径的位置，其方法如下所述。

① 选择 ▶ 【直接选择工具】或者 ▶ 【路径选择工具】。

② 将工具放置在绕排于路径的文字上，直至鼠标指针变为 I 形状。

③ 此时拖动文字即可改变文字相对于路径的位置。各位读者可以尝试水平拖动及垂直拖动这两种不同的操作，以观察得到的不同效果。

注 意

如果当前路径的长度不足以显示全部文字，则在路径末端的小圆将显示为 形状，如图 11.85 所示。

没有完全显示文字时的状态　　　　　　　　　局部放大效果

图 11.85

11.9.3　理解沿路径绕排文字

通过上面的操作示例，相信各位读者已经能够清晰地看出沿路径绕排的文字是借助于路径来实现的，因此路径是实现沿路径绕排文字的本质。

制作完成沿路径绕排的文字后，【路径】面板中将会自动生成一条新的路径（如图 11.86 所示），其名称与沿路径绕排的文字相同，这条路径被称为"绕排文字路径"。

这条路径与绘制的普通路径有以下不同之处。

（1）此路径属于暂存路径，即当在【图层】面板中选择绕排于路径的文字所在的图层时，此路径显示，反之则隐藏。

（2）无法通过在【图层】面板中单击 【删除当前路径】按钮或者将该路径拖动至 【删除当前路径】按钮上删除该路径。

（3）此路径的名称无法更改。

（4）如果双击此路径，则弹出【存储路径】对话框，可以将此路径保存为普通路径，如图 11.87 所示。

图 11.86　　　　　　　　　　　　　　　　　图 11.87

11.9.4　更改沿路径绕排文字的效果

　　沿路径绕排文字的效果具有很强的可编辑性。文字属性可以编辑，绕排路径也可以通过编辑改变其形状。

　　在工具箱中选择文字类工具，将沿路径绕排的文字选中，然后在【字符】面板中修改相应的参数即可改变绕排文字的属性。如图 11.88 所示为笔者修改文字的字号与字体后的效果。

图 11.88

　　通过修改绕排路径的曲率及锚点的位置来改变路径的形状，可以重新设置文字的绕排效果，如图 11.89 所示。

图 11.89

11.10　异形文字段落🈵

11.10.1　异形文字段落的设计意义

　　在 Photoshop 中，可以通过创建异形文字段落来制作不规则的文字段落块。随着文字资料的迅速泛滥，规则排列的文字段落已经不能够有效地吸引阅读者的目光，因此这种以异形文字块将文字内容展现给读者的方式，可以更加有效地传达文字信息。图 11.90 展示了几种不同的异形文字段落的效果。

图 11.90

利用这种方法得到的异形文字段落不仅为阅读者提供了新鲜的视觉体验，而且能够更好地将文字与图像混排在一起，从而大幅度提高了作品的认知度。

下面从三个方面来学习有关异形文字段落的知识与技巧。

11.10.2　制作异形文字段落

下面通过制作一则广告作品中的异形文字段落来讲解其基本操作步骤。

① 打开随书所附光盘中的文件（光盘文件路径为 "第 11 章\11.10.2-素材.tif"），效果如图 11.91 所示。

② 在工具箱中选择 [笔]【钢笔工具】，在其工具选项栏中单击 [圖]【路径】按钮，在画布中绘制需要添加的异形轮廓的路径，效果如图 11.92 所示。

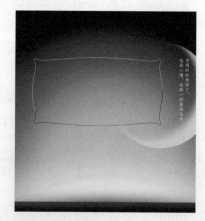

图 11.91　　　　　　　　　　　　　图 11.92

③ 在工具箱中选择 [T]【直排文字工具】，在其工具选项栏中设置适当的字体和字号，将鼠标指针放置在步骤 2 所绘制的路径中间，直至鼠标指针转换为 [I] 形状，如图 11.93 所示。

④ 用鼠标指针在路径中单击（不要单击路径线），从而得到一个文本光标，此时路径被虚线框包围，如图 11.94 所示。

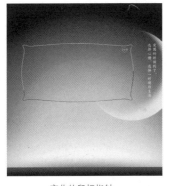
变化的鼠标指针

局部放大效果

图 11.93

⑤ 在文本光标后面键入文字即可得到所需要的效果，如图 11.95 所示。如图 11.96 所示为隐藏路径线后的效果。

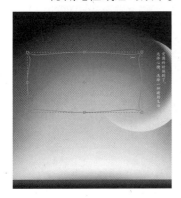
图 11.94

图 11.95

图 11.96

提　示

本例最终效果文件见随书所附光盘（光盘文件路径为"第 11 章\11.10.2.psd"）。

可以看出，在创建异形文字段落时，路径的形状起到了关键性的作用，因此要得到不同形状的文字段落，只需要绘制不同形状的路径即可。如图 11.97 ~ 图 11.99 所示为笔者使用不同形状的路径得到的不同效果。

图 11.97

图 11.98

图 11.99

11.10.3 理解异形文字段落

至此，相信各位读者已经能够清晰地认识到异形文字段落的效果最终得益于一条用于容纳文字的路径，在这一方面异形文字段落与沿路径绕排的文字有些相似。

同样，在创建异形文字段落后，【路径】面板中也将生成新的暂存路径，其名称为路径中的文字，如图 11.100 所示。

11.10.4 更改异形文字段落

图 11.100

通过对异形文字段落的深入理解，各位读者可以自己尝试修改异形文字段落中的文字属性与路径形状。图 11.101 展示了修改路径形状前后的异形文字段落的不同效果。

修改路径形状前　　　　　　　　　　　　修改路径形状后

图 11.101

11.11　制作个性化艺术文字效果

本例运用了 T【横排文字工具】、 ✎【钢笔工具】、【添加图层样式】命令、【转化为形状】命令等，制作出一款极具个性化的艺术文字。

① 按 Ctrl+N 键新建文件，在弹出的对话框中设置参数，如图 11.102 所示，单击【确定】按钮退出对话框。

② 设置前景色的颜色值为#fd0993，选择 T【横排文字工具】，在其工具选项栏中设置适当的字体与字号，在文件中画布的左侧键入文字"蝴"，效果如图 11.103 所示。

③ 用鼠标右键单击【图层】面板中图层"蝴"的图层名称，在弹出的菜单中选择【转化为形状】命令。

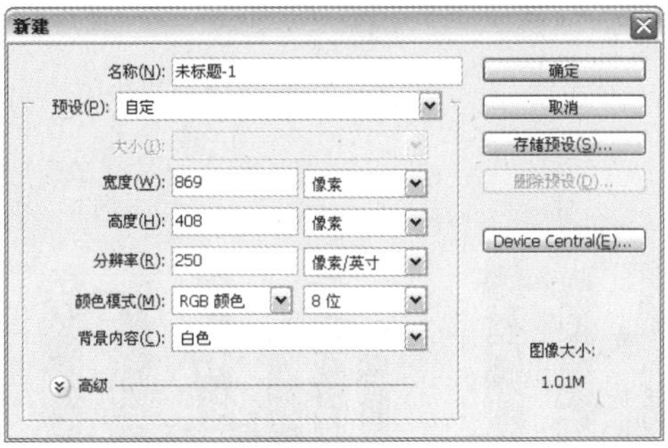

图 11.102

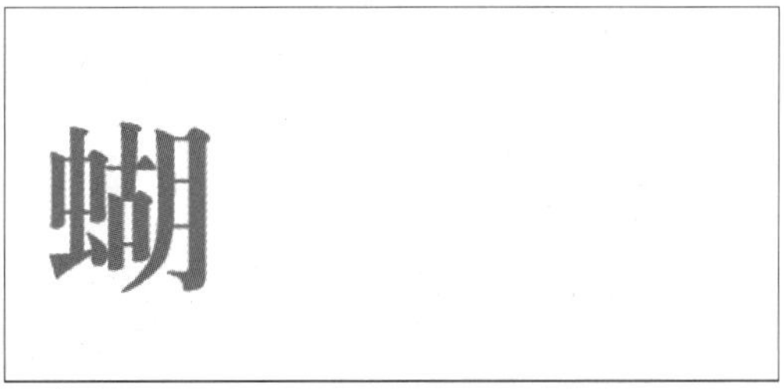

图 11.103

④ 使用【直接选择工具】，选择“蝴”字左下方一提以及一点，如图 11.104 所示，按 Delete 键删除，效果如图 11.105 所示。

提　示

在使用【直接选择工具】选择锚点时，可以配合 Shift 键进行加选。

图 11.104

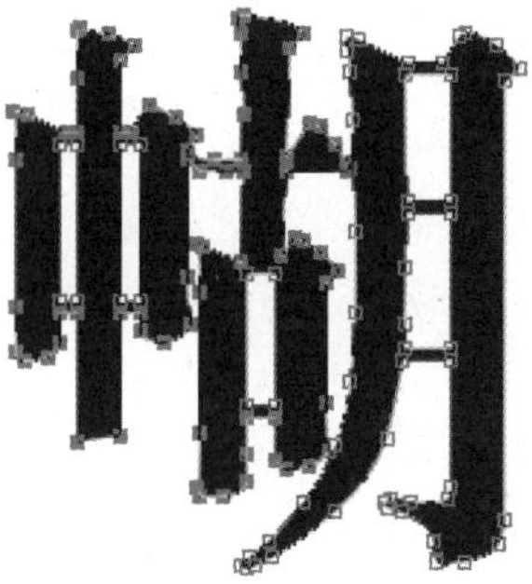

图 11.105

⑤ 使用【直接选择工具】在画布的空白处单击以隐藏各个锚点，再次单击文字路径以激活各个锚点，然后选择“蝴”字左侧中间一竖左下角处的锚点，如图 11.106 所示。按住 Shift 键垂直向上拖动，得到如图 11.107 所示的效果。

图 11.106

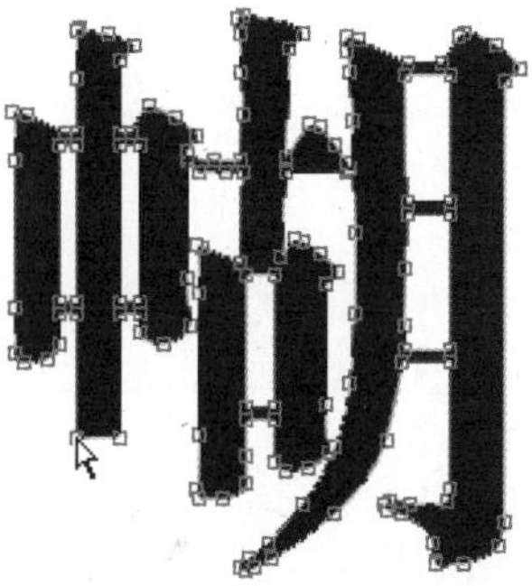

图 11.107

⑥ 使用 【直接选择工具】将"蝴"字左侧中间一竖上方的锚点进行调整，直至得到如图 11.108 所示的效果。按照同样的方法，依次编辑"蝴"字中间的"口"以及右侧的"月"，直至得到如图 11.109 所示的效果。

图 11.108　　　　　　　　　　图 11.109

提　示

在使用 【直接选择工具】调整锚点的过程中，路径的弧度可以通过调整锚点两侧的控制手柄来完善。对于不需要的锚点，可以使用 【直接选择工具】进行选取，然后按 Delete 键进行删除。

⑦ 保持前景色不变，选择 【椭圆工具】，在其工具选项栏中单击 【形状图层】按钮，在"蝴"字的左下方绘制如图 11.110 所示的形状，得到图层"形状 1"。

⑧ 打开随书所附光盘中的文件（光盘文件路径为"第 11 章\11.11-素材.psd"）。使用 【移动工具】将其中的图形拖动到制作文件中，并分别放置在"蝴"字的左侧及右下方，效果如图 11.111 所示，得到图层组"花形"。

图 11.110　　　　　　　　　　图 11.111

提　示

本步的素材是以图层组的形式给出的。对于想亲自进行绘制的读者，可以参考本例随书所附光盘中的最终效果文件（光盘文件路径为"第 11 章\11.11.psd"）。

文字

第8章

第9章

第10章

第11章

第12章

第13章

第14章

⑨ 结合文字类工具、【直接选择工具】以及矢量绘图类工具等，制作另外两个字的效果，最终效果如图 11.112 所示，如图 11.113 所示为本例的应用效果。

图 11.112

图 11.113

提　示

　　本例应用效果文件见随书所附光盘（光盘文件路径为"第 11 章\11.11-应用效果.psd"）。

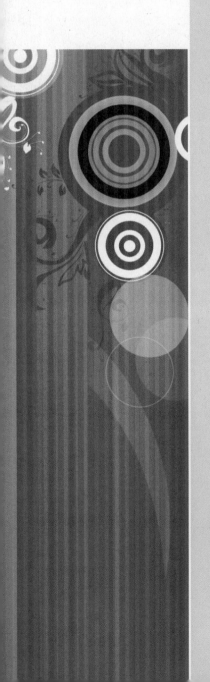

读书笔记

CHAPTER 12

通　道

12.1 通道与特效、印刷

许多 Photoshop 学习者在最初学习通道时，总是将通道与选区、特效等划上等号，笔者也不例外。但随着学习深度的不断增加，就会发现通道与选区、特效等还是有一定区别的，虽然这三者之间确实存在非常广泛、密切的联系。下面分别从通道与特效、通道与印刷两个方面来讲解这个问题。

12.1.1 通道与特效

由于通道中的图像能够被转换为选区，因此在制作许多特殊的图像效果时，通道都是必不可少的操作手段。例如，在图 12.1 所示的视觉艺术作品中，只有先使用通道将图 12.2 中的火焰选择出来，才可以得到最终的效果。

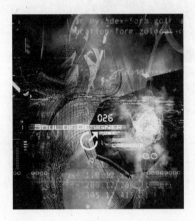

图 12.1   图 12.2

在如图 12.3 所示的作品中，将通道的应用与【光照效果】滤镜命令的应用结合了起来。这样的示例还包括如图 12.4 所示的招贴，在制作这一作品的过程中，笔者在应用通道的同时使用了【彩色半调】滤镜命令。

图 12.3   图 12.4

● 通道 ●

第 8 章

第 9 章

第 10 章

第 11 章

第 12 章

第 13 章

第 14 章

从上面的示例与讲解中不难看出，由于通道与滤镜命令、选区等能够相互灵活运用，使设计者使用通道可以创作出多种多样的特效来。

对于初、中级学习者而言，深入理解通道的原理和掌握 Alpha 通道的使用技巧，是灵活使用通道制作特效的基础。

12.1.2　通道与印刷

通道与印刷也有着千丝万缕的联系。通过理解通道，能够理解 CMYK 图像如何在输出时被分色，不仅如此，Photoshop 还具有处理专色通道的能力，因此通过在 Photoshop 中添加、调整专色通道，可以制作出用于专色印刷的专色版。

本章许多小节都以各种主题讲解了通道与印刷的关系，希望各位读者认真学习。

12.2　通道的分类与特点

对于 Photoshop 的初学者而言，通道是一个难点，突破它的关键在于深入理解它的原理。

从外观来看，通道与没有颜色信息的普通透明图层很相似，但其实际的作用是将图像中的颜色信息转化为灰度信息并进行分类管理。与通道联系最为密切的功能之一是选区，许多使用常规方法无法制作出来的选区，使用通道就能够轻松获得。

在 Photoshop 中，通道可以分为原色通道、Alpha 通道和专色通道等三类，每一类通道都有其不同的作用。

12.2.1　原色通道

原色通道是保存图像颜色信息的场所。例如，CMYK 模式的图像具有四个基本原色通道与一个原色合成通道，而 RGB 模式的图像则具有三个基本原色通道与一个原色合成通道。

以 CMYK 模式的图像为例，图像中青色像素的分布信息保存在原色通道"青色"中，因此当改变原色通道"青色"时，就可以改变青色像素分布的情况；同样，图像中黄色像素的分布信息保存在原色通道"黄色"中，因此当改变原色通道"黄色"时，就可以改变黄色像素分布的情况；其他两个构成图像的原色——洋红与黑色，其像素分布信息分别被保存在原色通道"洋红"及原色通道"黑色"中，最终看到的就是由这四个基本原色通道保存的颜色信息所对应的颜色互相组合叠加而成的合成效果。

当打开一个 CMYK 模式的图像文件并显示【通道】面板时，可以看到有四个基本原色通道与一个原色合成通道显示于【通道】面板中，如图 12.5 所示；而 RGB 模式的图像文件则有三个用于保存原色像素（红、绿、蓝）的基本原色通道（即原色通道"红"、原色通道"绿"、原色通道"蓝"）和一个原色合成通道，如图 12.6 所示。

图像所具有的原色通道的数目取决于图像的颜色模式。

图 12.5

图 12.6

12.2.2　Alpha 通道

　　Alpha 通道是与原色通道不同的一类最常用的临时通道，它用来存放选区信息，其中包括选区的位置、大小、是否具有羽化值或者羽化值的大小等。将如图 12.7 左图所示的选区信息保存为 Alpha 通道，此通道如图 12.7 右图所示。

原选区

Alpha 通道保存的选区

图 12.7

12.2.3　专色通道 精

　　"专色"是指在印刷时使用的一种预制的油墨。使用专色的好处，在于可以获得使用 CMYK 四色油墨无法合成的颜色效果（如金色与银色等）。此外，使用专色还可以降低印刷成本。

　　使用专色通道，可以在分色时输出第五块或者第六块甚至更多的色版，用于定义需要使用专色印刷或者处理的图像局部。

12.3　通道的基础操作

12.3.1　了解【通道】面板

　　【通道】面板与【路径】面板、【图层】面板一样具有很高的使用率。执行【窗口】|【通道】命令即可显示【通道】面板，如图 12.8 所示。

【通道】面板的组成元素较为简单，面板中各按钮释义如下。

➤ 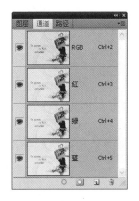【将通道作为选区载入】按钮：单击此按钮，可以将当前选择的通道以选区的形式调出。

➤ 【将选区存储为通道】按钮：在选区处于激活的状态时，单击此按钮，可以将当前选区保存为 Alpha 通道。

➤ 【创建新通道】按钮：单击此按钮，可以按默认设置新建一个 Alpha 通道。

➤ 【删除当前通道】按钮：单击此按钮，可以删除当前选择的通道。

图 12.8

12.3.2　查看通道状态

每一个通道的左侧都有一个 图标，可以通过它的显示与否决定通道是否处于显示状态。此外，可以同时显示一个或者多个通道，以比较通道中的图像效果。

如图 12.9 所示为 Alpha 通道状态及原图像效果。如图 12.10 所示为同时显示 Alpha 通道与不同原色通道时的状态。通过观察可以确定在 Alpha 通道中所制作的选区是否能够很好地与图像结合，不同的通道混合也会产生不同的效果。

Alpha 通道状态　　　　　　　　　　　　　　　原图像效果

图 12.9

显示通道 "红" 和 Alpha 通道　　　　　　　显示通道 "红"、"绿" 和 Alpha 通道

图 12.10

12.3.3 选择通道

选择通道的方法很简单，只需单击其通道名称即可，其基本操作与图层的基本操作很相似，在此不再赘述。

12.3.4 复制通道

复制通道是保护原通道并进行备份的最有效的方法。复制通道的操作方法有以下两种，其中第一种比较常用。

1．方法一

在【通道】面板中选择要复制的通道，将通道拖动至【通道】面板底部的 ▣【创建新通道】按钮上，此方法仅适用于在同一图像文件内复制通道。

如果按此方法对原色通道进行操作，则可以得到一个 Alpha 通道；如果按此方法对 Alpha 通道进行操作，则可以得到此 Alpha 通道的副本。

2．方法二

① 在【通道】面板中选择要复制的通道（如通道"红"），单击面板右上角的 ▼≣ 按钮，在弹出的菜单中选择【复制通道】命令。

② 在弹出的对话框中设置参数，如图 12.11 所示，单击【确定】按钮退出对话框。

图 12.11

【复制通道】对话框中各参数释义如下。

➢ 【为】：在此文本框中键入文字，可以为新的通道命名。

➢ 【文档】：如果要在同一个图像文件内进行复制，保持此选项处于默认状态；如果要将通道复制到新的图像文件中，可以在此下拉菜单中选择【新建】选项。

➢ 【反相】：如果要反相通过复制得到的通道，选择【反相】选项。

注　意

如果打开了数个相同尺寸与分辨率的图像文件，在【复制通道】对话框中的【文档】下拉菜单中将同时显示这些图像文件的名称，选择这些图像文件的名称可以将当前选择的通道复制到所选择的图像文件中。

通道 ●

第 8 章

第 9 章

第 10 章

第 11 章

第 12 章

第 13 章

第 14 章

12.3.5 删除通道

删除通道的操作与删除图层的操作类似,将通道拖动至【通道】面板底部的 🗑 【删除通道】按钮上即可;也可以选择要删除的通道,在【通道】面板右上角单击 按钮,在弹出的菜单中选择【删除通道】命令。

> **注 意**
>
> 如果删除任意一个原色通道,图像的颜色模式将会自动转换为多通道模式。如图 12.12 所示为在一个 RGB 模式的图像文件中,分别删除原色通道"红"、"绿"、"蓝"后的【通道】面板。

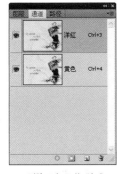 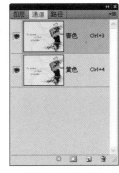 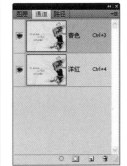

删除原色通道"红"　　　删除原色通道"绿"　　　删除原色通道"蓝"

图 12.12

12.3.6 分离与合并原色通道【精】

如果需要将一个图像文件的所有原色通道中的图像转换为单独的图像文件,可以使用分离通道的操作;而通过合并通道的操作,则可以将使用分离通道操作生成的若干个灰度图像文件或者具有相同尺寸与分辨率的图像文件合并在一起,成为一个完整的图像文件。

1. 分离原色通道

要分离原色通道,可以在【通道】面板弹出菜单中选择【分离通道】命令。如图 12.13 所示为原图像效果及其对应的【通道】面板。如图 12.14 所示为选择【分离通道】命令后生成的独立的灰度文件。

 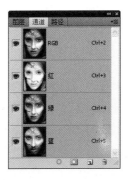

图 12.13

图 12.14

2. 合并原色通道

要合并为原色通道，可以按以下步骤操作。

① 打开需要合并的多个灰度图像文件，选择任意一个图像文件，切换至【通道】面板。

② 在【通道】面板弹出菜单中选择【合并通道】命令。

③ 在弹出的如图 12.15 所示的对话框中设置参数，在【模式】下拉菜单中选择合并后生成的新图像的颜色模式。

④ 如果将图像的颜色模式选择为【RGB 颜色】，则弹出如图 12.16 所示的对话框，分别在此对话框中的【红色】、【绿色】、【蓝色】下拉菜单中选择要作为原色通道"红"、"绿"、"蓝"中的图像的文件名称，单击【确定】按钮，即可将三个灰度图像文件合并为一个 RGB 模式的图像文件。

⑤ 如果将图像的颜色模式选择为【CMYK 颜色】，则弹出如图 12.17 所示的对话框，分别在此对话框中的【青色】、【洋红】、【黄色】、【黑色】下拉菜单中选择要作为原色通道"青色"、"洋红"、"黄色"、"黑色"中的图像的文件名称，单击【确定】按钮，即可将四个灰度图像文件合并为一个 CMYK 模式的图像文件。

图 12.15   图 12.16   图 12.17

12.3.7 在 Photoshop 中如何分色

"分色"是一个印刷专业名词，是指将原稿上的各种颜色分解为黄色、洋红、青色、黑色等四种原色的过程。在电脑印前设计操作中，分色工作就是在平面设计类软件中将要进行印刷的图像的颜色模式转换为 CMYK 模式，这是印刷的要求。只有经过分色，图像在输出时才有可能得到四色，如果直接使用没有经过分色处理的 RGB 模式或者 Lab 模式的图像，在输出时可能只会在黑版上有网点，在印刷时也必然无法得到正确的效果。

在 Photoshop 中的分色操作非常简单，只要执行【图像】|【模式】|【CMYK 颜色】命令即可。

经过此操作，具有三个基本原色通道的图像被转换为具有四个基本原色通道的图像（如图 12.18 所示），在输出菲林时才会得到按原色通道信息生成的青色、洋红、黄色、黑色等四张分色菲林片。

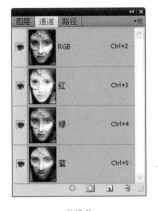

转换前

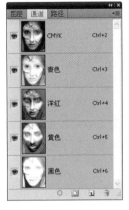

转换后

图 12.18

12.3.8 在通道中查看渐变的条纹

一个在 RGB 模式下制作的渐变底图，在使用时可以被应用于屏幕显示，但如果要进行印刷就有可能出现条纹，可以利用【通道】面板清楚地观察这一点。

如图 12.19 所示为一个在 RGB 模式下制作的渐变底图，通过执行【图像】|【模式】|【CMYK 颜色】命令，将图像转换为 CMYK 模式。单纯从屏幕上看渐变并没有发生太大的变化，但如果切换至单独的原色通道中，就会发现渐变中已经出现了条纹，如图 12.20 所示。

图 12.19

图 12.20

要解决这一问题，可以采取两种方法。

（1）直接在 CMYK 模式下绘制渐变。

（2）执行【滤镜】|【模糊】|【高斯模糊】命令，对图像进行模糊处理，如图 12.21 所示为使用这种方法处理后的效果，可以看出条纹的状态改善了许多。

图 12.21

提 示

　　由于本书采用的印刷方式，在色彩的变化上能够呈现的细节有限，如果读者在书中无法对比出本例去除条纹前后的效果差异，可以按照上述操作方法自行进行尝试，在屏幕显示中可以清楚地看到处理前后的对比效果。

12.4　Alpha 通道

12.4.1　理解 Alpha 通道

　　Alpha 通道与选区存在着密不可分的关系，通道可以被转换为选区，而选区也可以被保存为通道。当选区被保存为 Alpha 通道时，选区部分为白色，而非选区部分为黑色，如果为选区添加了羽化效果，则此类选区被保存为具有灰色柔和边缘的通道，选区与 Alpha 通道间的关系如图 12.22 所示。

图 12.22

　　使用 Alpha 通道保存选区的优点在于可以用绘图的方式对通道进行编辑，从而获得使用其他方法无法获得的选区，并且可以长久地保存选区，这一点将在后面的章节中详细讲解。

12.4.2　通过保存选区认识 Alpha 通道

　　了解了 Alpha 通道与选区的关系，下面通过一个示例来更清晰地体会这一点。

　　① 执行【文件】|【新建】命令，新建一个适当大小的文件，选择 [图标]【自定形状工具】，在其工具选项栏中选择【蝴蝶】形状，单击 [图标]【路径】按钮，在画布中绘制路径，按

Ctrl+Enter 键将路径转换为选区，效果如图 12.23 所示。

② 执行【选择】|【存储选区】命令，在弹出的【存储选区】对话框中设置参数，如图 12.24 所示。

图 12.23　　　　　　　　　　　　　　　　　图 12.24

③ 按照步骤 1 的方法，制作手形的选区，效果如图 12.25 所示。

④ 再次执行【选择】|【存储选区】命令，在弹出的【存储选区】对话框中设置参数，如图 12.26 所示。

图 12.25　　　　　　　　　　　　　　　　　图 12.26

⑤ 按照步骤 1 的方法，制作一个太阳的选区，效果如图 12.27 所示，在工具选项栏中设置【羽化】数值为 20。

⑥ 再次执行【选择】|【存储选区】命令，在弹出的【存储选区】对话框中设置参数，如图 12.28 所示。

⑦ 切换至【通道】面板中，可以发现【通道】面板中多了三个 Alpha 通道，如图 12.29 所示。

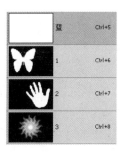

图 12.27　　　　　　　　　图 12.28　　　　　　　　　图 12.29

⑧ 分别切换至各 Alpha 通道，图像显示效果如图 12.30 所示。

1 号 Alpha 通道中的图像效果　　　　2 号 Alpha 通道中的图像效果　　　　3 号 Alpha 通道中的图像效果

图 12.30

仔细观察三个 Alpha 通道可以看出，通道中的白色区域对应的正是制作的三个选区的位置与大小，而黑色区域则对应于非选区。

而对于 3 号 Alpha 通道，除了黑色与白色外，还出现了灰色的柔和边缘。实际上，这正是具有羽化值的选区被保存于通道后的状态。在此状态下，Alpha 通道中的灰色区域代表部分选择，换言之，即具有羽化值的选区。

下面讲解使用此方法创建 Alpha 通道时【存储选区】对话框中的重要参数。

➢ 【文档】：在此下拉菜单中显示了所有已打开的尺寸大小与当前操作的图像文件相同的文件的名称，选择这些文件名称，可以将选区保存在相应的图像文件中；如果在下拉菜单中选择【新建】选项，则可以将选区保存在一个新文件中。

➢ 【通道】：在此下拉菜单中列有当前文件中已存在的 Alpha 通道的名称及【新建】选项。如果选择已有的 Alpha 通道的名称，可以替换该 Alpha 通道所保存的选区；如果选择【新建】选项，则可以创建一个新的 Alpha 通道。

➢ 【新建通道】：单击此单选按钮，可以添加一个新通道。如果在【通道】下拉菜单中选择一个已有的 Alpha 通道的名称，【新建通道】单选按钮将转换为【替换通道】单选按钮，单击此单选按钮，可以用当前选区生成的新通道替换所选择的通道。

➢ 【添加到通道】：在【通道】下拉菜单中选择一个已有的 Alpha 通道的名称时，此单选按钮被激活。单击此单选按钮，可以在原通道的基础上添加当前选区所定义的通道。

➢ 【从通道中减去】：在【通道】下拉菜单中选择一个已有的 Alpha 通道的名称时，此单选按钮被激活。单击此单选按钮，可以在原通道的基础上减去当前选区所定义的通道，即在原通道中以黑色填充当前选区所定义的区域。

➢ 【与通道交叉】：在【通道】下拉菜单中选择一个已存在的 Alpha 通道的名称时，此单选按钮被激活。单击此单选按钮，可以得到原通道与当前选区所定义的通道的重叠区域。

注　意

在选区存在的情况下，直接单击【通道】面板中的 ▢ 【将选区存储为通道】按钮，可以将当前选区保存为一个默认的 Alpha 通道。很显然，此操作方法比执行【选择】|【存储选区】命令更简单。

12.4.3 直接创建新的 Alpha 通道

除了使用上一节所讲解的通过保存选区的方法创建 Alpha 通道外，也可以通过单击【通道】面板底部的 ▣【创建新通道】按钮，创建一个新的 Alpha 通道。

新建的 Alpha 通道与图层一样具有很强的可编辑性（如可以使用滤镜、✐【画笔工具】及矢量绘图类工具等），不同的是 Alpha 通道是灰度模式的。

如图 12.31 所示为笔者使用 ◊【钢笔工具】在 Alpha 通道中绘制的复杂图案，此 Alpha 通道调出的选区如图 12.32 所示。可以看出，两者之间具有严格的对应关系，这个小示例无疑为制作复杂的选区提供了一条可行的途径。

图 12.31

图 12.32

12.4.4 通过编辑 Alpha 通道制作选区

创建 Alpha 通道有以下两个目的。

（1）保存选区，以便在以后的工作中使用。

（2）通过编辑 Alpha 通道，得到新的选区。

如果创建 Alpha 通道的目的是第一个，则无需编辑 Alpha 通道；如果创建 Alpha 通道的目的是第二个，就需要通过编辑 Alpha 通道得到新的选区。在编辑时，需要掌握以下原则。

（1）用黑色绘图，可以减少选区。

（2）用白色绘图，可以增加选区。

（3）用介于黑色与白色之间的任意一级灰色绘图，可以获得不透明度值小于 100%或者边缘具有羽化效果的选区。

在掌握编辑通道的原则后，可以使用更多、更灵活的命令与操作方法对通道进行操作。例如，可以在 Alpha 通道中应用颜色调整命令以改变黑白区域的比例，从而改变选区的大小；也可以在 Alpha 通道中应用各种滤镜命令，从而得到形状特殊的选区；还可以通过变换 Alpha 通道来改变选区的大小。

下面讲解一个使用 Alpha 通道制作选区的示例。

1 打开随书所附光盘中的文件（光盘文件路径为"第 12 章\12.4.4-素材.tif"），效果如图 12.33 所示。在工具箱中选择 ♥【多边形套索工具】，在画布中沿着人物的轮廓制作选区，效果如图 12.34 所示，如图 12.35 所示为放大后的局部效果。

图 12.33　　　　　　　　　图 12.34　　　　　　　　　图 12.35

② 切换至【通道】面板，单击 ⬛【将选区存储为通道】按钮，得到通道"Alpha 1"，按 Ctrl+D 键取消选区，此时的通道状态如图 12.36 所示，【通道】面板如图 12.37 所示。

图 12.36　　　　　　　　　　　　　　　　　图 12.37

③ 选择 🔲【多边形套索工具】，在其工具选项栏中单击 🔲【添加到选区】按钮，在通道中白色区域的左上方制作如图 12.38 所示的三角选区。设置前景色为白色，按 Alt+Delete 键以前景色填充选区，按 Ctrl+D 键取消选区，此时通道中的状态如图 12.39 所示。

图 12.38　　　　　　　　　　　　　　　　　图 12.39

④ 执行【滤镜】|【模糊】|【高斯模糊】命令，在弹出的对话框中设置【半径】数值为 60，单击【确定】按钮退出对话框，得到如图 12.40 所示的效果。按 Ctrl+I 键执行【反

相】命令，得到如图 12.41 所示的效果。

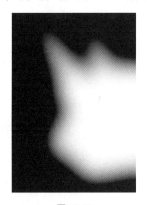

图 12.40

图 12.41

⑤ 执行【滤镜】|【像素化】|【彩色半调】命令，在弹出的对话框中设置参数，如图 12.42 所示，单击【确定】按钮退出对话框，得到如图 12.43 所示的效果。

图 12.42

图 12.43

⑥ 按 Ctrl+I 键执行【反相】命令，得到如图 12.44 所示的效果，此时的【通道】面板如图 12.45 所示。

图 12.44

图 12.45

⑦ 按住 Ctrl 键单击通道 "Alpha 1" 的通道缩览图以载入其选区。切换至【图层】面板，
选择图层 "背景"，新建图层，得到 "图层 1"。设置前景色为白色，按 Alt+Delete 键
以前景色填充选区，按 Ctrl+D 键取消选区，得到如图 12.46 所示的效果。

⑧ 设置 "图层 1" 的混合模式为【叠加】，得到如图 12.47 所示的最终效果，此时的【图
层】面板如图 12.48 所示。

图 12.46   图 12.47   图 12.48

提 示

本例最终效果文件见随书所附光盘（光盘文件路径为 "第 12 章\12.4.4.psd"）。

通过上面的示例可以看出，在 Alpha 通道中进行操作，然后使用滤镜命令对其进行编辑，
可以得到使用其他方法无法得到的选区。

注 意

增加 Alpha 通道将增加图像文件的大小，因此如果能够在图层中直接使用其他方法
得到选区，最好不要用 Alpha 通道。

12.4.5 将通道作为选区载入

可以将选区保存为 Alpha 通道，同样也可以从 Alpha 通道中调出选区。在【通道】面板中
选择任意一个通道，单击【通道】面板底部的 ⊙【将通道作为选区载入】按钮，即可将此 Alpha
通道所保存的选区调出。

此外，还可以通过使用以下快捷键来调出选区。

（1）按住 Ctrl 键单击 Alpha 通道的缩览图，可以直接载入此 Alpha 通道所保存的选区。

（2）按住 Ctrl+Shift 键单击 Alpha 通道的缩览图，可以增加 Alpha 通道所保存的选区。

（3）按住 Alt+Ctrl 键单击 Alpha 通道的缩览图，可以减去 Alpha 通道所保存的选区。

（4）按住 Alt+Ctrl+Shift 键单击 Alpha 通道的缩览图，可以得到与 Alpha 通道所保存的选
区交叉的选区。

● 通道 ●

第 8 章

第 9 章

第 10 章

第 11 章

第 12 章

第 13 章

第 14 章

　　如果希望以对话框的形式调用选区，可以执行【选择】|【载入选区】命令，在弹出的如图 12.49 所示的对话框中设置参数，此对话框中的参数与【存储选区】对话框中的参数基本相似，在此不再赘述。

图 12.49

12.4.6　保存 Alpha 通道

　　保存 Alpha 通道与保存图层一样重要，它可以将操作中有用的选区以 Alpha 通道的形式保存下来，以便于下一次修改操作。Alpha 通道能否被保存主要取决于文件的保存格式，一般情况下应该选择*.psd、*.tiff 或者*.raw 等文件格式，否则 Alpha 通道将被自动删除。

> **注　意**
>
> 　　在判断该文件格式是否能够保存 Alpha 通道时，可以依据一个简单的原则，即在【存储为】对话框中，观察【Alpha 通道】选项是否处于激活状态。如果处于激活状态（如图 12.50 左图所示），则可以保存 Alpha 通道；否则不可以保存 Alpha 通道（如图 12.50 右图所示）。

图 12.50

读书笔记

CHAPTER 13

滤　镜

13.1 滤镜与图像魔术

许多 Photoshop 用户将滤镜功能比喻为魔术师的魔术棒，经过滤镜处理后的图像立刻呈现出千变万化的效果，犹如经过魔术棒的点化。在笔者多年的工作经验中，绝大多数设计作品都使用了一种或者多种滤镜，这也是笔者在本书中花费一定篇幅进行讲解的原因，但如果单纯地将滤镜与图像特效划上等号就会忽视滤镜其他方面的特性，在此笔者将通过以下几个方面帮助各位读者更加全面彻底地认识滤镜。

13.1.1 滤镜与图像特效

在滤镜的众多应用中，生成特殊的图像效果无疑是最引人注目的一个。使用同一个滤镜的不同参数，或者组合使用若干个不同的滤镜都能够产生千变万化的效果，甚至在使用滤镜时即使参数与滤镜种类相同但运用的顺序不同，也能够产生不同的效果，因此滤镜使许多初学者为之着迷，并花费大量时间研究滤镜的各类使用技巧。

值得注意的是，对于初学者而言，片面地重视滤镜会造成技术上的不均衡，最终导致许多初学者养成在作品中堆砌滤镜效果的不良习惯，而完全不考虑这些滤镜在使用后对作品是否有质量方面的提高。

13.1.2 滤镜与纠正图像

Photoshop 中的某一些滤镜并不具有产生图像特效的功能，它们的功能是纠正图像。例如，【锐化】滤镜组中的所有滤镜都用于使图像更加清晰，除此之外，【镜头模糊】【消失点】等滤镜也都用于纠正图像在制作时产生的问题。

对于用于生成特殊效果的滤镜而言，参数的准确性并不显得那么重要，而对于用于纠正图像的滤镜而言，不当的参数就可能产生矫枉过正的现象。在学习两类不同的滤镜时需要遵循不同的学习方向，并确立不同的学习重点。

13.1.3 滤镜与随机性图像效果

Photoshop 中的大部分滤镜都具有随机性的特点，图 13.1 展示了笔者四次使用【云彩】滤镜产生的不同效果。可以看出，每一次产生的效果都各不相同。

图 13.1

滤镜的这种随机性特点保证了作品效果的多样性，使许多人能够更加深刻与全面地理解在使用滤镜时"尝试"对于创作的重要性。实际上，许多作品在创作时都会得益于多次尝试后得到的一个适合于深度创作的基本雏形。

<h1 style="text-align:center">13.2　特殊滤镜</h1>

在此所提到的"特殊滤镜"，并不是指这些滤镜有什么特殊的地方，而是指这些滤镜在功能上比其他滤镜更复杂、更强大。这些滤镜的学习方法、使用领域、操作技巧等与其他滤镜并没有本质的区别。

13.2.1　滤镜库

【滤镜库】是一个非常灵活、强大的滤镜命令。此命令提供的功能允许重叠使用若干种不同的滤镜，也可以重复使用某一种滤镜，从而使滤镜的应用变化更加繁多，所获得的效果也更加丰富、复杂。

【滤镜库】命令弹出的对话框分为四部分，左侧为预览窗口，中间为滤镜命令选择区，右侧为选项区及效果图层添加 / 删除区，如图 13.2 所示。在对话框右上角的下拉菜单中还可以选择其他滤镜命令，但并非所有滤镜命令都被集成在此对话框中，因此有些滤镜命令是无法重叠使用的。

图 13.2

从对话框右下角的效果图层添加 / 删除区可以看出，当前累积使用了两个滤镜命令，即【海报边缘】与【阴影线】。每一个滤镜命令都类似于图层，在其左侧显示了一个图标，用于标记其是否处于启用状态，在此对话框中可以将这些滤镜命令称为"效果图层"。

下面通过讲解添加效果图层、改变效果图层顺序、删除及隐藏效果图层等知识来掌握此命令。

1. 添加效果图层

打开一个图像文件或者选择一个有图像的图层后，第一次选择【滤镜库】命令弹出的对话框如图 13.3 所示，此时需要在滤镜命令选择区选择应用的第一个滤镜命令。

图 13.3

要继续在此对话框中进行操作，可以参考下面所列举的各类操作。

（1）如果要在第一个效果图层的基础上继续添加新的效果图层，可以在效果图层添加／删除区的下方单击 ▣【新建效果图层】按钮，新建的效果图层将延续上一个效果图层的滤镜命令及其参数，如图 13.4 所示。如果需要使用同一滤镜命令以加强该滤镜的效果，则无需重新选择滤镜命令，通过调整新效果图层中的参数，即可得到满意的效果。

图 13.4

●滤镜●

第 8 章

第 9 章

第 10 章

第 11 章

第 12 章

第 13 章

第 14 章

（2）如果需要叠加不同的滤镜效果，可以选择新建的效果图层，在滤镜命令选择区中选择新的滤镜命令，选项区中的参数将同时发生变化，调整这些参数，即可得到满意的效果，此时对话框显示如图 13.5 所示。

（3）如果使用两个效果图层仍然无法得到满意的效果，可以按同样的方法再新建效果图层并修改滤镜命令或者参数，以累积使用相同的滤镜命令，直至得到满意的效果。

图 13.5

2．改变效果图层的顺序

使用效果图层时除了可以叠加滤镜效果，还可以通过修改效果图层的顺序，修改应用这些滤镜所得到的效果。

如图 13.6 所示为添加了四个效果图层时的对话框状态及图像效果。如图 13.7 所示为修改这些效果图层的顺序后所得到的效果。可以看出，当效果图层的顺序发生变化时所得到的效果也不相同。

图 13.6

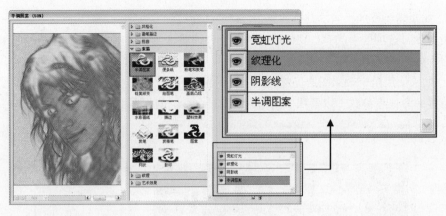

图 13.7

3．隐藏及删除效果图层

当希望单独查看某一效果图层的效果或者某几个效果图层组合起来得到的效果时，可以单击效果图层左侧的 👁 图标，将不需要的效果图层隐藏起来。如图 13.8 所示为隐藏三个效果图层后的对应效果。

图 13.8

对于不需要的效果图层可以将其删除。要删除这些效果图层，可以通过单击将其选中，然后单击 🗑 【删除效果图层】按钮。

13.2.2 消失点 精

在对图像进行复制、修复及变换等操作时，如果希望保持图像原有的透视角度不变，可以执行【滤镜】|【消失点】命令。如图 13.9 所示为原图像效果。如图 13.10 所示为使用此命令在木桥的污渍上进行修复操作后得到的效果及局部放大效果。可以看出，修复操作基本上是按图像原有的透视角度进行的。

● 滤镜 ●

第 8 章

第 9 章

第 10 章

第 11 章

第 12 章

第 13 章

第 14 章

修复后的效果　　　　局部放大效果

图 13.9　　　　　　　　　　　　图 13.10

　　除了可以对有瑕疵的图像进行修复外，使用此命令还可以按图像原有的透视角度进行复制操作，或者按图像原有的透视角度进行绘制。如图 13.11 所示为原图像效果。如图 13.12 所示为按图像原有的透视角度进行贴图操作后的效果。

图 13.11　　　　　　　　　　　　图 13.12

执行【滤镜】|【消失点】命令，弹出的对话框如图 13.13 所示。

图 13.13

下面分别介绍对话框中各区域及工具的功能。

> ➤ 工具区：该区域包含了用于选择和编辑图像的工具。
> ➤ 工具选项区：该区域用于显示所选工具的选项及参数。
> ➤ 工具提示区：该区域简单地显示了工具的相应提示信息。
> ➤ 图像编辑区：在此可以对图像进行复制、修复等操作，同时可以即时预览调整后的效果。
> ➤ 🖐【编辑平面工具】：使用此工具，可以选择和移动透视网格。
> ➤ ▦【创建平面工具】：使用此工具，可以绘制透视网格以确定图像的透视角度。在工具选项区中的【网格大小】数值框中可以设置每个网格的大小。

注　意

透视网格是随 PSD 格式文件一起存储的。当用户需要继续进行编辑时，再次选择该滤镜命令即可看到以前所绘制的透视网格。

> ➤ ▢【选框工具】：使用此工具，可以在透视网格内制作选区，用以选中要复制的图像，并且所制作的选区与透视网格的透视角度是相同的。选择此工具时，在工具选项区中的【羽化】和【不透明度】数值框中键入数值，可以设置选区的羽化和透明属性。在【修复】下拉菜单中选择【关】选项，可以直接复制图像；选择【明亮度】选项，可以按照目标位置的亮度对图像进行调整；选择【开】选项，可以根据目标位置的状态自动对图像进行调整。在【移动模式】下拉菜单中选择【目标】选项，可以将选区中的图像复制到目标位置；选择【源】选项，可以将目标位置的图像复制到当前选区中。

注　意

没有任何透视网格时则无法制作选区。

> ➤ 🔳【图章工具】：按住 Alt 键使用此工具，可以在透视网格内定义一个源图像，然后在需要的位置进行涂抹即可，在其工具选项区中可以设置涂抹时的【直径】、【硬度】、【不透明度】及【修复】等参数。
> ➤ ✏️【画笔工具】：使用此工具，可以在透视网格内进行绘制，在其工具选项区中可以设置画笔绘制时的【直径】、【硬度】、【不透明度】及【修复】等参数。单击【画笔颜色】右侧的色块，在弹出的【拾色器】对话框中设置画笔绘制时的颜色。
> ➤ ▦【变换工具】：由于复制图像时图像的大小是自动变化的，当对图像的大小不满意时，可以使用此工具对图像进行放大或者缩小操作。选择其工具选项区中的【水平翻转】和【垂直翻转】选项后，图像会被执行水平和垂直方向上的翻转操作。
> ➤ ✒️【吸管工具】：使用此工具，可以在图像中单击以吸取画笔绘制时所用的颜色。
> ➤ 📏【测量工具】：使用此工具拖动出一条测量线，可以得到两点之间的距离及角度等测量数据。
> ➤ ✋【抓手工具】：使用此工具在图像中拖动，可以查看未完全显示出来的图像。
> ➤ 🔍【缩放工具】：使用此工具在图像中单击，可以放大图像的显示比例；按住 Alt 键使

用此工具在图像中单击，可以缩小图像的显示比例。

下面以一个具体示例来讲解该命令的使用方法。在这个示例中将使用【消失点】命令去除木头上的污渍。

① 打开素材图像文件。

② 执行【滤镜】|【消失点】命令，弹出【消失点】对话框。使用 ▦【创建平面工具】沿画布中间的木板四角绘制一个透视网格，效果如图 13.14 所示。

③ 使用 ▨【选框工具】在上一步绘制的透视网格内双击，以透视网格的边缘为依据制作选区。

④ 按住 Alt 键将选区中的图像拖动至画布的右下角，效果如图 13.15 所示。

图 13.14

> **注 意**
>
> 在拖动图像的过程中可以感觉到图像的透视角度和大小都在发生变化，读者可以反复操作几次进行验证。

⑤ 按照上一步的方法连续进行复制，直至得到满意的效果，单击【确定】按钮退出对话框，如图 13.16 所示为图像的整体效果。

> **注 意**
>
> 按住 Alt 键时，原【取消】按钮会变为【复位】按钮，单击此按钮可以将对话框中的参数复位到本次打开对话框时的状态；按住 Ctrl 键时，原【取消】按钮会变为【默认值】按钮，单击此按钮可以将对话框中的参数恢复为默认状态。

图 13.15   图 13.16

13.2.3   液化

【液化】命令用于对图像进行液化变形或者扭曲变形的操作。如图 13.17 所示为原图像效果。如图 13.18 所示为使用此命令对模特胸部进行处理后的效果及局部放大效果，可以看出前后的变化幅度非常大。

                               处理后的效果   局部放大效果

图 13.17   图 13.18

执行【滤镜】|【液化】命令，弹出如图 13.19 所示的【液化】对话框。

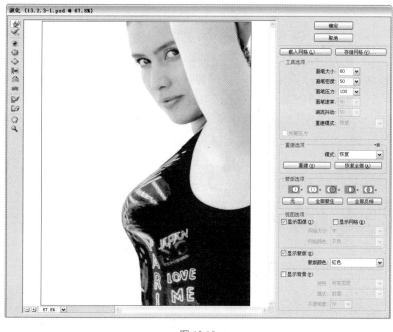

图 13.19

➤ 【向前变形工具】：使用此工具在图像中拖动，可以使图像中的像素随着涂抹产生变形效果。

➤ 【重建工具】：使用此工具在图像中拖动，可以将操作区恢复为原状态。

➤ 【顺时针旋转扭曲工具】：使用此工具在图像中拖动，可以使图像产生顺时针旋转效果；如果在操作时按住了 Alt 键，则可以使图像产生反向旋转效果。

➤ 【褶皱工具】：使用此工具在图像中拖动，可以使图像产生挤压效果，即图像向操作中心点处收缩。

➤ 【膨胀工具】：使用此工具在图像中拖动，可以使图像产生膨胀效果，即图像背离操作中心点进行扩张。

➤ 【左推工具】：使用此工具在图像中拖动，可以移动与描边方向垂直的像素。

➤ 【镜像工具】：使用此工具在图像中拖动，可以使图像产生镜像效果。

➤ 【湍流工具】：使用此工具，能够使图像在发生变形的同时产生紊乱效果。

➤ 【冻结蒙版工具】：使用此工具可以冻结图像，被此工具涂抹过的图像区域将受蒙版保护，从而无法进行编辑操作。

➤ 【解冻蒙版工具】：使用此工具可以解除操作区的冻结状态并去除蒙版，使其还原为可编辑状态。

➤ 【抓手工具】：拖动此工具，可以显示出未在预览窗口中显示出来的图像区域。

➤ 【缩放工具】：单击此工具，图像可以放大到下一个预定的百分比效果。

➤ 【画笔大小】：可以设置使用上述各工具操作时图像受影响区域的大小。数值越大，则一次操作时影响的图像区域也越大；反之，则越小。

➤ 【画笔密度】：可以设置使用上述各工具操作时一次操作所影响的图像的像素密度。数值越大，则操作时影响的像素越多，操作区域及影响程度越大；反之，则越小。

➤ 【画笔压力】：可以设置使用上述各工具操作时一次操作影响图像的程度大小。数值越大，图像受操作影响的程度也越大；反之，则越小。

➤ 【重建选项】：在【模式】下拉菜单中选择一种模式并单击【重建】按钮，可以使图像以该模式动态地向原图像效果恢复。在动态恢复的过程中，按空格键可以中止恢复进程，从而截获恢复过程中的某个图像状态。

➤ 【蒙版选项】：在此列出了五种蒙版运算模式，其中包括【替换选区】、【添加到选区】、【从选区中减去】、【与选区交叉】及【反相选区】。另外，单击【无】按钮，可以取消当前所有冻结状态；单击【全部蒙住】按钮，可以将当前图像全部冻结；单击【全部反相】按钮，可以冻结与当前所选区域相反的区域。

➤ 【显示图像】：选择此选项，在对话框预览窗口中显示当前操作的图像。

➤ 【显示网格】：选择此选项，在对话框预览窗口中显示辅助操作的网格。

　　【网格大小】：在此下拉菜单中选择相应的选项，可以定义网格的大小。

　　【网格颜色】：在此下拉菜单中选择相应的颜色选项，可以定义网格的颜色。

➤ 【蒙版颜色】：在此下拉菜单中选择相应的选项，可以定义图像冻结区域显示的颜色。

➤ 【显示背景】：选择此选项，可以通过设置其下方的参数控制背景图像的显示方式。

　　【使用】：在此下拉菜单中可以选择要显示的当前图像的图层。选择【所有图层】选项，显示全部图层；选择【背景】选项，显示背景图层。

　　【模式】：在此下拉菜单中可以选择要显示图层的显示模式，其中有【前面】、【背后】、【混合】等三个选项可选。

　　【不透明度】：在此数值框中可以键入数值，以控制显示的图层的不透明度。

　　【液化】命令的使用具有很强的随意性，操作也非常灵活。使用此命令进行操作时，只需要选择需要的工具，然后在预览窗口中单击或者拖动即可。使用此命令可以改变人物的体形、五官甚至表情等。

　　如图 13.20 所示为原图像效果。如图 13.21 所示为使用此命令对新娘的腰部进行操作后得到的瘦身效果。

图 13.20

图 13.21

13.3 智能滤镜 [精]

智能滤镜可以说是专为智能对象而设计的。使用智能滤镜，可以对所添加的滤镜进行反复修改。

13.3.1 创建智能滤镜

要创建智能滤镜，可以按照下面的方法操作。

①选择要应用智能滤镜的智能对象图层，在【滤镜】菜单中选择要应用的滤镜命令，并在弹出的对话框中设置适当的参数。

②设置完毕后，单击【确定】按钮退出对话框，即可生成一个对应的智能滤镜图层。

③如果要继续添加多个智能滤镜，可以重复步骤 1～步骤 2 的操作，直至得到满意的效果。

如果选择的是没有对话框参数的滤镜（如【查找边缘】、【云彩】等），则直接对智能对象图层中的图像进行处理，并创建对应的智能滤镜图层。

如图 13.22 所示为添加了智能滤镜效果的图像及其对应的【图层】面板。

 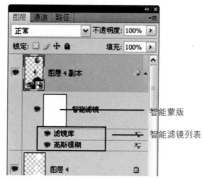

图 13.22

在对智能对象应用滤镜命令后，将在其图层下方增加一个智能滤镜图层。通过观察可以看出，一个智能滤镜图层主要是由智能蒙版以及智能滤镜列表所构成的。其中，智能蒙版主要是用于隐藏智能滤镜对图像的处理效果，而智能滤镜列表则显示了当前智能滤镜图层中所应用的滤镜命令名称。

13.3.2 编辑智能滤镜

1. 编辑滤镜参数

智能滤镜最显著的优点之一就是可以反复编辑所应用的滤镜命令的参数，其操作方法非常简单，和使用图层样式的方法有些类似，可以直接在【图层】面板中双击要修改参数的滤镜命令名称，在弹出的该滤镜命令的对话框中即可修改滤镜命令的参数。

需要注意的是，在添加了多个智能滤镜的情况下，如果编辑了先添加的智能滤镜，将会弹出类似图 13.23 所示的提示对话框，提示在提交参数修改以后才能看到这些滤镜叠加在一起的应用效果。

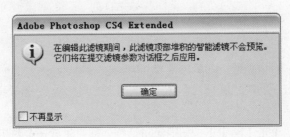

图 13.23

2. 编辑智能蒙版

智能蒙版的操作原理与图层蒙版的操作原理完全相同，主要用于隐藏滤镜处理图像后的效果。在这里同样是使用黑色来隐藏图像，使用白色来显示图像，而灰色则产生一定的透明效果。

要编辑智能蒙版，可以按照下面的方法进行操作。

① 选择要编辑的智能蒙版。

② 选择适当的工具（如 ✎【画笔工具】、■【渐变工具】等）。

③ 根据需要设置颜色，然后在智能蒙版中进行涂抹。

如图 13.24 所示为原图像效果及其对应的【图层】面板。如图 13.25 所示为将前景色设置为黑色，使用 ✎【画笔工具】在智能蒙版中对人物的头部进行涂抹后的效果。可以看出，智能滤镜对人物头部的影响已经去除了。

要删除智能蒙版，可以直接在蒙版缩览图后面的"智能滤镜"这四个字上单击鼠标右键，在弹出的菜单中选择【删除滤镜蒙版】命令，或者执行【图层】|【智能滤镜】|【删除滤镜蒙版】命令。

图 13.24

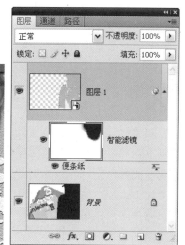

图 13.25

要重新添加智能蒙版，可以在蒙版缩览图后面的"智能滤镜"这四个字上单击鼠标右键，在弹出的菜单中选择【添加滤镜蒙版】命令，或者执行【图层】|【智能滤镜】|【添加滤镜蒙版】命令。

3. 编辑智能滤镜混合选项

编辑智能滤镜的混合选项，可以使滤镜生成的效果与原图像进行混合，其操作方法十分简单，双击智能滤镜名称后面的图标，调出类似图 13.26 所示的对话框。

如图 13.27 所示为应用了【滤镜库】智能滤镜后的原效果。如图 13.28 所示是按照上面的方法操作后，将该智能滤镜的混合模式设置为【滤色】后得到的效果。

图 13.26　　　　　　图 13.27　　　　　　图 13.28

通过对智能滤镜的混合选项进行编辑，可以使操作更加灵活，所得到的效果更加丰富。

4. 停用 / 启用智能滤镜

停用 / 启用智能滤镜的操作也同样十分灵活，可以选择对所有的智能滤镜或对某个单独的智能滤镜进行停用 / 启用操作。

如果需要停用所有智能滤镜，可以在所属的智能对象图层最右侧的 ● 图标上单击鼠标右键，在弹出的菜单中选择【停用智能滤镜】命令，隐藏所有智能滤镜所生成的图像效果。当智能滤镜的效果被隐藏时，再次在该位置处单击鼠标右键，在弹出的菜单中选择【启用智能滤镜】命令，则可以重新启用智能滤镜所生成的图像效果。

更为便捷的操作是直接单击智能蒙版前面的 ● 图标，其作用同样是用来显示或者隐藏全部的智能滤镜效果。

如果要停用 / 启用单个智能滤镜，也可以参照上面的方法，只不过要在需要停用 / 启用的单个智能滤镜的名称上进行操作。

5. 删除智能滤镜

需要删除智能滤镜时，可以直接在该智能滤镜的名称上单击鼠标右键，在弹出的菜单中选择【删除智能滤镜】命令，或者用鼠标将要删除的智能滤镜拖动至【图层】面板底部的 🗑 【删除图层】按钮上。

如果需要清除所有智能滤镜，则可以在蒙版缩览图后面的"智能滤镜"这四个字上单击鼠标右键，在弹出的菜单中选择【清除智能滤镜】命令，或者直接执行【图层】|【智能滤镜】|【清除智能滤镜】命令。

13.4　常用滤镜

"二八法则"适用于许多领域，在 Photoshop 设计制作领域中也不例外。经过长时间的操作，笔者发现在日常工作中经常应用到的往往就是那么几个滤镜，基本上占所有滤镜数量的 20% 左右，另外 80% 的滤镜则属于偶然使用的类型。

这并不是说只要掌握了这些经常用到的 20% 的滤镜就可以了，而是说在学习时应该将这 20% 的滤镜作为重点掌握，而另外 80% 的滤镜属于了解的范畴。

13.4.1　高斯模糊

使用此滤镜可以精确控制图像的模糊程度以产生自然的柔化效果。另外，结合图层的混合模式，还可以制作出照片的柔光镜效果。下面通过一个示例来讲解其操作方法。

① 打开随书所附光盘中的文件（光盘文件路径为"第 13 章\13.4.1-素材.tif"），效果如图 13.29 所示。

② 按 Ctrl+J 键执行【通过拷贝的图层】命令以复制图层"背景"，得到"图层 1"。执行【滤镜】|【模糊】|【高斯模糊】命令，在弹出的对话框中设置参数，如图 13.30 所示，单击【确定】按钮退出对话框，得到如图 13.31 所示的效果。

③ 设置"图层 1"的混合模式为【滤色】，得到如图 13.32 所示的效果。

●滤镜●

第8章

第9章

第10章

第11章

第12章

第13章

第14章

图 13.29

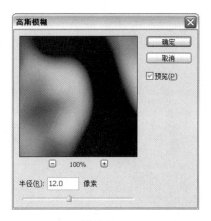

图 13.30

图 13.31

图 13.32

④ 复制"图层 1",得到"图层 1 副本",修改其混合模式为【柔光】,得到如图 13.33 所示的最终效果。

图 13.33

提 示

　　此示例展示的几乎是目前流行的柔光照片的标准制作方法,各位读者也可以在此操作步骤的基础上自己进行创新,以得到更加令人满意的效果。

13.4.2　动感模糊

顾名思义，此滤镜用于制作带有动感的图像效果。如图 13.34 所示为【动感模糊】滤镜的操作示例。

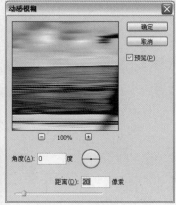

原图像效果　　　　　　　　　　参数设置　　　　　　　　　　应用滤镜后的效果

图 13.34

13.4.3　径向模糊

此滤镜可以制作出旋转或者放射性光芒的效果，其操作示例如图 13.35 所示。

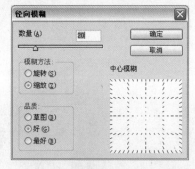

原图像效果　　　　　　　　　　　　参数设置

应用滤镜后的效果　　　　　　单击【旋转】单选按钮后的滤镜效果

图 13.35

提 示

在图 13.35 所展示的示例中，效果图左图使用了对话框中的【缩放】模糊方法，效果图右图则使用了【旋转】 模糊方法。其中，【缩放】模糊方法常被用于模拟传统拍摄时的变焦效果。

13.4.4 置换

此滤镜是使用一幅 PSD 格式的图像作为置换图，使当前操作的图像根据置换图发生弯曲。执行【滤镜】|【扭曲】|【置换】命令后，弹出的对话框如图 13.36 所示。

要使用【置换】滤镜命令处理图像，可以按照下面的方法操作。

① 打开随书所附光盘中的文件（光盘文件路径为"第 13 章\13.4.4-素材.tif"），效果如图 13.37 所示。

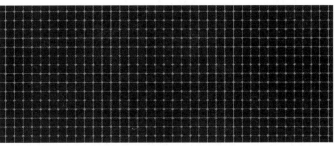

图 13.36　　　　　　　　　　　　　图 13.37

② 切换至【通道】面板，新建通道，得到通道"Alpha 1"。设置前景色为白色，选择 T.【横排文字工具】，在其工具选项栏中设置适当的字体及字号，在通道的中间位置键入文字"点智文化"，效果如图 13.38 所示，按 Ctrl+D 键取消选区。

③ 执行【滤镜】|【模糊】|【高斯模糊】命令，在弹出的对话框中设置【半径】数值为 6，单击【确定】按钮退出对话框，得到如图 13.39 所示的效果。

图 13.38　　　　　　　　　　　　　图 13.39

④ 在通道"Alpha 1"的名称上单击鼠标右键，在弹出的菜单中选择【复制通道】命令，在弹出的对话框中设置参数，如图 13.40 所示，单击【确定】按钮退出对话框，得到一个新文件，将其保存为 PSD 格式的图像文件。

⑤ 返回本例步骤 1 打开的背景素材文件中。执行【滤镜】|【扭曲】|【置换】命令，在弹

出的对话框中设置参数，如图 13.41 所示，单击【确定】按钮退出对话框。

图 13.40   图 13.41

⑥ 在接下来弹出的对话框中选择前面保存的 PSD 格式文件，单击【打开】按钮即可得到如图 13.42 所示的效果，如图 13.43 所示为对凸起的文字进行进一步处理后得到的图像效果。

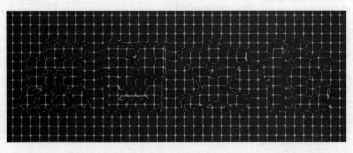

图 13.42

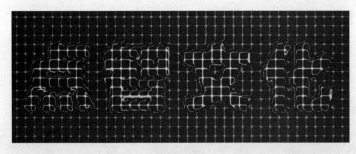

图 13.43

提 示

本例最终效果文件见随书所附光盘（光盘文件路径为"第 13 章\13.4.4.psd"）。

13.4.5 减少杂色

人们在拍摄数码照片时常常由于相机质量、电磁干扰或者 ISO 设置过高等多种原因，使拍摄出来的照片中出现大量的杂点，执行【滤镜】|【杂色】|【减少杂色】命令就可以轻易地将这些杂点去除，其对话框如图 13.44 所示。

●滤镜●

第8章

第9章

第10章

第11章

第12章

第13章

第14章

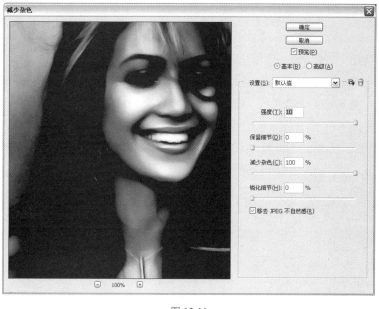

图 13.44

对话框中的重要参数释义如下。

➤ 【基本】: 单击此单选按钮, 【减少杂色】对话框将列出常规调整时所用的参数, 默认情况下此单选按钮处于选中状态。

➤ 【高级】: 单击此单选按钮, 对话框将在选项区顶部显示出【整体】和【每通道】两个标签, 如图 13.45 所示, 分别选择不同的标签即可对图像进行更为细致的调整。

图 13.45

➤ 【设置】: 在此下拉菜单中可以选择预设的调整参数。默认情况下, 该下拉菜单中只有一个【默认值】预设选项。

> ▶ 📇【存储当前设置的拷贝】按钮：单击此按钮，在弹出的对话框中键入一个预设名称，单击【确定】按钮即可将当前所进行的参数设置保存成为一个预设文件；当需要再次使用该参数进行调整时，只需在【设置】下拉菜单中选择相应的预设选项即可。

> ▶ 🗑【删除当前设置】按钮：单击此按钮，在弹出的对话框中单击【确定】按钮，即可删除当前所选择的预设选项。

在选项区中选择【整体】标签，其中的参数释义如下。

> ▶【强度】：可以设置应用于图像所有通道的明亮度杂色的减少量。

> ▶【保留细节】：可以设置减少杂色后要保留的原图像细节。

> ▶【减少杂色】：可以设置减少图像中杂色的数量。

> ▶【锐化细节】：由于去除杂色后容易造成图像的模糊，在此键入数值，即可对图像进行适当的锐化，从而尽量显示出被模糊的细节。

> ▶【移去 JPEG 不自然感】：当存储 JPEG 格式的图像文件时，如果图像文件的质量过低，就会出现一些杂色色块，选择此选项后可以去除这些色块。

注 意

在选择【整体】标签时，该对话框中的参数与单击【基本】单选按钮时的参数相同。

在选项区中选择【每通道】标签，其中的参数释义如下。

> ▶ 缩览图：在此可以查看所选通道中的图像效果及调整后的图像效果。

> ▶【通道】：在此下拉菜单中可以选择要进行调整的通道。

> ▶【强度】：可以设置应用于所选图像通道的明亮度杂色的减少量。

> ▶【保留细节】：可以设置减少杂色后要保留的原图像细节。

在图 13.46 所示的照片中可以看出有非常明显的杂点，使用此命令处理后的效果如图 13.47 所示，可以看出杂点的状态大有改变。

图 13.46　　　　　　　　　　　　调整后的效果　　　　　局部放大效果

　　　　　　　　　　　　　　　　图 13.47

如果希望去除照片中的各类杂点，此命令是最好的选择之一。

提 示

限于本书的印刷方式，本例中去除杂点后的效果在书中并不是很清楚，读者可以打开本例随书所附光盘中的素材文件及最终效果文件以对比处理前后的差异。

13.4.6 马赛克

执行【滤镜】|【像素化】|【马赛克】命令，可以使图像产生马赛克效果，其对话框显示如图 13.48 所示，应用此滤镜可以得到如图 13.49 所示的效果。

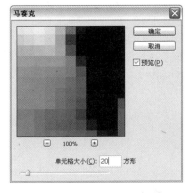

图 13.48　　　　　　　　　　　　　图 13.49

13.4.7 彩色半调

执行【滤镜】|【像素化】|【彩色半调】命令，可以在图像的每个通道中使用扩大的半调网屏生成点状效果。此滤镜常用于解决画面中图像与图像融合所产生的生硬问题。使用此滤镜制作出来的效果在各种广告招贴、宣传页中非常普遍。如图 13.50 所示是应用【彩色半调】滤镜的操作示例。

原图像效果　　　　　　　　　参数设置　　　　　　　　应用滤镜后的效果

图 13.50

13.4.8　云彩

执行【滤镜】|【渲染】|【云彩】命令，可以将前景色和背景色之间变化的随机像素值转换为柔和的云彩图案。在制作许多特效时会首先使用此命令取得一种随机的纹理效果，如在通道中结合【光照效果】命令可以制作出较为真实的岩石纹理效果，在图层中结合图层蒙版、混合模式等可以制作出烟雾、云彩等效果。如图 13.51 所示为原图像效果。如图 13.52 所示为使用此命令制作的烟雾效果。

图 13.51

图 13.52

注　意

　　如果要制作过渡比较清晰的云彩效果，可以在应用此滤镜时按住 Alt 键；如果要制作过渡比较柔和的云彩效果，可以在应用此滤镜时按住 Shift 键。

CHAPTER 14

动作与自动化

14.1 提高工作效率的良方妙法

在任何一家公司中，不断提高工作效率都是管理者和工作人员不懈追求的目标，即使在工作效率弹性较大的设计行业也不例外。

虽然现在有大量关于 Photoshop 使用技巧的文章，但实际上这些文章绝大多数是对软件快捷键的汇总与罗列。当然，在工作中频繁使用这些快捷键是能够在一定程度上提高工作效率的，但其提高的程度与水平终究有限。

在 Photoshop 中提高工作效率最终极的方法是灵活使用动作与自动化命令，希望各位读者在学习完本章内容后能够真正理解并掌握提高工作效率的良方妙法。

使用动作与自动化命令，可以完成以下操作。

（1）快速对特定的图像文件执行一系列重复性操作。

（2）快速为一批图像文件添加边框。

（3）快速将一批图像文件处理成为某一种特别的艺术效果。

（4）对一批图像文件进行裁切或者旋转操作。

（5）对一批图像文件进行颜色调整操作。

（6）修改一个文件夹中一批图像文件的大小、颜色模式或者分辨率。

（7）将连续拍摄的若干幅图像文件拼接起来。

（8）使用自己拍摄的照片生成网站可用的照片画廊。

（9）为自己拍摄的成批照片生成一个索引表，以便于对照查找。

（10）将不同的设计方案导出成为不同的单独文件。

（11）将一个图像文件中的若干个图层导出成为单独的文件。

（12）一次性为一批图像文件写入文件信息。

（13）每进行某一个固定操作时，对文件执行另一个预设好的操作动作。

14.2 应用与创建动作

在 Photoshop 中，可以将多个分命令归结成为一个总命令。通过运行这个总命令，使 Photoshop 自动执行多个分命令的操作，从而大大提高了工作效率，这个总命令就被称为"动作"，录制操作的过程则是创建自定义动作的过程。

在 Photoshop 中进行的有关动作的操作，大多发生在【动作】面板中。执行【窗口】|【动作】命令，弹出如图 14.1 所示的【动作】面板，在此面板中存储有软件预设的动作，对动作的编辑管理等操作也都需要在此面板中进行。

此面板中各重要组成元素释义如下。

➤ 【组】：一个包括多个动作的动作文件夹。

➤ 【切换对话开 / 关】：用于控制动作在运行的过程中是否显示有参数对话框的命令的对话框。如果在动作中某一命令的左侧显示 ▣ 标记，则表明运行此命令时显示对话框，否则不显示对话框。如果在动作的左侧显示 ▣ 标记，则表明运行此动作中所有带有对话框的命令时显示对话框，否则不显示。

> 【切换项目开/关】：用于控制动作或者动作中的命令是否被跳过。如果在动作中某一命令的左侧显示 ☑ 标记，则此命令正常运行；如果该位置显示为 ☐，则表明此命令被跳过。如果在某一动作的左侧显示红色的 ☑ 标记，表明此动作中有命令被跳过；如果显示为黑色的 ☑ 标记则表明正常运行；如果显示为 ☐，则表明此动作中的所有命令均被跳过，不被执行。

图 14.1

14.2.1　应用动作的方法

在 Photoshop 的【动作】面板中并非空无一物，已经有若干个动作被存放在此面板中，如图 14.2 所示，这些动作被称为"预设动作"。

图 14.2

准确地说，"预设动作"是指 Photoshop 自带的已经由 Adobe 公司录制完成的能够完成一定任务的动作。利用这些动作，可以快速对图像、文字等进行处理，从而得到丰富的效果。

对于这些动作，只需要打开要处理的图像文件直接应用该动作即可。下面以为图像添加浪花形画框效果为例，讲解如何应用这些预设动作。

① 打开随书所附光盘中的文件（光盘文件路径为"第 14 章\14.2.1-素材.tif"），效果如图 14.3 所示。

② 如果要为图像添加浪花形画框效果，选择【动作】面板中的【浪花形画框】动作，如图 14.4 所示。

③ 单击【动作】面板中的 ▶【播放选定的动作】按钮，Photoshop 开始自动执行当前选择的动作中的所有命令，从而为图像添加浪花形画框效果，效果如图 14.5 所示。

图 14.3　　　　　　　　　　图 14.4　　　　　　　　　　图 14.5

14.2.2　一秒钟快速制作艺术化照片

使用 Photoshop 的预设动作，可以在极短的时间内将一张原本普通的数码照片快速处理成为效果各异的艺术化照片，如制作四分颜色照片、为照片添加风雪效果、为照片添加下雨效果、将照片制作成为油画效果等。

要应用这些预设的动作，首先必须将用于处理数码照片的动作调入【动作】面板中，其方法是选择面板弹出菜单中的动作组名称，然后在【动作】面板中选择要执行的动作，最后单击【动作】面板中的 ▶【播放选定的动作】按钮。

下面展示了执行其中几种比较有特色的动作后得到的照片效果。如图 14.6 所示是原素材照片效果。如图 14.7 所示为执行【四分颜色】动作后得到的效果。如图 14.8 所示为执行【细雨】动作后的效果。如图 14.9 所示为执行【暴风雪】动作后的效果。如图 14.10 所示为执行【渐变映射】动作后的效果。如图 14.11 所示为执行【仿旧照片】动作后的效果。

●动作与自动化●

第8章

第9章

第10章

第11章

第12章

第13章

第14章

图 14.6

图 14.7

图 14.8

图 14.9

图 14.10

图 14.11

14.2.3 一秒钟快速为照片制作艺术边框

Photoshop 还提供了为照片添加艺术边框的预设动作。使用这些动作，可以在极短的时间内为照片添加各式各样的艺术边框。

下面展示了执行几种比较有特色的动作后所得到的艺术边框效果。如图 14.12 所示为原素材照片效果。如图 14.13 所示为执行【照片卡角】动作后得到的效果。如图 14.14 所示为执行【波形画框】动作后得到的效果。如图 14.15 所示为执行【木质画框-50 像素】动作后得到的效果。如图 14.16 所示为执行【投影画框】动作后得到的效果。如图 14.17 所示为执行【下陷画框（选区）】动作后得到的效果。

图 14.12

图 14.13

图 14.14

图 14.15

图 14.16

图 14.17

14.2.4 调整动作的运行速度 精

为了提高运行速度，Photoshop 中的动作是在计算机的内存中执行的。换言之，当动作运行时，动作中录制的命令的运行效果并不会显示在当前操作的图像文件中，因此在应用不是由自己录制的动作时，也无法判断出在运行过程中是否出现了问题，只能够在运行结束时查看最终效果。

但实际上，动作的运行速度是可以修改的。当需要看清每一个细节步骤时，可以将其速度调慢。

如果要修改动作运行的速度，可以选择【动作】面板弹出菜单中的【回放选项】命令，弹出如图 14.18 所示的对话框。

➤ 【加速】: 以默认的速度播放动作。

➤ 【逐步】: 在播放动作时，Photoshop 完全显示每一操作步骤的操作结果后才进行下一步的操作。

➤ 【暂停】: 可以在其右侧的数值框中键入数值，在播放动作时控制每一个命令暂停的时间。

图 14.18

提 示

某些预设动作在运行时需要特定的条件，如执行【投影（文字）】动作需要先创建文字，执行【制作剪贴路径（选区）】动作需要先制作选区等。因此，在运行此类动作时应该首先创建动作名称右侧括号中标注的条件，然后再运行动作。

14.2.5　创建新动作

预设的动作毕竟是有限的，在很多情况下需要自己创建新动作，因此需要掌握以下所讲解的创建新动作的方法，以丰富 Photoshop 的功能。

自定义动作就是利用【动作】面板中的命令、按钮将执行的操作录制下来，其具体操作步骤如下。

① 确认要录制为动作的操作（如制作木纹框的过程、更改图像颜色模式的过程等）。

② 单击【动作】面板中的 ▭【创建新组】按钮，在弹出的对话框中设置新组的名称，如图 14.19 所示，单击【确定】按钮，在【动作】面板中增加一个新组。

③ 单击【动作】面板中的 ▭【创建新动作】按钮，弹出如图 14.20 所示的【新建动作】对话框。

图 14.19

图 14.20

④ 设置【新建动作】对话框中的参数后，单击【记录】按钮，此时【动作】面板中的 ●【开始记录】按钮显示为红色。

⑤ 完成图像的编辑操作后，单击【动作】面板中的 ▪【停止播放／记录】按钮，即可完整地录制一个动作。

【新建动作】对话框中的参数释义如下。

➤ 【名称】: 在此文本框中键入新动作的名称。

➤ 【组】: 在此下拉菜单中选择一个组，使新动作被包含在该组中。

> 【功能键】：在此下拉菜单中选择播放动作的快捷键，其中包括 F2 ~ F12，并可以选择其后的【Shift】或者【Control】选项，以配合快捷键。
> 【颜色】：在此下拉菜单中选择一种颜色，用以设置【动作】面板以"按钮"显示时该动作的显示颜色。

14.3　编辑动作

当新动作录制完成后，如果对某个命令不满意，可以利用【动作】面板中的相应命令进行编辑和修改。

14.3.1　在动作中添加命令

要在已录制完成的动作中添加新的命令，可以按下述步骤操作。

① 在【动作】面板中单击动作名称左侧的▶按钮，显示动作所包含的命令的列表。

② 如果要在某命令的下面添加新命令，选择该命令。

③ 单击【动作】面板底部的 ● 【开始记录】按钮，如图 14.21 所示。

④ 执行要添加的命令，完成后单击 ■ 【停止播放／记录】按钮，单击后的面板显示如图 14.22 所示。

图 14.21

图 14.22

　　对于一些不能被记录在动作中的命令（如调整视图命令等），可以单击【动作】面板右上角的 ▼≡ 按钮，在弹出的菜单中选择【插入菜单项目】命令，将其插入到动作中。

　　选择【插入菜单项目】命令后，弹出如图 14.23 所示的提示对话框。

动作与自动化 ●

第8章

第9章

第10章

第11章

第12章

第13章

第14章

图 14.23

在选择某一个菜单命令后，该对话框将显示此命令的名称。例如，笔者执行【图层】|【新建调整图层】|【色阶】命令后，对话框也相应改变了，如图 14.24 所示。

插入的命令直到动作被播放时才被执行，因为动作中没有记录被插入命令中的参数数值，所以在插入命令后，不会对当前图像产生任何影响。

图 14.24

如果插入的命令具有对话框参数，则对话框会在播放时出现，此时动作暂停运行，直至操作者单击【确定】或者【取消】按钮。

14.3.2 重新排列动作

与调整图层的顺序一样，也可以调整动作的顺序，将一个组中的某一个动作拖动至另一个组中，当高亮线出现在需要的位置时，释放鼠标即可移动组中的动作，如图 14.25 所示。

拖动前

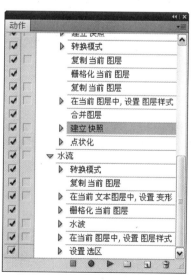

拖动后

图 14.25

这一操作步骤不仅对动作有效，对动作中录制的命令也同样有效。可以通过同样的操作方法，将一个动作中录制的命令拖动至另一个动作中，从而不必再为动作录制新的命令。

14.3.3　更改动作选项

动作的名称、按钮颜色或者快捷键都是可以更改的。单击【动作】面板右上角的 ▾☰ 按钮，在弹出的菜单中选择【动作选项】命令，在弹出的如图 14.26 所示的对话框中设置参数。

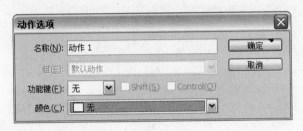

图 14.26

此对话框中的参数在前面已有所讲解，在此不再赘述。

14.3.4　更改动作中记录的命令参数

对于有对话框参数的命令，可以双击该命令的名称，在弹出的对话框中更改以前的参数值，使动作记录此命令的新参数值。

14.3.5　复制或者删除组、动作和命令

1．复制组、动作和命令

在【动作】面板中选择一个组、动作或者命令，单击面板右上角的 ▾☰ 按钮，在弹出的菜单中选择【复制】命令，即可复制当前选择的组、动作或者命令。

2．删除组、动作和命令

在【动作】面板中选择要删除的组、动作或者命令，将其拖动至【动作】面板底部的 🗑 【删除动作】按钮上。

如果要删除所有动作，可以单击【动作】面板右上角的 ▾☰ 按钮，在弹出的菜单中选择【清除全部动作】命令，在弹出的对话框中直接单击【确定】按钮。

14.4　常用的自动化命令

14.4.1　对成批的图像文件进行快速处理 [精]

【批处理】命令是自动化操作最常用的一个命令，将动作与此命令配合是 Photoshop 中工作效率最高的组合。使用此命令能够在极短的时间内以指定的动作处理成百上千的图像文件，是处理大批量文件必不可少的命令。

动作与自动化●

第8章

第9章

第10章

第11章

第12章

第13章

第14章

执行【文件】|【自动】|【批处理】命令，弹出如图 14.27 所示的【批处理】对话框。

从此对话框的结构上可以比较清晰地看出，使用此对话框进行工作时首先需要设置要运行的动作，然后指定要处理的图像文件所在的位置，最后指定处理后生成的文件的保存方式。清楚了这一思路后，参考下面所讲解的对话框中各重要参数的意义，就不难通过此命令处理大批量的图像文件了。

此对话框中的各参数释义如下。

➤ 【组】：在此下拉菜单中的选项用于定义要执行的动作所在的组。

➤ 【动作】：在此下拉菜单中可以选择要执行的动作的名称。

➤ 【源】：在此下拉菜单中选择【文件夹】选项，然后单击其下面的 选择(C)... 按钮，在弹出的对话框中选择要进行批处理的文件夹。

➤ 【目标】：在此下拉菜单中选择【无】选项，表示不对处理后的图像文件进行任何操作；选择【存储并关闭】选项，将进行批处理的图像文件存储并关闭，以覆盖原来的文件；选择【文件夹】选项，并单击其下面的 选择(H)... 按钮，可以为进行批处理后的图像文件指定一个文件夹，以将其保存于该文件夹中。

➤ 【错误】：在此下拉菜单中选择【由于错误而停止】选项，可以指定当动作在执行过程中发生错误时处理错误的方式；选择【将错误记录到文件】选项，将错误记录到一个文本文件中并继续批处理。

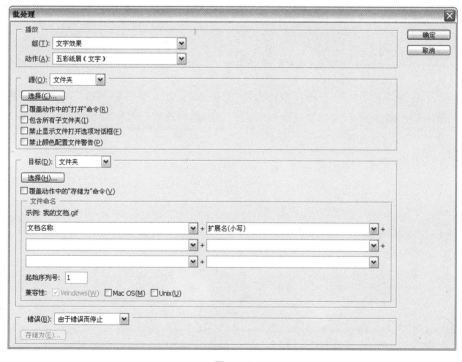

图 14.27

要应用【批处理】命令对一批图像文件进行批处理操作，可以参考下面的操作步骤。

① 录制要完成指定任务的动作，执行【文件】|【自动】|【批处理】命令。

② 在【播放】选项区的【组】和【动作】下拉菜单中，选择需要应用的动作所在的组及

动作名称。

③ 在【源】下拉菜单中选择要应用批处理操作的文件的来源。如果要进行批处理操作的图像文件已经全部打开，选择【打开的文件】选项。

④ 选择【覆盖动作中的"打开"命令】选项，动作中的【打开】命令将引用批处理的文件而不是动作中指定的文件。选择此选项，弹出如图 14.28 所示的提示对话框。

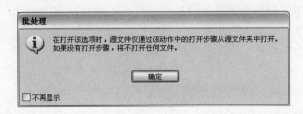

图 14.28

⑤ 选择【包含所有子文件夹】选项，使动作同时处理指定文件夹中所有子文件夹中的可用文件。

⑥ 选择【禁止颜色配置文件警告】选项，将关闭颜色方案信息的显示，这样可以在最大程度上减少人工干预批处理操作的概率。

⑦ 在【目标】下拉菜单中选择执行批处理命令后的文件所要放置的位置。

⑧ 选择【覆盖动作中的"存储为"命令】选项，动作中的【存储为】命令将引用批处理的文件而不是动作中指定的文件。

⑨ 如果在【目标】下拉菜单中选择【文件夹】选项，则可以指定文件的命名规范并选择处理文件的兼容性选项。

⑩ 如果在处理指定的文件后，希望对新的文件进行统一命名，可以在【文件命名】选项区进行设置。例如，如果按照图 14.29 所示的设置执行批处理操作后，以 GIF 图像文件为例，则存储后的第一个新文件名为"数码照片 001.gif"，第二个新文件名为"数码照片 002.gif"，以此类推。

图 14.29

⑪ 在【错误】下拉菜单中选择处理错误的选项。

⑫ 设置完毕后单击【确定】按钮，则 Photoshop 开始自动执行指定的动作。

14.4.2　拼接出宽幅全景图像 CS4

在旅游时经常会看到非常美妙的景色，但大多数情况下使用家用级数码相机无法将其全部拍摄下来，这是由于家用级数码相机一般没有广角镜头。

使用【Photomerge】命令则可以较好地解决这一问题。此命令能够将具有重叠区域的连续拍摄照片拼接成一幅全景图像。要完成这一拼接操作，只需在拍摄宽幅美景时手举相机保持高度不变，身体连续旋转几次，从几个角度将美景分为几个部分拍摄出来，然后在 Photoshop 中使用【Photomerge】命令即可。

如图 14.30 所示为素材照片。如图 14.31 所示为使用【Photomerge】命令拼接后的全景图。

图 14.30

图 14.31

要拼接图像，可以按照如下步骤进行操作。

① 在 Photoshop 中打开所有需要拼接的照片，效果如图 14.32 所示。执行【文件】|【自动】|【Photomerge】命令，在如图 14.33 所示的【Photomerge】对话框中，单击【添加打开的文件】按钮。

➢ 【使用】：选择【文件】选项，可以使用单个文件生成 Photomerge 拼接图像；选择【文件夹】选项，可以使用存储在一个文件夹中的所有图像文件来生成 Photomerge 拼接图像，该文件夹中的文件会出现在此对话框中。

➢ 【添加打开的文件】：使用在 Photoshop 中打开的图像文件拼接图像。

图 14.32

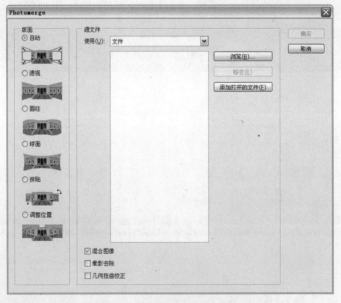

图 14.33

② 选择需要的版面类型，单击【确定】按钮退出对话框，则 Photoshop 自动将照片拼接
  在一起。

选择【自动】、【透视】、【圆柱】等版面类型，分别得到如图 14.34 所示的效果。

单击【自动】单选按钮后所得到的效果

单击【透视】单选按钮后所得到的效果

单击【圆柱】单选按钮后所得到的效果

图 14.34

14.4.3　自动对齐图层和自动混合图层

【自动对齐图层】命令和【自动混合图层】命令同样可以用于将图像进行拼接的操作。
下面通过一个简单的示例对此命令进行讲解。

① 打开随书所附光盘中的文件（光盘文件路径为"第 14 章\14.4.5-素材 1.tif、14.4.5-素材
2.tif、14.4.5-素材 3.tif"），效果如图 14.35 所示。

图 14.35

② 任选两个素材图像文件，用鼠标将其中的图像拖动到第三个素材图像文件中，此时

的【图层】面板如图 14.36 所示。双击图层"背景"，将其转换为普通图层，转换后的【图层】面板如图 14.37 所示。

图 14.36

图 14.37

③ 按住 Ctrl 键将这三个图层全部选中，执行【编辑】|【自动对齐图层】命令，弹出如图 14.38 所示的对话框。

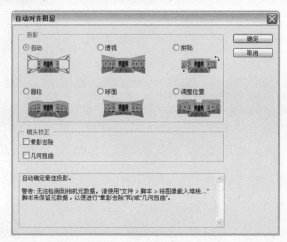

图 14.38

④ 分别单击【自动】、【透视】、【圆柱】和【调整位置】等单选按钮，然后单击【确定】按钮退出对话框，可以得到如图 14.39 所示的效果。

单击【自动】单选按钮后的效果

图 14.39（a）

动作与自动化●

第8章

第9章

第10章

第11章

第12章

第13章

第14章

单击【透视】单选按钮后的效果

单击【圆柱】单选按钮后的效果

单击【调整位置】单选按钮后的效果

图 14.39（b）

⑤ 在上一步分别单击【自动】、【透视】、【圆柱】和【调整位置】等单选按钮所得效果的基础上，如果针对这四种效果再分别执行【编辑】|【自动混合图层】命令，在弹出的对话框中单击【全景图】单选按钮，如图 14.40 所示，单击【确定】按钮退出对话框，则可以分别得到如图 14.41 所示的效果。

图 14.40

【自动】效果

【透视】效果

【圆柱】效果

【调整位置】效果

图 14.41

注　意

执行此操作后，Photoshop 会为每一个图层添加图层蒙版，使不同图层上的图像可以较好地混合在一起。如果需要，可以分别调整各图层的图层蒙版，从而得到更加令人满意的效果。

动作与自动化

第8章

第9章

第10章

第11章

第12章

第13章

第14章

⑥ 选择 ✄ 【裁剪工具】对图像进行适当裁剪后即可得到最终效果,如图 14.42 所示的最终效果为其中的一种。

图 14.42

提 示

本例最终效果文件见随书所附光盘（光盘文件路径为"第 14 章\14.4.5.psd"）。

14.4.4 从文件中分离出扫描的照片

在同时扫描多幅照片后,需要将每幅照片分离出来并予以修正。Photoshop 提供了一个专门用于此操作的命令,即【裁剪并修齐照片】命令。本节将以快速修正倾斜的照片为例,讲解此命令的使用方法。

① 在扫描照片时应注意在照片之间保留大于 3mm 的距离,照片的背景应为均匀的单色,且尽量保证不要有杂点或者杂色。

② 在 Photoshop 中打开要分离的扫描文件,效果如图 14.43 所示。

③ 执行【文件】|【自动】|【裁剪并修齐照片】命令,如图 14.44 所示为分离后得到的三幅照片效果。

图 14.43

图 14.44

读书笔记

附　　录

工具快捷键

提示：下表仅列出了在软件中没有明确标示的快捷键。

提示：在默认情况下，选择同一工具组中的工具时，需要按住Shift+快捷键才可以进行切换。例如，【矩形选框工具】与【椭圆选框工具】的选择快捷键都是M，如果要在二者之间进行切换，则必须按住Shift+M键。

操　作	快　捷　键	操　作	快　捷　键
使用同一快捷键循环切换工具	按住Shift键并按快捷键（如果选择了【使用Shift键切换工具】首选项）	【橡皮擦工具】 【背景橡皮擦工具】 【魔术橡皮擦工具】	E键
循环切换隐藏的工具	按住Alt键并单击相应工具（【添加锚点工具】、【删除锚点工具】和【转换点工具】除外）	【渐变工具】 【油漆桶工具】	G键
【移动工具】	V键	【减淡工具】 【加深工具】 【海绵工具】	O键
【矩形选框工具】 【椭圆选框工具】	M键	【钢笔工具】 【自由钢笔工具】	P键
【套索工具】 【多边形套索工具】 【磁性套索工具】	L键	【横排文字工具】 【直排文字工具】 【横排文字蒙版工具】 【直排文字蒙版工具】	T键
【魔棒工具】 【快速选择工具】	W键	【路径选择工具】 【直接选择工具】	A键
【裁剪工具】 【切片工具】 【切片选择工具】	C键	【矩形工具】 【圆角矩形工具】 【椭圆工具】 【多边形工具】 【直线工具】 【自定形状工具】	U键
【吸管工具】 【颜色取样器工具】 【标尺工具】 【注释工具】 【计数工具】	I键	【3D旋转工具】 【3D滚动工具】 【3D平移工具】 【3D滑动工具】 【3D比例工具】	K键

（续表）

操　作	快捷键	操　作	快捷键
【污点修复画笔工具】 【修复画笔工具】 【修补工具】 【红眼工具】	J键	【3D环绕工具】 【3D滚动视图工具】 【3D平移视图工具】 【3D移动视图工具】 【3D缩放工具】	N键
【画笔工具】 【铅笔工具】 【颜色替换工具】	B键	【抓手工具】 【旋转视图工具】	H键 R键
【仿制图章工具】 【图案图章工具】	S键	【缩放工具】	Z键
【历史记录画笔工具】 【历史记录艺术画笔工具】	Y键		

面板快捷键

提示： 下表仅列出了菜单命令或工具提示中未显示的快捷键。

通用快捷键

项　目	快捷键操作
设置选项（【动作】、【动画】、【样式】、 【画笔】、【工具预设】和【图层复合】面板 除外）	按住Alt键并单击 按钮
删除而无需确认（【画笔】面板除外）	按住 Alt 键并单击 按钮
应用值并使文本框保持启用状态	Shift + Enter键
作为选区载入	按住 Ctrl 键并单击通道、图层或路径缩览图
添加到当前选区	按住 Ctrl + Shift 键并单击通道、图层或路径缩览图
从当前选区中减去	按住 Ctrl + Alt键并单击通道、图层或路径缩览图
与当前选区交叉	按住 Ctrl + Shift + Alt键并单击通道、图层或路径缩览图
显示或隐藏所有面板	Tab键
显示或隐藏除工具箱和选项栏之外的所有面板	Shift + Tab键
高光显示选项栏	选择工具，然后按Enter键
在弹出式菜单中增大或减小10个单位	Shift + ↑箭头键或↓箭头键

【画笔】面板快捷键

项　目	快捷键操作
删除画笔	按住 Alt 键并单击画笔
重命名画笔	双击画笔
更改画笔大小	按住Alt键，用鼠标右键单击并拖移

（续表）

项　目	快捷键操作
减小或增大画笔的软度或硬度	按住Alt+Shift键，用鼠标右键单击并拖移
选择上一或下一画笔大小	，（逗号）或.（句点）键
选择第一个或最后一个画笔	Shift + " , "（逗号）或 " . "（句点）键
显示画笔的精确十字线	Caps Lock（大写锁定键）或按Shift + Caps Lock键
切换喷枪选项	Shift + Alt + P键

【通道】面板快捷键

项　目	快捷键操作
为 ⬭ 按钮设置选项	按住 Alt 键并单击 ⬭ 按钮
创建新的专色通道	按住 Ctrl 键并单击 ⬛ 按钮
选择或取消选择多个颜色通道选区	按住 Shift 键并单击颜色通道
选择或取消选择Alpha通道	按住Shift键并单击Alpha通道
显示通道选项	双击 Alpha 通道或专色通道缩览图
切换复合图像和灰度蒙版（在【快速蒙版】模式下）	~ 键

【图层】面板快捷键

项　目	快捷键操作
将图层不透明区域作为选区载入	按住 Ctrl 键并单击图层缩览图
将滤镜蒙版作为选区载入	按住 Ctrl 键并单击滤镜蒙版缩览图
图层编组	Ctrl + G键
取消图层编组	Ctrl + Shift + G键
创建或释放剪贴蒙版	Ctrl + Alt + G键
选择所有图层	Ctrl + Alt + A键
合并可视图层	Ctrl + Shift + E键
使用对话框创建新的空图层	按住 Alt 键并单击 ⬛ 按钮
在目标图层下面创建新图层	按住 Ctrl 键并单击 ⬛ 按钮
选择顶部图层	Alt + " . "（句点）键
选择底部图层	Alt + " , "（逗号）键
添加到【图层】面板中的图层选区	Shift + Alt + [或] 键
向下或向上选择下一个图层	Alt + [或] 键
下移或上移目标图层	Ctrl + [或] 键
将所有可视图层的拷贝合并到目标图层	Ctrl + Shift + Alt + E键
合并图层	高亮显示要合并的图层，然后按Ctrl+E键
将图层移动到底部或顶部	Ctrl + Shift + [或] 键
将当前图层拷贝到下面的图层	Alt 键+ 面板弹出菜单中的【向下合并】命令
将所有可见图层合并为当前选定图层上面的新图层	Alt 键+ 面板弹出菜单中的【合并可见图层】命令

（续表）

项 目	快捷键操作
仅显示或隐藏此图层／图层组，显示或隐藏所有图层／图层组	单击 👁 图标
显示或隐藏其他所有当前可视图层	按住 Alt 键并单击 👁 图标
切换目标图层的锁定透明度或最后应用的锁定	／（正斜杠）键
编辑图层效果或样式	双击图层效果或样式
隐藏图层效果或样式	按住 Alt 键并双击图层效果或样式
编辑图层样式	双击图层
停用或启用矢量蒙版	按住 Shift 键并单击矢量蒙版缩览图
打开【图层蒙版显示选项】对话框	双击图层蒙版缩览图
切换图层蒙版的开／关	按住 Shift 键并单击图层蒙版缩览图
切换滤镜蒙版的开／关	按住 Shift 键并单击滤镜蒙版缩览图
在图层蒙版和复合图像之间切换	按住 Alt 键并单击图层蒙版缩览图
在滤镜蒙版和复合图像之间切换	按住 Alt 键并单击滤镜蒙版缩览图
切换图层蒙版的红色显示模式开／关	\(反斜杠)键，或按 Shift + Alt键并单击
选择所有文字，暂时选择文字工具	双击文字图层缩览图
创建剪贴蒙版	按住 Alt 键并单击两个图层的分界线
重命名图层	双击图层名称
编辑滤镜设置	双击滤镜效果
编辑滤镜混合选项	双击 ⬛ 【滤镜混合】图标
在当前图层／图层组下创建新的图层组	按住 Ctrl 键并单击 ▭ 按钮
使用对话框创建新的图层组	按住 Alt 键并单击 ▭ 按钮
创建隐藏全部内容或选区的图层蒙版	按住 Alt 键并单击 ▣ 按钮
创建显示全部内容或路径区域的矢量蒙版	按住 Ctrl 键并单击 ▣ 按钮
创建隐藏全部内容或路径区域的矢量蒙版	按住 Ctrl + Alt 键并单击 ▣ 按钮
显示图层组属性	用鼠标右键单击图层组并选择【组属性】选项，或双击图层组
选择或取消选择多个连续图层	按住 Shift 键并单击
选择或取消选择多个不连续的图层	按住 Ctrl 键并单击

【路径】面板快捷键

项 目	快捷键操作
向选区中添加路径	按住 Ctrl + Shift键并单击路径名
从选区中减去路径	按住 Ctrl + Alt键并单击路径名
将路径的交叉区域作为选区保留	按住 Ctrl + Shift + Alt键并单击路径名
隐藏路径	Ctrl + Shift + H键
为 ● 按钮、 ○ 按钮、 ○ 按钮、 ◠ 按钮和 ▭ 按钮设置选项	按住 Alt 键并单击该按钮

命令快捷键

【滤镜库】命令快捷键

项　目	快捷键操作
在所选对象的顶部应用新滤镜	按住 Alt 键并单击滤镜
打开或关闭所有展开三角形	按住 Alt 键并单击展开三角形
将【取消】按钮更改为【默认】按钮	Ctrl键
将【取消】按钮更改为【复位】按钮	Alt键
还原或重做	Ctrl + Z键
向前一步	Ctrl + Shift + Z键
向后一步	Ctrl + Alt + Z键

【曲线】命令快捷键

项　目	快捷键操作
打开【曲线】对话框	Ctrl + M键
选择曲线上的后一个点	Ctrl + Tab键
选择曲线上的前一个点	Shift + Ctrl + Tab键
选择曲线上的多个点	按住 Ctrl键 并单击这些点
取消选择某个点	Ctrl + D键
删除曲线上的某个点	选择某个点并按 Delete键
将选定的点移动 1 个单位	箭头键
将选定的点移动 10 个单位	Shift + 箭头键
显示将修剪的高光和阴影	按住 Alt 键并拖移黑场或白场滑块
在复合曲线上设置一个点	按住 Ctrl 键并单击图像
在通道曲线上设置一个点	按住 Shift + Ctrl键并单击图像
切换网格大小	按住 Alt 键并单击域

混合模式快捷键

项　目	快捷键操作	项　目	快捷键操作
循环切换混合模式	Shift + "+"（加号）或 "-"（减号)键	叠加	Shift + Alt + O键
正常	Shift + Alt + N键	柔光	Shift + Alt + F键
溶解	Shift + Alt + I键	强光	Shift + Alt + H键
背后（限【画笔工具】）	Shift + Alt + Q键	亮光	Shift + Alt + V键
清除（限【画笔工具】）	Shift + Alt + R键	线性光	Shift + Alt + J键
变暗	Shift + Alt + K键	点光	Shift + Alt + Z键
正片叠底	Shift + Alt + M键	实色混合	Shift + Alt + L键
颜色加深	Shift + Alt + B键	差值	Shift + Alt + E键

（续表）

项　目	快捷键操作	项　目	快捷键操作
线性加深	Shift + Alt + A键	排除	Shift + Alt + X键
变亮	Shift + Alt + G键	色相	Shift + Alt + U键
滤色	Shift + Alt + S键	饱和度	Shift + Alt + T键
颜色减淡	Shift + Alt + D键	颜色	Shift + Alt + C键
线性减淡（添加）	Shift + Alt + W键	明度	Shift + Alt + Y键

查看图像的快捷键

提示：下表仅列出了菜单命令或工具提示中未显示的快捷键。

项　目	快捷键操作
循环切换打开的文件	Ctrl + Tab键
在Photoshop中关闭文件并打开Bridge	Shift + Ctrl + W键
在【标准】模式和【快速蒙版】模式之间切换	Q键
在标准屏幕模式、最大化屏幕模式、全屏模式和带有菜单栏的全屏模式之间切换（前进）	F键
在标准屏幕模式、最大化屏幕模式、全屏模式和带有菜单栏的全屏模式之间切换（后退）	Shift + F键
切换（前进）画布颜色	F + 空格键（或用鼠标右键单击画布背景，然后选择颜色）
切换（后退）画布颜色	Shift + F + 空格键
将图像限制在窗口中	双击 🖐【抓手工具】
放大到100%显示	双击 🔍【缩放工具】
切换到🖐【抓手工具】（当不处于文本编辑模式时）	空格键
使用🖐【抓手工具】同时平移多个文件	按住Shift键拖移
切换到🔍【放大工具】	Ctrl + 空格键
切换到🔍【缩小工具】	Alt + 空格键
使用🔍【缩放工具】拖动时移动【缩放】选框	按住空格键拖移
应用缩放百分比，并使缩放百分比框保持当前状态	在【导航器】面板中按住 Shift+Enter 键以激活缩放百分比框
放大图像中的指定区域	按住 Ctrl 键并在【导航器】面板的预览窗口中拖移
临时缩放到图像	按住H键在图像中单击，并按住鼠标左键
使用🖐【抓手工具】滚动图像	按住空格键拖移或拖移【导航器】面板的视图区域框
向上或向下滚动一屏	Page Up 键或 Page Down 键
向上或向下滚动 10 个单位	Shift + Page Up 键或Shift + Page Down键
将视图移动到左上角或右下角	Home 键或 End 键

（续表）

项　目	快捷键操作
打开或关闭图层蒙版的红色显示（必须选择图层蒙版）	\（反斜杠）键

选择和移动对象的快捷键

项　目	快捷键操作
选择时重新定位选框	任何选框型的选择类工具（ ▦ 【单列选框工具】和 ▤ 【单行选框工具】除外）+ 空格键并拖移
添加到选区	任何选择类工具 + Shift 键并拖移
从选区中减去	任何选择类工具 + Alt 键并拖移
与选区交叉	任何选择类工具（ ✎ 【快速选择工具】除外）+Shift+Alt 键并拖移
将选框限制为方形或圆形（如果没有任何其他选区处于当前状态）	按住 Shift 键并拖移
从中心绘制选区（如果没有任何其他选区处于当前状态）	按住 Alt 键并拖移
限制形状并从中心制作选区	按住 Shift + Alt 键并拖移
切换到 ➤ 【移动工具】	Ctrl键（选择 ✎ 【自由钢笔工具】、 ✎ 【钢笔工具】、 ✋ 【抓手工具】、 ✂ 【切片工具】或矢量绘图类工具时除外）
从 ✎ 【磁性套索工具】切换到 ✎ 【套索工具】	按住 Alt 键并拖移
从 ✎ 【磁性套索工具】切换到 ✎ 【多边形套索工具】	按住 Alt 键并单击
应用或取消 ✎ 【磁性套索工具】的操作	Enter键或Esc 键
移动选区并复制	➤ 【移动工具】+Alt 键并拖移选区
将选区移动 1 个像素	任何选择类工具+ →箭头键、←箭头键、↑箭头键或↓箭头键
将选区中的图像移动 1 个像素	➤ 【移动工具】 + →箭头、←箭头、↑箭头或↓箭头键
当未选择图层上的任何内容时，将图层移动 1 个像素	Ctrl + →箭头、←箭头、↑箭头或↓箭头键
增大或减小检测的宽度	✎ 【磁性套索工具】+ [或] 键
接受裁剪或退出裁剪	✂ 【裁剪工具】+ Enter键 或 Esc键
切换裁剪屏蔽开 / 关	/（正斜杠）键
创建量角器	✎ 【标尺工具】+Alt键并拖移终点
将参考线与标尺记号对齐（未执行【视图】|【对齐】命令时除外）	按住 Shift 键并拖移参考线
在水平参考线和垂直参考线之间转换	按住 Alt 键并拖移参考线

编辑路径的快捷键

项　目	快捷键操作
选择多个锚点	【直接选择工具】+ Shift 键并单击
选择整个路径	【直接选择工具】+ Alt 键并单击
复制路径	【钢笔工具】、【自由钢笔工具】、【路径选择工具】或 【直接选择工具】+ Ctrl + Alt 键并拖移
从 【路径选择工具】、【钢笔工具】、【添加锚点工具】、【删除锚点工具】或【转换点工具】切换到【直接选择工具】	Ctrl 键
当鼠标指针位于锚点或方向点上时，从【钢笔工具】或【自由钢笔工具】切换到【转换点工具】	Alt 键
关闭路径	磁性钢笔工具 + 双击
关闭含有直线段的路径	磁性钢笔工具 + Alt 键并双击

绘制对象的快捷键

项　目	快捷键操作
【吸管工具】	任何绘图类工具 + Alt 键或任何矢量绘图类工具 + Alt 键（选择【路径】选项时除外）
选择背景色	【吸管工具】+ Alt 键并单击
【颜色取样器工具】	【吸管工具】+ Shift 键
删除颜色取样器	【颜色取样器工具】+ Alt 键并单击
设置绘画模式的【不透明度】、【容差】、【强度】或【曝光量】	任何绘图或编辑类工具 + 数字键（在启用【喷枪】选项时，使用 Shift + 数字键）
设置绘画模式的流量	任何绘图或编辑类工具 + Shift + 数字键（在启用【喷枪】选项时，省略 Shift 键）
循环切换混合模式	Shift + "+"（加号）或 "-"（减号)键
使用前景色或背景色填充选区或图层	Alt + Backspace 键或 Ctrl + Backspace键
从历史记录填充	Ctrl + Alt + Backspace键
显示【填充】对话框	Shift + Backspace键
锁定透明像素的开 / 关	/（正斜杠）键
连接点与直线	任何绘图类工具 + Shift 键并单击

文本操作的快捷键

项　目	快捷键操作
移动图像中的文字	选择文字图层时按住 Ctrl 键并拖移文字
向左或向右选择 1 个字符，向上或向下选择 1 行，向左或向右选择 1 个字	Shift + ←箭头、→箭头键，Shift + ↓ 箭头、↑箭头键，或 Ctrl + Shift + ←箭头、→箭头键
选择插入点与鼠标单击点之间的字符	按住 Shift 键并单击

（续表）

项　目	快捷键操作
左移或右移 1 个字符，下移或上移 1 行，左移或右移 1 个字	←箭头键、→箭头键、↓箭头键、↑箭头键，或 Ctrl + ←箭头、→箭头键
当文本图层在【图层】面板中处于选定状态时，创建一个新的文本图层	按住 Shift 键并单击
选择字、行、段落或文章	双击、单击三次、单击四次或单击五次
显示或隐藏所选文字上的选区	Ctrl + H键
在编辑文本时显示转换文本的文本框，或者在鼠标指针位于文本框内时激活 ▶₊【移动工具】	Ctrl键
在调整文本框大小时缩放文本框内的文本	按住 Ctrl 键拖移文本框手柄
在创建文本框时移动文本框	按住空格键拖移
左对齐、居中对齐或右对齐	T【横排文字工具】+ Ctrl + Shift + L、C 或 R键
顶对齐、居中对齐或底对齐	IT【直排文字工具】+ Ctrl + Shift + L、C 或 R键
选择 100% 水平缩放	Ctrl + Shift + X键
选择 100% 垂直缩放	Ctrl + Shift + Alt + X键
选择自动行距	Ctrl + Shift + Alt + A键
选择 0 字距调整	Ctrl + Shift + Q键
对齐段落（最后一行左对齐）	Ctrl + Shift + J键
调整段落（全部调整）	Ctrl + Shift + F键
切换段落连字的开 / 关	Ctrl + Shift + Alt + H键
切换单行或逐行合成器的开 / 关	Ctrl + Shift + Alt + T键
减小或增大选中文本的文字大小（两个点或像素）	Ctrl + Shift + < 或 >键
增大或减小行距（两个点或像素）	Alt + ↓箭头、↑箭头键
增大或减小基线移动（两个点或像素）	Shift + Alt + ↓箭头、↑箭头键
减小或增大字距微调或字距调整（20/1000 em）	Alt + ←箭头、→箭头键

功能键

项　目	快捷键操作	项　目	快捷键操作
启动帮助	F1键	显示或隐藏【信息】面板	F8键
剪切	F2键	显示或隐藏【动作】面板	Alt + F9键
复制	F3键	恢复	F12键
粘贴	F4键	填充	Shift + F5键
显示或隐藏【画笔】面板	F5键	羽化选区	Shift + F6键
显示或隐藏【颜色】面板	F6键	反转选区	Shift + F7键
显示或隐藏【图层】面板	F7键		

Camera Raw的快捷键

项　目	快捷键操作	项　目	快捷键操作
调整画笔大小	按住 Ctrl 键并拖移	调整羽化效果	按住 Ctrl + Shift 键并拖移
切换自动蒙版	M键	切换蒙版	Y键
向左旋转图像	L键	向右旋转图像	R键
放大	Ctrl + "+"（加号）键	缩小	Ctrl + "-"（减号）键
切换预览	P键	全屏模式	F键
在【色调曲线】选项卡中选择多个点	单击第一个点，按住 Shift 键并单击其他点	在【色调曲线】选项卡中向曲线添加点	在预览窗口中按住 Ctrl 键并单击
在【色调曲线】选项卡中移动选定的点（1 个单位）	箭头键	在【色调曲线】选项卡中移动选定的点（10 个单位）	Shift + 箭头键
高光修剪警告	O键	阴影修剪警告	U键
Camera Raw 首选项	Ctrl + K键	删除 Camera Raw 首选项	Ctrl + Alt键（仅在打开时）